别让自己看上去像白活一世

史上最鼓动人心的梦想演说

'I HAVE A DREAM'

[英] 特里·布雷弗顿 编著 杨荣鑫 译

全国百佳图书出版单位
时代出版传媒股份有限公司
黄山书社

亚历山大大帝："我们帝国的疆域将跟神的疆域同样广阔无垠。"

巴拉克·奥巴马："是的，我们能做到！"

莫罕达斯·卡拉姆昌德·甘地："我认为，就像跟正义合作一样，不跟邪恶合作同样是一种责任。"

拿撒勒的耶稣："虚心的人有福了！因为天国是他们的。"

罗纳德·里根："戈尔巴乔夫先生，拆掉这堵墙！"

斯基泰使节："别指望被你们征服的人会爱你。"

马丁·尼默勒牧师："首先，他们迫害共产党人。"

俾斯麦："在这个世界上，除了上帝，我们德国人谁都不怕！"

纳尔逊·曼德拉："让所有人得享正义。"

伯利克里："我们的政体之所以称为民主政体，就是因为我们这个政府是为了多数人，而不是为了少数人。"

苏格拉底："从我的嘴里你们听到的全都是真话。"

埃利泽·威塞尔："冷漠比愤怒和仇恨更危险……"

奥利弗·克伦威尔："你们跟我的马一样没有信仰，金钱就是你们的上帝。"

摩西：《十诫》

喀提林："勇气存在于一个男人的内心深处，有可能生而有之，也可能是后天练就……"

阿西西的圣方济："小燕子姊妹们，倾听上帝的声音吧，在我说完之前，请保持安静。"

本杰明·富兰克林："……我活得越久，越怀疑自己对别人的判断是否正确。"

使徒保罗："我若能说万人的方言和天使的话语，却没有爱，我就成了鸣的锣、响的钹一般。"

瓦茨拉夫·哈维尔："我们生活在一个被污染的道德环境里。"

伊丽莎白·格拉泽："她的生命还没有里根总统的任期长。"

帕特里克·亨利："不自由毋宁死！"

约翰·尼克松准将："我们认为下述真理不言而喻，那就是人人生而平等……"

萨尔瓦多·阿连德："智利万岁！人民万岁！工人万岁！"

罗伯斯庇尔："没有美德的恐怖是滥杀无辜，而没有恐怖的美德则是软弱无力。"

维克多·雨果："……如果说这儿真有一个罪人，那不是我儿子——是我！"

安托万·巴纳夫："只向往自由是不够的——你还得知道如何得到自由。"

西蒙·玻利瓦尔："卢梭说，自由是甘美的食物，但不好消化。……我们有理由相信，保住自由比忍受专制统治更难。"

乔治·华盛顿："我将从这场恢宏的大戏中谢幕。"

巴顿将军："爷爷我当年在第三集团军和那个叫乔治·巴顿的狗娘养的并肩作战呢！"

朱塞佩·加里波第："我能给你们的只有饥渴、强行军、战斗和牺牲。"

弗雷德里克·道格拉斯："你们的 7 月 4 日对一个美国奴隶意味着什么？"

列宁："为了和平，为了面包，为了土地，为了人民的权力！"

赫鲁晓夫："我们必须永远根除个人崇拜。"

艾米琳·潘克斯特："……英国政府已经被我们逼到了十字路口，必须作出选择：要么将女人统统杀掉，要么给她们选举权。"

约翰·昆西·亚当斯："（美国）不去国外捉鬼……（否则）她额头闪耀的将不再是自由独立之光，而是皇冠的邪光，充满着对领土和权力的渴望。她就有可能变成世界的独裁者，而不再是自己心灵的主宰……"

威廉·布莱恩："你们休想把人类钉死在黄金十字架上。"

特蕾莎修女："微笑面对彼此。"

贾瓦哈拉尔·尼赫鲁："……我们的生命之光熄灭了。"

索杰纳·特鲁斯："请问，你的基督是从哪儿来的？你的基督是怎么生出来的？是上帝让一个女人生出来的！男人跟他没有一毛钱关系。"

林登·约翰逊："一百多年前，来自另一个党的伟大的亚伯拉罕·林肯总统就签署了《解放宣言》，可迄今为止解放仍只是宣言。"

托马斯·伍德罗·威尔逊："……权利比和平更可贵。"

斯大林："在列宁的旗帜下　向着胜利前进！"

约翰·肯尼迪："不要问你的国家能为你做些什么——问问你自己能为你的国家做些什么。"

富兰克林·罗斯福："我们唯一值得恐惧的是恐惧本身。"

大卫·劳埃德·乔治："这个世界欠小国的太多——欠小个子的太多！"

道格拉斯·麦克阿瑟："责任、荣誉、国家。"

纳尔逊·曼德拉："通向自由之路绝非坦途。"

马尔科姆·X："我看到的不是美国梦，而是美国噩梦。"

约翰·肯尼迪："自由困难重重，民主并不完美，但我们从来没有垒起一堵墙，把人民挡在其中，阻止他们逃离我们。"

温斯顿·丘吉尔："一道横贯欧洲大陆的铁幕已然降下。"

马丁·路德·金："我梦想有一天，在佐治亚州红色的山坡上，前奴隶和前奴隶主的后裔会坐在一起，共叙兄弟情谊。"

目录

“雄辩可如此定义：讲话者知道自己在说些什么且言之有物——它是思想火花的迸发”

威廉·詹宁斯·布莱恩，1922

一直以来，来自各行各业的杰出人物总是善于借助演讲向追随者和支持者表达自己的意见。亚里士多德 在《雄辩术》中概括了有说服力的演讲的三大要素：气质（演讲者的可信度）、情感（能调动听众的情绪）和理性（有理有据）。同一句话，雄辩远比书写更具感染力。在本书中，我们将看到将军们如何以激情的言语让试图哗变的士兵俯首听命，政治家和宗教领袖如何通过演讲维护和平或挑起战争……在历史的某些关键时刻，如美国独立战争、美国内战、法国大革命、两次世界大战等，总会有一些演说家奇迹般地脱颖而出。我们还将看到独裁者如何运用语言煽动他们的追随者。多少世纪以来，重要演说证明了话语的力量，只可惜大多都没有被记录下来，便就此湮灭了。本书甄选语录遵循几个标准——要么是该演说对听众具有强大的冲击力，要么是演说发生在历史的转折点或某个关键节点，要么是该演说既启迪思想又打动人心，而还有一些则仅仅因为它们具备不可思议的语言魅力。出色的演说应能鼓舞人心、给人启迪，历史一再证明，好的演说可以抚慰或激励一个国家或者一个团体。演说可以鼓舞人民拿起武器，为正义而战。演说可以敦促我们作出巨大牺牲，与偏见或贫穷作斗争。语言的力量可以促人奋起，反对种族歧视和压迫。与此同时，正如希特勒和戈培尔向我们证明的那样，演说也可以成为一种邪恶的力量，挑起人们的仇恨，挑动偏见、暴行，造成灭绝人性的后果。

亨利 · 哈德威克在《演说和演说者史》（1896）中告诉我们 :“演讲是自由之母。通过对语言材料的组织，演讲成为自由的最后的希望和支撑，决定着自由的死生。暴君们出于自身利益的需要竭力贬低各种各样的演讲，唯有如此他们才会觉得安全。所以，鼓励演讲是自由国家义不容辞的责任。演讲术之所以重要，是因为人们以希腊和埃及神话为依据，相信它源于神授，那些神话创造了一位善于演讲的神祇，称它是奥林匹斯众神的信使和诠释者。还有证据表明，演讲术在远古时期就已经很发达了……

对于一个好的演说而言，演讲术（组织和运用语言的艺术）和雄辩术（把语言用作说服人的工具的艺术）缺一不可。早在 1946 年，乔治·奥威尔就提醒过我们，演说时要杜绝谎言和含糊其词，而时至今日，政治家们却越来越频繁地犯着这样的错误。

演讲中有许多常用语汇，有陈词滥调也有时髦词语，这些我们都耳熟能详，譬如“必须汲取教训”“让我们回到根本上来”“最佳时机”等等，不一而足。我们经常见到政客们在回答问题时或回避，或将至少三个问题混在一起作答，模棱两可，东绕西绕，最终还是言不及义。遗憾的是，用词模糊、缺乏连贯思想已成了演讲词捉刀者的普遍写作模式（现如今许多政客欠缺文化修养，无法自己撰写演讲词），以致进入 21 世纪以来，打动人心、感情充沛、有理有据的政治演讲如凤毛麟角。与此同时，“摘要”、二十四小时滚动播出的即时新闻和互联网则方兴未艾。在前电视时代和前互联网时代，演讲和布道通常会持续数小时，演讲者或布道者常常会即兴发挥且仍能做到逻辑贯通、条理清晰。而如今，因为随时能从电视或手机上撷取互不相关的信息片断，我们的生活变得日益碎片化，我们能够集中注意力的时间也大为缩短。

尽管如此，在这个被各种精心包装的商业和娱乐信息所裹挟的社会里，雄辩的演讲仍有其生存空间。里根总统和奥巴马总统便是当代最出色的两位演说家——两人差异甚大，来自不同党派，才智与教育背景各异，但一个共同的信念使他们惺惺相惜，那就是他们都对自己国家的前景充满了信心。

一些演讲者以真诚打动听众，使你不由自主地去认真倾听，因为你感觉他的话可信。而一旦我们对一个人有了信任感，你就会赞同他的观念和政策。一个球队的队长胜任与否，就看他是否善于做战前动员，中场休息时是否善于鼓舞士气。他们的表现常常会决定比赛的胜负。演讲者可能是负责活跃婚礼气氛的伴郎，是牧师、政治家、文化偶像、教师或者学生、律师、军官、体育教练、球队队长、企业首脑、社会改革家或社会活动家——不管是什么性质的演讲，都必须语言精当、立意和价值观正确，这样的演讲才具有雄辩的力量。它能吸引听众、改变听众。较之其他任何交流方式，它更能带来意义深远的变化。

本书旨在展示雄辩的力量，我们精选了人类历史上的157段重要演讲，按时间顺序编排并加上背景介绍。愿您在阅读中感受到乐趣——一如我在研究和编纂时一样。

特里·布雷弗顿

十诫

约公元前1250年—公元前1200年

摩西率领以色列人逃离了被奴役之地埃及之后，在西奈山受上帝颁赐《十诫》。在见到应许之地迦南之后，他召集以色列子民，再次申明以色列人与上帝的誓约及典章律例：

我是耶和华你的上帝，曾带领你走出埃及，走出了被奴役之地。除我之外，你不可有别的神。你不可为自己造任何偶像，也不可仿造天上、地下或水中的任何形象。你不可跪拜或事奉它们，因为我——耶和华——你们的上帝是忌邪的上帝，恨恶我的，我必讨他的罪，由父及子，直至第三、四代；爱我、守我诫命的，我必施以慈爱，直至千代。不可妄用你的上帝耶和华之名，凡滥用耶和华之名者，我必罪之。谨遵耶和华之命，视安息日为圣日。六天里你要劳作。但第七日是你的上帝的安息日，你和你的儿女、仆人、牛驴、牲畜，甚至住在你们当中的外族人，都要守这诫命；无论什么也不可做，好叫你们得到休息。你要记住你曾在埃及为奴，是你的上帝耶和华用大能的手和伸出的臂膀将你救了出来；所以，你的上帝耶和华命你守安息日。要孝敬父母，这是你的上帝所颁下的诫命；你若遵守，就得享长寿，得以在上帝所赐给你的地上过好日子。不可杀人。不可奸淫。不可偷盗。不可做假证陷害你的邻居。不可贪恋他人的妻子。亦不可贪恋他人的房屋、田地、奴仆、牛驴和其他所有东西。

“我们的政体之所以称为民主……”

公元前 431 年冬—公元前 430 年

伯利克里是一位政治家、将军和演说家，是雅典鼎盛时期的统治者，他统治的时期又被称为“伯利克里时期”。他战绩辉煌，推行民主，许多重要建筑如雅典卫城的帕特农神庙等均系他当政期间建成。据修昔底德所言，演讲地点是在雅典“最美郊区”，是根据法律要求，为在伯罗奔尼撒战争（公元前 431 年—公元前 404 年）第一年中牺牲的将士们而作。在这一著名演讲中，伯利克里表达了雅典人对自己民主政治的自豪，让民众及死难将士的亲属认识到，为自由而战是值得的。

……因为我们喜欢这样一个政府，它从不照搬邻国的法律。我们独立自主，不像有些国家那样只知模仿。我们的政体之所以称为民主政体，就是因为我们这个政府是为了多数人，而不是为了少数人。我们的法律，在解决私人争执的时候，保证人人在法律面前一律平等、无所偏私；尽管人们的社会地位有高低不同，但在选拔某人担任公职的时候，所考虑的不是他的阶级出身，而是看他有没有真才实学。任何人，只要他对国家有所贡献，决不会因为贫穷而在政治上湮没无闻。我们在政治上享有的这种民主自由，也广泛地体现于我们的日常生活之中……当他们齐心协力把一生奉献给国家，作为个人，会得到永远的赞颂，得到一座最尊贵的坟茔——我指的不是用以安葬遗体的坟墓，而是说他们的荣耀将永远为人们所铭记，每到适当时候，这荣耀将激励人们的言行。对于英雄们而言，不论自己的祖国还是他国，整个地球都是他们英魂的归宿，他们的英名已铭记在人们心中，而非镌刻在有形的石碑上……你们要学习他们的榜样，无惧战争。要自由，才能幸福；要勇敢，才能有自由……

'Its name, from its not being administered for the benefit of the few, but of the many, it is called a democracy.'

“你们不能只想着分享城邦的荣誉而不愿为它分担责任”

公元前 430 年末

公元前 430 年，斯巴达入侵雅典城郊的阿提卡，伯利克里拒绝与强敌正面作战，而是率领舰队奔袭伯罗奔尼撒沿海[①]。同年夏天，人口稠密的雅典城突发瘟疫，伯利克里不得不再次与主张向斯巴达求和的人激辩。伯利克里被城邦当权者褫夺了兵权，修昔底德写道：“直至伯利克里被解职，民众对他的抵触情绪才得以消减。但出于诸多原因，没过多久他又官复原职。”公元前 429 年，伯利克里的两个儿子死于瘟疫，加之仍遭公众反对，心碎失意的他不久便撒手人寰。

……你们不能只想着分享城邦的荣耀而不愿为它分担责任。你们还应当记住，你们对抗的不仅仅是奴隶制度，还有失去城邦的危险以及敌人的仇视……你们不应该受这样的市民的蛊惑，迁怒于我——如果我选择战争，那一定是在为你们而战……尽管我们计划周详，孰料瘟疫猝然袭来——这一点实非人力所能预测，但也正是因为这一点，你们对我怨声载道——要知道，这可无法归咎于我……你们还应记住，你们的国家之所以比别国都要强盛，那是因为它从不向灾难屈服；是因为在战争中它比别的任何一个城邦都付出了更多牺牲和努力，因此它才得以崛起，这辉煌的历史将为后人世代铭记。就算我们无以逃避盛极而衰的规律，我们也决不屈服，不要忘记，我们治下的希腊人仍比别的希腊城邦要多，不管他们是单独来袭还是合力进攻，我们仍有足够的力量与之抗衡……

① 公元前 431 年至公元前 404 年，雅典与斯巴达之间爆发伯罗奔尼撒战争，几乎所有的希腊城邦都卷入了这场战争，最终斯巴达获得了胜利。战争结束了雅典的经典时代，也结束了希腊的民主时代。

'...you cannot decline the burdens of empire and still expect to share its honours.'

自辩演讲

公元前 399 年

苏格拉底可能是西方哲学史上最伟大的导师。他坚持不懈地跟同胞们进行哲学对话，以期发现万物之真理，坚持“未经反思的生活是不值得过的”。他被雅典的政治家们视为威胁，因为他教导年轻人质疑一切，包括雅典的统治者。他被送上法庭，罪名是“毒害年轻一代，拒绝信奉雅典诸神，自造神祇”。在柏拉图记述的其自辩演讲中，苏格拉底没有乞求宽恕，而是接受指控，试图以理说服陪审团。他辩解说，他正是接受神的旨意才去追求知识，从而发现了真理。所以，倘不能完成神赋予的使命，才真的是对神祇的亵渎。自辩开始，苏格拉底说，他不知道雅典公民（陪审团）是否已被他的指控者说服：

> 哦，雅典公民们，我说不准指控我的人对你们产生了什么样的影响；但我知道，他们说得是那么言之凿凿，说得我几乎都不知道自己是谁了。然而，他们的话几乎没有一句是真的。在他们的连篇假话中，有一句尤其令我惊讶——他们告诉你们一定要小心，别被我的雄辩所蒙蔽，言下之意就是我是一个善于狡辩的演说家。我要告诉你们，说这种话的人真是极其厚颜无耻——除非他们所指的雄辩意味着事实的力量——如果真是如此，那么我承认我是个雄辩家。但我的雄辩跟他们的诡辩完全是两码事！我说了，我的原告没讲真话，或者干脆说，一句真话也没有；而从我的嘴里你们听到的全都是真话：不是像他们那样巧言令色，而是直截了当的真话，充满着对正义的事业的自信（或者说，我确信自己选择的事业是正确的）。啊，雅典人，我已这把年纪，千万别以为我会像个初出茅庐的演说者那样笨嘴拙舌。

In his own Defence

自辩词

公元前 399 年

苏格拉底的指控者们（雅典公民）花了三小时罗列他的罪行，而这位哲学家也有三小时的时间为自己辩护。出庭的 500 名陪审员中，有 280 名认为苏格拉底的罪名成立。按惯例，控辩双方可各自提出一种处罚方式由法庭定夺。作为控方代表，米利图斯提出应将苏格拉底处死[①]。如果苏格拉底提出愿意被流放，很有可能会免于一死，但他选择继续辩解。最后他说因为自己无甚积蓄，建议法庭罚他 100 德拉克马，后来在柏拉图等四位弟子的强烈阻拦下勉强改成 3000 德拉克马，而法庭仍表示不可接受，决定判处苏格拉底服毒自尽。据色诺芬记述，苏格拉底不顾一切地向陪审团发表了下述自辩演讲，因为“他宁可一死”。

> 我不曾料到谴责我的人依然占了多数……由是，死刑成了给予我的奖赏。那么，雅典的公民们，我自己又应该给自己什么样的奖赏呢？如何判决我，意见并不一致，不是吗？我罪当受死，还是只须缴纳一笔罚金？我的所谓罪行，无非就是因为我一生不愿保持沉默，不愿与大多数人同流合污，不屑于他们的所作所为——追名逐利、追逐军权、发表些无关痛痒的演说，更有甚者，为达到目的不惜大搞阴谋诡计、结党营私——而我是一个刚正不阿之人，不会为了自身安全与这种人同流合污……那么，对于我这样一个美德与功劳兼具之人，究竟该如何处置呢？理应予以奖赏，啊，雅典的公民们，假如你们能正确评价我的功劳的话……

① 每个陪审员都会投两次票，第一次投票事关被告罪名是否成立；如成立，则当场由原、被告分别提出具体判决，再由陪审团进行第二次投票以选择其中之一作为最终判决。在第一次投票中，苏格拉底以 280 票对 220 票被判有罪。在第二次量刑投票时，原告提出死刑建议；而苏格拉底却宣布自己对雅典民主的贡献超过了奥林匹克冠军，因此不仅无罪，而且法庭还应当发给他免费就餐券！苏格拉底这种坚决不认罪而且夹枪带棒、冷嘲热讽的态度彻底激怒了陪审团。第二次投票结果以 360 票对 140 票的悬殊差异通过了死刑判决。第一轮判他无罪的陪审员竟有 80 人转而判他死刑！

被判死刑后的演讲

公元前399年

被判死刑后，苏格拉底发表了最终演讲，在结尾时他告诉判他死刑的那些陪审员，他虽然没时间准备，但不愿摇尾乞怜，因而影响了他们的判断。他向判他无罪的陪审员保证，他的自辩是正确的，死于他而言是一种福分。死是忧虑的终结，不值得惧怕，他的灵魂可以与荷马、奥德修斯等伟人相会，他可以继续他的苏格拉底式对话。自辩结束时，他表示他不责怪指控和谴责他的人，请求他们照顾好他的三个儿子，让他们在面对个人利益时切勿自私。色诺芬和柏拉图看法一致，认为苏格拉底的追随者们有办法贿赂狱警，他原本是有机会逃脱的。他之所以选择留下，有这样几个原因。首先，逃跑意味着他怕死，这是为哲学家所不齿的行为。其次，他的学说在别的国家也未必受欢迎，他会继续质疑一切，从而招致更多的敌视。再者，同意在雅典法律下偷生，不啻于背叛了他的“社会契约”。

> 雅典人啊……等不了多久，你们的期望就将变为现实，因为我已垂垂老矣，离死不远了。我说这话不是对你们所有人，而是对那些表决判我死刑的人说的。我还要对你们说，你们也许会以为，我之所以被定罪，是因为我的辩解没能说服你们。其实不然，我足可以说些什么来脱罪，但恰恰相反，我缺的不是辞令，我身上缺的是厚颜无耻，不肯迎合你们，哭哭啼啼做可怜状，说些你们爱听的话……

论希腊应联合抵抗波斯的演讲

公元前 380 年

作为希腊最有影响力的雄辩家，伊索克拉底的学说和演讲风格对柏拉图、德摩斯梯尼和西塞罗等都产生过重大影响。伊索克拉底花了十年左右的时间，号召希腊民众在雅典的精神和政治领导集团麾下团结起来。虽然斯巴达手握希腊的统治权，但波斯王薛西斯二世已在亚洲击败了希腊人，而爱琴海的海盗势力也日渐猖獗。雅典人虽然军力薄弱，伊索克拉底仍希望能唤起雅典人重新夺回他们的霸主地位的雄心壮志。他重新评估了希腊的国力以及在波斯战争中雅典和斯巴达的力量对比。雅典被指对各联盟城邦施以暴行，他对此进行了辩解，同时将过去的雅典与现在处于斯巴达专制统治之下的雅典两相比较。在演讲的第二部分他评论说，雅典和斯巴达应抓住眼前的有利时机采取联合行动。他说，波斯人内外交困，并不强大，而苦难之中的希腊人士气正旺，因此，即使是已有的条约也不能阻止希腊人向波斯人宣战。伊索克拉底的言论对马其顿国王腓力二世产生了积极影响，其子亚历山大力排众议，接受了伊索克拉底的建议，于公元前 334 年率军入侵波斯帝国。

……你们，无论老幼，谁会无动于衷，不希望成为远征军的一员？为了联盟的自由，我们将集结在雅典人和斯巴达人的麾下，在希腊人的召唤下奋勇前进，去惩罚那些蛮邦。想想看，为这伟大事业冲锋在前的人们，将是何等荣耀，在生英名传颂，死后备极哀荣！如果说从帕里斯王子手中夺取一座城邦的人都当得起如此殊荣，那么，亚洲征服者的颂词又该怎样书写？毫无疑问，凡是有文才和口才的人肯定都会绞尽脑汁，思考该怎样发挥文采，让他们的英雄壮举流芳百世。

Panegyricus—On the Union of Greece to Resist Persia

抨击腓力的第二次演说

公元前 344 年

马其顿国王腓力二世一直觊觎雅典。雅典政治家德摩斯梯尼发表了一系列演说抨击腓力，其中四次尤为著名，“抨击性演说”（Philippic）一词由是而来。德摩斯梯尼四处演说，呼吁希腊各城邦摆脱马其顿的影响。在他的第二篇抨击演说中，德摩斯梯尼对腓力及其支持者予以强烈谴责。

……雅典人，首先我要说的是，如果有人无视腓力日益扩大的权势和征服欲，甚至幻想这并不预示着国家面临危难，幻想腓力的各种图谋不全是针对你们，我只能说我感到无比震惊！我必须提醒你们注意……必须把腓力视作我们真正的敌人；如果你们相信我的远见，请跟我一起努力，而如果你们当中有人相信那个人，认为他能保护你们，愿意屈从于他，就跟他走好了……就盼着他兑现给你们的慷慨承诺吧。如果你们还有点理智的话，最好祈求神的保佑，但愿别受他的欺骗。每座城邦的安全防务不尽相同，但堡垒、城墙、壕沟和各种各样的工事都必不可少，这就需要投入大量的人工和资金。但有一点对任何城邦来说都是一样的——这一点谨慎之人天生具备——那就是必须把全体人民，尤其是自由城邦的人民的安全时刻放在心上，警惕暴君们的侵扰。决不能轻信暴君。要时刻警惕，要坚持：永远存有防人之心，灾难到来之时你就不至于手足无措。“你苦苦追寻的是什么？”我扪心自问。“自由？你有没有察觉到自由的敌人是什么？难道仅仅是一个腓力？每一个君主、每一个暴君、每一个反对法制的人都是自由的敌人。在追求避免战争的同时，难道你不应该慎之又慎，谨防沦为他的奴隶？”……

The Second Oration against Philip (the Second Philippic)

抨击腓力的第三次演说

公元前341年

多年以来，德摩斯梯尼坚持不懈地给雅典人敲响警钟，但眼见腓力二世大军的铁蹄已踏上了色雷斯，雅典人这才集会讨论，要不要响应德摩斯梯尼的号召，武装起来捍卫自由，捍卫希腊人的生活模式。当时，雅典将军迪奥费塞斯正在进攻马其顿的盟国，而雅典对其予以经济援助，所以，马其顿跟雅典已互为事实上的敌国。通过第三次抨击演说，德摩斯梯尼宣示了自己作为雅典最具影响力的政治家的地位。他指出，腓力正在扩军备战，而雅典人缺乏的是英雄主义，缺乏古希腊人那样的崇高的精神气质，因而面临着希腊各城邦分崩离析的危险。仅仅一年之后，腓力便对普罗庞汀诸城邦发起了进攻，印证了这一警告并非危言耸听。演说完毕，听众齐声高呼："武装起来！武装起来！"临近结尾时他说：

我提出如下建议：我请求你们为在切森尼萨斯的军队提供物资援助，如果他们还有其他要求，请一并予以满足；你们自己则应做好一切准备，然后集结起来，带动所有希腊人。你们的国家是一个有尊严的国家，这么做是你们的职责所在。如果你们逃避斗争，幻想哈尔基斯人或者麦加拉人会出面拯救希腊，那你们就大错特错了。没有面临危险的国家只会明哲保身。这是祖辈赋予你们的责任，也是对你们在危难时刻挺身而出的褒奖。而如果人人都只图安逸，不愿承担责任，他会发现，没人会替代自己，而责任无可逃避，到头来仍将落在自己头上。真要是一切有人代劳，我们早就是个怠惰的民族了，但事实并非如此。我坚信，只要我们保持活力，我们的重新繁荣就指日可待。假如有人还有不同意见，不要藏着掖着。不论你们作何决定，我都请求神灵护佑，让这决定有一个好的结果。

The Third Oration against Philip (the Third Philippic)

反对德摩斯梯尼（以及泰西封）的演说

公元前330年

埃斯基涅斯是德摩斯梯尼的主要政治对手，是古希腊仅次于德摩斯梯尼的演说家。另一位著名演说家泰西封提议说，鉴于德摩斯梯尼的杰出贡献，雅典应授予他金质花环。虽然花环尚未打造好，但泰西封的提议已被记录在案，埃斯基涅斯出面反对，认为如此做法不合乎程序。埃斯基涅斯反对的理由之一是“将褒奖德摩斯梯尼的议案存档等同于把一份虚假的文书塞进公共档案”，由是出现了史上最引人注目的一场审判，结果是埃斯基涅斯败诉，被放逐到罗得岛，最终死在萨摩斯岛。

我们这个时代从未把机会留给凡夫俗子。我们把创造奇迹的希望寄托在子孙后代身上。看看波斯国王吧，他越过阿索斯，横跨达达尼尔海峡，现在又觊觎着希腊的山山水水。在他的信件中，他自诩为统治全人类的最高权威；如此看来，这个人现在奋斗已不再是为别的任何人，而完全是为了他一统天下之野心，难道不是吗？你们难道看不出，那些投资修建阿波罗神庙的人不光是为了敬神，而且是想通过此举赢得领导地位，带领人们反抗波斯人？底比斯——我们的邻邦——一夜之间灭国，公正地讲，这也许并不是什么意外，而是因为它自己的决策失误，是上天的裁决。而可怜的斯巴达人，尽管他们率先占领神庙，宣称他们是希腊的主宰，如今却被遣往亚洲，沦为亚历山大的人质，他们和他们国家的命运全都掌握在自己拥戴的主人手中。派驻希腊各城邦的使节历来都是从雅典派出，而如今，我们的雅典城邦正卷入战火，战争的目的已不再是控制整个希腊，而只是为了保住我们自己的立足之地。这一切都是德摩斯梯尼制定政策不当造成的……

Against Crowning Demosthenes (Against Ctesiphon)

金冠辩

公元前 330 年

德摩斯梯尼在第三次抨击腓力的演说中提出的建议得到了响应。他被派往拜占庭，在那里他重组盟邦，跟阿比杜斯、色雷斯、罗得岛、希俄斯岛、科斯岛、卡尔基斯、柯林斯、麦加拉、底比斯及波斯等结成同盟。为表彰他对国家所做的贡献，雅典人经过表决，决定授予他金冠。授冠仪式于公元前 340 年 3 月在专用于祭祀大酒神的剧场举行。此时，已同马其顿的腓力开战。公元前 338 年，同样是在大酒神剧场，德摩斯梯尼再获金冠。而就在同年夏天的克罗尼亚之战，腓力二世一举击败雅典、底比斯及其同盟。德摩斯梯尼以平民的身份参加了战斗，在战火中幸存下来。他不在雅典期间，雅典同腓力讲和，以牺牲部分领土为代价得以保持独立。德摩斯梯尼不信任腓力，想尽各种办法加强雅典的防卫。国民大会选择他为在克罗尼亚牺牲的将士致悼词。亲马其顿的党派没完没了地指控他，但每次他都被宣判无罪。

公元前 337 年，德摩斯梯尼再度出任公职，负责公共安全及节庆基金——后者同样是重要的国家职责。他政绩显著，并且拿出相当大一笔私产充作公用。公元前 336 年腓力二世被暗杀，亚历山大继位，随即踏平了底比斯。亚历山大要求德摩斯梯尼及其他反马其顿的政治家和将领投降，雅典方面答应公诉德摩斯梯尼，但并未付诸行动。公元前 336 年初，由泰西封提议，议会作出决议，再次在大酒神剧场将金冠授予德摩斯梯尼。而早在泰西封的提议提交给国民大会之前，亲马其顿的埃斯基涅斯已经以莫须有的罪名对泰西封提出指控。审判一直拖到公元前 330 年夏才进行，德摩斯梯尼针对埃斯基涅斯指控所做的辩护被称为“演说杰作”，R.C. 杰布称之为“古代最出色、最打动人的雄辩”。小亨利·布罗姆在其《德摩斯梯尼的金冠辩》中说："要想把一位最伟大的演说家的最出色的演说翻译成表达方式和词语构成都大不相同的另一种语言，几乎是不可完成的任务，许多年来，一直有人跃跃欲试，但计划一直都被搁置。"最终，陪审团裁定泰西封无罪。埃斯基涅斯没能得到五分之一的赞成票，只得离开雅典，流亡罗得岛。下面是德摩斯梯尼为泰西封辩护的著名长篇演说的开头：

> 雅典人啊，首先，我要祈求诸神，就像我从来对城邦和在座诸位都心怀良好祝愿一样，求诸神在眼前这场审判中也把良好祝愿赐予我。我还要祈求——这尤其关乎你们自己、关乎你们的宗教和你们的荣誉——祈求诸神让你们用心记住，我的措辞当然会是严苛的，我的对手肯定会对我的态度横加指责，不要听信他的花言巧语，只相信法律，相信你们的誓言。兼听则明，也就是说，你们不要先入为主，要以平等的态度看待控辩双方，要允许双方以他们各自选择的方式进行论辩。雅典人啊，在这场审判中，相对于我，埃斯基涅斯有许多优势，其中两点尤甚。首先，在这场对垒中我要冒的风险不同于以往。但就像可以肯定我的对手不可能胜诉一样，我可以肯定地告诉你们，我所指的风险绝不是担心会失去你们的尊重。对我来说——算了，我的演讲才刚刚开始，还是留待后面再发表吧。毕竟，提出指控的不是我而是他。我的第二个劣势在于，出于人的天性，听众总是喜欢听别人被指责抨击，不喜欢听人被赞扬。埃斯基涅斯扮演的角色是给你们带去快感，而得罪诸位的差事却留给了我。假如我逃避，只字不提我曾经做过的事情，那我就无法驳斥他的指控，无法捍卫我的荣誉；反之，如果我要细述我的所作所为及行为方式，就不得不频繁地提到我自己。当然，我会做到尽量谦逊；但我不得不应诉，而这一切皆因我的对手而起，因为是他提起的诉讼……

“别指望被你们征服的人会爱你”

公元前 329 年

历史学家斯特雷波（约公元前 63 年—公元 24 年）报告说，自从公元前 339 年被马其顿的腓力（腓力二世）击败之后，斯基泰人（西徐亚人）的向西扩张便告终止。斯基泰是个游牧部族，居住在中亚到多瑙河、俄罗斯南部到巴尔干半岛一带。腓力的儿子亚历山大大帝将马其顿的边界往西、北两边推进，斯基泰人派出使节，告诉亚历山大不要越过雅克萨特河（今锡尔河）。几位使节等待亚历山大的答复，他们失望地发现，相比其赫赫威名，亚历山大并不像他们想象中那般咄咄逼人，使节中年龄最长的那位因之发表了下面所引的这番演讲。其实亚历山大并没有把他们的警告当回事，雅克萨特河之战随即爆发，战场就在塔什干附近，地处乌兹别克斯坦、塔吉克斯坦、哈萨克斯坦和吉尔吉斯斯坦几国边界。不论是希腊人还是马其顿人，从来不曾战胜过这个马背上的民族，而亚历山大以其出色的战略指挥开了先河。

要是神赐予你们的躯体大如你们的野心，那么，整个宇宙对你们来说都太小了。你们会一手抓住东方，一手抓住西方，而且仍不知餍足，恨不能追上太阳，一探它的藏身之处。你们贪婪如斯，明知不可能得到的东西也渴望抓到手。你们横跨欧洲入侵亚洲；你们企图征服全人类，不惜向河流、森林和野兽开战。你们难道不知道，树木要多少年才能成林，却将毁于一旦；雄狮有时也能成为小鸟的口中之食；钢铁那么坚硬也会锈蚀；一言以蔽之，你们难道不明白，哪怕是最坚固的东西，有时也会被最脆弱的东西给摧毁？

我们能拿你们怎么办？我们从来没觊觎过你们的国土。我们不想征服谁，也绝不会屈服于谁。你们觊觎我们斯基泰人，因为你们

'Do not imagine that those whom thou conquerest can love thee'

知道神对我们这个民族特别眷顾，赐给了我们牲畜、犁铧、飞镖、标枪和美酒。这些东西我们只跟朋友而不会跟敌人分享。我们将辛勤耕种收获的谷物馈赠朋友，跟朋友一起用美酒祭祀神灵；而对于敌人，我们坚决与之斗争，距离远时用弓箭，距离近则用标枪。正是这样，我们征服了大多数好战的民族，让大多数君王臣服于我们，我们的铁蹄踏遍亚洲，打通了直达埃及腹地的通道。

而你们，自称来这里是为了剿灭强盗，其实你们自己就是全世界最大的强盗。你们掠夺被你们征服的民族；你们占领了利比亚，入侵叙利亚、波斯和大夏；你们还在野心勃勃地谋划远征印度，而眼下，你们来到我们的领地，掠夺我们的牧场和牛羊。你们已经拥有了那么多，却永不餍足……越过雅克萨特河，我们广袤的平原将被你们据为己有。你们想要征服我们，必然是徒劳。我们一身轻松，而你们战场拉得太宽，不堪重负；当你们还在远远地觊觎着我们，突然间我们便会神兵天降，袭击你们的营盘，不待你们回过神来，我们早已疾风般消失得无影无踪。我听说希腊人编出谚语笑话我们居住在穷乡僻壤；但我们热爱我们的沙漠，不羡慕你们的大城市和富饶的平原。我倒是要提醒你们，财富这个东西最靠不住，稍不留神就会从你们手中溜掉。如果你们想保住已经拥有的东西，就还是收敛收敛吧。如果你们是神，就心存善意，不要肆意掠夺他人。而如果你们只是普通人，那就拿出做人的样子来。你们不去骚扰别人，别人就会拿你们当朋友；真正的友谊必以平等为基础；必须相互尊重，不以对方为敌；别指望被你们征服的人会爱你，因为主人与奴仆之间没有友谊可言，高压下的和平很快就会演变成战争……所以，好好考虑一下吧，是要同我们友好相处，还是要与我们为敌。

规劝试图哗变的士兵

公元前 326 年

公元前 336 年，腓力二世被暗杀，其子亚历山大宣布继位，年方二十。他立即处死了曾跟他争夺王位的对手，镇压了塞萨利地区的起义，并北进色雷斯，平息了那里的独立风波。北部边境刚刚安定，底比斯人和雅典人又闹腾起来，他出兵扫荡底比斯人，逼迫雅典及希腊其他地区的民众归顺。而后，他入侵小亚细亚，几番击败波斯，占领了叙利亚。接下来，他入侵加沙和埃及，然后是美索不达米亚（今属伊拉克），占领了巴比伦，并再度征战波斯，最后征服了阿富汗。从公元前 327 年冬季到公元前 326 年，他在今巴基斯坦和印度连续征战。公元前 326 年，在希达斯皮斯，一番苦战后他击败了波鲁斯，紧接着又迎来了强敌难陀国和孟加拉国。士兵们已疲惫不堪——他们已经连续征战十一年，没回过家——在海法西斯河他们群起哗变，拒绝继续东进。当时，马其顿的劳顿之师面对的是一支由八万骑兵、二十万步兵、八千辆战车和六千头战象组成的部队。他们必须在敌人的攻击之下渡过四英里宽、数百英尺深的恒河，与对岸的印度军队决战。亚历山大使尽浑身解数，运用他在帝都培拉学到的亚里士多德的雄辩术，以期燃起士兵们的激情，让他们下定决心继续战斗直至胜利：

啊，马其顿和希腊盟军的士兵们，看到你们不再像之前那样甘冒危险跟我冲锋陷阵，我把你们召集在一起，看看是我能说服你们继续跟我前进，还是你们能说服我退兵。我们已经付出流血牺牲的代价打到了这里，如果说你们愿意前功尽弃，或者说你们不愿意我继续领导你们，那我也就没必要再白费口舌了……在我看来，作为一个勇敢的男子汉，如果说英勇奋战终将换来辉煌胜利，我就决不放弃。如果有人愿意听听我对战事结局的展望，那我要告诉他，我们现在离恒河和东海的距离已经不远，这就意味着赫卡尼亚海也已近在咫尺，因为整个地球都在大海的包裹之中。我会让你们，让所有马其顿人和希腊盟军都看到，印度海湾跟波斯湾相连，而赫卡尼亚海又连接着印度海湾。我们可以乘船绕波斯湾进入利比亚，直达赫拉克拉斯的皮拉斯，从皮拉斯开始，整个利比亚乃至整个亚洲都将属于我们，我们帝国的疆域将跟神的疆域同样广阔无垠……土地是你们的了，你们就是它的主人。更重要的是金钱，也都将属于你们；因为横扫了亚洲，我以宙斯之名向你们保证，你们之所获将超乎你们的期望。愿意回家的我会送他们回家，或者我亲自带他们回家；愿意留在这里的，我向你们许诺，你们的收获将令回家的人妒忌不已。

然而，亚历山大的一番雄辩迎来的却是沉默。他再三询问将领们的意见，终于，一位名叫科伊努斯的老将军开口了。他说，军官们可以跟亚历山大走，因为他给了他们那么多的财富和荣誉。但他不是代表军官而是在代表士兵们发表意见。他指出，跟他出征亚洲的马其顿和希腊士兵们几乎什么好处都没得到，他说：“大帅，对于一个成功男人来说，最重要的是知道该在什么时候收手。毋庸置疑，像你这样一位统帅和你所率领的军队不会畏惧任何敌人，但别忘了，命运并不可知，不走运时，再善战的人也无法取胜。”令亚历山大愕然的是，科伊努斯的讲话竟赢得了热烈的掌声，无奈之下，他只好宣布队伍解散。他把自己关在帐中苦苦思索了三天，最终同意了众人的意见，开始取道波斯撤退。三年后，他死在撤军途中。他率军征战三大洲，历时十三年未尝败绩，最终却没能回归故土。

翻越阿尔卑斯山前的动员演说

公元前218年

萨贡托是新迦太基（卡塔赫纳）在西班牙的一个省。得知罗马人打算攻占萨贡托，将迦太基人赶出西班牙，汉尼拔①主动出击萨贡托，由是拉开了第二次布匿战争②（公元前218年—公元前201年）的序幕。既然罗马人要入侵新迦太基，汉尼拔便来了个先发制人，决定率领军队和三十七头战象翻过比利牛斯山，跨过罗讷河，翻越阿尔卑斯山，直取意大利。下面这番演说为的是提升士气，并叮嘱士兵们备足食物、好好休息，为翻越陡峭的阿尔卑斯山做好准备。次日，部队沿罗讷河左岸前行，直奔高卢腹地。这并非去阿尔卑斯山最近的路，之所以做此选择，是因为汉尼拔不想遇上罗马人，在到达意大利之前，他不想跟他们过多纠缠。

从来勇敢无畏的心，突然之间被恐惧攫住，这让我倍感震惊。想想你们在历次战斗中取得的辉煌战绩吧，别忘了，在加入迦太基帝国之前，你们还不过是蛰居在大海之间的默默无闻的部族。罗马人命令所有参加过围攻萨贡托的人缴械投降，你们不堪其辱，渡过埃布罗河，为的就是打败罗马人，给世界以自由。你们从日落之邦向日出之地进军，起初并不觉得征程无法承受。如今征程过半——我们已经跨过由最为骁勇的部族把守的比利牛斯山；越过成千上万高卢人固守的罗讷河。现在，阿尔卑斯山已遥遥在望，山那边便是意大利，你们却在即将抵达敌人城门之时踟蹰彷徨了。你们以为阿尔卑斯山比哪座山都高？就算它比比利牛斯山高一点，但可以肯定

① 汉尼拔·巴卡是北非古国迦太基（位于今天的突尼斯）名将，军事家，欧洲历史上四大军事统帅之一，终身与古罗马为敌。
② 布匿战争是在古罗马和古迦太基之间的三次战争，得名于当时罗马对迦太基的称呼布匿库斯。第二次布匿战争（公元前218年—公元前201年）是其中最著名的一次。汉尼拔率军翻越阿尔卑斯山入侵罗马。罗马则出兵迦太基本土。汉尼拔回军驰援，迦太基战败，丧失全部海外领地，交出舰船，并向罗马赔款。布匿战争的结果是迦太基被灭，迦太基城也被夷为平地，罗马争得了地中海西部的霸权。

的是，再高的山也高不过天，世界上没有高不可攀的山。阿尔卑斯山人迹罕至，但仍有动物生存，沟壑里还是可以行军。想想那些驻意大利的使节，谁都不是长着翅膀飞过阿尔卑斯山的，他们的祖先也并非那里的原住民。他们跟寻找生存之地的迁徙者一样，一步步翻过阿尔卑斯山，而且还携家带口，背负着沉重的行囊。身为士兵，除了武器没有任何负担，有什么山是不可逾越的？为了拿下萨贡托，八个月来，什么样的艰难险阻你们没经历过！此刻，世界首都罗马就是你们的目的地，难道不应该藐视一切困难，勇敢地向罗马挺进？这个迦太基人一心向往的地方多年前就被高卢人据为己有了：面对曾经被我们一再征服的高卢人，你们要么自认勇气和能力都比不过人家，要么就抬起头来，在台伯河与罗马的城墙之间奋勇前进！

公元前 218 年—公元前 216 年，面对普布利乌斯 · 科尼利厄斯 · 西庇阿[①]的阻击，汉尼拔在意大利境内的提基努斯、特雷比亚、特拉西蒙湖和坎尼等战役均取得了胜利。公元前 211 年，汉尼拔大军直抵罗马。老西庇阿偷袭新迦太基，但被汉尼拔留守的军队所杀。十余年间，汉尼拔成功地击败了所有前来围剿他的罗马军团。然而，因为罗马放弃了阵地作战，采取了游击战术，加之迦太基无法再为汉尼拔补充兵员和物资，战事陷入了僵局。公元前 204 年，大西庇阿（后尊称为阿非利加努斯，意为非洲征服者）率兵 25000 人入侵迦太基。得知消息后，汉尼拔于公元前 203 年取道北非回军驰援，次年在扎马被罗马人包围击败。汉尼拔遂传令迦太基：“我们输掉的不只是一场战斗，而是整个战争。答应他们的条件，接受和约吧。”公元前 195 年，汉尼拔在流放中自杀。

① 西庇阿家族是古罗马军功世家，名将代出。此处指执政官老西庇阿。其子大西庇阿在第二次布匿战争中击败汉尼拔，因战功卓著被授予“阿非利加努斯（阿非利加的征服者）”的称号。大西庇阿长子的养子也叫西庇阿，史称小西庇阿。

提基努斯之战前的动员演说

公元前 218 年

公元前 218 年，罗马执政官、军事统帅普布利乌斯·科尼利厄斯·西庇阿（老西庇阿）打算利用意大利北部波河的支流阻挡汉尼拔的攻势，在这场提基努斯河战役的前夕，他发表了这篇动员演说。当时他年纪轻轻的儿子也在阵中。这个儿子就是后来在北非因击溃汉尼拔而名声大噪的大西庇阿。输掉了提基努斯战役后，在同年 12 月的特雷比亚战役中老西庇阿再遭败绩，但他仍统领罗马军团与汉尼拔作战，直至公元前 211 年在西班牙被汉尼拔的兄弟哈斯德鲁巴所杀。

我要你们不仅有战胜敌人的勇气，还要怀着尊严受辱的仇恨投入战斗，就像你们的奴隶竟敢拿起武器反抗你们一样。想当初，我们本可以把他们围困在埃吕克斯，让他们活活饿死，可以把我们战无不胜的舰队浩浩荡荡开往非洲，几天之内就在没遭遇任何抵抗的情况下将他们诛灭。但面对他们的祈求我们饶恕了他们；我们解除了对他们的包围；我们跟被征服者签订了和约；其后，在非洲战争中我们又给予他们保护。而他们却以怨报德，挑唆愤怒的年轻人向我们的国家发起进攻。我希望，你们迎接挑战不仅是为了安全，更是为了荣誉；不仅仅是为了夺取西西里和撒丁岛，更是为了夺取整个意大利。没有另外一支军队足以跟我们的敌人抗衡，全靠我们自己。阿尔卑斯山也只有一座，我们要坚定信念，就把它看作罗马的城墙，向它发起冲锋。每个人都要这么想，你拿起武器保卫的不仅是你自己，还有你的妻儿；你肩负的不仅是国人的期盼，还有元老院和罗马人民的期盼；我们有力量去改变这座城市乃至整个罗马共和国的命运。

To his Army before the Battle of Ticinus

提基努斯之战前的动员演说

公元前 218 年

公元前 238 年，汉尼拔随父亲哈米尔卡去了西班牙，因为迦太基在第一次布匿战争中战败，年方九岁的他发誓终身与罗马为敌。意识到罗马人觊觎着新迦太基，汉尼拔赶在公元前 219 年之前拿下了西班牙和葡萄牙。这篇演说发表于提基努斯之战前夕，这是他在意大利的第一战，当时部队已成功地翻越了阿尔卑斯山。罗马人估计，汉尼拔的军队已是疲惫之师，一路翻山越岭，不断与敌对部族作战，现在已是粮草匮乏，士气低落。西庇阿的军队已近在咫尺，汉尼拔让部队停下，做了这番演说。之后，汉尼拔立刻组织进攻。汉尼拔的骑兵以迅雷不及掩耳之势扑向敌阵，罗马人根本来不及投掷标枪便乱成一团，溃不成军。汉尼拔没有乘胜追击，一来是因为自己的士兵已劳顿不堪，更可能是因为他担心敌方在附近布有重兵，敌众我寡。

士兵们……我不知道命运是否已给你们套上了沉重的枷锁，让你们感到自己的形势比你们的俘虏的形势更为紧迫。你们左右两面都被大海封锁着，没有一条可供逃遁的船只。环绕着你们的是波河，它比罗讷河更宽，水流更湍急；你们历尽艰辛翻越过来的阿尔卑斯山横亘在你们后面，断了你们的退路。士兵们，敌人就在眼前，你们要么战而胜之，要么死亡;你们又一次面临生死抉择，如果战胜，你们得到的犒赏将比从永生的诸神那里得到的还要丰厚。只要我们拿出勇气去收复敌人从我们先辈那里夺走的西西里和撒丁岛，我们就将得到足够的补偿。罗马人通过战斗积聚起来的财富，连同这些财富的主人，都将属于你们。在诸神的庇佑下，赶快拿起武器，去赢得这笔丰厚的报酬吧……

Address to his Soldiers before the Battle of Ticinus

对叛军的演说

公元前206年

公元前216年，西庇阿取得坎尼之胜后当上了西班牙总督。八千名罗马士兵布防在西班牙的苏克洛，以防止迦太基人从北方的埃布罗来袭。士兵们听说西庇阿病重，他们可能拿不到军饷，决定反叛。西庇阿勇敢地面对叛军，发表了这篇演说。叛乱平息后，他只处决了三十名头目，还说处决这些人令他感到剜心之痛。公元前202年，他在扎马之战中击败迦太基人，赢得了"阿非利加努斯"的绰号。

我想我的话我的士兵们还是听得进去的，不是因为我能言善辩，而是因为我的行动，因为我从小就在军营摸爬滚打，理解当兵的难处。而此刻我的心情难以言表，我都不知道该怎样称呼你们才好了。你们背叛了自己的国家，我还能称你们为同胞吗？你们违背了军人的誓言，拒不服从长官的命令，我还能称你们为军人吗？难不成让我称你们为敌人？……没想到就在我自己的军营里，竟有人相信我将死的传言，甚至还有人巴望着我快死。当然，我并不是说你们所有人都如此大逆不道，真要如此，那我还不如现在就当着你们的面自裁算了。话说回来，面对这部分同胞和士兵，让我如何开心得起来？无风不起浪，就像大海一样，平时风平浪静，风暴一起就波涛汹涌。你们也一样，你们内心有平静也有风暴；你们的愤怒完全是别人挑起来的，再互相感染而趋于疯狂。不仅如此，你们至今仍未意识到你们已经陷入了何等危险的境地；没意识到你们已经面临罪恶的渊薮，竟敢图谋背叛我，背叛你们的国家、你们的父母子女，背叛诸神、背叛你们的誓言、背叛战争法则、背叛祖先定下的行为准则、公然对抗最高权威……

To his Mutinous Troops

反对威勒斯的第一次演说

公元前 70 年

西塞罗是一位哲学家、律师、政治家、政治理论家、立宪主义者，是罗马最伟大的雄辩家之一。作为共和国一位赫赫有名的辩护律师，他被派往西西里督办对罗马的粮食供应。西西里民众憎恨他们的总督凯厄斯·威勒斯，抓住他大肆敛财的把柄，要求西塞罗起诉他。西塞罗之前一直小心谨慎，唯恐承接这类案子会为自己树敌，但这一次，他接下了这个案子。他在罗马发表的这篇指控演讲强力有据、冷嘲热讽，以至于审判尚未结束，威勒斯就缴械投降了。西塞罗发表过许多著名演说，仅存世五十七篇。演讲伊始，西塞罗批评司法对富人太过宽松，使犯了罪的有钱人每每得以躲过指控：

> 值此共和国处于最严重的危机之际，我们最渴望的是什么？啊，法官们，最能对你们那种不合常规的做法产生影响的、能消除你们因办案不公所产生的信任危机的办法在哪里？我看只有神才知道了。现在国内国外舆论大哗，人人都在议论，有钱人不论犯了什么罪，都有可能被免于指控，这种现象毒害着法律的尊严，也毒害着我们的共和国……法官们，我，作为检察官站在这里，代表罗马人民，怀着最大的愿望和期待，是为了不让元老院继续像这样无序下去，是为大家，包括我自己，唤回失掉的信任。我现在要起诉的这个人，对你们来说就是一个大好的机会，只要你们按照司法程序对其公正审判，你们就能重新赢得罗马人民的信任，让舆论满意；这人是盗窃国家资金的蛀虫，是统治亚洲和潘菲利亚[1]的暴君，他窃取了这座城市的权力，玷污了西西里的名声……

① 古代安纳托利亚南部的一个地区，位于今土耳其安塔利亚省。

The First Oration against Verres

“我非常明白，士兵们，豪言壮语并不能让你们鼓起勇气”

公元前 62 年

作为阿非利加省总督候选人，喀提林的名字成了一场阴谋的代名词，这场阴谋意在推翻罗马共和国，特别针对的是元老院里那些权力过于强大的贵族们。还在召集部队的过程中，他的一些同党就在罗马被西塞罗逮捕，西塞罗不顾喀提林的盟友尤里乌斯·恺撒的抗议，未经审判就将这些人绞死。伦图鲁斯等人的死讯传来，许多士兵纷纷退出喀提林原本就准备仓促的军队，其人数一下子就从 10000 人锐减到 3000 人。喀提林本无心再战，无奈奎因图斯·凯西留斯·米特鲁斯·塞勒已率部堵死了他的退路。喀提林发现自己被困在险山和敌军之间，既无援军也无路可逃，遂决定主动向皮斯托利亚附近的彼得乌斯部发起攻击。此战若胜，或能动摇罗马军团的军心，甚至可能有人转戈，投身他的反叛事业。喀提林像一位勇敢的战士一样冲锋在前，人们在打扫战场时发现了他的尸体，他躺倒在阵地最前沿。他的士兵没有一个生还或者被俘。下面是他号召士兵们随他赴死的演说：

我非常明白，士兵们，豪言壮语并不能让你们鼓起勇气；一支没有了精气神的、胆小的队伍，不可能因为司令官的一席演说便士气大振。勇气存在于一个男人的内心深处，有可能生而有之，也可能是后天练就，都会在战场上表现出来。这样的人富贵不能淫、威武不能屈，心里充满危机感，没工夫听什么豪言壮语。我之所以把你们召集起来，是要给你们几条指令，要对我的选择作出解释。你们都知道，士兵们，伦图鲁斯的怠惰和怯懦令他自己、也让我们大家受到了多么大的惩罚；你们还知道，等待援军期间，我们无法进军高卢。对于目前的形势，你们跟我一样清楚。罗马和高卢的两路

'I am well aware, soldiers, that words cannot inspire courage'

敌军阻挡了我们前进的道路，而且我们粮草不足，军需欠缺，这一切使得我们不如我们所期望的那般强大。不论向哪个方向突围，我们都只能靠手中的刀剑杀出一条血路。所以我恳求你们，要下定决心、勇往直前；记住，财富、荣誉，还有解放祖国带给你们的快乐，这一切都掌握在你们自己手上。如果我们战胜，我们不仅将得到安全，物质也将极大丰富；殖民地和所有城镇都将向我们敞开大门。但是，如果我们因缺乏勇气而与胜利擦肩而过，这些地方的人将起而反对我们，因为我们不曾保护人家，人家当然也不会保护我们。除此之外，士兵们，你们还应当明白，我们的对手不如我们急切；我们是为国家、为自由、为生活而战，而他们为的是小小的私利，为的是小宗派的权力。所以，想想你们曾经的辉煌，拿出信心去战斗吧。

接下来这几天，我们有可能得忍辱负重，东奔西突。你们中也许会有一些人，在失去一切后曾经待在罗马，等待别人的救援。但这样的生活对于有血性的男人来说是令人作呕、不可忍受的，所以你们又重新投入了战斗。如果你们现在退缩，就只能寄望于征服者们发善心休战，放下武器换得一时苟安，这么做简直是痴心妄想。在战场上，愈是害怕愈是危险，而勇气不啻于给自己增添的一层甲胄。当我注视着你们，想想你们曾经立下的战功，士兵们，我对胜利充满了渴望。你们精神抖擞、年轻力壮、勇气十足，让我信心倍增；在这种时刻，说什么都是多余的，就算是胆小鬼都会变得勇敢起来。要阻击包围着我们的敌人，我们的兵力还是足够的。但是，倘若命运不眷顾我们，那你们要注意，不要白白送命，不要做俘虏，任敌人像牲口一样虐待，而是要像男人一样血拼到底，就算敌人取胜，也要让他们付出血的代价。

悼念恺撒的演说

公元前44年

尤里乌斯·恺撒的遗体被陈放在罗马大广场，由马克·安东尼致悼词。安东尼是恺撒的远亲，与庞培内战时曾协同恺撒作战，指挥左路军。公元前44年2月14日，安东尼曾以执政官的身份公开向恺撒敬献一顶王冠，被恺撒拒绝，这代表他无意称王。安东尼曾提醒恺撒3月15日他会有危险，但恺撒还是惨遭暗杀。他担心恺撒的支持者都难逃毒手，遂化妆成奴隶逃出罗马。其后，作为执政官他被允许重回罗马，条件是所有暗杀者都要得到赦免。安东尼被安排在恺撒的葬礼上致词，出人意料地，他在致词时指控了暗杀者。他揭开恺撒的长袍，逐一指出恺撒身上的伤口都是哪些人所为。接下来，他宣读了恺撒的遗嘱，将财产的大多数捐赠给罗马人民，表明恺撒并无建立一个属于自己的王朝的意思。由是，公众转而支持安东尼，就在葬礼当晚，一些平民袭击了暗杀者的家，迫使他们仓皇逃生。公元前43年，安东尼偕同屋大维（之后的奥古斯都皇帝）和雷必达组成了“罗马后三巨头”，并于次年的腓力之战中击败了由刺杀恺撒的凶手布鲁图斯和卡西尤斯统领的军队。公元前41年，他随克利奥帕特拉征战亚洲。公元前31年，罗马共和国的最后一战在亚克兴爆发（亚克提姆海战），克利奥帕特拉和安东尼被击败，两人逃往埃及，双双自尽。

……你们都曾受惠于恺撒，你们对他的赞美发自内心，把他看作你们衷心爱戴的亲人……对外，他勇敢地战胜敌人；对内，他施以仁政，对煽动反叛的人不予追究，尽管这些人中有许多，就其所作所为而言，不该得到这样的恩惠。在非洲和西班牙，他同样施以仁政，善待当地人。不管他们是否用阴谋反对过他，他一律善待之，仁慈到了甚至有点愚蠢的地步……他除了制定法律、重建国家，还有许多功绩不可胜数，所以你们像爱戴父亲一样爱戴他，把他视为恩主；你们从未像对他这样把如此多的荣耀加诸一人头上，巴不得他能继续领导整个国家。你们把凡能想到的尊称都献给他，仍觉意犹未尽，觉得没能尽数他的丰功伟绩。就他与诸神的关系而言，你们称他为大祭司；就他与公民的关系而言，你们称他为执政官。对于士兵们，你们称他为统帅；而对于敌人，你们称他为霸主。但是，为什么我在历数这一切之后，只称他为国父——而不提及其他的头衔呢？

我们的国父、大祭司、神圣不可侵犯的男子汉、英雄、神灵，他却死了。可悲可叹！他不是病死的，不是老死的，不是在战争中被外敌杀死，也不是被某种不可抗拒的超自然力量夺去了性命，而是在这座城市里被阴谋暗算的——他率军攻入不列颠都能全身而退，却在这里遭到暗杀——他扩建了这座元老院，却在这大厅里被击倒——这个手无寸铁、毫无防备的勇士，和平事业的推进者，当着法庭和法官的面、当着政府机关和政府首脑的面、当着市民们的面，他一以贯之地怜爱他们——这个哪怕掉到海里，敌人都拿他无可奈何的人，却当着自己同志的面惨遭谋害。恺撒，你慈悲为怀，可那些人对你慈悲了吗？你不可侵犯的神圣威权何在？法律何在？你制定了那么多律令，不让任何人因个人仇恨被杀，可你的朋友却对你痛下杀手；此刻，你躺倒在法庭上，你在这里荣膺过多少桂冠，带领我们取得过多少胜利；你躺倒在讲坛上，而正是在这个讲坛上，你向你的人民发表过那么多演讲。伤哉，你那血迹斑斑的灰发！痛哉，你那支离破碎的尸袍！

八福词——登山宝训

约公元30年

希律王死于公元前4年，据此可推断耶稣生于公元前4年或之前；而根据居里扭于公元前6年任叙利亚总督的事实，又可推断耶稣生于公元前6年或之前。相关内容《路加福音》均有记载[①]："这是居里扭作叙利亚巡抚的时候，头一次行报名上册的事。众人各归各城，报名上册。约瑟也从加利利的拿撒勒城上犹太去，到了大卫的城，名叫伯利恒。因他本是大卫一族一家的人，要和他所聘之妻马利亚一同报名上册。那时马利亚的身孕已经重了。"有关耶稣的忌日《福音书》说法不一，应为公元30或33年。耶稣基督在登山宝训中给出了启迪人心的"八福"。《马太福音》强调人生应当仁爱、慈善、互爱，死后即能进入天堂。耶稣提出的"八福"有其积极意义，认为它们是美德，会给人带来回报，而博爱则是每个基督徒的动力。"八福"许诺每个人在今生、来世都会得到拯救。不仅如此，"八福"还能让我们在现世遇到麻烦时保持心境平和[②]。

虚心的人有福了！因为天国是他们的。

哀恸的人有福了！因为他们必得安慰。

温柔的人有福了！因为他们必承受地土。

饥渴慕义的人有福了！因为他们必得饱足。

怜恤人的人有福了！因为他们必得怜恤。

清心的人有福了！因为他们必得见神。

使人和睦的人有福了！因为他们必称为神的儿子。

为义受逼迫的人有福了！因为天国是他们的。

①② 译文据《圣经》和合本。下同。

致某位未知之神

约公元 51 年

保罗对基督教思想的影响很可能比任何《新约》的作者都更实际。这位基督的使徒到了雅典，见一个祭坛上刻有“致未知之神”几个字，显然是祀奉雅典人某位不知其名的神祇的。他应邀在高等法院[①]向雅典名流们发表了这篇演说，提醒他们，世俗的神龛和神像不能反映真正的造物主的精髓，不能反映造物主通过其神力传达的行为和思想。人类代代相传，不论属于什么阶级，都是神造就的。演讲中，他很可能还指着周围雄伟壮观的建筑物，以比喻上帝雄视万物。

《使徒行传》17：保罗站在亚略巴古当中，说：“众位雅典人哪，我看你们凡事很敬畏鬼神。我游行的时候，观看你们所敬拜的，遇见一座坛，上面写着‘未识之神’；你们所不认识而敬拜的，我现在告诉你们。创造宇宙和其中万物的神，既是天地的主，就不住人手所造的殿，也不用人手服事，好像缺少什么；自己倒将生命、气息、万物赐给万人。他从一本造出万族的人（‘本’有古卷作‘血脉’），住在全地上，并且预先定准他们的年限和所住的疆界；要叫他们寻求神，或者可以揣摩而得。其实他离我们各人不远，我们生活、动作、存留，都在乎他。就如你们作诗的，有人说：‘我们也是他所生的。’我们既是神所生的，就不当以为神的神性像人用手艺、心思所雕刻的金、银、石。世人蒙昧无知的时候，神并不监察，如今却吩咐各处的人都要悔改。因为他已经定了日子，要借着他所设立的人按公义审判天下，并且叫他从死里复活，给万人作可信的凭据。”

① 希腊文写作亚略巴古，位于雅典卫城西北，在古典时期作为雅典刑事和民事案件的高等上诉法院并沿用至罗马时期。

To an unknown God

“我们如今仿佛对着镜子观看，模糊不清”

约公元 54 年

爱（charity）一词译自拉丁文caritas，源于希腊文agape，意为最纯粹的、超越自我的爱、自我牺牲等等情感。这篇布道词很可能写于保罗的祖国土耳其的以弗所。公元 50—52 年以及 56—57 年间，保罗在柯林斯布道，后被监禁在恺撒里亚，然后被解往罗马处死。因为他是罗马公民，所以没被钉在十字架上，而是被斩首。他很可能被葬于现罗马圣保罗大教堂处。2009 年，教皇本笃宣布，在保罗的石棺里发现了焚香残迹和亚麻布碎片以及一些小块骨骸，经放射性碳检测，确认骨骸来自公元 1 或 2 世纪。

《哥林多前书》13：“我若能说万人的方言和天使的话语，却没有爱，我就成了鸣的锣、响的钹一般。我若有先知讲道之能，也明白各样的奥秘、各样的知识，而且有全备的信，叫我能够移山，却没有爱，我就算不得什么。我若将所有的周济穷人，又舍己身叫人焚烧，却没有爱，仍然与我无益。爱是恒久忍耐，又有恩慈；爱是不嫉妒，爱是不自夸，不张狂，不做害羞的事，不求自己的益处，不轻易发怒，不计算人的恶，不喜欢不义，只喜欢真理；凡事包容，凡事相信，凡事盼望，凡事忍耐；爱是永不止息。先知讲道之能，终必归于无有；说方言之能，终必停止；知识也终必归于无有。我们现在所知道的有限，先知所讲的也有限，等那完全的来到，这有限的必归于无有了。我做孩子的时候，话语像孩子，心思像孩子，意念像孩子；既成了人，就把孩子的事丢弃了。我们如今仿佛对着镜子观看，模糊不清，到那时，就要面对面了。我如今所知道的有限，到那时就全知道，如同主知道我一样。如今常存的有信，有望，有爱；这三样，其中最大的是爱。”

'Through a glass, darkly'

BOUDICA (BOADICEA, BUDDUG) **布狄卡（博阿迪西亚，比达格）**
卒于公元 60 或 61 年

“就在这里，我们要么取胜，要么光荣地战死”

公元 60 或 61 年

布狄卡王后和她丈夫普拉苏塔古斯国王共同统治着英格兰东英吉利亚地区的凯尔特人爱西尼部落。普拉苏塔古斯将罗马皇帝尼禄跟自己的女儿们定为共同继承人，从而避免了王国与自己的家庭遭受罗马攻击。国王死后，不列颠的罗马总督苏维托尼亚斯·波莱纳斯入侵爱西尼，布狄卡被鞭打，女儿们遭到强奸。爱西尼人被激怒了，特林班特等部落奋起反叛，一举攻占了科尔切斯特、伦敦和圣阿尔班斯。苏维托尼亚斯调集了一万人的常规部队加上备用军应对。决战之前，布狄卡带着女儿们登上双轮战车，激励战士们奋勇杀敌……凯尔特人的法律强调男女平等，这一点在布狄卡的演说中也有所反映。

> 不列颠人不得不由女人指挥作战，这已经不是第一回了。她现在站在这里，无意炫耀祖先光荣悠久的历史，也不是为了恢复王国、夺回被劫掠的家族财富。她跟先辈一样走上战场，为的是公众解放，是要替被凌辱的自己和惨遭强奸的两个女儿复仇。罗马人骄傲而自负，他们是不义之师，他们虐待我们的老人，奸淫我们的女人。现在，复仇的时候到了。面对英勇善战的不列颠人，罗马军团将付出他们的生命，为他们的暴行付出代价。在他们的大屠杀中幸存下来的可怜的弟兄们，仍躲在战壕里，想着如何忍辱偷生。我们备战的喧闹、我们的呐喊已经令罗马人胆寒。一旦我们发动进攻，罗马人将是什么结局？看看吧，我们人数众多，兵强马壮。拿出你们的武士精神来，想想你们高举复仇之剑的目的。就在这里，我们要么取胜，要么光荣地战死。我们别无选择。作为一个女人，我决心已定。男人们，你们难道愿意忍辱偷生，像奴隶一样苟活下去？

'On this spot we must either conquer, or die with glory'

“他们把所到之处洗劫得一干二净，却声称是为了和平”

公元83或84年

原话应为：“他们造成一片荒漠，却声称是为了和平。”古罗马历史学家塔西佗记录了发生在苏格兰北部蒙斯格拉皮斯的一场战斗，苏格兰部族联盟在酋长卡尔加库斯的率领下迎战阿格里科拉率领的入侵之敌，卡尔加库斯据称是众酋长中最勇猛的一位。卡尔加库斯战败，至于他本人是战死还是被俘了，史料没有记载。以下是他对士兵们的演说摘要：

> 每当我想到这场战争的起因，想到我们的处境，我就信心满怀。我相信，就在今天，我们这个联盟将是整个不列颠解放的起点。谁都不知道我们会不会沦为奴隶，对我们来说，没有一个地方是安全的，就算是在海上，也面临着罗马舰队的威胁。所以我们不得不战，只有在战斗中，勇敢者才能捍卫自己的荣誉，胆小鬼也才能求得生存。在以往的对抗中我们的运气有好有坏，我们抵抗了罗马人，使得我们保留了最后的希望。作为一个著名的民族，可以在这个国家的核心地带继续生存下去，远离海外那些被征服之地，让我们的眼睛不受奴隶制的污染。我们居住在这个世界上最为促狭但却拥有自由的地方，在这个偏僻的避难地，维护不列颠荣誉的时刻来临了。……我们没有后盾，身后只有大海和巉岩。前面是虎视眈眈的罗马人，要想靠屈服和顺从躲过他们的奴役纯属幻想。他们是世界强盗，大地被他们掠夺殆尽，还想挖地三尺。我们的敌人富裕时不知餍足，贫穷时则渴望征服他族；无论是东方还是西方都不能令他们满足。不论是富饶之地还是穷乡僻壤都在他们的觊觎之中。他们妄称帝国，实则为强盗、屠夫；他们把所到之处洗劫得一干二净，却声称是为了和平。

'They make a solitude and call it peace'

……树欲静而风不止，所以，我恳求你们，为了你们的安全，为了你们最为珍视的荣誉，鼓起勇气来。布里甘特人在一个女人的领导下，都敢于英勇征战、攻城略地……而我们，作为一个富有活力的尚未被征服的民族，让我们第一战就显示出苏格兰民族的英雄气概吧！决不让我们的自由被践踏。难道你们以为，在和平时期嚣张放肆的罗马人，一旦开战还会那么勇武？他们不过是钻了我们部族内乱的空子，一时得逞罢了。而现在，这支通过征服拼凑起来的杂牌军同样内乱不断，势必土崩瓦解。这些高卢人和日耳曼人，还有，说来我都脸红，还有许多不列颠人，都认为他们是在为支持一个陌生人的统治而拼命。但较之他们侵略的对象，他们树敌太多，而且他们都是些冷血动物，从来就不讲诚信。你们害怕、恐惧在所难免，而人一旦害怕就会变得软弱无力，所以，鼓起勇气来，没有恐惧才会有仇恨。我们握有取胜的所有因素。罗马人身边没有妻子为他们鼓劲，也没有父母嘲笑他们临阵脱逃；他们中很多人甚至没有祖国，即使有，也远在天边。他们形单影只，陌生的环境令他们心情沮丧，抬头望望天空，再看看大海和森林，对他们来说一切都是那么陌生；按照神的旨意，他们已经陷入了我们的重重包围。不要被他们的虚张声势吓倒，他们是银样镴枪头，既保护不了自己也伤不了谁。而就在他们的队伍中，也存在着我们可资利用的力量。因为他们各怀鬼胎，布里顿人只在乎自己的事业；高卢人想找回过去的自由；而日耳曼人会像不久前的乌斯皮人一样背弃罗马人。他们的大后方也不足为虑。防御工事形同虚设；殖民地管理者都是些老朽；被压迫者不可能忠于统治他们的人，各城镇内乱不断。我们是一支有统帅指挥的军队，而他们身后是被迫纳贡还动辄获罪的被奴役的人民，这不啻为一颗颗定时炸弹。是永久为奴，还是一雪前耻，此战立见分晓。所以，好好想想吧，为了你们的祖先和后代，在战斗中奋勇向前吧！

“与其忍辱偷生，不如光荣赴死”

公元83或84年

阿格里科拉于公元58—62年担任不列颠护民官，后被派往亚洲，公元68年即所谓的“四帝之年”，他回到罗马，成为韦斯巴芗的支持者。继尼禄（自杀）、伽尔巴（被谋杀）、奥托（自杀）之后，韦斯巴芗成为同一年的第四任罗马皇帝。公元77年，阿格里科拉就任罗马帝国不列颠省总督，征服了不列颠大部，弹压威尔士，而后进军苏格兰，在苏格兰北部的蒙斯格拉皮斯与卡尔加库斯和苏格兰部族联盟展开决战。大战前夕，他对士兵们发表了这篇演说。阿格里科拉的女婿塔西佗写道：“演说中，士兵们群情激昂；演说甫毕，士兵们便急不可耐地冲上战场，他将后备步兵布在中路，两侧分别是八千和三千骑兵。”阿格里科拉让大兵团按兵不动，由后备部队冲在前边，同敌军短兵相接地厮杀。苏格兰部族被击溃，但仍有三分之二的人设法脱逃，遁入荒原。塔西佗写道：

> 他的演说令士兵们情绪激昂，他们像野蛮人似的唱着歌、喊着口号，狂呼乱叫。部队开始向前推进，武器寒光闪闪，最勇敢的士卒冲在最前面。尽管队伍士气高涨不可阻挡，阿格里科拉觉得仍有必要再给他们鼓鼓劲，于是说了下面这番话——八年了，我的士兵弟兄们，八年来，在罗马帝国的强力支持下，你们凭着勇敢与坚持，征服了不列颠。经历无数艰难险阻，在无数次的战斗中，不论是面对敌人还是应对恶劣的自然环境，你们的表现都没有令我失望；同样，你们对你们的指挥官也没有失望。基于这种相互信任，我们逾越了传统的官兵关系，我们情同手足，这可不是说说而已，不论是使用的武器还是宿营条件，我们大家都是平等的。我们发现并征服了不列颠。多少次在行军中，遇上险山、泥沼、大河，我从来没

听到你们不耐烦地抱怨：“还要多久才能见到敌人啊？啥时才有仗打？”放心吧，退缩的敌人迟早会被赶出来。你们满怀期望，勇气正足，机会只属于勇者，怯懦者必将被灭。我们付出巨大代价穿越密林，翻山跨海，现在离敌人越来越近，如果此时退缩，我们面临的困难和危险就会越大。这是在敌人的国家，我们不熟悉环境，我们的装备也跟不上；但是我们手握着武器，有武器就有一切。我向来坚持认为，不论对将军还是士兵而言，后退是没有出路的。与其忍辱偷生，不如光荣赴死，安全和荣誉只能靠勇敢战斗取得。在这天涯海角，就算是战败也不为耻。

假如是我们不了解的国家的军队前来进攻，我会教给你们不同的战术。可是瞧瞧眼前的这支军队，你们完全可以信心满满。就在去年，他们趁着夜色偷袭一支小部队，听到一声喝叫便落荒而逃——简直是不列颠人中最伟大的落败者，苟活时间最长的幸存者。在密林中，凶猛的野兽会扑向猎人，只有胆小者才会闻声而逃。所以说，最勇敢的不列颠军队早已不复存在了。剩下的都是些失魂落魄的胆小鬼，就在不远的树林里，不是在那儿防御，而是吓得躲了起来。因为害怕，他们僵伏在那里，而那里将是你们取胜的战场，这场胜利将令你们终生难忘。现在，你们的所有努力即将开花结果，毕其功于一役，终结延续了五十年的战争，就在今朝！

地狱的惩处

约公元720年

比德是一位盎格鲁－撒克逊修道士，神学家、史学家，有名著《英吉利教会史》传世，并留有大量布道词，其中不乏具有警世意义的佳作。他被称为“英国历史之父”。比德七岁就被送进修道院，成年后笔耕不辍。他不仅在英国家喻户晓，且蜚声西欧和罗马。他拒绝晋升，谢绝了诸多欲加诸他的荣誉，在诺森比亚贾罗的圣彼得修道院为数百名修道士授业。他还留有音乐和天文学的著述，计算出创世的时间为公元前3952年（其创制的公元前B.C.与公元A.D.的纪年法沿用至今）。他在著作中绝对维护天主教，激烈反对凯尔特基督教会，认为他们对罗马不忠。1899年，教皇利奥八世授予他教会博士的头衔，他是英国人中唯一获此殊荣者。

星期日是个特殊的日子，在这一天，天使们特别开心。我们必须要问，是谁首先要求地狱的亡灵在星期日得到休息。答案是：圣保罗和大天使米迦勒从地狱返回时向主作出的恳求。因为是主的旨意，要保罗去看看地狱里的惩处。他看到树木全都烧起来，罪人的亡灵吊在树上受尽折磨。罪人们被吊的方式各有不同，有的拴住双脚，有的拴住双手，有的拴住头发，有的拴住脖子，有的拴住舌头，有的拴住一只胳膊。另外还有一个火炉，喷着七股烈焰，在火炉里挣扎着许多亡灵；火炉四周还有七种折磨：第一种，雪；第二种，冰；第三种，火；第四种，血；第五种，毒蛇；第六种，雷电；第七种，臭气。火炉里面全都是在生之时犯有罪行且不知悔改者的亡灵。视其罪行轻重，他们在炉里经受着不同的折磨：有的在哭泣；有的在嚎叫；有的在呻吟；有的被烧得受不了了，渴望歇息，但那只是痴心妄想，因为灵魂永不会死。这样一个地方当然应该令我们害怕，那里有无尽的痛苦、呻吟、悲伤，那里充斥着受折磨的灵魂洒下的泪水，那里有一个转轮，由邪恶天使每日转动一千次，每次就有一千个灵魂受折磨。他还看见一条可怖的河，河里有一些鱼形怪兽，在吞噬罪人的灵魂。河上有一座桥，好人的灵魂在桥上畅通无阻，罪人的灵魂则过不去，只能留在桥这边，根据罪行大小接受不同的惩处。

保罗还看见，许多罪人身上都钉着钉子，有的钉在膝盖上，有的钉在耻部，有的钉在嘴里，有的钉在眉头，日日夜夜、没完没了地受着折磨。保罗抽泣着，问那些被钉膝盖者犯了何罪。天使告诉他说："那是些诽谤者；被钉耻部的是通奸且不知悔改者；被钉嘴巴的那些人虽然也上教堂，但并没有听取主的教诲；被钉眉头的则是因为他们在邻居做了恶事时幸灾乐祸。"其后，保罗又看见一个当天刚脱离躯体的灵魂，被七个魔鬼团团围住，高声哀嚎。天使对他喝道："你有祸了，罪恶的灵魂！在生之时你都做了些什么？你不听上帝的劝诫，没做过一件好事；你活该被打入永久的黑暗之中，你到那里去慢慢哭泣、嚎叫吧。"转眼间，保罗又看见天使们将一个新到的灵魂送上了天堂。只见上千个天使翩翩起舞，齐声喊道："啊，最幸福最快乐的灵魂！欢庆吧，你做的一切都符合主的旨意。"欢呼声中，他们把他送到了主的面前……天使说："遵主之命星期日休息的人都可成为主的天使。"保罗问天使，地狱里有多少种处罚。天使说，计有十四万四千类，至于具体数目，就算是让一百个铁嘴铜牙的人，从开天辟地之时开始数，也数不过来。所以，我的兄弟们啊，听罢地狱里的惨象，赶快皈依我主，你也可能进入天使之列。

WILLIAM THE CONQUEROR, KING WILLIAM I OF ENGLAND

征服者威廉，英格兰国王威廉一世

约公元1028年—公元1087年9月9日

“就算不为荣誉，你们也该为求生而战”

公元1066年10月14日

天刚破晓，威廉率领的诺曼入侵军已摆好阵势，准备迎战由哈罗德国王率领的撒克逊军①。威廉站在高处，大声告诉他的士兵们，此战若败，他们就没有退路了。然后，他私下对军官们说，他是战死的诺曼底公爵，还是活着的英格兰国王，黄昏之前便见分晓。

> 你们投身于我的事业，我对你们的奉献发自内心地表示感激，因为你们是在惩罚英国凶手，因为他们的暴行而惩处他们。他们冷酷地杀害了他们被处死的国王的亲弟弟、年轻的阿尔弗雷德王子，不是吗？他们以镇压叛国者的名义，在丹麦全境大肆屠戮，连应邀欢庆节日的人都不放过，不是吗？你们难道没听见，祖先的血在呼唤着复仇？现在，等待判决的罪人就站在你们面前。以他们所犯的罪行，他们全当受死，而处死他们的，正该是你们手中所仗之剑。只有取胜，诺曼勇士们，你们不仅可以复仇，还可以获得财物，可以随意抢夺，是的，你们的收获将超乎你们的想象。但首先你们得战胜死亡。单靠我的勇气和我的一己之力无法帮你们雪耻。我们没有战船，没有什么能保护你们，但要坚信老天会庇佑你们。所以，要充满信心，相信你们必能取胜。如果我能成为英国国王，你们都将是这片土地的主人……你们身处敌国，对你们来说它是陌生的，但它终将属于你们。你们前面是枪林弹雨，后面是浩瀚的海洋，你们无路可退；所以，就算不为荣誉，你们也该为求生而战。

① 公元1066年10月14日，为争夺英国王位，哈罗德国王的盎格鲁－撒克逊军队和渡海而来的诺曼底公爵威廉一世的军队在黑斯廷斯（英国东萨塞克斯郡濒临加来海峡的城市）进行的一场战役。最终，哈罗德战死疆场，威廉大获全胜。后者随即率军直逼伦敦，于是年圣诞节加冕为英格兰国王，开始了诺曼王朝的统治（公元1066年—公元1135年）。

'If you will not contend for glory, you must fight for life'

生命的海洋

约公元1090年

安塞姆是当时最有影响力的神学家，生于意大利的皮埃蒙特，于1093年前往英国，后升任坎特伯雷大主教。在王室与教会的权力之争中，安塞姆被威廉二世流放，亨利一世当朝后被赦免，后再度被放逐。其作品的翻译者尼尔称他是继圣伯纳德后最伟大的神父，说“除圣奥古斯丁外，他很可能是最有天才的神学家”。这篇布道词是中世纪阐释基督教经文的隐喻和格言的典范。作为经院哲学的创始人，安塞姆运用存在论（仅凭直觉与推理）证明上帝的存在，被认为是基督教神学界的首位经院哲学家。

……你们爱上帝；你们行走在海上；整个世界都在你们脚下。你们爱这个世界；它将你们吞没；这个世界的意愿是吞没而不是承受爱他的人。当你们的心动摇了，有了犯罪的欲念，造访神圣的基督吧，他会帮助你们克服欲念。……当战争、骚乱、饥荒、瘟疫袭来，当个人遇上不幸之事，也就是你感觉逆风坠落之时，你便向上帝求助；而当世界向你微笑，施你以世俗的幸福之时，你又觉得是在御风飞翔。不要据此判定你是否安宁，而要审视你所面对的诱惑。看看你的内心是否平静；看看你是否被内心的骚动所控制。与享乐作斗争已被证明是重要的美德，唯有如此，才能抵制诱惑，做到不腐化、不堕落。要学会在这个世界上艰难前行；要记住信赖基督。如果你步履踉跄——左右摇晃；如果你难禁诱惑；如果你开始堕落，向耶稣求救，主啊，救救我。……在任何情况下，当诱惑之风搅得我们心神不宁，甚至可能将我们吞没时，我们都可以求助基督。他会张开双手，保护我们，让我们不致堕落……

为什么要再来一次十字军东征？

公元 1145 年 3 月 31 日

圣伯纳德是天主教隐修会西多会的创始人，自 1115 年开始担任克莱尔沃修道院院长。他拒绝提升，但对整个欧洲的宗教政治都产生过重大影响。1128 年，他以“神学博士”的身份出任特鲁瓦大公会议议长，在职期间，他拟定了《圣殿骑士团章程》，很快，圣殿骑士便成为宗教贵族和圣地的护卫者。1144 年圣诞前夕，耶路撒冷以北的埃德撒被围，基督教失利，之后，教皇尤金三世派伯纳德为参加第二次十字军东征（1146—1149 年）的将士们布道，以此来鼓舞大家的士气。教皇担心的是耶路撒冷和其他十字军国家也受到土耳其塞尔柱王朝的威胁。开始时，将士们的热情远非 1095 年第一次东征时可比。伯纳德见状，便在演说中强调，十字军将士的罪孽都将得到宽恕，都将通过东征赢得尊重。3 月 31 日，维泽莱一处空地上人山人海，连法王路易七世都出席了伯纳德的布道。布道结束，在场的人全都积极报名参加东征。为给应征者制作十字标识，组织者将库存的布匹都使用罄尽。与第一次十字军东征不同的是，此次东征得到了王室、贵族和平民的一致支持。伯纳德在给教皇的信中写道：“城市和城堡里的人都走空了。剩下的人中男女比例还不到一比七。到处都是守活寡的女人。”伯纳德四处布道，足迹遍及德国、法国和意大利，所到之处奇迹风传，似乎第二次东征的胜利已是铁板钉钉。然而事实却是，因为军令不严，士兵们胡作非为，第二次东征以失败告终。这样一来伯纳德的日子就不好过了，因为大家都把东征的失利归咎于他。值得注意的是，从这篇布道词的用语中我们看到的是仇恨与杀戮，而真正的宗教精神——宽容与爱，则付之阙如。

你们必须清楚认识到，我们正生活在一个惩罚与毁灭的时代。

人类的敌人导致各种宗教都弥漫着腐败的气息，我们只能眼睁睁看着邪恶势力逍遥法外。世俗法律和宗教法律都不再有足够的效力抑制腐败，以致邪恶势力猖獗肆虐。异端的魔鬼控制了话语权，上帝已然发出了诅咒。听我布道的人们啊，赶快祈求上天息怒，不要再徒劳抱怨。脱下便装，穿上甲胄吧！战争的刀光剑影、吃苦冒险，是上帝要你们承受的苦行。所以，赶快行动吧，要赎罪就去战胜异教徒，要自我救赎就去解救圣地。假如敌人侵占了你们的城市、你们的城堡和土地，奸淫了你们的妻女，亵渎了你们的庙宇，难道你们还不拿起武器反击？此刻，这样的灾难已经发生，甚至还会有更大的灾难降临到你们的同胞身上，降临到你们的耶稣基督大家族身上。他们的罪恶罄竹难书，你们还犹豫什么？还不赶快复仇？难道就让那些残害基督教徒的异教徒这么心安理得下去？别忘了，他们的胜利就是我们整整一代人的痛苦和耻辱。我以上帝的名义告诉你们，不奋起保卫上帝的人必将受到上帝的惩罚。

赶快拿起武器吧！让神圣的怒火在战斗中激发你们的斗志，让基督教世界回响起先知的声音："剑未沾血的人该当诅咒！"上帝派你们去捍卫他，并非因为他已失去自卫的能力。他难道不可以派遣十二支天使军团，或者，只消他呼一口气，便令敌人灰飞烟灭？他是在为你们考虑，是在为你们打开一道大门，让你们投入他慈悲的怀抱。他让你们复仇，捍卫他的荣耀与圣名，借以让你们得到安全。基督的勇士们，上帝给了你们生命，现在他要求你们予以回报。这场战斗非你们莫属，你们将战胜死亡，你们必胜。光荣的骑士们，十字架的英勇卫士们，记住你们祖先征服耶路撒冷的辉煌历史，他们的名字已然镌刻在天堂。攥紧拳头，摧枯拉朽，去征服这个广袤无垠的王国。

“小燕子姊妹们，倾听上帝的声音吧，在我说完之前，请保持安静”

公元约 1211 年

这篇布道词摘自 13 世纪出版的《阿西西的圣方济花絮》——一本关于这位圣徒的传奇故事集。据信，圣方济布道时站立的那块巨石仍安放在贝瓦尼亚的圣方济教堂，坎塔卢普村北面不远处的路边还建有一座纪念“鸟儿奇迹”的神龛。圣方济家境贫寒，他创建了方济会，是意大利的环境与动物保护神。他相信任何语言都可用以向上帝祈祷，常常用翁布利亚方言代替拉丁文写布道词。这篇布道词可以确认发布于 1211 年前后，因为正是在那年的棕榈主日，他接纳了克拉拉，并和她一起创立了方济会的女性支会“贫穷女士会”。一天，圣方济、克拉拉和一些信徒走在距他出生地不远的斯波莱托山谷。圣方济看见谷间栖息着大群鸟类，有感而发写下了这篇布道词，显示了他的爱普及动物、鸟类、植物等一切生物，同时也可看出，生命的多样性令他欢欣鼓舞。

> “鸟儿兄弟们，”他对它们说，“你们应当衷心赞美和热爱你们的造物主。他给了你们羽毛以蔽身，给了你们翅膀以飞翔，给了你们所需要的一切。他让你们成为所有生灵中最高贵的一族；他让你们生活在纯净的空气中。你们无须播种，无须收割，他自会关照你们，指引你们。”鸟儿们纷纷引颈、展翼、张嘴，瞅着他，仿佛是在表达对他的感谢。他在鸟群中走来走去，袍襟轻拂着它们，然后挥挥手，让它们带着他的祝福飞去。途经阿尔维亚诺，他在给当地人布道时，满天燕子唧唧喳喳的叫声掩没了他的声音。“现在是该我发言的时候，”他对它们说，“小燕子姊妹们，倾听上帝的声音吧，在我说完之前，请保持安静。”

'Little sister swallows, hearken to the word of God; keep silent and be very quiet until I've finished'

042 ST ALBERTUS MAGNUS (ALBERT OF COLOGNE)

圣阿尔伯图斯·马格努斯（科隆的阿尔伯特，即大阿尔伯特）

约公元 1205 年—公元 1280 年 11 月 15 日

基督受难的意义

约公元 1250 年

马格努斯是多明我会修士，主教，圣托马斯·阿奎纳的老师，一流演说家。公元 1260 年他出任雷根斯堡主教，三年后辞职，以普通教士的身份赴科隆任教。他被誉为中世纪德国最伟大的神学家和哲学家，强调科学与宗教应和谐共存，他写道："科学不应人云亦云，而应该探寻现象背后的原因。"他科学知识渊博，如同一部活的百科全书，时人争相捧读他的著述。亚里士多德的大多数知识都是通过他得以存留和呈现。下面这则布道词体现了他信仰的力量。

……即使是柔嫩的大脑，都被厚厚圈刺包围着。在布道之时，我也被人们的罪行包围着。那么，为什么你们的脑袋却可能不受侵害——换言之，你们的良知可能不受侵害？濒死的他目光逐渐模糊，此时，照亮世界之光会暂时黯淡下来。他眼里的世界变得一片黑暗，而其实苍穹里那两个巨大的光源仍在运动，照得你睁不开眼。他的耳朵，在天堂听到的是"圣洁、圣洁、圣洁"，在尘世听到的却是"你心中有个魔鬼，把它钉上十字架，钉上十字架"。目的就是让他充耳不闻穷人的哭喊，也听不见闲谈，而只听得进谗言和阿谀奉承。他的脸比孩童的脸、比上千个天使的脸更光洁，唾沫、拳头和谩骂反倒让这张脸开了光，而开了光的脸更加强而有力了，所以我们说，"他的表情就此固定不变了"。他的嘴，曾教导过天使，教导人们"言出必行"，此刻满含胆汁和醋，原本用以传播真理、颂扬上帝的嘴现在紧闭了，宁可沉默也不愿成为表达愤怒的工具。

The Meaning of Crucifixion

“我不能也不会收回我说过的话”

公元1520年4月19日

1505年，路德在埃尔福特成为奥古斯丁修会（奥斯定会）的修士，1517年在维腾堡发表了旨在反对售卖赎罪券的《九十五条论纲》，矛头所指正是当时的教会——他们宣扬只要出钱购买赎罪券就可以免受上帝的惩罚。尽管教皇利奥Ⅰ世丁1520年亲自致信规劝，路德仍拒绝收回自己发表的“异端”言论，于是，1521年，神圣罗马帝国皇帝召他出席沃尔姆斯会议。路德在得到了萨克森选帝侯的安全保障后，这才答应出席。他在会上发言说，救赎的唯一途径就是信奉耶稣（因信称义），而唯一的神示出自《圣经》而非来自罗马教会。次日，他就教会对自己的指控进行了答辩：“我的言论基于《圣经》，我听从上帝的教诲，不能泯灭良知。我不能为了求得安全和权力而昧着良心收回我的言论。上帝助我。阿门。”

其后几天里，若干次秘密会议决定路德的命运。1521年5月25日，神圣罗马帝国皇帝查理五世出席了沃尔姆斯会议的最后一次会议，宣布褫夺路德的公权，禁止他的学说，并要求将其逮捕：“他是个臭名昭著的异教徒，要将他逮捕并予以惩处。”会议还宣布，不论是谁，倘为路德提供食物或住所，都将被视为犯罪。会议还许诺，如果有人杀了路德，将无须承担法律责任。之后，同情路德的萨克森选帝侯玩了一出假绑架的戏码，由一位蒙面骑士在路德的归途中将其截下，并送往瓦特堡保护起来（路德正是在那里开始了《圣经》的德语翻译）。路德后来还是设法回到了维腾堡，并在全欧洲发起了新教运动。他在沃尔姆斯会议上拒绝向教皇和皇帝低头，从而导致了基督教教会的永久分裂。

尊敬的皇帝陛下，各位王子、王公大臣：今天，我奉命站在你们的面前，上帝垂怜，请你们屈尊听听我的辩解。我向你们保证，我所从事的事业是正义的，是正确的……陛下昨天问了我两个问题：其一，我是不是那些著作的作者；其二，我是打算否定自己的学说还是为之辩解。对于第一个问题，我的回答是肯定的。第二个问题，我确实写过许多文章，题目多样。在其中一些文章里，我讨论了忠实于信仰和行善积德，完全是纯粹的、合乎基督教教义的，就连我的对手都找不出任何可指责之处，承认这些文章是有益的，值得虔诚的教徒们一读。教皇的诏书那么野蛮，只怕教皇也不得不承认这个事实。那么，凭什么我要收回自己的言论？为何我如此不幸，单单挑中我，要我来否认不论是朋友还是敌人都一致赞同的真理，反对全世界都认可的教义！其次，我确曾写过一些反对教皇制度的文章，抨击的是虚假的教义、扭曲的生活，反对基督世界、毁灭人的身体和灵魂的可耻的事例。这难道不是敬畏上帝的人们的悲哀？

……我说这些，并不是说高贵的王子们需要我来做评判，我只是希望陛下和各位大人听我一个简单、明白、直截了当的回答。我的回答是：我的信仰不会屈从于教皇，也不会屈从于议会，因为事情像正午的阳光一样清楚明白，他们是错误的，而且自相矛盾。既然《圣经》提供的证据说服了我，既然我引用的经典令我满意，既然我的判断符合上帝的旨意，我不能也不会收回我说过的话；因为，一个基督教徒不能讲不利于国家的话。我站在这儿，该说的全都说了。上帝助我。阿门。

传达上帝的精神

约公元 1540 年

约翰 · 加尔文，法国人，被称为最伟大的新教理论家和神学家，此处所选是他最著名的一篇布道词。据说他曾连续几个星期坚持每天布道，说服了许多新教徒退出了天主教会。他说："真正的布道不应是僵死的，应该是有活力、有效力的。不要卖弄花言巧语。只有传达了上帝的精神，你的布道才有力量。"因为鼓吹宗教改革获罪，加尔文逃离巴黎，于 1534 年来到瑞士的巴塞尔。1536 年，他最出色的著作《基督教要义》出版。1540 年，他在斯特拉斯堡当牧师，次年去了日内瓦，成为这座城市实际上的统治者。加尔文满怀热忱地投身宗教事业，诠释上帝的预言，宣扬上帝的绝对权威，告诫信徒们，只有上帝才能将人从永久的地狱中解救出来。他对待持不同意见者的强硬手段，和天主教对新教的迫害相比不遑多让。著名科学家、神学家迈克尔 · 瑟维特被以"异端"罪名烧死在火刑柱上，加尔文对此负有直接责任。

……如果上帝允许暴君弑杀我们，并不意味着他不再珍惜我们的生命，我们更应该百倍地忠诚于他。他借大卫之口说过(《旧约·诗篇》)，在他眼里，圣人之死弥足珍贵。他还借以赛亚之口说过，看似被掩藏的鲜血终将被发现。让真理的敌人尽管嗜血吧，他们欠下的血债必将加倍偿还。现在，他们得意洋洋地烧死上帝的忠实信徒；他们沐浴在受害者的鲜血之中，像过节一样兴高采烈地清点他们的"战绩"。但只要我们耐心等待，总有一天，上帝会让他们付出高昂的代价，证明我们的血没有白流……

...the spirit of God must resound

“我有一颗国王的心，一颗英国国王的心”

公元 1588 年 8 月 19 日

西班牙商船在英国沿海不断遭到私掠船的袭击，西班牙国王菲利普二世决定征服英国，彻底结束这一局面，并在英国恢复天主教。他组建了一支庞大的舰队，号称“西班牙无敌舰队”，于 1588 年浩浩荡荡驶入英吉利海峡，准备与驻扎在低地国家的西班牙军队会合，渡海入侵英国。伊丽莎白紧急应对，在西班牙舰队的登陆点蒂尔伯里要塞重兵布防。以下是她对士兵们发表的战前演说。最终，在英军众志成城的阻击下，西班牙侵略军仓皇逃窜，没能踏上英国领土。

> 我亲爱的子民们，有人出于对国家安全的担心，劝我们谨慎从事，不要过分倚重武装力量，谨防其中会有叛逆者。但我向你们保证，我不会不相信我忠实的、亲爱的人民。让暴君害怕去吧！而我，除了上帝的庇佑，我向来把人民的忠诚和良好的祝愿视为我的力量源泉和安全保障。所以，在这战火如荼的关键时刻，我来到你们中间，不是要跟你们一起娱乐运动，而是要与你们生死与共。为了上帝，为了我的王国，为了我的人民，付出我的荣耀和鲜血，即使付出生命也在所不惜。我知道我只是一个柔弱的女人，但我有一颗国王的心，一颗英国国王的心。不管是虚张声势的西班牙“无敌舰队”还是欧洲的任何王子，只要胆敢侵犯我们的王国——对我来说这不啻最大的侮辱——我都将拿起武器，我将是你们的将军、法官和奖赏者，只要你们英勇作战，我都会奖赏你们。我会派中将（莱切斯特伯爵）代替我指挥你们，凭着你们的勇敢和同仇敌忾，我们定能打一个漂亮的胜仗，将我的上帝、我的王国和我的人民的敌人悉数歼灭。

'I have the heart of a king, and of a king of England, too'

“我从不在意财产”

公元1601年11月30日

公元1601年，六十八岁高龄的伊丽莎白已在位四十三年。就在这年初，她最挚爱的年轻的埃塞克斯伯爵起兵反叛，被逮捕处死。接下来的一年里，据知情者说，“她喜欢在黑暗中独坐，有时会泪流满面，黯然神伤”。她召集议会说有话要讲，大家发现她很不开心。议员们都以为她要讲的是近期的财政问题，谁也没料到这竟是这位“处女国王”最后一次主持议会。下面的记叙来自日记作家海沃德·汤森，当时他和包括下议院议长在内的一百四十一名下议员在议会大厅里，跪在伊丽莎白面前。伊丽莎白谈到了她对国家的爱，谈到了她自己，也谈到了在场的议员们。这便是众所周知的“告别演说”，标志着英国历史上最成功、最辉煌的一朝王政的终结。十六个月后，伊丽莎白去世。整个18世纪，每当英国处于险境，这段“女王金玉良言”都会被拿出来大肆宣传以激励民众。这段话首次公之于众时的标题是《这段话应当用金字刊印》。

> 议长先生，我们听说，也注意到了你很在乎并宣称要继承我们的财产。我可以肯定，没有哪位王子比你更爱他的子民。在我看来，最有价值的财产是爱，任何财宝都不如它珍贵。较之爱和感恩，珠宝财富一文不值。上帝赐予我王位，这固然是我莫大的荣耀，但我更看重的是，我这个女王拥有的是懂得感恩的子民。我不奢望长寿，只希望看着国家繁荣昌盛。现在我仍在其位，作为万能的上帝的工具，我确保了你们远离危险、背叛、羞辱、暴政和压迫，当然，这其中也有你们的功劳，因为你们对你们的君主无比热爱、无比忠诚。说到我自己，我从来不是个贪得无厌、见风抓一把的人，也不是个铺张浪费的人。我从不在意财产。你们给予我的，我不会据为己有，

我之所以收下，是因为我会回报你们……

我知道国王的头衔很光荣，但权力并没有冲昏我的头脑，我随时牢记，在最后审判到来之前，我们都得为自己的所作所为担责。作为国王，只有意识到自己肩负的责任，他才会感觉到头戴王冠的荣耀。就我自己而言，我从不因拥有女王的名分和权力而沾沾自喜，我真正开心的是上帝让我做了他的工具，传播他的真理和荣耀，如前所说，保卫他的王国免除危险，免受羞辱、暴政统治和压迫。在这个王位上，再不会有哪位女王会像我这样对国家如此满怀热忱，如此关心自己的子民，为了你们的利益和安全，即将自觉自愿地甘冒生命危险。我并不打算一辈子待在这个位子上，你们已经有过，而且还会有很多得力而睿智的新君人选，但他们当中绝不会有谁比我更细心、更体恤。

“衷心感谢上帝，他让我在光明中死去”

公元 1618 年 10 月 29 日

雷利是一位朝臣、政治家、化学家、诗人、历史学家、战士、探险家、殖民者、私掠船员，他在威斯敏斯特的老宫院作了临刑前的最后一次演说，驳斥了强加在自己头上的多项虚构的罪名。当他把脑袋搁在木墩上准备被斩首时，有人提出应该让他的脑袋朝向东方。雷利答道，“只要心摆得正，头向何方又有什么关系？”他催促刽子手说：“痛快点儿，我可不想让我的敌人以为我怕得发抖。”看着行将落下的利斧他说：“这是一剂良药,可以根除所有疾病和痛苦。”与西班牙“无敌舰队”作战之前，雷利曾前往爱尔兰和弗吉尼亚，于 1594 年探险奥伦诺克河，1596 年在加迪斯率部击败了西班牙舰队。他支持伊丽莎白一世，不欣赏其后登基的天主教派的詹姆斯一世。他被指控参与了新教徒试图将詹姆斯赶下王位的“逆天阴谋”。雷利以雄辩的口才为自己辩护，逃过一死，于 1603 年被关进伦敦塔[①]。在狱中，他完成了《世界史》等著述。他在伦敦塔被囚整整十三年，不啻“活死人”，但从未停止过对儿子卡鲁的牵挂。1616 年他被释放，奉命率队第二次前往圭亚那考察，沿奥伦诺克河而下，再探埃尔多拉多(传说中的黄金城)。考察途中,因为擅自攻击西班牙人，雷利的儿子沃尔特被杀，整个事件本非雷利之过，但以此为由头，他一回国便被送上法庭，接受了作秀似的审判。之前强加在他头上的叛国罪被重新提起，西班牙大使也出面干预。为取悦国王和宫廷中的亲西班牙派，雷利最终被判斩首。他的妻子玛格丽特留下他的头颅作纪念，直至她二十九年后辞世。她写道：“大人们夺取了他的生命，只还给我一具尸体。天可怜见！”

衷心感谢上帝，他让我在光明中死去，而不是在伦敦塔里，在

'I thank my God heartily that He hath brought
me into the light to die'

黑暗中受尽折磨而死。我在狱中吃尽了苦头，长期卧病。感谢上帝允准了我的祈求，没让热病夺去我的性命……但我还是要说，让上帝见证一桩冤案，在任何时候都是罪过！我们对最后审判日还有什么指望？我不指望上帝见证我的冤死，那更让人伤心，更是对上帝的大不敬。何以证明我的清白？我只有求上帝作证，正如我希望上帝救我，希望到了天国（十多分钟后即将发生之事），上帝能证明我从未接受过法国国王给予的官爵，也从未跟法国特工有过任何协定，从未跟法国国王有过任何协定；我从不知道有这么一个特工，不知此人是何方神圣，直到他们破门而入我才第一次见到这个人。如果我所言不实，啊，上帝，我愿入地狱，永世不得翻身……

我这些话不是说给君王们听的，我跟他们已经毫无关系，我也不再惧怕他们。我是在向上帝告白，希望在这最后的时刻得到救赎，所以我只讲真话，不管是面对国王还是面对这个法国人，我从没在这个法国人或任何人面前说过对国王陛下忤逆不忠的话，所以我不能不感到奇怪，你们竟然相信了这个卑鄙小人，他明明是在诬陷我，你们竟深信不疑。我已经如实陈述，希望你们相信我……现在，我恳请诸位跟我一起祈祷，我曾经冒犯伟大的天主，我是个虚荣的人，一生罪孽无数，我当过兵，当过连长、船长、朝臣，都是些邪恶罪孽丛生的职位；但我得说，上帝会宽宥我，会为我洗清罪孽，会接纳我，让我永生。现在我向诸位道别，要和我的上帝宁静相处去了。

① 伦敦塔的官方名称是“女王陛下的宫殿与城堡，伦敦塔”，曾作为堡垒、军械库、国库、铸币厂、宫殿、天文台、避难所和监狱使用，特别用于关押上层阶级的囚犯。伦敦塔最后一次作为监狱使用是在第二次世界大战期间，关押鲁道夫·赫斯。

“国库……空虚……财物被典当”

公元1628年6月3日

《权利请愿书》是英国的一份重要法律文件，由约翰·艾略特爵士、约翰·希尔顿、爱德华·科克爵士和约翰·皮姆共同起草，重申了《大宪章》中有关保护公民权利和自由的内容，旨在限制君王在财务方面擅权，被认为是英国宪法的渊源之一。《权利请愿书》规定，查理一世不得在未经议会同意的情况下向平民征税，不得不经合法程序监禁他们，不得在居民住宅中驻军。公元1628年5月27日，《权利请愿书》在上下两院表决通过，但查理国王拖延至6月2日仍不肯表态。6月3日，艾略特在议会的演说激怒了查理,但查理还是于6月7日批准了这个法案（尽管他并不打算实行）。9个月后查理解散议会，决心在没有议会协助或者说干扰的情况下实行独裁统治。就在议会解散后两天，因为在议会发表的言论，艾略特等人被国王关进了伦敦塔。查理成立了一个特别法庭，以支持他滥用特权、违背《权利请愿书》的行为。艾略特被认定为“反对国王的团伙头目”，被处罚金2000英镑，不予释放，最后死在狱中。之后，国王强行组成的一届又一届议会纷争不断，宫廷和国民代表之间的裂痕日深。公元1640年11月的长期国会①中，反对国王的议员多达399名，支持他的仅有94人。公元1642年8月22日英国内战爆发，查理于公元1649年被处死。

议长先生——作为国王的参谋，我们坐在这里，有责任考虑王国的现状和所发生的事件，代表议会讨论并提出建议，看看应该采取什么样的紧急措施……我们渴望真正跻身天堂——却又不虔诚，分裂宗教；我们需要议会——议会却草率行事；我们派遣在国外的将领战绩不佳，不忠于国家；在国内，对官僚腐败视而不见；君王的昏庸、被压迫民众的失望、国库空虚、物资虚耗、战船耗损、人员伤亡——并非因为敌人武器精良，而是我们自己的种种弊端给了他们可乘之机。再不改革，不须外敌动手，我们自己就把自己打垮了……其次，关于我们的将军们的不力不忠（军队在国外简直乱了套），让我说什么好呢？我倒是希望不再提此话题，要不是别无选择，我宁愿保持沉默。但我对王国负有责任，对议会负有责任，国家的荣誉和安全高于一切；战事迫在眉睫，如此乱象决不能容忍……

诸位都知道，我们现在是国库空虚，好名声不再；国土被出售，财物被典当；负债如山；该建不该建的工程几乎耗尽了所有的资金！我们何曾如此贫穷过？何曾如此捉襟见肘过？这事实怎能不让英国人伤心？……至于来自民众的压力，记得我前面业已提及，是又一个特别值得关注的问题。这压力显而易见，整个王国就是证明。原因不言自明，国库空虚说明了一切。我们的浪费何等惊人，战船和人员的消耗何等厉害，我们远征所达之地都是见证——阿尔及尔、曼斯菲尔德、加迪兹、雷伊、巴拉丁、丹麦、土耳其、敦刻尔克——到处都是见证！天啊，我们的战线拉得多长！损失多么巨大！武器弹药、战船、兵员的损耗多么厉害！我们的国力之弱前所未有，振兴的希望空前渺茫……这就是我们的现状，议长先生，我不得不考虑的现状。我们既是王国的议员，既然意识到了危险，理当让国王看清这些危险的存在，因为我们肩负着三重责任——我们必须对上帝负责、对国王陛下负责、对我们的国家负责。

① 1629 年国会因反对查理一世的税收政策而被解散，从此开始了长达 11 年之久的无国会统治时期。1637 年，苏格兰起义爆发，1639 年，起义队伍开始进入英国北部。为了镇压起义，急需大量军费的查理一世不得不在 1640 年 4 月召开国会，结束了无国会统治期。但新国会一开幕就对查理一世的暴政进行猛烈的抨击，很快又被解散。这届国会仅存在三个星期，史称“短期国会”。之后，随着苏格兰起义军的大举进攻和民众的愤怒示威，查理一世迫于压力只得再次下令召开国会。11 月 3 日新国会开幕。这届国会存在 13 年之久，史称“长期国会”。

全英国的呐喊

公元 1642 年 1 月 11 日

皮姆是长期国会中反对查理一世的头领，公元 1641 年 10 月，他帮助起草了《大抗议书》，历数了对国王统治的种种不满。公元 1642 年 1 月 3 日，查理一世前往下议院，打算以叛国重罪逮捕皮姆及另外四名议员。皮姆等人闻讯逃脱，国王悻悻离去，嘴里念叨着："我知道，所有鸟儿都飞走了。"之后，皮姆等人又返回议院。次日，他在上下两院议员面前发表了这篇慷慨激昂的演说，宣布下议院将从议院独立出来，下议院就等同于议院——因为面对国王和上院议员，他们的安全已无保障，所以必须力图自保。皮姆成为议院党的领导人，六个月后，内战爆发。

……我们在公众的信任之下团结起来，这种信任来自于全体国民，我们要遵从上帝的教诲，肩负起责任和义务，不负重托；——议员们也急切地和诸位沟通信息和情报，把他们所在地的鼓励和支持传达给你们；相应地，我们就应该在共同的目标下团结起来，坚持要国王陛下改恶从善，我们这么做也是为了王国的共同利益……议员们，从这四份请愿书里，你们可以听到全英国的呼声或者说呐喊。毋庸置疑，危险迫在眉睫，身处险境而发出的呐喊比任何时候都更加急迫、更加强烈。我们的王国陷入了前所未有的痛苦、恐惧和迷惘之中；各阶层都深受其影响，随处可闻呻吟和抱怨……到头来，我自己也不能不受到影响。在这里，我要列出几个最为要紧的问题提醒诸位注意。1. 我将记住国王的无道，这也是我们大家经常抱怨的事。脑子坏了最危险，因为整个身体的感觉和行动都受控于大脑。国王邪门的想法会很快影响到整个国家，没人会怀疑。我们曾付出多大的努力来对付他那些危险而可悲的想法……我请求诸位要有一个清醒的认识，任其胡作非为对国家绝无好处。2.庸庸碌碌的人和国王的亲信平步青云，有为者不但得不到晋升，还时时面临危险，如履薄冰。3.一些人在议会里手握大权，他们拉帮结派，不论是选举主教及其他高级教职人员，还是选择下议员，都是任人唯亲，为的是壮大他们的势力。4.保王党唯恐天下不乱，他们的势力遍布全国。5.国王和议会、臣民相互猜忌，其结果是，议会和臣民们都很难跟他同心同德，保护他、支持他、替他服务。

……我这就结束我的讲话。我不会给诸位任何建议，对下议院也没有任何希望或要求。我不怀疑，你们会根据自己的判断决定该怎么做。你们的良知、荣誉和利益决定了你们该这么做。下议院将很高兴看到你们团结一致，尽自己最大的努力来拯救这个国家；就算是失败也不必丧气，因为你们尽到了自己的责任。无论王国毁灭还是被拯救（愿上帝保佑它得救），议会都将遗憾地告诉子孙后代，在国家生死存亡的危急关头，只有下议院挺身而出，而同时代的那些袖手旁观者，将不得分享这份崇高的荣誉。诸位，在这危急关头，老百姓有理由寄厚望于你们！所以，为保卫国王和王国挺身而出吧，我向你们保证——代表全国人民向你们保证，他们会全力支持你们！

“你们跟我的马一样没有信仰，金钱就是你们的上帝”

公元1653年4月20日

17世纪30年代，克伦威尔①的一位亲戚说服他相信，他将在宗教的指引之下完成上帝的使命。公元1642年，议会跟查理一世之间的内战爆发，时任议员的克伦威尔训练了一支号称“铁骑军”的骑兵队，所向披靡。公元1649年，他是主张处死查理一世的关键人物之一。在克伦威尔的帮助下，英国实施改革，成为共和国。得知已答应解散的议会仍在举行会议，克伦威尔很不高兴。他出席了4月20日的会议，听了一两个议员的发言后，他站起来，对议员们大加斥责，然后下令军队清场，没收了议长手中象征议会权力的权杖。一个月后，克伦威尔在成为护国公之前，曾组建了一个由公理会教友组成的短命议会。

> 我早该把你们免职了，你们行事不忠，毫无美德可言；你们拉帮结派，与好政府为敌；你们像以扫②一样唯利是图，为了一碗肉汤就出卖自己的国家，像犹大一样为了一点钱财就背叛上帝。你们哪还有一点点德行？你们什么样的丑事没干过？你们跟我的马一样没有信仰，金钱就是你们的上帝。你们当中有谁敢说不曾昧着良心行贿受贿？你们谁曾在乎过国家利益？你们这些肮脏的婊子，玷污了这神圣的地方，毫无原则，胡作非为，将议会这个圣坛变成了贼窝。你们越来越令整个国家厌恶，忍无可忍；人民选择你们是为了让你们为他们分忧解难，可你们已堕落到了无可救药的地步！所以，放下闪亮的权杖，把门锁上。我以上帝的名义命令你们，滚蛋！

① 英国革命家、政治家、军事家，在1642年—1648年的两次英国内战中，先后统率“铁骑军”和“新模范军”大败保王党，于1649年处死查理一世，宣布成立共和国，1653年解散议会，自任“护国公”，开始独裁统治。
② 圣经人物，为了喝一碗孪生弟弟雅各熬的汤，将长子名分卖与了雅各。

'Ye have no more religion than my horse; gold is your God'

“你我孰是孰非，让上帝来裁决！”

公元1658年2月4日

1654年，独揽军政立法大权的护国公克伦威尔召开第一次护国公制度下的议会，文武官员互不信任，就削减克伦威尔的权力、加强议会权力一事激辩不止，于是他于次年1月解散了议会。1656年，由于前方作战的部队急需补给，克伦威尔召开了第二次议会。聚在白厅的下议院议员们都指望拥戴克伦威尔为国王。1657年5月8日，军队将领们上书反对恢复君主制。克伦威尔让议长告诉议会，他没有要当国王的意思，6月26日，他的护国公身份被再度确认。1658年，因为军需问题久拖不决，他恼羞成怒，第一次议会开过才十五天，他再次把上、下两院的议员们召集到一起，在讲话中，他重申自己拒绝当国王，也不再过问防务。讲完话，不等议员们发言，他立即宣布散会，令众人惊愕不已。心灰意冷的克伦威尔从此隐退，七个月后死于热病。他被葬在威斯敏斯特，王政复辟后被焚尸扬灰。

身为议员，你们不仅竭力煽动军队提出建立所谓“联邦”，你们当中有些人还充当查理·斯图尔特的代言人，做好了随时暴动的准备。你们这是在干吗？敌人大兵压境，你们却在这里煽动流血、制造混乱？你们坐在这里，本应拿出提案建议以稳定局势，但你们意不在此。既然如此，我想你们的议员身份也该终止了，我宣布议会解散！你我孰是孰非，让上帝来裁决！

'Let God be judge between you and me!'

“法兰西之光”

公元1687年初

博叙埃是法国主教、神学家、演说家，他的所有著作中，祭文最为出色，被认为是葬礼演说大师。博叙埃于公元1670年出任王太子师，公元1681年出任莫城主教。以下所录为博叙埃为“伟大的孔德”所致悼词。孔德即路易·德·波旁，昂基安公爵，在“三十年战争”（“宗教战争”）中声名鹊起，是当时最著名的将领之一。路易·德·波旁在其父去世后成为孔德亲王，因战功卓著获得“伟大的孔德”的美称。

在战斗中，他总是那么沉着冷静，从不急躁——在最后一战中同样如此。置身战火硝烟之中，他想到的唯有胜利，毫无对死亡的恐惧。即便身边全是哭泣声，他也不受影响，镇定自若地指挥作战。他喝令士兵不准哭泣，并非因为会削弱自己的斗志，而是会干扰其战略思考。在那一刻，他关心的不是自己。他出身名门，天才横溢，以自己卓著的战功光耀门庭。那一刻他想的是什么？脑子里又有什么样的灵光闪现？究竟是一道什么样的光瞬间穿透云层，使他思路更加清晰，信念也更加坚定？什么样的令人自豪的致胜决策在他脑海里油然而生？灵光一闪，美丽的曙光初现，世界上的阴霾瞬间一扫而光！我们常常被黎明前的黑暗蒙蔽了双眼，待到炫目的胜利之光照亮天际时才来后悔！请听我说，诸位——你们都是王公贵胄，是世界的主宰，为人类开启了通往天国的大门；你们不同于普通人，你们是王族后裔，是法兰西之光，但是今天，悲伤如云翳笼罩着我们——曾是那么辉煌、那么耀眼的那道光芒黯淡了下来！四下看看吧，我们已竭尽所能，把一切荣耀献给了我们这位伟大的英雄：封号、碑铭，还有纪念柱。哭泣吧，为永垂不朽的英雄哭泣吧。

'lights of France'

论毒舌

公元约 1718 年

法国牧师马西隆一生布道成千上万次，写过大量关于布道艺术的文章。伏尔泰十分赞赏他的辩才，将他同伟大的博叙埃相提并论。从 1699 年开始，每年的基督降临节他都要去凡尔赛宫，在国王路易十四面前布道，被指定为宫廷教士。路易十四拥有世界上最宏伟的宫廷，并希望自己将来的葬礼也跟他的宫廷一样壮观。他指示马西隆，他死后要躺在一口金棺材里，安放在巴黎圣母院，葬礼要在黑暗中进行，只在棺材上点一支蜡烛。他要让自己死后也足以令人敬畏。马西隆严格按照他的要求做了。参加葬礼的人成千上万，默默地望着那口华丽的棺材。马西隆走下祭坛，吹熄了蜡烛，开始了他的葬礼演说，第一句话便是“只有上帝才是伟大的”，不啻给国王和那些称路易十四为“伟大君王”的人一声当头棒喝。1718 年，他为路易十五做了几次大斋戒布道，成为 18 世纪宗教演讲的典范。马西隆被视为同时代国内外最了不起的讲道者。下面这篇布道词充分展示了他出色的口才。

使徒詹姆斯说舌头是一条毒焰，是邪恶之源，是致命的毒药。人人憎恨造谣中伤者，这再自然不过，且听我对这种人如何评说：造谣中伤者的舌头是一条吞噬一切的毒焰，见什么灭什么，它卷过稻田，稻谷连籽带皮被它烧光，无论是世俗的还是神性的东西它全不放过；它所到之处绿叶枯死；它甚至能深入地下，藏得再深的东西也逃不过它的魔掌;美好珍贵的东西转眼间被它化为丑陋的灰烬;它行将熄灭之时最为猖獗、最为危险，将它已吞噬不了的东西变成一片焦黑，而在熄灭之前它会快活地爆出点点火星。造谣中伤集罪恶之大成：它是暗自得意，只专注于别人眼里的尘埃，看不见别人眸子的闪亮；它是卑鄙的妒忌，中伤比自己有才能的人，见不得别人的光芒掩盖过自己；它是暗藏的仇恨，用花言巧语掩饰内心的恶毒；它是笑里藏刀，当面说好话，背后使绊子；它是可耻的不负责任，只图逞一时之快，不惜牺牲一切；它是不管不顾的暴行，背地里伤人；造谣中伤是无止无休的恶行，它扰乱社会，大而言之，它挑起城与城之间、国与国之间的不和，小而言之，破坏人与人之间的友谊；它是仇恨之源，有造谣中伤的地方就永远不得安宁。最后我还要说，造谣中伤是致命的毒药，所及之处无不深受其害……

而造谣中伤者往往不觉得自己是在犯罪，伤了别人还认为只不过是自己一时出言不慎。难道你就可以自认为无辜了？言行轻率与基督教徒应有的端庄严肃相去甚远，《圣经》里相关教诲甚多——犯了罪就是犯了罪，岂能为自己开脱？你把刀子刺进别人身体，是不小心还是有意为之有何区别？你射向别人的箭，难道会因为你是无意，危险性就会减小，被射中的人就会伤得较轻？犯罪行为既已实施，又如何判断是无意还是有意？……

“对一个正直的人来说，失去自由比死更糟糕”

公元1735年8月4日

《纽约新闻周报》载文抨击政府，其德裔出版人约翰·曾格被捕入狱，罪名是诽谤政府，为他辩护的则是八十岁高龄的费城律师安德鲁·汉密尔顿。面对法律和政府强烈的指控，汉密尔顿辩护道，曾格的言论是“出自公心”。他指出，当下最要紧的不是曾格的案子，而是美国的自由。最终曾格被无罪释放。该案件成为美国争取新闻出版自由的开端，公众呼吁反迫害、呼吁新闻自由的呼声由是一浪高过一浪。曾格案过去半个世纪后，《权利法案》在第一次国会上被提上了议事日程，美国宪法的主要起草人之一古弗尼尔·莫里斯写道：“1735年的曾格案是美国自由的萌芽，是解放的晨星，最终导致了美国革命。”汉密尔顿的辩词至今仍被视为新闻自由的样本。

> 我要进一步阐明，任何人在受到无端指责时，都有为自己辩护的权利。他们有权公开抗议当权者滥用权力，以权施暴，他们有权勇敢地捍卫上天赋予他们的自由……对一个正直的人来说，失去自由比死更糟糕。但总有这么一些人，为求升官发财，不惜充当压制自由的帮凶，毁掉这个国家……值得每一个珍惜自由的人深思。他的所作所为应当基于自己的判断，不应该受别人的影响，也不该考虑一己之利；说服力来自客观事实，跟国家或亲朋好友无关；在热爱国家的人的心目中，国家的自由高于一切，他们深知没有自由，生活将是一场悲剧……权力如一条河，局限在河道里，它就美丽而有用，而一旦溢出河岸，就会泛滥成灾；它会疯狂恣肆，冲毁一切。如果说这就是权力的本性，那我们至少应该尽到我们的职责，像所有珍惜自由的有识之士一样极其小心地呵护自由，唯自由能够约束

'The loss of liberty, to a generous mind, is worse than death'

无法无边的权力。有史以来，曾有多少人成了失去约束的野心和权力的牺牲品……

大人，请原谅我热忱关注此案……对于权威，我们在应该服从时服从，而当权威滥施于我们之时，我们也应该加以抵制……你们都看见了，因为多年劳累奔波，我已经弯腰驼背。但是，尽管年老体衰，只要有需要，我仍会继续履行我的职责，去帮助平息民众的怒火，安抚那些对滥用职权者心存怨怼的人们……总而言之，法官和陪审团的先生们，你们面对的不是一件鸡毛蒜皮的小事，此案不仅关乎一位可怜的出版家，也不仅关乎纽约一地。不！它将对生活在英国政府统治之下的美国本土的人们产生长远影响。这是最好的案例，是捍卫自由的案例。毫无疑问，你们今天的正义之举不仅会赢得同胞们的敬爱和尊重，你们抵制暴政的行动将得到每一个向往自由、不愿像奴隶一样生活的人的赞赏，一次公正的判决将奠定一个坚实的基础，保障我们自己、我们的子孙后代乃至我们的邻国的安全。借助语言或文字说出事实，揭露、反对权力的滥用，这是国家和法律（至少在这方土地上如此）赋予我们的权利。

JONATHAN EDWARDS 乔纳森·爱德华兹
公元1703年10月5日—公元1758年3月22日

有罪之人都逃不出上帝的手心

公元1741年7月8日

乔纳森·爱德华兹是一位牧师，在美国本土传教，被认为是全美最有哲学头脑的神学家。18世纪30—40年代，宗教复兴运动“第一次大觉醒”席卷大西洋沿岸国家尤其是美洲殖民地国家，爱德华兹在这次运动中发挥了重要作用。又一波宗教复兴高潮到来之际，他在康涅狄格州的恩菲尔德发表了下面这篇布道，被视为美国早期文化的经典之作，他在布道中生动而形象地描述了罪人下地狱的情景。

这一天对你们来说是个绝佳的机会，上帝打开了慈悲的大门，向罪人们发出了高声呼唤；就在这一天，罪人们纷纷奔上帝而去，争相挤进天国。每天都有许多人从东南西北蜂拥而来，他们不久前还像你们一样凄凄惨惨，如今却开开心心，因为他们心中充满了对挚爱他们的上帝的爱，用上帝的血洗清了他们的罪孽，盼着沐浴在上帝的光辉之中。在这一天被拉下多么可怕！眼看着别人出席盛宴，你却在痛苦中毁灭！那么多人在尽情欢唱，你却独自悲泣、黯然神伤！这种情况下你何来片刻安宁？隔壁镇上的人天天聚在基督面前，难道你们的灵魂不如他们的灵魂珍贵？你们也在这个世界上生活了那么久，这一天难道不也是你们的重生之日？……你们难道没看见，多少跟你们同时代的人故去后，得到了上帝的慈悲关照？你们需要的是好好审视一下自己，从麻木不仁中苏醒过来。上帝一旦发怒，你们谁都承受不起。你们，年轻的男人女人们，你们的那么多同龄人都舍弃浮华，投入基督的怀抱，你们又有什么割舍不下？机会就在你们面前，倘若错过，你们就会像有些人一样，在罪孽中耗尽青春，万劫不复。你们，仍未皈依上帝的小孩，难道不知道天威已怒，每日每夜都在生你们的气？那么多小孩都已皈依，成为万王之王的幸福的圣子，难道你们还能心安理得地甘当魔鬼的孩子？

那些还徘徊在基督门外，行走在地狱边缘的人，不论男女，不分老幼，赶快听从上帝的召唤，顺从天意吧。这个上帝施恩之日，对某些人来说却是复仇之日。这些冥顽不灵之人，他们无视灵魂的存在，他们心硬如铁，双目蒙昧，危险在即还浑然不觉。上帝已加快了选择的速度，大多数成年人都可能得到拯救，其余的将被打入地狱。如果不幸成为后者，你们会永远诅咒这一天，后悔自己到这世上走了一遭。毫无疑问的是，跟施洗约翰那时一样，“现在斧子已经放在树根上，凡不结好果子的树，就砍下来，丢在火里”（《马太福音》第3章）。所以，还未投入基督怀抱的人啊，快快觉醒吧。天庭之怒就在你们头上，赶快逃出罪恶之地。“逃命吧！不可回头看，也不可在平原站住，要往山上逃跑，免得你被剿灭”（《创世记》第19章）。

KING FREDERICK II, FREDERICK THE GREAT

腓特烈二世，腓特烈大帝

公元 1712 年 1 月 24 日—公元 1786 年 8 月 17 日

“……很快将见分晓，我们要么取胜，要么再别见面”

公元 1757 年 12 月 3 日

公元 1740 年，腓特烈成为普鲁士国王，举兵入侵西里西亚。于 1741 年、1742 年和 1745 年三度击败奥地利之后，腓特烈又于 1756 年入侵萨克森，从而引发“七年战争”并再次击败奥地利。公元 1757 年他入侵波西米亚，在布拉格打败了奥地利人，但当年便在科林吃了败仗，被赶出了波西米亚。也是在这一年，他在罗斯巴赫打败法国人，继而于 12 月 4 日在勒伊藤再败奥地利人，并于次年在左恩多夫痛击俄军。下面所录是他在勒伊藤战前对将领们发表的演说。公元 1772 年，他策划分割了波兰，使他的多个领地得以连成一片，为创立德国打下了基础。他的军队和所有欧洲人更熟悉的不是他的名字而是他的绰号“老弗里兹”。

……告诉大家，我打算对卡尔王子的军队发起攻击，尽管这看起来有悖常理，因为他们的人数是我们的三倍之多。问题不在他的兵力有多少，只要我们有足够的勇气，部署得当，就能战而胜之。此番我必须冒险一搏，否则就会前功尽弃。我们要么击败敌人，要么就在他们的炮火下灭亡。所以，我做了战略研究，决定付诸行动。要让各级军官知道我的决心，让士兵们做好战斗准备，保证令出必行。至于诸位，身为普鲁士人，难道你们会临阵畏缩？如果有个别人不敢面对危险，我决不会责怪他，他今晚就可以离开——哈，我就知道没人会抛弃我！我就仰仗诸位了，我们必胜。骑兵军团在接到命令后，若不在第一时间发起冲锋，等到战斗结束，我就让他们从马上滚下来，把他们改换成守备部队。步兵若畏葸不前，我就摘掉他们的帽徽领章！好了，晚安。先生们：很快将见分晓，我们要么取胜，要么再别见面。

'...sherly we have either beaten the Enemy, or we never see one another again'

“有没有退路，对于决心赴死的人来说没有任何区别”

公元1759年9月13日

据说这番演讲发表于亚伯拉罕平原，当时沃尔夫的部队已偷偷攀越峭壁，准备进攻魁北克。大战前，他把六个营的官兵召集到一起，做了动员演说。沃尔夫在胜利在望之时阵亡，死前他已得知，法军将领蒙卡姆已在逃跑时被击毙。沃尔夫的胜利保证了英国人对加拿大的控制。

祝贺你们，我勇敢的同胞和战友们，在这片重要的土地上，你们凭着英勇无畏的精神已经取得了成功。你们已经征服了险恶的亚伯拉罕高地，我们即将攻击的目标魁北克就在我们眼前。背信弃义的敌人竟敢用暴行激怒你们，他们现在就暴露在你们面前。在这片平原上，他们既没有城墙也没有战壕可作掩护。你们清楚地知道，他们虽然人数占优势，却是纸老虎。几支法国老牌正规部队是他们的主力，就算是在士气正旺时也不是我们英军的对手，何况他们现在饱受饥饿和疾病的困扰，战斗力已大不如前。加拿大军队虽然人数众多，但他们傲慢、叛逆、纪律松弛，这支勉强纠合起来的队伍士气低落得不堪一击，一旦被攻击便会落荒而逃……至于那些印第安人，你们也曾经跟他们交过手，对我们这支下定必胜决心的军队来说，尤其又是在这广阔的平原上，他们再彪悍也不足为惧……很久以来，你们的勇气和耐心在疲惫和被围困中经受着考验，今天，了结这一切的时候到了。拿出必胜的信心，勇敢的英国人必将战胜他们的敌人。我带领着你们翻过了陡峭的山岭，为的就是迎战已经近在眼前的敌人。有没有退路，对于决心赴死的人来说没有任何区别：相信我，朋友们，如果需要用你们的将军的血来激发你们的斗志，他将开开心心地将他的生命献给他一直以来为之服务的祖国！

'The impossibility of a retreat makes no difference in the situation of men resolved to conquer or die'

“王国完蛋了！”

公元1775年1月20日

老威廉·皮特是辉格党政治家，英国首相，成功地领导国家取得了“七年战争”的胜利，占领了加拿大。六十多岁时，已经半退休的他意识到了英军在美洲的形势不妙。他让本杰明·富兰克林跟自己一块儿工作，带他去看上议院开会。几位议员提出议和以结束战争。皮特极具说服力地要求立即将托马斯·盖奇将军所率部队从美洲撤回，因为他预见到英国打不赢这场战争。上院并未支持他的请求。不过老皮特支持议和的消息极大地鼓舞了美洲殖民地的士气。公元1775年4月，“革命战争”在列克星敦和康科德同时爆发，6月17日，英军在邦克尔山战败。公元1775年7月5日，第二届大陆会议签署了要求承认美洲权利的“橄榄枝请愿书”，作出了与英国和解的最后努力，但乔治三世对此置之不理，不仅如此，他还于8月23日宣布美洲殖民地已处于公开叛乱状态。

> 仅凭一份议会法案——一纸文书——并不能让美洲重新回到我们的怀抱。首先必须让他们消除恐惧和仇恨，才能期望他们爱我们、感激我们。像现在这样陈兵波士顿不啻于羞辱他们，是在激起他们的仇恨，武力胁迫的结果是不可靠、不安全的。何况他们那么有纪律、那么团结，明摆着他们不可能因你的胁迫而顺从。所以，撤军吧，各位大人，我说撤军吧！而且，光是撤军还不能令这个觉醒了的、勇敢的民族满意。你还必须拿出实际行动来。必须宣布你无权向他们征税。只有这样，他们才会信任你。时不我待。分分秒秒都充满了巨大的危险。就在我说话这一刻，决定性的打击就可能降临我们头上，而且会有无数次打击随之而来。毫无意义的内战的第一滴血，可能造成许多年甚至许多个世纪都无法弥合的创伤。

'The kingdom is undone!'

拿着美洲人送来的文件——当你看到他们的体面、坚定和智慧时，你无法不敬重他们的事业，并希望我们自己的事业也像他们的一样蓬勃发展。我必须坦承，我不知道在这个世界上，有哪一个大国的人民和议会，在如此复杂而又困难的形势下，能够像美国人那样在费城会议的旗帜下团结一致、众志成城。他们远见卓识、坚韧不拔、情操高尚、语言简洁——有了这种种值得尊重的光荣的品质，这样的一个民族是不可屈服的。我相信诸位也清楚地知道，任何想要建立专制统治、奴役这个大陆民族的企图都将是徒劳而且危险的。这个聪明的民族已经发出了吼声。他们不要做奴隶。他们说到做到。他们不要你们把撤销你们的法律当作一种施恩。那是他们的权利——他们理当拥有的权利。他们告诉你们，他们不会服从你们的法律。我告诉你们这些法令必须撤销。既然迟早得撤销，不如早撤，不要等到万不得已时再做。我们必须废除这些粗暴的、不公正的法律。必须废除。你们会这么做的。我敢用我的名誉打赌。如果这些法律最终没有撤销，就当我是傻瓜好了。我们必须避免这样的羞辱，不要让这种名誉扫地的事情发生。出于正义、考虑到必须的策略、名誉和谨慎，赶快从波士顿撤军，废除相关法律，以缓和美国的骚乱吧。另一方面，我们面临的各种各样的危险和威胁也迫使我们不得不作出决断，改弦更张：与一些国家开战的可能性犹如一把利刃悬在我们头上——法国和西班牙都虎视眈眈，在等待时机，等待我们犯错！先生们，我的结论是：如果那些大臣坚持用谗言影响国王，就算不能让那顶王冠彻底失去合法性，也可以肯定，他本人已不配再戴那顶王冠了；就算国王不致众叛亲离，也可以肯定，王国已经完蛋了！

“我只知道：成功的反抗叫作革命，不叫叛乱！”

公元1775年2月6日

威尔克斯是一位记者、激进的政治家，百姓的代言人，因为批评乔治三世于公元1763年和1769年两度入狱。公元1768年5月10日，约15000名群众聚集在关押威尔克斯的监狱前，高呼“威尔克斯，自由”“没有自由，就没有国王”和“该死的国王！该死的政府！该死的法律！”的口号。军队害怕百姓劫狱，开枪打死了七人，是谓“圣乔治广场大屠杀”，导致了伦敦全城骚乱。公元1771年，政府被迫同意报纸一字不改地公布了议会辩论的内容，这其中威尔克斯发挥了重要作用。公元1774年10月，他以伦敦市长的身份向乔治三世呈上请愿书，要求更改在美国执行的强制性法律。而后，威尔克斯首次在下议院发表演讲，反对英国在美洲实施高压政策，得知在英国国内有人支持，美洲殖民地的反叛者们大受鼓舞。威尔克斯曾两次被逐出议会，公元1776年，他提交了第一份《议会改革草案》。在担任议员期间，他坚持不懈地支持美洲殖民地抵制英国的统治。

众议院全体委员会提交给国王的关于北美骚乱的报告缺乏事实依据，草率而且杀气腾腾。它不公正地将剑锋指向了美国。它特别指出了马萨诸塞州，说那儿事实上已经发生了叛乱，而其他各州也表示支持，蠢蠢欲动。我们一直在辩论，是任其公开反叛，还是严加整治、出兵平叛。发生在那里的到底是叛乱，还是对我们的非法统治的反抗——反抗我们劫掠他们的财产、剥夺他们的自由——我不予置评。我只知道：成功的反抗叫作革命，不叫叛乱！叛乱出现在逃遁的敌人背后，而革命之火燃烧在勇士的胸甲上。如果把这份报告呈报国王陛下，议长先生，谁知道会是什么样的后果，是他们

'This I knew: a successful resistance is a revolution, not a rebellion!'

还是我们丢盔卸甲；而如果胜利在他们一方，不出几年，谁敢说独立了的美国人不会像 1688 年的我们[①]一样，欢庆 1775 年的革命开启了一个辉煌的新时代？

基于如此评估制定的政策，议长先生，我无法理解，也看不出有何公正可言。我们有足够的力量去实施这样的政策吗？我很满意地看到，没有。你们可以把波士顿夷为平地，或者变成一个坚固的防区，但你们将失去整个马萨诸塞州。直布罗陀就是波士顿的前车之鉴。就像在西班牙一样，你们可以控制马萨诸塞湾，但你们占领的不过是一城一地，而整个国家依然掌控在敌人手中。你们可以保住军舰和部队驻防之处，其余的地方将全部失去。你们今天所做的决定只怕会让帝国急剧衰败；而美国人将会崛起，会独立、强大起来，成为一个声望卓著的国家！因为他们的公众自由建立在坚实的基础之上。这份文件残酷不公，与符合准则的、维护人权的政策背道而驰，一想到它可能导致的后果，议长先生，我就禁不住浑身发抖。秉承先辈的精神，美国人肯定会奋起捍卫他们的领土和自由，我倒是希望，要是面临同样的情况，我们也能发挥这样的精神。他们不会驯服地接受我们准备强加给他们的枷锁，用不了多久他们就将不计任何代价，宣布独立。这样一份血腥的报告肯定会逼得他们不顾一切。他们会看出我们不仅准备拔剑，甚至不打算再让剑回鞘。你们竟然蛮不讲理地声称他们是叛逆！现在，任何调和的余地都没有了。他们会竭尽一切自卫。整个北美大陆将脱离大不列颠，帝国苦心经营的大厦将一朝倾覆。但愿老百姓正义的怒火能战胜某些人拟定的有害无益的政策！帝国已经失去了一个省，但愿紧接着失去的是那些坚持这邪恶的、致命的、极其危险的政策的人的脑袋！

① 指 1688 年英国“光荣革命”。

“奴隶制可以在别的任何地方实施”

公元1775年3月22日

威廉·皮特强烈主张从波士顿撤军，未能奏效。于是，埃德蒙·伯克以布里斯托尔议员的身份，向下议院提交了与美洲殖民地和解的十三条议案。他讲了整整三个小时，仍然没能说服主战的诺思勋爵。历史记住了伯克的名字，因为他为美洲殖民地人民的权益积极斗争，称美洲殖民地人民是“美洲英国人”和“我们在殖民地的亲爱的英国兄弟”。他看不起在汉诺威出生的乔治三世，说他利用“乡巴佬和奴仆之剑”，即用雇佣军毁掉了殖民地英国人的自由。

这当然是个糟糕透顶的话题，或者说是个事关生死存亡的话题……我的建议是和平。不是通过战争的手段赢得和平。我的议案要比那种粗暴的诉诸武力的安排要有利得多。北美人口如此之多，如此生机勃勃，发展迅猛，不屈不挠，让这样一块地盘保持从属关系对我们极其有利，而要保住这个地盘，武力是行不通的。议长先生，请让我首先指出，武力征服决非长远之计。你可以征服一时，却征服不了永久；你不可能靠不断征服来统治一个国家。我要指出的第二点是我们缺乏把握。武力并非总会让人慑服，精良的武器装备不等同于胜利。一旦武力征服失败，就等于自断后路。因为，就算绥靖不成，你的武器装备还在；而如果动武失败，绥靖的希望就不复存在了。权力和权威有时可以用仁慈换来，但绝对不可能在一场失败的暴力斗争之后乞求而来。我反对诉诸武力的再一个理由是，你费了九牛二虎之力保存下来的东西会遭到毁坏。你用武力夺到手的东西已经在战火中被消耗、贬值。我要的是一个完整的美洲。我不要我们两败俱伤，因为那里任何一个地方的消耗也就是英国国力的消耗。我不希望看到我们把自己拖垮时某个敌国乘虚而入。关于这一点我可以避而不谈，但事实上谁也不能保证这样的事情不会发生。我再强调一句，我不要看到美国精神被破坏，因为那是他们的立国之本。最后一点，我们没有任何诉诸武力对殖民地实施统治的经验……

美国人的特点中，最突出的是热爱自由；而我们出于嫉妒，每当他们出于生存有一点点异动，就会觉得他们是在造反，不好管控。英国殖民地的人民对自由的渴望比世界上任何其他民族都更强烈，这里面自有其历史渊源。他们这种热爱自由的精神来源何处，又指向何方，有必要认真剖析一番。首先，他们都是英国人的后裔。而英国，议长先生，曾经是，现在仍是一个热爱自由的国家。这些人正是在英国自由精神最强之时移民美洲的，自然也就把这种精神带了去。他们带去的不仅是自由精神，而且是充满英国理念、英国原则的自由精神……他们不仅崇尚自由，而且在不断地将这种精神发扬光大……但我们要明白，我们的统治是一回事，而他们的权利则是另一回事，两者在互无关联的情况下共存——粘合剂没有了，凝聚力松散了，一切都在迅速发生着变化。只要我们能聪明地保持我们这个国家自由圣地的地位，不论有不列颠血脉的人去哪里，只要他们对自由的信仰不变，他们的心都永远会朝向英国。殖民者分布越杂，我们的朋友就越多;他们越是热爱自由，对我们就越是顺从。奴隶制可以在任何别的地方实施，到处都有它生长的土壤，可以是在西班牙，也可以是在普鲁士。但是，除非你们对于你们真正的利益和与生俱来的尊严失去了感觉,你们必须给予他们所要求的自由。

“不自由毋宁死！”

公元1775年3月23日

帕特里克·亨利是一位律师，在杰斐逊手下工作，公元1774年第一届大陆会议成员，于1776年和1784年两度出任弗吉尼亚州州长。他在里士满召开的州议会上发表的这篇演说为人们久久铭记。怀尔特的记录系根据多方证言整理而成，删去了原版里一些指名道姓骂人的生动细节。首席大法官马歇尔的父亲也以类似的方法记录了亨利的这篇演说，称其为“史上最大胆、最富激情、最生动活泼的演说之一”。会议上，亨利关于武装弗吉尼亚民兵的意见被采纳。帕特里克·亨利、理查德·H·李、罗伯特·C·尼可拉斯、本杰明·哈里森、勒缪尔·里迪克、乔治·华盛顿、亚当·史蒂文斯、安德鲁·刘易斯、威廉·克里斯蒂安、埃德蒙德·彭德尔顿、托马斯·杰斐逊和艾萨克·赞恩被指定组成一个委员会，筹备独立事宜。之后不到一个月，即公元1775年4月19日，独立战争爆发。

……大不列颠在地球这一隅海军、陆军重兵集结，是在这里有他们的敌人吗？没有，先生们，没有。他们没有任何别的目标，针对的正是我们。他们早就打造好了铁链，要把我们牢牢束缚。我们反对过他们吗？我们要不要据理力争？议长先生，十年来我们一直未曾停止过努力。我们还能有什么新招？没有。我们什么办法都尝试过了，全都是徒劳。难道我们还要继续摇尾乞怜？议长先生，我恳求你，我们不要再自欺欺人了。该做的我们都做了，我们想阻止风暴袭来，可最终它还是来了。我们请愿过，我们抗议过，我们祈求过，我们曾跪求国王出面干预，逮捕那些对我们施行暴政的大臣和议员……对此我们不能再抱有任何幻想了。如果我们希望得到自由——如果我们想要保住我们拥有的至可珍贵的权利——如果我们不想放弃坚持已久的斗争——我们曾发誓不达目的决不罢休的斗争——我们就必须战斗！我再重复一遍，先生：我们必须战斗！！我们现在唯一能做的，就是诉诸武力，求助于万军之神！

有人说我们力量太弱——说我们对付不了如此强大的敌人。但我要问，我们何时才能变得强大？是一周以后，还是一年以后？犹豫不决、无所作为，我们就能聚集起力量吗？难道我们要抱着虚幻的希望，就这么躺着，等着敌人来捆住我们的手脚？先生们，只要我们有效地利用上天赋予我们的力量，我们并不弱。我们有三百万民众，正义在手，这样一个国家，任何入侵之敌都不敢小觑。除此之外，先生们，我们不是在孤军作战。举头三尺有神明，上帝会派来朋友同我们并肩战斗。先生们，胜负并不只取决于兵力，还取决于机动灵活的战略战术，取决于毅力和勇气。更何况我们已经别无选择。现在要退出较量为时已晚。我们没有退路，否则就只有俯首称臣，沦为奴隶！锁我们的铁链已然铸就，整个波士顿平原都听得见它叮当作响！战争已无法避免——那就让它来吧！！我再重复一遍，先生们，那就让它来吧！！！装作视而不见无济于事。谦谦君子会呼吁和平——然而没有和平。战争实际上已经开始！下一次从北方席卷而来的风暴，将伴随着声声入耳的刀剑声！我们的弟兄们已经上了战场！我们为何还磨磨蹭蹭？那些谦谦君子在期望什么？他们能得到什么？生命固然珍贵，和平固然甜蜜，但岂能以披枷带锁、甘当为奴的代价去换取？让他们丢掉幻想吧，万能的上帝！——我不知道我们还有什么别的路可走；我只知道，不自由，毋宁死！

罗根的悲叹

公元 1774 年 10 月 10 日之后

在公元 1774 年 4 月 30 日发生的黄溪惨案中，以丹尼尔·格雷豪斯为首的一群弗吉尼亚边界地区的移民在明戈杀害了许多易洛魁族美洲土著，其中包括罗根的一个弟弟和至少两位女性亲戚，两个女人中还有一个是孕妇，抚养着一个女婴。约书亚·贝克是一位移民，朗姆酒商，家住俄亥俄河边，与明戈村隔河相望，这些易洛魁土著被引诱到贝克的小木屋内，除了那个女婴外，全部惨遭杀害。部族差人将正在外地的罗根叫回。肖尼、伦纳普和辛尼卡等部族首领主张和平谈判，但罗根坚持复仇。肖尼和罗根各带一队人马，袭击了边界地区的移民。弗吉尼亚州州长邓莫尔爵士出兵远征，史称“邓莫尔战争”，罗根复仇的目的已经达到，没有参战。西弗吉尼亚的波音普莱特之战后，印第安人撤退，邓莫尔的军队乘胜推进至俄亥俄，迫使印第安人签下了和约。罗根拒绝参与谈判并发表了下面这篇演说。不久独立战争爆发，罗根参战反美。

> 没有哪个白人敢说，要是他进了罗根的小木屋，罗根不会好酒好肉款待他；要是他赤身裸体冷得发抖，罗根不会给他衣服穿。在上次那场血腥漫长的战争中，罗根一直呆在屋里，祈望和平。我如此爱戴白人，以至于我走在路上，老乡们都会指着我说，罗根是白人的朋友。我甚至考虑过跟你们一起生活，只除了一个人，那就是克雷萨普上校，去年春天，他无缘无故地残忍杀害了罗根的亲人，连他的妻子儿女都不放过。我也是个热血男人，我必须复仇。我行动了，杀了许多人；我复仇的目的已经完全达到。我希望和平的阳光普照我的国家。但我决不害怕。罗根从来就不知道恐惧为何物。他决不会苟且偷生。谁将为罗根悲悼？没有人。

Logan's Lament

“所有同胞的目光都集中在我们身上”

公元1776年7月2日

在长岛之战前不久，华盛顿发表了这篇演说。美国宣布独立后，美国革命战争爆发，长岛之战是这场战争的第一场大战。英军舰队浩浩荡荡而来，威胁要取华盛顿的首级。华盛顿巧妙地部署从岛上撤离，撤退行动持续了一整晚，没损失一兵一卒，大陆军完整地投入了次日的战斗。

我们正面临一个关键时刻，它将决定美国人是自由人还是奴隶；他们能否拥有属于自己的财产；他们的房屋和农场是否被掠夺和毁坏，他们自己会不会陷入没有人权的苦难之中。我们未来一代的命运将取决于上帝，取决于我们这支军队的勇气和表现。残酷无情的敌人逼得我们不得不作出选择，要么勇敢抵抗，要么乖乖就范。所以我们必须做出决断，要么胜利，要么灭亡。我们个人的和我们国家的荣誉呼唤我们像男子汉那样站出来，如果我们无耻退缩，我们将成为全世界的笑柄……所有同胞的目光都集中在我们身上。如果我们能从专制压迫下解救他们，我们将得到他们的祝福和赞扬。所以，让我们鼓起勇气，相互鼓励，向全世界证明，一支立足于自己国土上的为自由而战的军队，必能战胜任何一支为金钱卖命的雇佣军。我们的自由、国土、生命和荣誉都处在生死存亡的关头。我们这个饱受屈辱、仍在流血的国家寄望于你们的勇气和你们的表现。我们的妻儿父母的安全系于你们一身，他们完全有理由相信，我们的事业是正义的，定能得到天佑。敌人虽来势汹汹，实则外强中干，别忘了，我们曾不止一次地以少胜多，击败过他们。他们是不义之师——这点连他们的士兵自己都心知肚明……士兵们，保持安静，保持警惕，等候命令，保存火力，直至给敌人以致命一击。

'The eyes of all our countrymen are now upon us'

“我们认为下述真理不言而喻，那就是人人生而平等……”

公元 1776 年 7 月 8 日

公元 1755 年法国与印第安人战争期间，尼克松曾为英军作战。公元 1775 年，他又作为义勇军上尉在列克星顿和康科德抗击英军，从邦克尔山战场撤退时，他所率的连队最后撤出。他被马萨诸塞军团晋升为上校，同时出任费城城防司令。公元 1776 年 7 月 4 日，所有十三个州在议会表决通过了《独立宣言》，“宣言”被抄送到各个州议会。7 月 8 日一早，费城议会钟声敲响，人们纷纷涌入议会大院。尼克松被威廉·德威斯州长指定为宣读人，在阳台上宣读了《独立宣言》。这也是首次公开宣读对英国的宣战书。虽然直到公元 1941 年独立日才被正式定为美国节日，但就在各州宣读《独立宣言》这天，人们就开始尽情地欢呼庆祝了。尼克松参加了公元 1776 年的纽约战役和新泽西战役，在美国革命战争期间被擢升为大陆军准将。他还参加了公元 1777 年的萨拉托加之战，在比米斯高地，一颗加农炮弹擦着他的头顶飞过，导致他的视力和听力受损，终生未能康复。

> 美利坚合众国大陆会议全体代表发表的宣言：在人类事务发展的过程中，当一个民族必须解除与另一个民族的联系，并按照自然法则和上帝的旨意，以独立平等的身份立于世界列国之林时，必须把驱使他们独立的原因予以宣布……我们认为下述真理不言而喻，那就是人人生而平等，造物主赋予他们若干不可让与的权利，其中包括生存权、自由权和追求幸福的权利。为了保障这些权利，人们建立了政府，而政府的权力是由被统治者授予的。任何政府一旦成为实现既定目标的阻碍，人民便有权予以更换或废除，以组建新的政府。新政府所依据的原则和行使权力的方式，务使人们认为唯有

'We held these truths to be self-evident, that all men are created equal...'

这样才最有可能使他们获得安全与幸福。慎而言之，成立多年的政府不应当因为无关紧要的和一时的原因予以更换。既往的经验表明，任何苦难，只要尚能忍受，人们还是情愿忍受，而不想为了伸冤而废除他们久已习惯了的政府。然而，如果一个政府滥用职权、强取豪夺，试图将人民置于专制暴政之下时，人民就有权利和义务去推翻这样的政府，并为其未来的安全寻求新的保障……在遭受压迫的每一个阶段，我们都曾以最卑微的言辞吁请予以纠正，而我们的请愿换来的却是一次又一次的伤害。一个君王，当其所作所为证明他是个暴君时，就不配君临自由的人民。

……我们不是没提醒过我们的英国兄弟。我们曾不止一次提请他们注意，他们的立法机关总想把无理的管辖权扩张到我们这里来。我们也曾把我们移民定居此地的情况通报给他们。我们曾恳求他们，出于天生的正义感和雅量，念在同祖同宗的份上，停止这种掠夺行为，因为这种行为势必导致我们之间断绝关系和往来。可他们对来自同族后裔的正义呼声充耳不闻。因此，我们不得不宣布脱离他们，像对任何别的民族一样，对他们也一视同仁：与我交战者，即为敌人；与我和平共处者，即为朋友……因此，美利坚合众国大陆会议全体代表，以各殖民地善良人民的名义，并经他们授权，向世界最高主宰申明我们的意图，并郑重宣布：我们这些联合起来的殖民地已经是，按公理也应该是，独立自由的国家；我们对英国王室效忠的义务全部解除，我们与大不列颠王国之间的政治关系全部断绝，也理应断绝；作为一个独立自由的国家，我们完全有权宣战、缔和、结盟、通商，采取独立国家有权采取的一切行动。我们坚信圣明的上帝会保佑我们，我们宣誓，将以我们的生命、财产和神圣的名誉支持这个宣言。

“一个全民皆商的民族很难做到公正无私”

公元1776年8月1日

塞缪尔·亚当斯，美国政治家，美利坚合众国奠基人之一。因强烈反对英国人对美洲殖民地人民的剥削，他于公元1765年组建了追求独立的美国爱国者组织“自由之子”，发起了“反印花税法”运动。作为约翰·汉考克和约翰·亚当斯[①]的朋友，塞缪尔·亚当斯在公元1773年的“波士顿倾茶事件”中扮演了领头羊的角色，该事件导致了英国更为严厉的惩罚性征税。马萨诸塞州州长称亚当斯是埋藏在英帝国的一颗“巨型定时炸弹”。第一次和第二次大陆会议的召开都有亚当斯的功劳。在第一次大陆会议期间，他还积极参与了抵制英国商品进口的活动。在举行大陆会议的费城州议会大厦的台阶上，他发表了促成美国独立的演说。亚当斯宣称，美国人民表决通过了《独立宣言》，重新有了自己的君王，人人皆当服从，这个“美国君王”就是上帝。独立选举于公元1776年7月2日举行。7月4日，议定将托马斯·杰斐逊[②]起草的《独立宣言》向全国公布。8月2日，参加大陆会议的全体成员在《独立宣言》上签名，之前一日，塞缪尔·亚当斯发表了下面这篇演说。

> 同胞们，弟兄们：……敌人长期以来对我们国家的伤害令我愤怒，让我的爱国热情空前高涨，我无法像没事人一样精确地判断和表达。我恳求你们不带偏见地仔细听我讲，如果我因为情绪激动说错了什么，请予以纠正。判断事实离不开常识。你们正确理解我的话，就能抓住问题的实质……
>
> 那些只看到表面现象、满足于别人口头承诺的人，说什么只有效忠于大不列颠才能求得保护！这些人难道瞎了眼，就看不到我们

① 约翰·亚当斯（John Adams，1735年10月30日—1826年7月4日），美国第一任副总统（1789年—1797年），后于1797年接替乔治·华盛顿成为美国第二任总统，在任四年。
② 托马斯·杰斐逊（Thomas Jefferson，1743年4月13日—1826年7月4日），美国第三任总统（1801年—1809年），《独立宣言》的主要起草人，是美国开国元勋中最具影响力的人之一。

'A nation of shopkeepers are very seldom so disinterested'

自己的优势？一个全民皆商的民族很难做到公正无私。不要被他们的甜言蜜语所迷惑：扩大通商渠道才是其目的所在。他们保卫我们的沿海，护送我们为他们生产的工业产品，其实为的都是他们自己的客户。它把我们当牛做马，爱惜我们只是为了能把更沉重的负荷加在我们身上……同胞们，你们当中也有做父亲的人，难道因为你们养育了自己的子女，就有权把他们当作奴隶驱使？……大不列颠的霸权和美国的自由绝对水火不相容。我们这块大陆幅员如此之辽阔，距英国如此之远，会越来越令他们感到棘手……我们的士兵已开赴战场，足以击退所有敌人，包括他们的精锐部队和雇佣军。士兵们的心在自由精神的鼓舞下剧烈跳动——他们为正义的事业而群情激动，他们一旦利剑出鞘，定能得到上帝的帮助。反观敌人的军队，士兵们全是些恶棍，他们无视人权，无视宗教，唯利是图，为了一己之私，不惜对他们的将领和国家倒戈相向。为了伟大的事业，继续前进吧！感谢上帝让我们取得了已有的战绩，坚信最后的胜利必将属于我们。至于我自己，除了同你们分担危险、分享光荣，我别无所求。要问我最诚挚的愿望是什么，那就是让我的骨灰和沃伦将军与蒙哥马利将军的骨灰撒在一起，让美利坚合众国获得永久的自由和独立！

“……你们征服不了美国”

公元 1777 年 11 月 18 日

长期以来，老皮特坚持不懈地在议会上院游说，吁请英国对美洲殖民地采取更宽松的政策，却未能如愿。他的这篇呼吁停战的出色演讲也遭受了同样的命运，以 97 票对 27 票被否决，对美战争也因此而又延续了六年。

……先生们，危险近在眉睫！这不是谄媚的时候。说好听的没用——它拯救不了我们，不能让我们摆脱危机。现在，我们必须向国王陛下进言，对他实话实说。我们必须让他丢掉幻想，充分认识到危险已迫近家门。这是我们的责任，先生们……一个头脑清醒、见识开明的议会就摆在这里，竟没人征求它的意见！陛下独断专行，选择解决问题的办法——那是什么样的办法啊，先生们？他的办法给我们带来的是危险，亡国的危险。难道首相还指望继续沉浸在甜言蜜语的包围之中？难道议会能装聋作哑，置自己的尊严与职责于不顾？国王的决定并非出自议会的建议，而是强加给我们的，难道我们还要毫无原则地予以支持？按照这个决定去做，先生们，我们这个近期发展不错的王国只会走向衰败，遭人鄙弃！……先生们，我们无法取胜，不能牺牲我们的荣誉，这危如累卵的形势要求我们必须大声疾呼，揭示真相，把陛下的耳朵从谗言媚语的包围中解救出来。我们也不是完全不知道，我们在外的军队处境不妙。我比任何人都更敬重我们的军队。我热爱、尊重我们的队伍。我知道他们勇敢而忠诚。我知道什么都阻挡不了他们，除了根本无法做到的事情，那便是征服美国。我敢说，我们根本征服不了美国。我们的军队在上一次战争中竭尽了全力，效果如何呢？在最得力的将领（阿

'...you can not conquer America'

默斯特爵士）——他此刻就在座——的统领下，我们投入了极大的兵力，只是把五千法国人赶出了法属美洲殖民地。先生们，我们征服不了美国。我们现在在那里的形势如何？我们不知道最坏的结果会是什么，只知道已经在那里进行的三次战役损伤惨重却一无所获。除此之外，由威廉·豪将军指挥的最精锐的北方军也彻底失败，退出了美国战线。他被迫放弃了原先的打算，铤而走险拖延了许久，不得不接受新的不知何时才能实施的作战计划。我们很快就将知道结果，而且有理由相信这结果不会乐观。

……所以，我得再重复一遍，征服美国是不可能的。你们可以竭尽全力、加大投入；到一切可能的地方去求援；用金钱向德国人购买雇佣军，但不论怎么做都是白费力气——最靠不住的就是雇佣军；因为他们烧杀抢劫，无恶不作，我们的敌人会被激怒，以牙还牙，加倍报复！我要是美国人，面对外国军队入侵，我决不会放下武器——决不——决不——决不！……先生们，这个问题至关重大，它关乎我们的荣誉，关乎宪法和宗教，要求我们必须认真思考，拿出有效的解决办法来。我再次呼吁各位，呼吁各界共同努力，认清形势，阻止这种将令全民族蒙羞的做法。我再次恳请宗教界人士也出手相助，帮助在座各位、帮助这个国家清除邪念，洗清罪恶。各位同事，我已年老体衰，本来已没有精力说这么多，但我怒火填膺，不吐不快。要是不对这种罪恶的、害人误国的方针政策予以痛斥，今夜我将无法安寝。

阻止军官们叛乱

公元 1783 年 3 月 15 日

革命战争行将结束，大陆军的军官们聚集在纽堡，他们大发牢骚，讨论是否反叛，推翻国会。因为国会没有兑现承诺，给他们补发欠饷、赏金和终身抚恤，他们已失去了耐心。他们听到来自费城的消息，说美国政府即将破产，如此一来他们将得不到任何补偿，所以他们打算群起反对国会。大规模的战事早在公元 1781 年便已结束，他们已苦等了两年，问题仍未得到解决。公元 1783 年 3 月 10 日，一封匿名信在驻扎于纽堡华盛顿大本营的军官们之间传开，号召军官们参加将于次日举行的会议，讨论武力解决政府的问题。华盛顿得知后予以禁止，答应将在数日后举行的军事例会上讨论相关问题。那几天，他抓紧时间逐个接见军官们，晓之以理，让他们明白对抗国会的严重后果。最后，他把军官们召集到一起，宣读他的演讲稿，发现视力不济，遂取出眼镜戴上：

为国家效力，我的眼力越来越不行了，但我从没怀疑过国家的公正。先生们，有人匿名想把你们召集到一起，这么做有多不正当、多么不合军规、多么无组织无纪律、具有多大的颠覆性，请你们用脑子好好想一想……作为国家领导人之一，我从来不曾离开过你们，只要公众需要，我随叫随到；我是你们的伙伴，知道你们不满的是什么，也最了解你们的优点，更知道我个人在战争中的荣誉跟军队紧密相关……我发誓，我会不遗余力地维护你们的利益，至于你们，我恳求你们，先生们，冷静下来好好想一想，不要做有损于你们的尊严和荣誉的事情。我要你们信守忠于国家的誓言，充分信任国会。两天前他们已经作出决议，鉴于你们曾忠心耿耿为国家作出过那么多贡献，他们会想尽一切办法，在你们退役之前偿清所有欠你们的军饷和补助，还你们一个公道。我以国家的名义恳求你们，既然你们珍惜自己的名誉，珍视人权，爱护自己的军队和国家，你们就应该表明态度，憎恶、痛恨那些心怀叵测的家伙，他们试图推翻我们国家的民主制度，制造混乱，将我们新兴的国家置于血泊之中。不要跟着他们的指挥棒转，要以平和的、直截了当的方式表达你们的诉求。你们将挫败敌人的阴谋，没有你们的支持他们不敢公然作乱，只能鬼鬼祟祟地搞点小动作。你们要表现出爱国主义精神，拿出耐心，去应对目前复杂形势下遇到的困难。你们要以自己的行动为子孙后代树立良好的榜样，将来他们提及你们时会说："从来没人像他们那样，在关键时刻完美地展现了人性的光辉。"

讲完，他径自走了，而他的规劝给军官们留下了无可抗拒的印象。没人反对他的意见。华盛顿的军官们很少有人知道他戴眼镜，所以当看到他戴眼镜时大家都挺惊讶。这个老人态度谦卑，身体孱弱，想到他带领他们走过的风风雨雨，大家都被深深打动了。军官们通过表决，一致同意诚心诚意地服从国会的领导。就这样，襁褓中的美利坚合众国避免了一场动乱，民主得以继续推进。半年后，即公元 1783 年 9 月，《巴黎条约》签订，不列颠最终承认了美国独立。一篇演说虽不能阻止一场武装政变，但华盛顿用行动劝阻了意图叛乱的军官们，这篇演说尽显了他对新生国家的深厚感情，确保了日后民主在全世界的推行。

“其出发点就是非正义的”

公元1781年6月12日

在考入剑桥大学的学生中，老皮特之子小威廉·皮特是最年轻的一个，他年仅21岁就当上了议员，参政伊始他就反对继续与美国的战争。他建议首相诺思爵士立即与殖民地签订和约。就在下面这篇演说发表后四个月，康沃利斯在约克镇投降。公元1783年，24岁的小皮特成为英帝国最年轻的首相。

先生们热情赞扬美国战争，认为是正义之战。一位尊贵的议员更是不吝褒扬之词，称其为圣战。对于这是一场邪恶的、应该诅咒的战争的观点，这位可敬的议员和其他一些先生曾不止一次予以严斥，但我坚持认为，这就是一场最为邪恶的、应该诅咒的、蛮不讲理的、残暴的、违背自然的、非正义的、十恶不赦的战争！其出发点就是非正义的，酝酿与实施是愚蠢的，它的每一步都标志着流血、屠杀、迫害和破坏。事实上，这场战争除了道德沦丧、人性泯灭，别无其他。它从酝酿之时就注定是一场悲剧。

深受其害的是原本幸福的国人，他们被这场战争的始作俑者当作工具，去实现不可告人的目的。民族最优秀的血液白白流掉，同时被消耗的还有它至关重要的资源——金钱。代价之大前所未有。而我们不列颠民族得到的回报是什么？一些无足轻重的胜利，或者说，几场胜仗——这所谓的胜利是对我们的兄弟的蹂躏和毁灭；这所谓的胜利饱含着痛失亲人的人们的悲泣，这所谓的胜利是为强迫对方驯服而进行的大屠杀……得知这场血腥战争的真相，哪个英国人不为同胞白白抛洒的鲜血痛惜，不为所谓的胜利哭泣？

'It was conceived in injustice'

“我将从这场恢宏的大戏中谢幕”

公元 1783 年 12 月 23 日

美国革命战争接近尾声时，有传言说总司令乔治·华盛顿将出任新兴国家的国王。公元 1783 年战争结束后，乔治三世问臣下，华盛顿会作何打算，当他听说有传闻说华盛顿将会退隐，回到他在弗农山的农场，于是评论道：“果真如此，那他就是这个世界上最了不起的人。”果然，华盛顿效法古罗马将军辛辛那图斯，从总司令的位置上退休了。演讲时，华盛顿不得不用双手才能把讲稿拿稳。“听众无不动容，议员们个个热泪长流。他的声音低沉颤抖，人人都能感觉到他情绪有多么激动。”演讲完毕，华盛顿上前将委任状和已签好名的辞呈交给议长托马斯·米夫林，回到演讲席。听罢米夫林简短而热诚地致谢，华盛顿匆匆走出安纳波利斯州议会大厦，策马飞驰而去。

一系列重大事务尘埃落定，我退休的时机终于成熟了，现在，我荣幸地向议会致以衷心的祝贺，交还他们对我的信任，很高兴引退，结束为国家的服务。在幸福地看到国家的独立和主权得到确保，美国成为一个受人尊重的国家后，我很满意地从当初我诚惶诚恐接受的职位上退下。之所以诚惶诚恐，是担心自己能力有限，不足以完成如此艰巨的任务，但这种担心很快就被信心取而代之，因为我们的事业是正义的事业，因为有联邦最高权力的支持，因为有上天的护佑……从政生涯的最后一项任务我将义不容辞，那就是请求万能的上帝保护我最亲爱的祖国的利益，保佑监管这利益的人们。我的任务已经完成，我将从这场恢宏的大戏中谢幕。多年来，我在议会的指令下工作，尽管依依不舍，我还是要向这个庄严的团体道别，现在我就交出我的委任状，从此退出公共生活。

'I retire from the great theater of Action'

“尽管这部宪法仍有缺陷，但我仍然赞成它”

公元 1787 年 9 月 17 日

富兰克林是举世闻名的通才、发明家、政治家、外交家，因对美利坚合众国的建立所做的突出贡献，被称为“美国第一人”。下面是他在制宪会议的最后一日发表的演讲。宾夕法尼亚州代表团及开国元勋——八十一岁高龄的富兰克林要求在签署宪法之前发表这篇演说，因为他体力不支，由他的同乡詹姆斯·威尔逊代为宣读了这篇出色的演讲。

主席阁下，我得承认，对目前这部宪法的某些部分我并不赞成，但我不敢说我将永远不赞成它们。因为，我活了这么久，经历过不少事，有些重大的事情只有在获取更充分的信息和经过更加周密的思考之后，你才会改变看法，知道原以为正确的意见其实是错误的。因此，我活得越久，越怀疑自己对别人的判断是否正确。多数人和多数宗教教派一样，都认为只有自己才拥有全部真理，这简直是大错特错。斯蒂尔是一位新教徒，他曾在献词时对教皇说，两个教会关于教义的唯一不同意见是，罗马教会认为自己的教义无“谬”，而英国教会认为自己的教义无“错”。然而，尽管许多人和许多教派一样相信自己绝不会有错，却很少有人会坦陈自己的看法，像某位法国女士那样直言不讳。她在一次与姐姐发生争执后脱口而出：“我不知道是怎么回事，除了我，人人都认为自己永远正确。”

我之所以发出这番感慨，议长先生，是因为尽管这部宪法仍有缺陷，但我仍然赞成它；因为我们需要有一个政府，哪怕它很一般，只要它能在若干年内认真执行这部宪法，照样能造福于人民。除非人民堕落到需要专制统治，需要一个专制政府取而代之。而且我认为，就算是另行召开代表大会，也未必能制定出一部更好的宪

'I agree to this Constitution with all its faults'

法来。你需要集思广益，而你召集起来的这些人难保不各执一词，或观点错误，或出于一己或一地之私，这样的大会，能指望产生完美的结果吗？所以我惊讶地发现，主席阁下，这部宪法已如此接近完美；我想我们的敌人同样会吃惊，他们正信心满满地等着我们的制宪者们像修巴别塔的人一样受到诅咒，等着看我们的国家走向分裂，人民自相残杀。所以我赞同这部宪法，阁下，因为在我的期望之中，它也许算得上是最好的了。至于我对它的意见，为了公众利益我予以保留。我从没对外透露过半个字。这些意见产生于这个议会大厅内，就让它消亡于此吧。如果我们中还有人出于寻求选民支持的目的想把反对意见对外扩散，我们必须予以制止。为了充分发挥这部宪法的优势，造福于国民、造福于世人，我们必须保持高度一致。人民能否幸福，很大程度上取决于政府，取决于执政者的智慧和正直。我们也是人民的一员，所以，为了人民，为了子孙后代，我希望我们真心实意地、齐心协力地在我们影响所及的范围内力荐这部宪法（如果它能在大会上通过的话），然后集中精力将它实施好。总而言之，主席阁下，我想代表所有仍持反对意见的代表表个态，他们会跟我一样，不再怀疑自己的判断，毫不犹豫地签下自己的名字，一致通过这部宪法。

“如此情景，哪怕只是想象一下都让人无法忍受！”

公元 1789 年 5 月 12 日

截至公元 1783 年，“三角贸易”①在英国外贸收入中所占比例高达 80%。英国商品海运到非洲，再从那里购买奴隶，销往西印度群岛和美洲。第三段航程，则将奴隶们生产的食糖、烟草和棉花等物资带回英国。英国船队带回的奴隶销往法国、西班牙、荷兰、葡萄牙以及英国等各国的殖民地。巅峰时期，每年购买的奴隶男女老幼多达 40000 人，其中约 13% 死在波涛汹涌的大西洋上。三角贸易中的这一段被称为“中央航路”。18 世纪 80 年代，一场反奴隶制运动在英国兴起，第一份请愿书于公元 1783 年被递交给议会。就在这一年，年轻的议员威廉 · 威尔伯福斯邂逅了船队医生、牧师詹姆斯 · 拉姆齐，后者给他讲述了奴隶们在海上和在种植园的悲惨境遇。震惊不已的威尔伯福斯自此成为废奴主义的领导者，决心终止奴隶买卖。他认为聚焦在这一环节比空洞地呼吁废除奴隶制本身要更效。他的逻辑推理是，没有了奴隶买卖，奴隶制自会消亡。他在下议院慷慨陈词，呼吁停止这种可鄙的买卖。他提交了一份终止奴隶买卖的法案，但未获通过。但他并未放弃，每年反复提交同一法案。终于，一个“渐进式废奴”的议案得到了表决，并于公元 1807 年正式立法废除了奴隶买卖。威尔伯福斯有一副动听的歌喉，演说时具有别样的感染力。日记作家詹姆斯 · 博斯威尔描述他在下议院的演讲时写道：“他走到讲坛前时，我看到的是一只虾；但随着演讲的进行，他在我眼里越来越伟岸，虾变成了鲸。”

……请大家想象一下，六七百个可怜的奴隶，被铁链两两拴在一起，在发着恶臭、令人作呕的环境里，在各种各样非人的折磨下

① 即奴隶贸易，开始于 16 世纪。欧洲奴隶贩子从本国出发装载盐、布匹、朗姆酒等，在非洲换成奴隶沿着所谓的“中央航路”通过大西洋，在美洲换成糖、烟草和稻米等返航。在欧洲西部、非洲的几内亚湾附近、美洲西印度群岛之间，航线大致构成三角形状，由于被贩运的是黑色人种，故又称“黑三角贸易”。

'How can we bear to think of such a scene as this?'

苦苦挣扎！如此情景，哪怕只是想象一下都让人无法忍受！我们不禁会想，也许采取如此严厉的措施是为了防止他们犯上作乱；没错，利物浦一位姓诺里斯的代表在向议会谈到奴隶的处境时正是这么说的，（如此偏见）足以蒙蔽双眼，让议会对发生的事情视而不见，不采取任何措施。由此正可以看出，他们是如何粉饰自己的所作所为的……医生告诉我们说，奴隶们挤得连落脚之地都没有；乔治•扬爵士告诉我们说，船舱内臭气熏天，让人无法忍受。而诺里斯先生却辩称有乳香去臭、石灰水消毒。诺里斯先生还说，船上还鼓励奴隶们唱歌跳舞。我倒是想请他解释一下"鼓励"是什么意思。事实是，他们害怕奴隶死掉，便用皮鞭抽打，逼迫那些疾病缠身、奄奄一息的可怜的奴隶们活动身子。这便是所谓的"鼓励唱歌跳舞"。我这里再提供一个证据，他们有时还会用某种工具给奴隶强行灌食。这是他们把折磨奴隶引以为乐的又一例证。

……船队提供给内阁的数据证实，除去登船之前死去的，在航程中丧生的奴隶平均不低于 12.5%。而牙买加报告称，在上岸后等待交易的短短一两周里，又会有至少 4.5% 的奴隶死掉。一些文件辩称，死亡的奴隶中超过三分之一是死于对季节变化的不适应，可是他们去的地方，气候跟他们原来居住的地方没什么两样，在他们的家乡他们可是活得好端端的，健康并且快乐。牙买加报告——真是一份弥足珍贵的证据，难免引起我的注意——显示，在船上染病和被虐待才是他们大批死亡的真正原因……

CAMILLE DESMOULINS **卡米尔·德穆兰**
公元1760年3月2日—公元1794年4月5日

“是我，在为兄弟们的自由奔走呼号！”

公元1789年7月12日

路易十六突然将政治家、财政部长雅克·内克尔解职，引起百姓不满，6000人聚集在王宫前，激进派律师卡米尔·德穆兰也置身其中。他穿梭在人群中，鼓动人们拿起武器反抗王室，见无人响应，他跳上了王宫花园的一张石桌。平时有点口吃的他，情急之下也不结巴了，高声喊道：

> 市民们！大家都知道，国家需要内克尔这样的好官，本应给他树碑立传的，而他竟被解职了！他们岂能如此无视民意？如果我们就这么容忍下去，他们还有什么不敢做的……拿起武器！所有人都高举绿色徽章，那是希望的颜色。到处都是警察。哈，让他们看见我，盯着我好了。没错，是我，在为兄弟们的自由奔走呼号！

德穆兰被人群簇拥着，巴黎陷入全城骚乱。次日，人们武装起来组成巴黎民兵，即后来的国民警卫队。第二天是7月14日，巴士底狱被攻陷。公元1792年，德穆兰当选国民代表大会代表，参与了处死国王的表决，成为一名最为激进的革命者。大革命初期，他因支持将贵族吊死在路灯柱上而被人们称为“路灯律师”。后来，他的政治观点与罗伯斯庇尔渐行渐远，主张温和对待罪犯，并开始跟丹东密切合作。罗伯斯庇尔曾建议将一本呼吁各方冷静的小册子烧毁，德穆兰答道，“焚烧不解决问题”，借用的是罗伯斯庇尔所崇拜的卢梭的话。当时，一位大主教建议卢梭烧掉自己的著作，卢梭如是作答。德穆兰接受审判时，法官问他的年龄，他回答说：“我三十三岁，跟“无套裤汉”①耶稣同龄。”法庭不允许受审者替自己辩护。德穆兰和丹东于同一天被送上断头台。八天后，德穆兰的妻子露西尔·杜普莱西斯也被无辜处死。

① 法国大革命时期对城市平民的称呼。当时法国贵族穿紧身短套裤，膝盖以下穿长统袜；平民则穿长裤，无套裤。

'It is I who call my brothers to liberty!'

“只向往自由是不够的”

公元 1791 年 8 月 1 日

公元 1789 年，巴纳夫当选为议员，鼓吹发表《人权与公民权利宣言》、解放犹太人和废除奴隶制。他极力主张没收教会财产，是大革命初期最出色的演说家之一。公元 1790 年，他出任国民制宪议会主席。他觉察到自己为之付出心血的共和宪法有被“暴民法”取代的势头，因害怕发生政治动乱，遂呼吁恢复君主立宪制。公元 1791 年 6 月，国王及其家人试图逃出法国，被捕，巴纳夫等三人奉命赶去将国王等人迎回巴黎。一路上，他被王后玛丽·安托瓦内特的遭遇深深打动，下决心竭尽全力保护王室。在国民制宪议会上他发表了下面这篇演说，力陈保留君主立宪制的必要性。当年 9 月，国民制宪议会解散，他的公职亦告结束，退休回到了格勒诺布尔。之后，他被控跟玛丽·安托瓦内特有染，在特别革命法庭上称，他“宁愿受酷刑、受死，也不愿自己的道德和政治品质受到玷污”。开庭次日他被斩首。

只向往自由是不够的——你还得知道如何得到自由。我的发言会很简短……我只想就一个问题发表自己的意见，如招致反对，我们失去自由是迟早的事。凡是对政府有影响力且能作出公正判断的人应该把这个问题牢记在心，不应有丝毫怀疑。持反对意见的人犯了一个根本性的错误。他们把民主等同于多数统治；他们把民权等同于一人一票……我们的宪法赋予公民以正当权利，但选举权只属于有选举能力的人……

'It is not enough that one should desire to be free'

RICHARD PRICE **理查德·普莱斯**
公元1723年2月23日—公元1791年4月19日

"让全世界的暴君发抖去吧！"

公元1789年11月4日

普莱斯是一位威尔士牧师、统计学家、道德哲学家，在美国革命和法国大革命中表现极为活跃，在这两个国家都享有很高的声誉，被同时代人称为"世界友人"和"自由使徒"。公元1789年是关键的一年，旧的政治和社会制度被摧毁，法国大革命标志着现代启蒙时代的肇始。在不流血的英国"光荣革命"100周年纪念大会上，普莱斯发表了这篇演说，向美国革命和法国大革命表达了热忱的谢意。

我们聚在一起，感谢上帝让一件大事在我们国家发生，这件大事叫作革命；一个多世纪以来，对爱好自由的朋友们来说，革命已不是什么新鲜事……通过不流血革命的胜利，专制的枷锁已经粉碎；人民获得了应有的权利，暴君被赶下了台，我们有了自主选择的政体。我们的财产安全了，良知得到了解放……但我特别要提醒的是，我们千万不能忘了革命的原则。有关报道显示，社会在管理公众事务时十分恰当地运用了这些原则。在这里，我只讲其中的三条。其一，我们有了自由选择宗教的权利；其二，政府如果滥用权力，我们有权抵制；其三，我们有权选择执政者，如果他们渎职，我们有权罢免他们，重新组建自己的政府……还有一点大家也要记住，革命虽是壮举，但远非完美，还不能确保王国的自由……你们应当记住，立法机构的代表是保障宪法自由的基础，是所有合法政府的基础，没有这个基础，政府即不合法。代表们公正平等，就像现在这样赋予下议院应有的权力，王国才谈得上自治，才真正拥有了自由。如果代表们只代表部分人的利益，王国也就只拥有部分自由；如果代表的只是极少数人的利益，那自由就是假象；而如果他们不仅

'Tremble all ye oppressors of the world!'

只代表极少数人的利益，而且腐败，那么，由他们选出的必然是一个糟糕透顶的政府——一个腐败的、为贪赃枉法者服务的政府。愿上帝保佑，不让王国陷入这样的灭顶之灾！

这是个多么波澜壮阔的时代！能生活在这样一个时代我三生有幸。我看到了知识的传播，迷信和错谬因此而得到修正；我看到了人权比以往任何时候都更得到尊重；许多早已忘记自由为何物的国家也开始追求自由；我看到三千万愤怒的人民坚决取缔了奴隶制，自由的呐喊不可抗拒；他们的国王领导他们取得了胜利，专制君王不得不向他的统治对象低头。在分享了一次革命的胜利成果后，我有幸见证了另外两次光荣的革命。——现在，我想我看到了追求自由的热情普遍高涨；总的来说，涉及人权的方方面面开始得到修正；法治取代了王治，神职人员一统天下的局面也得到改观，开始让位于理智和良知。鼓起勇气来，自由的朋友们，作家们拿起笔来，捍卫自由！我们的时代大有希望。你们的努力没有白费。看看你们的王国，在你们的劝导下从昏睡中醒来，挣断枷锁，从暴君那里争得了公正！看吧，你们点燃的星星之火已势可燎原，它将专制制度烧作灰烬，温暖和照亮了整个欧洲！让全世界的暴君发抖去吧！我们要警告那些仍然在支持奴隶制统治的人！休要再打着改革的旗号行邪恶之事！你们已不可能一手遮天。不要抗拒日益喷薄的自由之光。把权力交还给人民；自觉改正错误，不要坐等玉石俱焚那一天的到来。

GEORGES JACQUES DANTON 乔治·雅克·丹东
公元 1759 年 10 月 26 日—公元 1794 年 4 月 5 日

“我们必须勇敢、勇敢、再勇敢……”

公元 1792 年 9 月 2 日

在法国大革命期间的演说家中，丹东与众不同，演说前他从来不做准备。别的演说家都仔细备好讲稿，然后照本宣科，唯独丹东总是即兴发挥；他从不拟提纲，也从未出版过演讲词。所以，我们只能依据《箴言报》的资料，整理出下面这篇演讲。他领导了公元 1792 年对杜伊勒宫的攻击，后当选为公安委员会委员，但之后被罗伯斯庇尔赶下台，跟德穆兰一起被送上了断头台。从 8 月 29 日到 9 月 2 日，凡尔登的革命军陷入重重包围，最终向奥地利人和普鲁士人投降，同日，丹东发表了如下演说。

感谢自由人民的部长们，告诉人民他们的国家将会获救。人人倍受鼓舞，群情激奋，渴望战斗。大家知道，凡尔登还没有落入敌手。大家知道，驻军已经发誓，言降者杀无赦。我们的人会有一部分人上前线，一部分人负责城防，还有一部分人将拿起梭镖长矛保卫市中心。巴黎也在积极行动。国民议会庄严地号召市民们，拿起武器，保卫国家。当此之际，对法兰西来说，首都举足轻重。当此之际，国民议会理所当然成了作战指挥部。人民生死攸关之际，我们要求所有委员们都行动起来，发挥指挥作用。任何不作为、不擦亮武器的人都应当受死。我们要求迅速制定方案，指导市民行动。我们要求派员将这里的决策传达到各部。我们即将鸣响的不止是警钟，更是冲锋号。我们必须勇敢、勇敢、再勇敢，法兰西必胜！

'We must dare, dare again, always dare...'

自辩词

公元 1793 年 4 月

马拉经常抨击保守的法国革命领导人。公元 1790 年 7 月 26 日，他在一篇文章中写道：“砍下五六百个敌人的脑袋就能保证你们的自由和幸福，但虚伪的博爱会束缚你们的手脚，收回你们的拳头。如果你们现在停止出击，千百万弟兄将付出生命的代价，敌人将获胜，你们将血流成河。他们会毫不留情地割断你们的喉咙，将你们的妻子开肠破肚。他们会用血淋淋的双手挖出你们的孩子们的五脏六腑，你们对自由的爱将被永远扼杀。”公元 1793 年 1 月 21 日，路易十六被送上断头台，引发了全国政治动乱。从 1 月到 5 月，马拉坚持不懈同吉伦特派作斗争，因为他相信，对共和主义来说，他们是隐藏的敌人。第一个回合吉伦特派赢了，4 月，国民代表大会成立了特别法庭审判马拉。在驳斥吉伦特派的无耻谎言之前，马拉为自己做了如下辩护。审判结果他被判无罪，国民代表大会重新赢得了广泛支持。马拉跟丹东、罗伯斯庇尔同为当时法国最重要的人物，他也因此成为死敌的攻击对象。三个月后，马拉在浴室里被一个名叫夏洛特·科黛的吉伦特派同情者暗杀。

我之所以站在法官面前，是因为他们害怕我，怕我揭穿他们的骗局。在我的案子上，一些人受了他们的蒙蔽，我会让他们擦亮眼睛。我要让公众重新获得发言权，我要更好地为祖国服务、促进自由事业的发展。我充分相信特别法庭开明、公正、具有公民精神，希望你们严格审理我的案子。我能证明我的良心、我的无私和我纯洁的公民精神，所以我不会要求你们宽容，只要求得到公正。对我的指控未经讨论，违背了法律，与原则、自由和公正相左。对任何人提出指控之前，应该先听他本人的陈述，这才是正确的程序。

MARIE - ANNE CHARLOTTE de CORDAY d'ARNANT
玛丽－安妮·夏洛特·德·科黛·达南特
公元1768年7月27日—公元1793年7月17日

“拿着我的头颅在全巴黎示众，它将唤起人们对法制的诉求”

公元1793年7月9日

夏洛特·科黛将“九月屠杀”和路易十六之死归罪于马拉，认为只有除掉马拉，才能防止法兰西陷入内战。7月9日，她来到巴黎，买了一把菜刀，在旅馆住下。她准备在国民大会上行刺马拉，但马拉患病的消息打乱了她的计划。她事先写下一份声明，说明自己刺杀马拉的动机，因为她知道，一旦上了法庭，她很可能就不会再有机会了。7月13日，她潜入马拉的浴室，将他杀死在浴缸里——因患上了皮肤病，他很多时候都泡在浴缸里以减缓疼痛。在法庭上她毫无悔意，声称杀马拉是为法国好，最终她被判斩首。法医雅各布对她进行了尸检，确认她是否处女，因为他们怀疑她背后还有一位男性同谋。结果表明，她生活中没有男人——行刺是她一人所为。她声明中提到的“大山”指的是“山岳派”，法国大革命期间的一个激进派议员团体，他们在开会时坐在议会中较高的长凳上，故此得名。

从什么时候开始，不幸的法国人啊，你们开始争斗和拉帮结派并且乐此不疲？长期以来，党派头领们和其他一些恶棍野心勃勃、谋求私利，置公众福祉于不顾。你们原本是受害者，为什么要自相残杀，不惜牺牲自己，帮助他们在心碎的法兰西建立专制统治？各派分崩离析，“大山”依仗邪恶的势力与专制独大；他们要阴谋使诡计，怪兽般吞噬你们的鲜血，把我们引上歧途，拖向毁灭。而我们却浑然不觉，自我毁灭的劲头比追求自由还来得足。啊，法国人！用不了多久，你们的存在就只剩下回忆了。就在此刻，愤怒的人群正在巴黎游行，内战之火已在一半国土上点燃；现在扑灭它也许还来得及，但必须当机立断、迅速行动。马拉，恶人中的恶人，提到

'Let my head, carried through Paris, be a rallying sign for all the friends of law'

他的名字你就会联想到种种罪行，比起他来，“大山”、丹东、罗伯斯庇尔都相形见绌，坐在浸透鲜血的王座上的某些恶棍都会大惊失色。复仇之剑已高悬在这些人头上，只待给他们最后一击，同时也给那些企图踩着被压迫者的尸体升官发财的人发出了警告。法国人，你们知道谁是你们的敌人，勇敢地站起来，向他们进军。让“大山”灰飞烟灭，唯兄弟和朋友得以生存！我不知道上天会不会为我们保留共和政府，除非我们犯了天怒，否则他老人家决不会容忍“大山”这样的党派统治我们。

啊，法兰西！你们的幸福取决于依法治国；而我杀马拉并不犯法。正因为法律苍白无力，才让这个天谴人怒的家伙逍遥法外。一个公正的特别法庭会怎么判我？如果说我有罪，那么，杀死恶魔的赫拉克勒斯岂不也有罪，难道马拉不比那些恶魔更该死？啊，博爱的朋友们，你们不会为这头恶兽之死而抱憾；悲伤的贵族们，想想你们在大革命中的境遇，同样不会为他叫屈，你们跟他没有任何共通之处。啊，我的祖国，你不幸的泪水让我心碎！我唯一能做的就是为你献出我的生命，感谢上帝，为了自由，我必须有所行动。没人会因为我的死而失去什么。但我不会自杀，那不是巴黎人所为。哪怕最后一息，我希望都能对我的同胞们有用。拿着我的头颅在全巴黎示众，它将唤起人们对法制的诉求；让“大山”——它已然摇摇欲坠——随着我的流血而崩塌；让我成为他们的最后一个受害者，人们将报仇雪恨，将宣称我死得其所。如果有人对我的做法不以为然，我不在乎……但我的亲友不应受到牵连，因为他们并不知情。……只要勇于自我牺牲，弱女子也能干成大事。法国人！就算我没能成功，至少我为你们指明了方向：你们看清了你们的敌人是谁——起来，前进，进攻！

MAXIMILIEN MARIE ISIDORE DE ROBESPIERRE
马克西米利安·马利·伊西多尔·德·罗伯斯庇尔
公元1758年5月6日—公元1794年7月28日

“恐怖非它，就是快刀斩乱麻式的、严厉的、战无不胜的公正”

公元1794年2月5日

国民代表大会召开之前，罗伯斯庇尔在巴黎发表了这篇令人毛骨悚然的演讲。路易十六已于1793年1月被处死，罗伯斯庇尔领导雅各宾党同相对温和的吉伦特党展开了夺权斗争。雅各宾党利用暴力控制了巴黎，将吉伦特党领导人一个个处死。国家的控制权落到了以罗伯斯庇尔为首的公安委员会手中。为应对外来入侵的威胁和日益严重的举国骚乱，委员会实施了“恐怖统治”，凡被他们认为是革命敌人的人统统被铲除。

> 现在，到了我们认准革命目标、看清前进方向的时候了。我们要正确评估我们自己，评估我们面临的障碍，考虑为达到目标应采取什么样的手段……但是，为了找到和巩固民主，为了实现宪法下的和平治理，有必要发起一场自由之战，以反抗专制统治，成功地度过这一场革命的疾风暴雨……那么，民主政府或者说民选政府的基本原则，也就是说，这个政府要发挥效能，应该遵循的最主要的东西是什么？是美德。我指的是公共美德……就是热爱祖国和它的法律……法国革命的光辉目标同时也是我们的力量和弱点的源泉：力量，意味着我们可以用真理战胜谎言，公权战胜私利；而弱点则在于，这场革命让沉滓泛起，所有坏人、所有一心与人民作对的人都纠集到了一起……必须镇压共和国的内外敌人，将他们彻底消灭。在这种情况下，我们施政的第一准则应该是用理性领导人民，用恐怖对待人民的敌人。如果说民选政府在和平时期的基础是美德，那么，在革命时期的基础就是美德加恐怖。没有美德的恐怖是滥杀无辜，而没有恐怖的美德则是软弱无力。恐怖非它，就是快刀斩乱麻式的、严厉的、战无不胜的公正；而它正是来源于美德。

'Terror is nothing else than swift, severe, indomitable justice'

“我们的热血为人道而流”

公元 1794 年 6 月 8 日

罗伯斯庇尔是国民代表大会极左派的领袖，雅各宾党代言人，吉伦特党的劲敌。他当选为公安委员会委员，以提倡并实施恐怖统治闻名。他渴望革命不仅止于政策和国家权力的变更，更应该唤起法兰西精神的复苏。革命者褫夺了罗马天主教会的权力，公元 1794 年 5 月 7 日，罗伯斯庇尔通过国民代表大会颁布了一条法令，建立国教“上帝崇拜”，并规定每年的 6 月 8 日为国教庆典日。1794 年，罗伯斯庇尔以国民代表大会主席的身份主持了第一次庆典，发表了这篇演说。而在 5 月末，他就已经颁布了一条法令，凡是被认为反革命的人，都可以不经详细审讯径直斩首，从而加快了惩处的速度。这一法令以及他在实施时表现出的嚣张，为他的倒台埋下了伏笔。

法国人民庆祝“上帝崇拜”诞生之日，就是永久的吉祥到来之日。在他所创造的这个世界上，上帝从未见过如此壮观的祭拜他的场面。他见过太多暴政、罪行和欺诈肆虐，此刻，他终于见证了我们举国同心，奋起反抗压迫。难道不是他让公正和平等深入人心？难道不是他写下了对暴君们的死刑判决？难道不是他，开天辟地伊始便规定了任何时代的任何人都享有自由、诚信与公正？……历代君王炮制出的横行于法兰西的魔鬼已经灰飞烟灭……法国人，你们敢于反对君王，配得上虔诚教徒的称号……我们满怀对公正、对祖国的热爱，对不诚信、对暴政义愤填膺。为人类的正义事业我们热血奔涌。坚持祈祷，坚持牺牲，坚持崇拜上帝。

'Our bleed flews fer the cause ef humanity'

NAPOLÉON BONAPARTE, EMPEROR NAPOLEON I
拿破仑·波拿巴，法皇拿破仑一世
公元1769年8月15日—公元1821年5月5日

“你们的国家有权对你们寄予厚望”

公元1796年5月10日

拿破仑·波拿巴原来是一位科西嘉民族主义者。公元1795年，保皇党对国民代表大会发起攻讦时，他参与了巴黎杜伊勒宫保卫战。作为一名炮兵军官，他意识到一排霰弹即可清街——1400名保皇党人在炮弹下丧生，余者纷纷逃散。此次行动让他一夜成名，心怀感激的共和党还为他提供了资助，允许他率部向驻意大利的奥地利军队发起进攻。他在意大利向部队发表了下面这篇演说，几天后取得洛迪大捷，奥地利人被赶出了伦巴第。11月15—17日，阿尔克勒被攻克，1797年3月，拿破仑的军队开进奥地利，迫使对方签下和约。他善用间谍，善用计谋，对自己的兵力部署严加保密，集中优势兵力攻击敌军的薄弱环节，故而屡战屡胜。意大利一役，波拿巴的军队俘获敌方士兵150000人、大炮540门、军旗170面。因为此战，波拿巴在国内的政治影响力日隆。他的讲话向来都很直白，但就其形式和内涵而言，也称得上是演讲。

士兵们！短短十五天里，你们打了六场胜仗，缴获军旗21面、大炮50门，攻克要塞若干，俘敌1500名，打死打伤10000多人。你们的战绩与荷兰和莱茵河的征服者一样辉煌。你们白手起家，在供给极度缺乏的情况下做到了自给自足。你们没有大炮同样取胜，没有桥梁照样渡河，没有鞋穿照样行军，风餐露宿，没有酒提神，经常连面包都吃不上。共和军——自由战士们也跟你们一样能够吃苦耐劳、所向披靡。谢谢你们，士兵们！你们的国家有权对你们寄予厚望。你们还有仗要打，还要跋山涉水、攻城略地。你们之中是否有人胆怯了？是否有人宁愿退回到亚平宁和阿尔卑斯那种不毛之地，忍辱偷生？不……朋友们，我保证最终的胜利必然属于你们！

'Your country has a right to expect of you great things!'

NAPOLÉON BONAPARTE, EMPEROR NAPOLEON I
拿破仑·波拿巴，法皇拿破仑一世
公元1769年8月15日—公元1821年5月5日

“自由的、为全世界所尊重的法国人将给欧洲带来和平”

公元1796年5月15日

洛迪大捷五日后波拿巴在意大利对部队发表了如下演讲。

士兵们！你们如势不可挡的激流冲向了亚平宁。你们见谁灭谁，势如破竹。皮埃蒙特已从奥地利人的压迫下解放，与法国重归于好。米兰是你们的了，伦巴第大区到处飘扬着共和国的旗帜……不可一世的敌军在你们的英勇进攻下已无寸土可守。波河、特西诺、艾达也指日可下。事实证明，自诩固若金汤的意大利不堪一击，你们已经以迅雷不及掩耳之势将其荡平。辉煌的节节胜利让你们的祖国如此欣慰！你们的代表已拟定一个节日，将在共和国各地庆祝你们的胜利。你们的父母兄弟、妻儿子女，所有爱你们的人将为你们的胜利欢呼，因为有你们这样的亲人而自豪。

……那些借法兰西内战之机磨刀霍霍的人，那些无耻暗杀我们的部长们的人，那些在土伦烧毁我们的战船的人——现在，让他们发抖吧！我们复仇的时刻到了！但不要让那里的人民惶惶不安。我们是各国人民的朋友，尤其是对布鲁图斯的后裔、对西皮奥人和所有跟我们一样优秀的人来说更是如此。重建罗马神殿，安放让罗马不朽的英雄们的雕像，让许多世纪以来在压迫之下垂头丧气的罗马人民振作起来——凡此种种，都将是我们胜利的果实。为了他们的子孙万代，罗马人将开创一个新纪元。而你们，士兵们，让欧洲这块最美的土地重放异彩，是你们不朽的功绩和荣誉。自由的、为全世界所尊重的法国人将给欧洲带来和平，以弥补六年来他们所承受的牺牲。而你们，将回家安享和平宁静的生活，你的同胞会指着你说：“他是征战意大利的军队中的一员！”

'The French people, free and respected by the whole world, shall give to Europe a glorious peace'

HENRY GRATTAN **亨利·格拉顿**
公元1746年7月3日—公元1820年6月6日

“完全是懦夫行径，捏起拳头却没勇气打出去”

公元1800年2月14日

格拉顿，爱尔兰民族主义领袖，有着无与伦比的演说才能。公元1800年，首相威廉·皮特计划让爱尔兰议会合法并入英国议会，重回议会的格拉顿发起了一场运动竭力反对，但未能成功。公元1782年，格拉顿曾努力保住了爱尔兰议会的独立性，并于1797年退休。公元1800年1月15日，爱尔兰议会最后一次开会。第二天早上7点，格拉顿进入议会大厅并宣誓。过了一会儿他起身发言，发现自己虚弱得站立不稳，得到允许后，他坐下来发表了超过两小时的演讲，宣称，“他想买的东西不能出售——自由”。尽管得到了热情支持，他反对合并的议案还是以138票对96票被否决。2月14日，财政大臣艾萨克·科里迈出了有利于英—爱联合的第一步，对格拉顿发起了猛烈的人身攻击，说他鼓励叛乱。格拉顿针锋相对予以驳斥，两人约好次日一早在都柏林的波尔桥决斗。决斗结果，科里手臂受伤。格拉顿言辞激烈的驳斥导致了这场决斗：

> 这位先生说完了没有？说够了吗？他的讲话从头至尾都违背了议会精神。几乎没有哪句话不是对议院的侵犯；但我并没有打断他——为什么？因为某些人能力实在有限，想让他在符合议会精神的前提下讲话压根就不可能。但是，我会在坐下来之前做给他看看，什么才是严谨的、符合议会精神的讲话。一般情况下，那位可敬的先生无论说什么，我都会嗤之以鼻，保持沉默；无奈有时候指责我的人已然气急败坏、胡言乱语失了分寸。我知道这位可敬的先生在攻击我时有多么吃力，因为他心知肚明，只须比较一下我俩的性格，不论是在公开还是私下场合，他的攻击都伤害不了我。公众不会相信他对我的指控。我鄙视他的谎言。如果这指控出自一个诚实的人，

'It was the act of a coward, who raises his arm to strike, but has not courage to give the blow'

我会在坐下之前礼貌地慢慢回应。而面对一个不诚实的人，我不假思索便可驳斥。

这位永远正确的可敬的先生说我是个“毋庸置疑的叛国贼”。我要请问，为什么不径直说“叛国贼”，却要加上个修饰语？让我来告诉他吧：因为他没有胆量。他完全是懦夫行径，捏起拳头却没勇气打出去。我不会骂他是恶棍，因为这样做有失议员风度，再说他好歹也是个朝廷重臣。我也不会骂他笨蛋，因为他凑巧是财政大臣。但我要说，他滥用议员身份和言论自由所说的那些话，要是在议院之外，我只会用拳头来回答。我不在乎他的官位有多高，人格有多低下，言论有多可鄙；不管他是大臣还是鼠类，我的回答都是一记老拳。他指控我跟叛乱有关，这是完完全全、彻彻底底的卑鄙谎言……我重回议会，并非如那位先生所说，是来掀起又一场风暴；我回来是因为我还欠祖国一声感谢，因为我过去所做的贡献它给了我荣誉，而相比我的贡献，这些荣誉还远远不够，我自豪地说，我当之无愧。我冒着被那位可敬的先生和他卑鄙的同伙暗杀的危险回来，是为了捍卫宪法，而我本人乃是这部宪法之父。他们都是些腐败分子，煽风点火的家伙；就在此时此刻，他们正在策划叛国阴谋。我回来是要公布一份给上议院委员会的报告，驳斥他们的无耻诽谤。现在，我就站在这里，准备接受他们的指控或审判；我决不回避。我蔑视那位先生，我蔑视这个政府，我蔑视这些乌合之众。有什么招数让他们尽管使出来好了。告诉诸位，我决不宽恕他们，也不会接受他们的宽恕。我将把我的被撕碎的宪法的碎片放在议院的地板上，捍卫我的祖国的自由。

“我谨遵各位之命走上这一工作岗位”

公元1802年12月22日

经过票数最为接近的竞选，托马斯·杰斐逊就任美国第三任总统。当时的政治家都由写手和辩论老手组成的团队为其演说操刀，相比之下，读一读博学多才的杰斐逊自拟的演说稿会给人耳目一新的感觉。

……同胞们，我即将履行我的各项职责，由于这些职责里包含有你们所珍视、所认为宝贵的一切，因此，对我所理解的我国政府的各项基本原则，以及相应的用以确定政府活动的规章制度，你们都应当有所了解。我将最大限度压缩我的讲话，只阐明其中那些最为基本的原则，而不是将所有制度囊括无遗。这些原则包括：对所有人平等以待、公正以待，不问其宗教信仰和政治地位如何；与世界各国和平共处、通商往来、友诚相待，但不与任何一个国家结盟；支持各州政府所拥有的一切权利，以此作为处理国内事务的最有效能的方式和对付反共和倾向的坚实屏障；保持联邦政府依据宪法执政的活力，以保证国内太平和国家安全；小心谨慎地呵护人民的选举权，这是一种匡正流弊的温和而可靠的方法，而一旦没有和平的措施可予补救时，就坚决挥起革命之剑斩除弊端；绝对服从多数人作出的决定，这是所有共和国必须遵循的一项关键原则，反之则不会诉诸舆论而只剩下强制，而强制正是专制主义的本质和直接根源；建立一支纪律严明、训练有素的民兵队伍，此乃和平时期的最好保障，一旦战争爆发，他们可以应急，直到正规军来替代之；文官政府的权威高于军方，节约政府开支以减轻人民的负担；诚实地偿还国家债务，维护国民信心；鼓励农业，以商业辅之；信息公开，凡有争端皆交由公众法庭进行理智裁断；宗教信仰自由；出版自由；

按照人身保护法保障公民的人身自由，并由公正选出的陪审团审理案件。上述原则犹如指路明灯，曾指引我们经历了一个革命和改革的时代。为了这些原则的实现，多少先贤曾为之倾注智慧，多少英雄们曾为之抛洒热血，这些原则应当成为我们的政治信条，成为教导民众的课本，成为检验我们所信赖的人的工作的试金石；倘若我们因一时糊涂或惊慌失措而偏离了这些原则，那就赶快调转脚步，重新回到这条唯一的、通向和平、自由和安全的道路上来。

同胞们，我即将肩负起你们委诸我的要职。我曾担任过许多较低的职务，这一经历使我见识了担任这最高职务有多艰难，因而我也懂得，由一个并不完美的人来担任这一职务，当他退休之时，要想保持当初他被赋予这一职位时所拥有的名望和支持也难。你们曾对我国那位最伟大的革命家予以极大信任，因为他为国家做出了卓越贡献，赢得了全国人民衷心的爱戴，注定要在一部史册里占有光辉一页。我无意奢求你们对我也如此信任，只要求能助我坚定有效地履职，足矣。我可能会因为判断失误而经常犯错。即便我是正确的，也可能被那些由于眼界有限未能通观全局的人认为是错误的。我请求你们原谅我个人的失误，因为我所犯的错误绝非有意为之；同时，我也请求你们支持我反对他人的错误，尽管这种错误源于他们对全局的不了解。投票结果显示你们认可我既往的业绩，这让我备感欣慰。我希望在今后的工作中能继续得到对我寄予厚望的人们的好评，也得到怀疑我的人的赞许，因为我会尽我所能为他们服务，为所有人谋求幸福与自由。承蒙各位美意，我现在谨遵各位之命走上这一工作岗位，我也随时做好准备，无论何时，只要你们觉得能作出更好的选择——这是你们的权利——我将辞去这一职务。万能的上帝，请给我们指出最好的治国之道，指引我们走向和平与繁荣。

“人，不仅仅是为自己而生。不，他是为国家而生”

公元1802年12月22日

约翰·昆西·亚当斯是约翰·亚当斯总统的儿子，哈佛毕业后成为一名律师。二十六岁时他被任命为驻荷兰公使，后任驻德公使。公元1802年，他当选参议员，就职时发表了这篇纪念清教徒移民祖先的演说。六年后，他被麦迪逊总统任命为驻俄公使，后成为国务卿，最终当选为美国总统。

人类发自内心的种种情感中，最强烈、最符合人性的是对祖先的尊崇和对子孙后代的爱怜。它们形成了一条联系私情和社会热情的纽带。根据基督教的基本原则可知，个人的幸福与同时代人的幸福有着千丝万缕的关联。生命不仅仅属于自己，它通过孝顺父母、爱护子女得以延伸，任何人的幸福都跟他的同龄人的幸福相互依存。尊崇祖先会激起一个人追溯历史的兴趣，对于先人所犯的错误他会感到遗憾，对他们的美德会由衷地感到骄傲。而对子女的慈爱使得他会努力去呵护他们，自觉地做他们的榜样，无比温柔地关心他们的成长。所以我们说，人，不仅仅是为自己而生。不，他是为国家而生，因为他负有对社会的责任和义务；他是为自己的同类而生，因为他肩负着基督徒的责任，具有普世情怀；他是为先辈们而生，因为他对先人们满怀崇敬之情；他也是为未来而生，因为他发自本能地热爱子孙。在这些原则下，“他拒绝将存在看作一个与世隔绝的独立王国”。他的本性摆脱时空的束缚；他不再是“在寒风中瑟瑟发抖的可怜虫”；他是造物主的杰作，占据了所有时空；在他生存之时，唯有世界是他的边界，而当他的肉身消亡，他会在宗教的指引之下得到永生。历史未作评注，但从各个方面对这些情感一致作出了解答。一位野蛮人部落的酋长为保卫他的国家，抵抗罗马人

'Man, therefore, was not made for himself alone.
No, he was made for his country'

的入侵，被赶到不列颠最偏僻的一角，号召他的追随者奋起战斗，在讲话的最后就是用这种不可抗拒的情感来激励他们的："想想你们的祖先，想想你们的后代吧。"

罗马人也一样，在他们的文明的巅峰期，每逢涉及祖先的重大事件的日子，他们都会用相同的情感来自我激励。想找出例外那是枉费心机，是对你们的耐心的折磨，典籍里多有记载。这种情感不仅能坚定我们的信仰和希望，当局者还为此制定过相关法令。美利坚民族不是一夕之间就成就的。在朝气勃勃的青春期和精力旺盛的壮年期，回顾一下自己柔弱无助的婴幼儿期既有益也有意思；但人在成长过程中，会发生实质性的生理变化，早年的记忆很快会被抹去，这时候，无言的历史记载就发挥作用了，它会帮助我们记起儿时母亲温暖的怀抱，使我们念念不忘尊老爱幼。历史让我们记住先贤，知道一代又一代人是如何效仿他们的；历史让我们懂得感恩，是我们的孩子们的道德讲堂。这样的情感是明智的、崇高的、道德的，它不仅带给我们纯粹的快乐，还会唤起我们的责任心。因为珍视这情感，同胞们，所以每年都会举行庄严的纪念仪式，还有什么能比这更重要、更有益？……让我们一起向国家的奠基者们和世界的创建者们祈愿，祈愿曾经的预言继续在历史中变成现实——人类甜蜜的梦想之光永不消逝，祈愿我们的国家比以往任何时候都更加繁荣昌盛。

“我们给他们粮食和肉；他们却用毒药报答我们”

公元1805年夏

“红外套”的印第安名字叫作萨戈耶瓦瑟，因其出色的演讲技巧，从公元1780年开始，这个名字广为人知。他是美洲塞尼卡族土著，“狼族”首领，因敢于维护本族权利而名声大噪。他带头同新成立的联邦政府谈判，公元1792年率领50人的代表团前往费城，接受了乔治·华盛顿颁发的一枚大大的和平奖章。在他的所有画像上，胸前都戴着这枚奖章。他的英文名之所以叫作“红外套”，是因为在美国革命期间，一位英国军官曾送给他一件绣花镶边的紫红色外套。一次，马萨诸塞州福音派教会一位名叫克拉姆的年轻传教士来见“红外套”，希望在塞尼卡族的居住地设立传教所，下面的演讲便是“红外套”作出的回应。各首领被召至水牛湾开会，听完提议，首领们进行了大约两个小时的商讨，然后，“红外套”用一篇绝妙的演讲谢绝了克拉姆。

> 这位朋友、兄弟——是神的旨意让我们今天会聚在这里。他主宰一切，为今天的会议给了我们一个大好晴天。他脱掉外衣，让太阳露脸，照耀着我们。我们睁开了眼睛，看得明明白白，我们的耳朵能清清楚楚听见你的话。为这一切，我们感谢神，也只感谢神。兄弟，这次会议之火是你点燃的。这一回大家是应你之邀才聚在一起的。我们认真听取了你的意见。你要求我们畅所欲言。这给了我们极大的快乐；因为我们可以在你面前挺直腰杆，说出我们心之所想。大家听了你的想法，也都发了言，我们是一家人了。我们的心是相通的。
>
> 兄弟，你希望在你离开之前能得到我们的答复。这是理所当然的，你不远万里来到这里，我们也不想耽搁你太久。但是，我们先

'We gave them corn and meat; they gave us poison in return'

得简单回顾一下我们的祖先跟我们说过些什么，我们从白人那里听到的说法又是怎样。兄弟，听我们一一道来。这个巨大的岛屿早就为我们的祖先所拥有。它无比宽阔，从日出之地一直延伸到日落之处。伟大的神让它为印第安人所用。他创造了水牛、野鹿以及其他动物作为我们的食物。他还创造了熊和河狸，为我们的衣物提供它们的毛皮。他把它们散放各处，并教我们怎样猎获它们。他让土地长出谷物给我们做面包。他为他的红皮肤的儿女做了这一切，因为他爱他们。如果在狩猎领地方面发生了什么争端，通常不用怎么流血就解决了。但是，邪恶的一天来到了。你们的祖先跨洋过海登上了这片土地。人数并不多。他们在这里发现的是朋友而不是敌人。他们告诉我们，他们因为害怕某些恶人而逃离了自己的国家，到这里享受他们的宗教来了。他们只要求有一小块安身之地。我们同情他们，答应了他们的要求，他们跟我们一起坐了下来。我们给他们粮食和肉，他们却用毒药报答我们。白人找到了这个地方，随着潮起潮落，他们来的人越来越多。但我们并不惧怕他们，因为我们拿他们当朋友，他们也称我们为兄弟。我们相信他们，给了他们更大的一块地盘。结果他们的人数迅速增加。他们要更多的土地；他们要拥有我们的整个国家。我们的眼睛睁开了，心里开始感到不安。战争爆发了。他们雇佣印第安人来打我们印第安人，我们的人死了许多。他们还带来烈酒，那酒劲儿太大了，醉死了我们成千上万的人。兄弟，曾几何时，我们的地盘是那么大，你们的地盘是那么小。而今你们壮大了，却连一块安身之地都不给我们留下。你们占领了我们的国家还嫌不够，还想把你们的宗教强加到我们头上……兄弟，你说只能拜一个神。如果说只有一种宗教，为什么你们白人信仰各不相同？你们都会读《圣经》，为什么却看法各异？

“没人能凭一己之力拯救欧洲”

公元1805年11月9日

从公元1803年开始，英国一直在同拿破仑的法兰西帝国交战。身为首相的皮特没命地工作，以期由俄罗斯、奥地利、瑞典和英国组成的“第三次反法联盟”能打败拿破仑。对他来说，最糟糕的消息莫过于奥地利人在乌尔姆投降（1805年10月16日至19日），好在好消息也紧随而至，10月21日，同盟在特拉法尔加海战中大捷。这年夏天，拿破仑的军队曾开抵法国北部的布伦，但因为法国舰队未能及时赶到英吉利海峡，拿破仑的入侵计划被搁浅。英国的海上霸主地位令拿破仑无法从海上进攻，遂取道中欧，向“第三次反法同盟”的其他国家发起攻击。正是这场战争令皮特声誉日隆。伦敦市长在市政厅讲话时称，皮特的健康是“欧洲的福音”。皮特起身，只说了两句话，便精疲力竭地坐下了。政治家科曾爵士评价说，这两句话是有史以来英文演说中的翘楚，堪与林肯的“第二次就职演说”和“葛底斯堡演说”媲美。彼时皮特健康状况很差，他患有痛风，又焦虑又疲惫，于是前往巴思温泉疗养。疗养期间有消息传来，他的反法同盟于12月2日的奥斯特里兹之战中被击溃。这是波拿巴对俄奥联军的一场大胜，之后维也纳沦陷，奥地利帝国从此一蹶不振。皮特病倒了（很可能是患有胃溃疡或十二指肠溃疡），于公元1806年1月11日回到家乡普特尼希斯。据说他在走向卧室时，停下来看了看挂在墙上的欧洲地图，忧伤地对他的侄女说：“把它卷起来吧。十年内都用不着了。”十二天后皮特去世，距发表这个最后的演讲仅仅过去六周。

谢谢您的谬奖。没人能凭一己之力拯救欧洲。英国靠自己的努力拯救了自己，我相信，也能凭借榜样的力量拯救欧洲。

'Europe is not be saved by any single man'

“我的祖先是武士”

公元1810年8月12日在万塞纳会议上的讲话

公元1809年，时任印第安纳州州长的哈里森将军①买下了瓦巴什河两岸的大片土地。谈判时印第安人肖尼族酋长蒂卡姆西不在场。返回后的蒂卡姆西愤怒不已，在万塞纳会议上同哈里森针锋相对地辩论，要求废除购地契约：

没错，我是肖尼族人。我的祖先是武士。他们的子孙也是武士。我从他们那里得到了生命；对我的部族，我什么也不索取……我在内心与祖先交流，他们告诉我说，除了最近，这块大陆上从来就没有过白人；这块土地从来就属于红皮肤的人，神造就了他们，让他们子子孙孙居住在这里，行走在这里，享受这片土地的产物。在白人来到之前他们曾是那么幸福，白人给他们带来了灾难，你们不断侵占他们的土地，永不餍足。制止这一罪恶的唯一途径是所有红种人都团结起来，宣称对这片土地平等的所有权，不管是过去还是将来，我们都拥有这一权利；因为这片土地从来不曾被分割，它属于大家，你我都可使用。你我双方都无权将土地出售，即使是你强我弱，也不能相互买卖——你们休想把它全部据为己有。白人没有权力从印第安人手中抢夺土地，因为是印第安人先拥有了它，它属于印第安人。也许土地可以出售，但必须是一块整体，否则无效。最近的这次出售就不对……（这土地）属于首先将毯子或兽皮铺在上面的人；除非他离开，否则其他人都无权占有。

① 威廉·亨利·哈里森（William Henry Harrison，1873年—1841年4月4日），美国第九任总统，美国历史上执政时间最短的总统，上任后一个月就因肺炎去世，而据说导致其罹患肺炎的原因竟是在就职演说上着了凉，所以他也是一位因演讲而导致死亡的总统。哈里森于1941年在蒂珀卡努战役中打败了肖尼族印第安人，人称“蒂珀卡努英雄”。也有人说其死因是所谓的“蒂卡姆西诅咒”。

蒂卡姆西四处奔走，呼吁各部族联合起来反对白人抢占土地。1811年，就在他外出期间，他的双胞胎弟弟在蒂珀卡努被哈里森杀死。1812年战争[1]中，蒂卡姆西加入英军，最终战死沙场。

② 美英为争夺加拿大而发生的战争，也称美国第二次独立战争。

“我们是否意识到了我们对暴徒同样负有责任”

公元 1812 年 2 月 27 日

浪漫派诗人拜伦爵士[①]于公元 1809 年当选上议院议员。他是低层民众和社会改革的坚定代言人，议员中为“勒德分子”辩护的人极少，拜伦就是其中之一。所谓“勒德分子”其实都是一些因机器代替了人力而失业的纺织工人，他们捣毁纺织机，以抗议工业革命带来的变革。拜伦居住在诺丁汉郡，那里是纺织工业的中心。他发表演说，反对政府出台滥用死刑的法案。这是他首次在议会演讲，在演讲中他极力讽刺工业化和自动化带来的“利润”在生产垃圾的同时令工人们失业。（演讲最后提到的杰弗里是臭名昭著的“绞刑法官”，是 1685 年蒙默思公爵叛乱后疯狂屠杀叛乱者的刽子手。）

我最近在诺丁汉待了一段时间，每天都有新的暴力事件发生；我出城那天，听说头天晚上就有四十台纺织机被毁，一如既往，没遇到抵抗，也没人察觉……我们是否意识到了我们对暴徒同样负有责任？正是这些“暴徒”在为你们打仗、在侍候你们。他们是你们的兵源，正因为有了他们，你们才有能力挑战整个世界，而当他们被忽视，被突如其来的灾难逼到绝境，他们同样会向你们发起挑战！你们可以把这些人叫作暴徒，但别忘了他们也是人，也是讲感情的……把这个明显不公而且不会见效的法案抛到一边吧，难道你们的法令里死刑还不够多？还嫌你们的法典造成的流血不够多，非得让更多的人流血，起来反对你们？更何况这个法案根本无法实施。难道你们能把整个国家变成一个大监狱？能遍地竖起绞刑架，把人像稻草人一样吊起来？或者说（如果你们非要这么干的话）每十个

① 英国 19 世纪初期伟大的浪漫主义诗人，曾投身希腊民族解放运动，最终于希腊病逝。

抽杀一个？实行军事管制？搞它个尸横遍野、人口锐减？然后将舍伍德森林重新交给罗宾汉？难道非得用这些办法来对付饥饿绝望的民众？那些饥饿穷苦的人就因为没在你们的刺刀面前屈服，就该统统吊死？当死是一种解脱，而且是你们所能给予他们的唯一的解脱，他们还能在武力面前保持平静吗？军队都解决不了的问题，刽子手就能解决？如果说你们是在依法行事，那么，你们拿得出证据吗？你们在判处犯人流放时那些人都不愿出庭作证，面对死刑判决，就更别指望他们作证了。

我跟诸位大人的看法不同，我认为，决定之前做些小小的调查和询问，结论就会完全不同。每当有人提出涉及释放或赦免犯人的议案，你们总是犹豫不决，一拖就是好几年，搞得人人不满，而这份死刑法案你们却要求立即通过，压根就不考虑后果。根据我的所见所闻，我敢肯定，在目前这种情况下，如果不经过深思熟虑，贸然通过这项法案，势必让民众怒火更盛，激发更严重的暴力行为。拟定这条法案的人肯定乐于继承雅典立法者的光荣传统，据说他们的法规不是用墨水而是用鲜血写就的。假定法案通过；假定有这么一个人，就像我见到的那样——这个人饥肠辘辘，满腹怨气，对生命——诸位大人也许至为珍视的生命，而这个人的生命却不如一只机制袜子的价值——已经不在乎；——假定这个人自顾不暇却还有一大帮孩子嗷嗷待哺，之前他还可以靠工作养活他们，而现在他已经无能为力，恨不能永远摆脱家庭的羁绊；——假定这个人——这样的人成千上万——被你们拽上法庭，依据这部新法规对其进行审判；那么依我之见，你们要审讯和判处他，至少还得备好两样东西——一个由十二个屠夫组成的陪审团，和又一个杰弗里来充当法官！

“以印第安酋长和武士的名义”

公元 1813 年 10 月 4 或 5 日

这篇“以印第安酋长和武士们的名义，作为伟大的不列颠父亲——国王的子民，致普罗科特少将[①]”的演讲，据说是蒂卡姆西在泰晤士河战役（发生在上加拿大的摩拉维亚镇）战死前不久发表的。肖尼族人试图寻求所有西部印第安人的支持来反抗美国，因为早期移民置条约于不顾，肆意侵占他们的土地。公元 1811 年秋，自称“先知”的蒂卡姆西的孪生兄弟及其所属部落肖尼族人在蒂珀卡努被哈里森将军击败。1812 年战争爆发后，蒂卡姆西率领一部肖尼族人奔赴加拿大为英军作战，被授予准将军衔。他在战斗中两次负伤。英军舰队在伊利湖被摧毁后，亨利·普罗科特少将下令撤退，蒂卡姆西对他很是失望，认为他是个胆小鬼，于是发表了下述演讲，敦促他挺起胸膛继续战斗。泰晤士河一役，蒂卡姆西指挥的由印第安人和英国人混编的右翼部队被哈里森将军击败，蒂卡姆西英勇战死。普罗科特临阵脱逃，被送上军事法庭，被褫夺了军衔、停发了薪水。在他弃印第安盟军而逃后，人们在他遗留的文件中发现了蒂卡姆西的演讲稿。

将军，你的子民集合在你的面前，听听他们的声音吧！此战之前，我们的不列颠父亲把战斧交给了他的红皮肤儿女，当时老酋长们都还活着。现在他们全死了。在那场战争中，不列颠父亲被美国人打翻在地，在我们完全不知情的情况下，他跟美国人携起了手。我们害怕这一幕会重演。前年夏天，我带领红皮肤兄弟们准备拿起战斧帮助不列颠父亲，被告之不要着急，他还没下定决心跟美国人作战。

① 1812 年战争中的英军指挥官亨利・普罗科特。

'In the name of the Indian chiefs and warriors'

请听我说！宣战之时，不列颠父亲把战斧交到我们手上，告诉我们说他准备跟美国人交战，需要我们协助，还许诺说一定会把美国人抢走的土地夺回给我们。

请听我说！你告诉我们说，把家人接到这儿来，我们照办了；你许诺会照顾他们，男人去打仗时，他们什么都不会缺。你还说，虽然我们对我们的敌人一点都不了解，但不必为此担心。你还说，这儿的安全有你负责，这让我们满心欢喜。

……请听我说！……我们的船队走的是一条路，而我们惊讶地发现，你已打点好行李，准备从另一条路逃走，也不让他的红皮肤子民知道他的意图何在。你总是嘱咐我们坚守在这里，照料好我们的土地，这是你的意愿。这让我们很高兴。我们伟大的不列颠父亲，国王，是我们的首领，而你是他的代表。你一贯声称，你的双脚不会离开英国土地半步；而现在，我们亲眼看到你退缩了，我们很遗憾地看到，你连敌人的影子都没见着就退缩了。

我们不得不把将军你比作一头一身肥膘、翘着尾巴的野兽，一受到惊吓，便夹起尾巴逃跑了。听着，将军！美国人还没能从陆路击败我们；我们也不能肯定他们走水路就能取胜——所以我们希望坚守在这里，敌人敢露脸，我们就跟他们战斗。如果被他们打败，我们就跟你一起撤退。上一次的拉皮兹之战，美国人确实击败了我们；当我们撤至你的营垒，你却把我们拒之门外。我们担心这样的事又会重演。将军！不列颠父亲给他的红皮肤儿女的武器弹药都掌握在你手中。如果你想逃跑，请把武器给我们留下，走你的路好了。我们的生命在神手中。我们决心保卫自己的领土，如果神要我们死，我们希望把尸骨留在自己的土地上。

“这是命中注定，不必为我遗憾”

公元1814年4月20日

拿破仑统治法国及其周边国家达二十年之久。他建立了一支50万人的强大军队，运用现代化的、大胆而灵活的战略战术横扫欧洲、所向披靡，使得法兰西帝国空前强大。但在1812年，他犯了一个致命的错误——入侵俄罗斯，并于当年9月进入莫斯科。俄罗斯人撤退前的一把大火使得法军断了供给，他的军队在饥饿中熬过漫长的冬季。回撤中部队锐减至2万人。之后，英国、奥地利和普鲁士联合起来跟俄罗斯并肩作战。拿破仑最终在莱比锡会战中被击溃。1814年3月30日，巴黎被联军占领。拿破仑失去了多数将领的支持，不得不于1814年4月6日逊位。在枫丹白露的庭院里，他向留下来的近卫军将领发表了告别演说：

> 我在这里向你们道别。二十年来，在走向光荣与辉煌的道路上我一直与你们同行。在我们的国家走向繁荣昌盛的过程中，你们无一例外都是勇敢和忠诚的楷模。有你们这样的人在，我们的事业不可能失败；但战争还会继续，接下来会发生内战，法兰西将陷入深深的苦难之中。为了国家利益，我牺牲了自己的一切。我走了，但是你们，我的朋友们，还将继续为法兰西服务。法兰西的幸福仍是我唯一的念想，是我的期望。这是命中注定的，不必为我遗憾。如果说是老天让我活下来，那是为了见证你们的荣耀。我将把我们共创的辉煌写进历史。再见了，我的朋友们。我会永远牵挂着你们。

联军将拿破仑流放到意大利的埃尔巴岛，但他十个月后便卷土重来。他重新登上了皇帝宝座，仅仅掌权一百天便于1815年6月18日遭遇滑铁卢大败。一个月后，他再度被流放，于1821年死于孤悬非洲海外的圣赫勒拿岛。

'Do not regret my fate'

“我不畏惧任何人，因为我是克里克武士”

公元1814年8月9日

“红鹰”威廉·韦瑟福德是克里克（马斯科吉）印第安人，他率领部族参加了克里克战争[①]。公元1813年8月30日，他率克里克人的“红杖派”进攻阿拉巴马河下游的米姆斯堡，杀害了数百名新移民。若干次战斗后，他在马蹄湾战役中被击败，克里克战争就此终结。“红鹰”自愿投奔驻守在图卢兹堡（后更名为杰克逊堡）的安德鲁·杰克逊将军[②]，说了如下这番话。公元1814年8月9日，安德鲁·杰克逊强迫克里克人签订了“杰克逊堡条约”，将整个阿拉巴马和佐治亚的一部分，共计2300万英亩土地割让给美国。

> 杰克逊将军，我不怕你。我不畏惧任何人，因为我是克里克武士。我个人没有任何要求，如果你愿意，你可以杀死我。我来是请求你把战士们的妻儿子女接过来，他们现在还在林子里挨饿。他们的田地和安身之处都被你的人给毁了，你的人把他们赶进深山老林，他们连一颗粮食都没有。我希望你能派人把他们安全送到这儿来，好让他们有口饭吃。在米姆斯堡，我尽了全力保护妇孺，还是没能让他们幸免于大屠杀。现在，我的战斗已经结束。“红杖派”几乎被杀光了。但我也重创了白人。我勇敢地跟他们战斗过了。如果我有人马，我还会战斗，会血战到底。但我连一兵一卒都没有了。我的人全完了。我现在什么也做不了，只有为我的民族的悲惨命运哭泣。我曾有机会接受你的招降，现在没有了。任何希望都没有了。曾几何时我一呼百应，唤起我的武士们战斗，但他们都死了，我无法再唤起他们。我的武士们再也听不见我的声音了。

① 1813—1814年间克里克印第安人与美国的战争。
② 安德鲁·杰克逊（Andrew Jackson，1767年3月15日—1845年6月8日），久经沙场的老兵，美国第七任总统（1829—1837年），绰号“老胡桃木”和“印第安人杀手”。

'I fear no man, for I am a Creek warrior'

塔拉迪加、塔沙契、埃蒙克福和托荷佩卡，到处都撒遍了他们的尸骨。当初我要是留下来继续跟佐治亚军队战斗，我会在河的这边种玉米，在河的另一边打仗。但你的人毁了我的民族。现在我只能指望你的宽宏大量。

SIMÓN BOLÍVAR **西蒙·玻利瓦尔**
公元1783年7月24日—公元1830年12月17日

“愚昧、专制和陋习的三重枷锁”

公元1819年2月15日

西蒙·玻利瓦尔是委内瑞拉著名的军事家和政治领袖，南美各国摆脱西班牙统治的民族独立运动的领导者。在委内瑞拉和哥伦比亚独立战争期间，他建立了安戈斯图拉国民议会，并在议会上发表了这篇著名的“安戈斯图拉演说”。之后，拉美第一个国家联盟“大哥伦比亚共和国”[①]成立，玻利瓦尔出任总统。他先后帮助委内瑞拉、哥伦比亚、玻利维亚、厄瓜多尔、巴拿马和秘鲁取得了独立，被视为拉丁美洲的“解放者”。

美洲人民在愚昧、专制和陋习三重枷锁的束缚下，无法获取知识、权力和道德美誉。身为邪恶主人的信徒，我们受的教育和效仿的榜样全都有害无益。他们统治我们与其说靠力量不如说靠的是欺骗，而我们之所以低人一等与其说是因为迷信，不如说是因为陋习难改。奴隶制度是黑暗的产物；愚昧的人是瞎眼的工具，到头来只有自我毁灭；野心家和阴谋家让轻信而没有经验的人们与世隔绝，不懂得政治、经济，不具有任何文明知识；幻想被当作现实，虚假的许诺被当作自由，背叛被当作爱国，仇恨被当作正义。就算是个强壮的瞎子，感觉自己孔武有力，像明眼人一般自信，在种种障碍面前也难免脚步不稳。一个堕落的民族，就算获得了自由也保持不了多久，因为你很难说服他们相信，幸福必须用正当的手段谋取；相信法律比专制君主更有力量，后者其实是外强中干，所以每个人都必须谨遵法律；法律的核心是道德而不是武力，公平正义才能带来自由。所以立法者们，你们的任务更加艰巨，因为你们要与被虚假的幻觉误导或者说是经不起诱惑的人群打交道。

① 大哥伦比亚共和国（1819年—1830年），其疆域包括今天的委内瑞拉、哥伦比亚、厄瓜多尔和巴拿马。为了与今天的哥伦比亚共和国相区别，人们通常称其为大哥伦比亚共和国。

'...the triple yoke of ignorance, tyranny and vice'

卢梭说，自由是甘美的食物，但不好消化。我们的公民们必须先强其心智，才能享受这份美食。因为脚镣的束缚，他们的腿脚已然麻木；因为地牢的黑暗，他们的视力已然退化。奴役虚耗了他们的精力，他们怎能步履坚实地迈向自由的庄严殿堂？怎能走近它，享受它的光芒，呼吸它纯净的空气？慎重决策吧，立法者们。别忘了你们将要为一个崭新的民族奠基，造物主已经规划妥当，只要你们夯实基础，在这个基础上必将耸立起辉煌的高楼大厦。委内瑞拉的守护天使会指引你们，给你们智慧，组建一个能为人民谋福祉的政府；如果不这么做，我警告你们，我们必将重新堕入奴隶制的深渊。历史上曾经有过的政府何止千万，我们应该以史为鉴。想想那些曾经辉煌的政府，你们会悲哀地发现，整个世界曾经是、现在仍是腐败政府的受害者。你们会发现有许多社会体制都是为压迫人民而制定的，统治者是牧人，人民是羔羊，而牧草全都被残酷的赶羊人吃光了。人天生向往自由；然而，或因愚昧，或因人性的丧失，自由仍被囚禁在牢笼之中。看看如此现状，我们有理由相信，保住自由比忍受专制统治更难。上帝作证，这样的体制是错误的！上帝作证，人生而拥有神圣的权利，怎能容忍这样的体制存在！

自由、独立、和平

公元1821年7月4日

昆西是约翰·亚当斯总统的儿子，1825—1829年，他出任美利坚合众国第六任总统，是美国历史上最杰出的外交家。之前他曾在门罗总统的内阁任国务卿，制定并实施了“门罗主义[①]”政策，警告欧洲各国政府不要干涉西半球国家的事务。拿破仑战争后，西班牙在美洲的殖民地纷纷发生革命，宣布独立。当时的佛罗里达名义上仍属于西班牙，但已鲜见西班牙人的身影。门罗遂派安德鲁·杰克逊将军前往佐治亚，打击塞米诺和克里克印第安人，以防佛罗里达成为逃奴避难所。杰克逊控制了南佛罗里达的塞米诺印第安人，处死两名为他们提供武器的英国商人，留下一支美军占领该地。门罗和所有内阁成员都觉得杰克逊执行命令过了头，唯独亚当斯不以为然。西班牙牧师们也呼吁“惩罚要适当”，亚当斯的回答则是“西班牙要么当机立断，派遣足够军力保护领地，要么将该地割让，作为美国的一个州，因为该地的属权对西班牙来说已经名存实亡了……”他抓住机会，于1819年签下“亚当斯－奥尼斯条约[②]”，逼西班牙将佛罗里达和路易斯安那割让给美国。1821年的独立日，亚当斯发表了下面这篇演说。他斩钉截铁地声称美国绝不容忍欧洲列强介入西半球的事务。不过，针对当时一些希望摆脱西班牙殖民统治的美洲独立运动人士希望美国施以援手的呼吁，亚当斯则坚持，美国对独立运动只给予道义上的支持，不应武力干涉。他还说，美国无须“去国外捉鬼”。直至20世纪，他的这项孤立主义、不干涉他国内政的政策仍被广泛采用。

① 1823年，美国总统门罗向国会提出咨文，宣称：“今后欧洲任何列强不得把美洲大陆已经独立自由的国家当作将来殖民的对象。”他称美国不容许欧洲列强干预美洲的事务，当然，对于欧洲各国之间的争端，或各国与其美洲殖民地之间的战事，美国也将保持中立。这项咨文就是所谓的“门罗宣言”。其“孤立主义”与“和平主义”原则就是所谓的“门罗主义”。

② 又称“横贯大陆条约”或“佛罗里达州条约”，美国以五百万美元的代价使西班牙将佛罗里达让与美国，并且西班牙从此不再参与争夺俄勒冈地区。该条约使美国的疆界贯通了北美大陆，其中昆西·亚当斯起了关键作用，被誉为“美国最有才华和作为的国务卿”。亚当斯自己也认为这是他最重要的一项历史功绩。

Freedom, Independence, Peace

那么，朋友们，同胞们，过去那些智慧而博学多识的哲学家们，最先观察到畸变的人，在浩瀚的苍穹发现肉眼看不见的行星的人，发明康格里夫火箭和榴霰弹的人，如果他们活到今天，会不会问美国为人类的福祉都做了些什么？让我们这样作答：美国，在宣称作为一个国家存在，宣布唯有她拥有一个以法律为基础的政府的同时，也以同样的声音主张人人生而拥有的权利。美国，对于她所承认的国家——尽管常常没能取得所期望的效果——一律真诚友好以待，承认他们享有同样的自由，愿意跟他们互惠互利。美国跟他们用同样的声音呼唤——尽管他们常常充耳不闻或不屑一听——同等的自由、同等的公平和同等的权利。将近半个世纪以来，美国维护自己的独立的同时，无一例外地也尊重其他国家的独立。她从不干涉别国事务，即使引起争议也像爱护心脏一样恪守这一原则。放眼未来，她深知欧洲的任何流血冲突都将是新老势力之间的对抗。

无论哪里实现了自由独立，她都衷心为那里的人民祝福、祈祷。但她不去国外捉鬼。她只做自由独立的祝福者。她只是自己的冠军和维护者。她由衷赞美自由独立事业，与追求独立自由的国家同气相求。但她深知，如果她放弃自己不干涉的原则，而在其他的美丽旗帜之下——哪怕是所谓救一国之独立的旗帜，她就有可能不遗余力地卷入各种因利益和阴谋，因个人的贪婪、嫉妒和野心，因独立自由之名行掠夺征服之实的战争。她的政策会不知不觉发生改变，从维护自由变成诉诸武力。这时候，她额头闪耀的不再是自由独立之光，而是皇冠的邪光，充满着对领土和权力的渴望。她可能变成世界的独裁者，而不再是自己心灵的主宰……她的荣耀不在于领土，而在于自由。她有一支矛和一面盾，刻在盾上的格言是：自由、独立、和平。这是她的宣言，在同别国的交往中她也一直是这么做的。

“美国的庆典变成了哀悼”

公元1826年8月1日

爱德华·埃弗雷特历任美国参议员、国务卿、马萨诸塞州州长和哈佛大学校长。他是著名演说家，公元1863年，在葛底斯堡国家公墓的纪念仪式上，他发表了长达两个小时的演说。接下来是亚伯拉罕·林肯致词，他仅有两分钟的简短演讲令埃弗雷特的长篇大论黯然失色。下面这篇演说发表于公元1826年7月4日，这天是美国独立50周年纪念日，恰好也是托马斯·杰斐逊和约翰·亚当斯两位前总统的忌日。

> 在哭泣的苍穹之下，我们聚在一起，所有国人跟大家一样，心情难以言表……美国的庆典变成了哀悼。欢乐伴随着哀伤，银色的号角发出一丝丝悲鸣。从今以后，只要美国还立于世界民族之林，每当7月4日我们就会悲喜交加，喜的是它是我们伟大胜利的纪念日；悲的是我们会无限缅怀同在这一天离别我们的两位伟人……他们心里永远揣着国家，把一切都献给了国家。他们心甘情愿地为我们做了那么多，现在再也不能为我们做什么了；而我们也不能为他们做什么。但我们会珍惜他们留给我们的记忆，努力效仿他们为我们树立的榜样，心怀感激地享受他们的光辉思想和卓越工作所带来的成果……他们是美国最宝贵的财富，如今去了天堂。有多少智慧勇敢的杰出人物聚集在那里！仍旧陪伴着我们的何其寥寥！……自由美国的经纬，跟人间万物一样，再结实再漂亮，也终将化为尘土。但织就这片经纬的先辈们会在他们的事业中永生。文明人类不论老幼，依然沐浴在他们的光辉之中。我们说的话会被忘怀，而他们的声音将永远回响。假如人类文明有终结之日，在记入史册的名单上，必有我们的亚当斯和杰斐逊的名字！

'The Jubilee of America is turned into mourning'

回应海恩

公元1830年1月27日

内战战火将燃之际，美国著名的政治家韦伯斯特担任国务卿。他是辉格党[①]领袖之一，也是一名律师。1957年，参议院列出史上最杰出的五位议员名单，韦伯斯特的名字赫然在列。韦伯斯特在参议院发表以下这篇长篇演讲时并无讲稿，只在几张纸片上写下了若干要点。他的肖像摄影师洛奇也证实，他的演讲“完全是即兴发挥”。有人问他是如何进行准备的，据说他的回答是“我这一生都是在为回应海恩而准备”。林肯认为这篇演讲是美国演说史上的典范。论辩在南卡罗来纳州参议员海恩和马萨诸塞州参议员韦伯斯特之间展开。罗伯特·海恩是州权的拥护者，主张自由为先、联邦其次，而韦伯斯特则以维护联邦及其权力为己任。他认为，联邦宪法是全国人民与统治者之间订立的契约，其解释权在最高法院，各州无权随意解释；联邦与邦联的性质截然不同，在联邦制下，联邦的权力高于州权，联邦的统一先于各州，任何州都无权拒绝联邦的法令。自由和联邦是一个须臾不可分离的整体。这段演讲被认为是19世纪上半叶所有演讲中的扛鼎之作，也是韦伯斯特自己所有演讲中“最成功的一例”。

……当我注视天空快要西落的太阳时，我不禁想到我们这块国土，她曾经是一个繁荣昌盛的国度。而现在，由于内部的原因，她横遭分割，人民不和、战事频仍、生灵涂炭，她宽阔的胸脯被兄弟姐妹的鲜血浸染！但是，她仍然是伟大的，仍受到世界的尊敬和爱戴，这颗巨星仍闪烁着耀眼的光芒。有些人坐井观天、抱残守缺，说什么自由第一，联邦第二，真是令人痛心、不智之极。幸运的是

① 1833至1856年间存在的一个美国政党，反对安德鲁·杰克森总统及其创建的民主党所订立之政策，主张国会立法权高于总统行政权。因反对总统专权独断，该党自比为反对英国王室君主专权的英国辉格党。这也是其党名的由来。

Second reply to Hayne

无论何地都闪烁着生命的火花，太阳的光辉照耀人间，高山大海，连每一丝风中都流淌着所有美国人的心愿——自由和联邦，从现在直至永远，浑然一体不可分割！……

黑鹰（玛卡泰梅斯基亚基亚克）

公元 1767 年春—公元 1838 年 10 月 3 日

“我的武士们倒在了我身边”

公元 1832 年 8 月 27 日

黑鹰是伊利诺伊索克印第安人的首领。因在祖居之地饱受美国人的压迫，1812 年战争爆发时他站到了英国人一边。但白人殖民者从未停止侵占美洲土著领地的脚步，当得知在自己不在场的情况下，美国人诱使几位印第安酋长签订了一份割让土地的条约后，黑鹰统领了由福克斯族、基卡普族和索克族印第安人组成的队伍，于 1831 年发动了“黑鹰战争”。在向密西西比河对岸发动几次袭击后，黑鹰提出议和，被拒绝。他只好带着一小支队伍做最后一搏。1832 年 7 月 21 日，黑鹰的“英国帮”在威斯康辛高地的战斗中被伊利诺伊和密歇根民兵击败。1832 年 8 月 1—2 日，民兵以美国军舰为后援乘胜追击，在巴德艾克斯河口，数百名印第安人被杀，其中不乏妇孺。黑鹰被俘，在威斯康辛的普雷里德欣，他对美军统帅亨利 · 阿特金森将军发表了一番悲伤的演讲，节录如下。

你俘获了我和我所有的武士们。我很伤心；因为我原本期望，即使不能打败你们，也能坚持得更久一些，在放下武器之前给你们制造更多的麻烦。我费尽心思想打你们的埋伏，但最后跟我们对垒的那位将军太了解印第安人的战术了。于是，我决定发起冲锋，面对面地跟你们对着干。我们拼尽了全力，无奈你们的武器太精良了。子弹像飞蝗、像冬天的寒风一样嗖嗖地从我们耳边飞过。我的武士们倒在了我身边；形势不妙，我知道我的末日到了。早上，太阳从迷雾中升起，晚上，像一个燃烧的火球被乌云吞没。那是照在黑鹰身上的最后一线阳光。他的心已经死了，不再在胸膛里怦怦跳动。他现在是白人的俘虏，白人想怎么处置就怎么处置。他不怕酷刑，不怕死。他不是个胆小鬼。黑鹰是印第安人，没做过任何令印第安人蒙羞的事。他为他的同胞跟白人战斗，这些白人年复一年地欺骗他们，夺走他们的土地。

你知道我们为什么开战。所有白人都知道。他们应该感到羞耻。他们瞧不起印第安人，把他们赶出家园。他们脸上挂着笑容，欺骗可怜的印第安人；他们跟他握手，骗取他的信任，把他灌醉，欺骗他。我们要他们离远点，别来打扰我们；但他们还是一拨又一拨地来，围着我们，像蛇一样缠着我们，用毒舌舔我们。我们没有安全感，生活在危险之中。我们仰望苍天，向神祈祷。我们求助于祖先。我们受到了鼓舞。他好言劝慰，给我们许诺，但我们还是不得心安，情况越来越糟。树林里没有了鹿，浣熊和河狸逃走了，泉水干涸了。我们的妻子儿女没有了食物，饥肠辘辘。我们升起一大堆火，把大家召集起来商量。我们的祖先现身了，要我们以牙还牙，否则毋宁死。我们齐声高呼，备好斧头和长刀，黑鹰热血沸腾，带领武士们投入战斗。他已经满足了。他将心满意足地去跟祖先会合。他已尽到了他的责任。他的祖先会欢迎他，表扬他。

黑鹰是真正的印第安人，不会像女人一样 。他爱他的妻子儿女，爱他的朋友。但他不在乎自己。他在乎的是他的民族，在乎的是印第安人。印第安人仍将受苦受难。他为他们的不幸而哀伤。再见了，我的同胞们！黑鹰曾努力想拯救你们，向你们的敌人复仇。他痛饮了白人的血。他现在被俘，计划化为泡影，什么都做不了了。他的生命即将走到尽头。他的太阳即将落下，不再升起。向黑鹰道别吧！

“拉法耶特死了”

公元 1834 年 8 月

普伦蒂斯是辉格党领导人之一，从 1838 年开始任密西西比州州议员。他是一位演讲大师，被著名演说家温德尔·菲利普斯称为“南方人中最杰出的雄辩家——掌控语言的能力无人能敌”。丹尼尔·韦伯斯特也说，普伦蒂斯是他见到过的最出色的演说家。他曾经两次跟密西西比州州长亨利·斯图尔特·富特决斗。下面摘录的是他为美国革命战争和法国大革命中的英雄——德·拉法耶特侯爵所致的悼词。

……死神忙着敲门，不论是茅屋门还是宫殿门它都一视同仁。举国同悲，人人脸上写着痛惜。在波涛汹涌的大西洋彼岸，在法兰西浴满阳光的葡萄园，无论是王子还是平民，也都在悲悼。是谁，让人们比国王驾崩还要伤心？失去钟爱的儿子的自由之神悲泣着，悲痛欲绝地告诉你，是拉法耶特——勇士拉法耶特，他的生命终止了。华盛顿的诤友和伙伴不在了。华盛顿，国家之鹰，当其羽翼未丰之时，那个告诉他要耐心积蓄力量，准备一飞冲天的人，自己也飞向了遥远的星空。拉法耶特死了！一艘勇猛无畏的战船在惊涛骇浪中奋勇前行，三角旗猎猎飘扬，而今，这旗帜在波平浪静中缓缓降下了。啊，无敌的死神，此刻，你倚在你赢得的月桂树下。你这复仇之神的信使啊，不要再让更多慈善的心在你冰冷的触摸之下停止跳动，不要再不知餍足地将你的矛头插进高贵者的胸膛！他再也感觉不到人们的悲伤，他走完了人生的旅程，再也听不见人们的喝彩，如同他喜欢凝视的明星，突然间消失在黑暗的苍穹……

'Lafayette is dead'

“称他为同时代人物中的佼佼者，这样的评价还不够公正”

公元1834年12月31日

亚当斯于1825—1829年间出任美国总统，1838年开始任国会议员，直至逝世。1834年5月20日，美国革命和法国革命的参与者，被誉为“新旧世界的英雄”的拉法耶特去世，以下摘录自亚当斯的悼词。

称他为同时代人物中的佼佼者，这样的评价还不够公正。他不像拿破仑那样粗俗自私；要正确评价他，必须把他跟不同时代的优秀人物作比较；看看他的经历，回溯从古至今那些死去的伟人，有谁敢说他们为人类作出的贡献超过了拉法耶特？

毫无疑问，任何时代都有这么一些人，他们在物质或精神方面的发明创造将人类推向了超越物质层面的高度，使人类接近快乐的高峰，生活得有目标、有希望、有抱负。拉法耶特没有发现什么新的政治或道德原则。他也没有任何科学发明，也不曾揭示什么新的自然法则。他出生名门，受过良好的教育，生活在欧洲绝对的王权时代，坐拥大量财富。成年后的他可以为所欲为，他却把全部身心投入到了共和国的公正和社会公平的事业。他把他的一生、他的财富、他世袭的荣耀、他的勃勃雄心和光辉理想全部奉献给了自由事业。为了捍卫自由，他不远万里去到了地球的另一端。他成为独立事业最有影响力的先锋人物之一；而一俟独立实现，他便返回故国，从此不再介入两国间的争端。在我们革命的进程中，拉法耶特摸索出了实现永久自由的政策，组建了最完美的政府。他不希望这样的政府再有任何更改。

'Pronounce him one of the first men of his age, and you have yet not done him justice'

驳斥“视爱尔兰人为异己”的论点

公元1837年2月23日

理查德·莱勒·希尔是爱尔兰籍议员、作家、律师，在下议院就某条法案进行辩论时作了如下演讲。该法案是上议院议员林德赫斯特爵士早几天提出的，他在法案中称“不论就血缘还是宗教讲，爱尔兰人都是异己”。希尔起身发言时林德赫斯特也在座。他恼怒地指着林德赫斯特，引得议员们纷纷把目光投向后者。双方互不相让，争吵持续了好几分钟。希尔在演讲中特别指出，威灵顿公爵[①]是爱尔兰人，拿破仑战争期间威灵顿麾下的许多官兵也是爱尔兰人。

……然而，有这么一位能干之至的人——他不是下议院议员，但他的能干和勇敢在他的那一党人里出类拔萃——他赤膊上阵，他的同党还知道把动机掩藏起来，而他连这层薄薄的面纱都不要——大胆而明白地告诉爱尔兰人，他们不能享有跟英格兰人同等的权利；宣称不论是就人种、身份还是所信奉的宗教而言，他的这些公民同胞都是异己；论人种他们是异己，论国籍他们是异己，论宗教他们还是异己！异己！仁慈的上帝啊！要是阿瑟，威灵顿公爵在参议院，他会忿然起立，高声叫道：“闭嘴，我见过多少爱尔兰人在履行他们的职责！”威灵顿公爵不是个容易冲动的人。他是典型的军人，不会随便动感情；但是，尽管他很刚强，我忍不住还是会想，当他听到他的同胞从那么丰富的词库里偏偏挑出这么个词来冒犯爱尔兰人——我不禁想，这一定会让他回忆起，他的赫赫战功里包含着多少爱尔兰人的奉献。他所历经的一次次征战一定会重新浮现在他的脑海……

① 阿瑟·韦尔兹利，第一代威灵顿公爵，在滑铁卢击败了拿破仑的英国陆军元帅，被英国人称为“世界征服者的征服者”，曾任英国首相，是世界历史上唯一领有七国元帅军衔的人。

On the Irish as 'aliens'

HENRY BROUGHAM, 1ST BARON BROUGHAM AND VAUX

亨利·布鲁厄姆，第一代布鲁厄姆和沃克斯男爵

公元1778年9月19日—公元1868年5月7日

“我们的惩罚方式充满了血腥味。赶快刹车吧”

公元1838年1月29日

布鲁厄姆①因1820—1821年担任卡洛琳王后的顾问而闻名。1830—1834年，他出任上议院议长，是1832年的“改革法案”和1833年的“废奴法案”的坚定支持者。从1810年进入下议院开始，他就为取缔奴隶买卖而不懈斗争。他在下议院保持着一项纪录——一口气演讲达六小时之久。从政之余，他还设计了以他的名字命名的四轮马车，因向世人推荐气候宜人的法国海滨度假胜地戛纳并在那里置业，使戛纳获得了“欧洲疗养院”的美誉。1838年，他意识到英国的殖民地奴隶解放运动仍然困难重重，遂在上议院发表了这篇著名演讲：

……先生们，我们的法律欠缺公正，太过残忍。我们的惩罚方式充满了血腥味。赶快刹车吧，拉车的人已精疲力竭，再没有气力连续劳作了，帝国大厦回响着鞭笞之声！不要让他们疤痕累累的身上再添新伤！赶紧住手吧。我请诸位正视现实，还法律以公正，给黑人以生存空间，约束施暴者，改善囚犯待遇，赋予殖民地总督监督地方行政的权力。基于这样的现状，我构想了五个议案，已经放在你们案头；而第六个，也就是彻底解放奴隶的议案将在几个月后提交。

欢声响彻大地之时，便是良好的变化开始之时，便是美好前景展现之时！非洲人，跟其他人一样生于斯长于斯，事实上已经成为我们的同胞——跟我们同呼吸共命运，是我们的兄弟。人种和肤色都不能再把我们分开。黑人们自食其力，如果让他们感觉帮助你对

① 布鲁厄姆，英国律师，演说家，政治家，主持过多次重大法律改革，曾担任王太子妃卡洛琳公主的法律顾问，当卡洛琳的丈夫乔治四世继位后想要离婚时又出任卡洛琳王后的辩护律师。

'Our whole punishments smell of blood. Let the treadmill stop'

他们有利——对你们的生存而言，他们的帮助绝对必要，感觉自己也是社会的一部分，他们就一定能学会互助互爱。所以，现在是解除套在非洲人身上枷锁的最好时机。……是时候了，也尝试过了，时不我待，你们再没有任何借口犹豫、推脱或者拖延。四年来奴隶们无可指责地表现和为和平所做的贡献业已表明，他们跟任何一位英国农人，甚至跟在座诸位一样应该享有自由。

……我要求给他们权利；我要求给他们不掺水的自由。以正义和法律的名义，以理性的名义，以上帝——他没给你们昧着良心行事的权力——的名义，我要求不要把你们的兄弟当奴隶使唤！我请求下议院的议员们，他们是英国民众的代表，他们应该立即着手让奴隶解放成为现实——为了实现这一目标，他们已经付出了极大的努力，而他们的选民们也都翘首期盼着！我请求在座的各位上院议员，你们是世界上第一个特别法庭的法官，请你们公正行事！你们是人性的守护神，我希望将人道主义置于你们的保护之下！自由独立的英国人民，你们一向心怀慈悲，我希望你们像五十万基督徒那样，仁慈对待那数十万黑人兄弟；希望基督徒们的呼吁不是徒劳。而首先，我要把目光转向正义之神，他那至为纯洁的眼睛容不下沙子，我虔诚而谦卑地祈求他，诅咒不公，让压迫者远离我们，让人心向善，让正义之神的意志在全世界得以实现！

驳斥限制犹太人参选资格的论调

公元1848年2月7日

希尔在下议院发表了这篇极具说服力的支持犹太人进入议会的演讲。当时犹太人被排斥在议会之外，因为只有基督教徒才有资格宣誓就职。而直至1858年，这项歧视犹太人的政策才被取消。

……在讨论中有人提到，并没有对犹太人进行惩处，只是限制他们的资格。可是，惩处和限制难道不是同义词？限制他们的生活，限制他们的自由，限制他们的财产，限制他们的居住，限制他们的权利——虽然程度大不相同，但哪一样不是惩处？……但我可以肯定地告诉诸位，限制的结果，最受伤害的是议院自身……

你们怕的是什么？为何要惧怕希伯来人？是不是在为基督教担心？基督教会也许有理由害怕，但它害怕的应该是八百万天主教徒、三百万卫理公会教徒和一百多万苏格兰分裂派……但对于犹太教徒——他们中立、冷漠、信仰坚定不移——我们没有任何可惧怕的……基督教坚不可摧，靠的不是迫害——它自己就是历经监禁、流放、掠夺、羞辱，在种种酷刑和牺牲中发展壮大的。而一些基督教人士偏偏成了世俗权威的帮凶，把先辈们受过的迫害加诸其他宗教——尤以犹太教为甚——的信徒头上。多少世纪以来，犹太民族的历史就是一部血泪史。偶尔也会有富有悲悯之心的人站出来为他们说话。圣伯纳德——伟大的伯纳德，最后的拉丁教父——就曾站在他们一边，有力地为他们辩护。然而，克莱尔沃修道院灯塔之光短暂地照耀后便熄灭了。新世纪的迫害随之而来；宗教改革没有给犹太人带来任何好处。日内瓦[①]比罗马[②]更加严厉……

① 指加尔文教派。
② 指天主教。

On the Disabilities of the Jews

“议长先生，你不知道我是个战斗英雄？”

公元1848年7月27日

作为国会新成员，林肯在众议院发表了这篇极其有趣的演讲。当时，来自密歇根州的刘易斯·卡斯将军正与扎加利·泰勒将军争夺民主党总统候选人的资格，前者在演讲中自诩为英雄，林肯对此予以了辛辣的讽刺。政治家为了竞选而自我标榜总是要付出代价的，此理古今相同。

……没错，先生；就像顽皮的小孩在狗身上绑一袋豆子一样，他（卡斯）的所有传记都加了一条尾巴，说他曾经从过军。材料有限，他就拼命加以强调夸张。他进军加拿大没遇到抵抗，不费吹灰之力就拿下了。他这是奉命行事，既不丢人也谈不上荣耀，却在他的传记结尾处占了好大篇幅。赫尔投降时[1]他并不在场，不过离得很近；泰晤士河之战他主动要求做哈里森将军的后援；你说1840年那场战争，哈里森待在距战场两英里之外等着摘桃子，我认为公正地讲，应该说是卡斯在帮助哈里森摘桃子。他的从军经历差不多就是这样了，只是还有一个断剑的问题尚待澄清。有的传记作者说他是英勇作战把剑都砍折了，有的说他把剑扔了，而另一些应该是知情者的人却讳莫如深。出于为尊者讳的考虑，或许我们应该取一个折中的说法，他既没断剑，也没扔剑。

……议长先生，你不知道我是个战斗英雄？没错，先生。在“黑鹰战争”中我作过战、流过血，然后就退役了。说到卡斯先生的故事，倒让我想起了我自己的经历。斯蒂尔曼被打败时我也不在场，但跟卡斯先生一样，我也距战场不远；跟他一样，我也在事后迅速赶到了战场。可以肯定的是我不曾折断过剑，因为我压根就没有剑，倒

① 1812年战争时，底特律围城战中，美军指挥官威廉·赫尔在英军强大的心理攻势下不战而降。

'Mr.Speaker, did you kenw I am a military hero?'

是有一回我把滑膛枪的枪管给弄弯了。如果说卡斯是在激战中弄断了剑的话，我弄断枪管则完全是个意外。如果说卡斯抢在我前头去摘桃子的话，那我想我飞快地赶过了他，不过我摘的是野蒜。如果说他看见过一个活着的、仍在战斗的印第安人的话，那确实比我强，但我跟蚊虫们有过好多场血战，虽然我不曾因流血而昏迷，但实实在在地说，我恨不得把所有蚊虫全都消灭。议长先生，假如我们的民主党朋友们要把我描绘成战争英雄，以便推举我为总统候选人的话，我敬谢不敏，不过，请不要拿我当笑话，因为他们还有一位卡斯将军呢……

议长先生，一位朋友说，卡斯将军战绩辉煌、冲锋在前——他的确是冲锋在前，但可以肯定的是，不是冲向敌人，而是冲向国库。从 1813 年 10 月 9 日至 1831 年 7 月 31 日，他任密歇根州州长，是印第安事务的法定管理者，在任总共 17 年 9 个月零 22 天。在此期间，他用于个人花销耗掉的公款总计 96028 美元，平均每天 14.79 元。之所以花费如此之巨，据称是因为他在同一时间会在不同的地方公干，或者在同一个地方处理不同的事务……我这里有一份卡斯将军的账单，账单显示他简直就是个超人。他不仅可以同时干几个人的活儿，还分身有术，经常同时在几个地方“公干”，有时两地甚至相距数百英里。账单还显示，他的胃口也大得惊人。从 1821 年 10 月到 1822 年 5 月，他在密歇根每天吃掉十天的配给，在华盛顿每天也要吃掉十天的配给，而在往返两地的途中，每天的伙食费用将近 5 美元！由此我们有一个重大发现——他为我们树立了一个做假账的榜样……

“我能给你们的只有饥渴、强行军、战斗和牺牲”

公元 1849 年 7 月 2 日

加里波第①在乌拉圭内战中指挥“意大利军团”，而后回国参与了“1848 年革命”。1849 年 3 月，他来到罗马，驰援于 2 月 5 日宣告成立的“罗马共和国”（1848 年罗马人民推翻了教皇国之后成立的国家）。他带领队伍保卫罗马，于 4 月 30 日以少胜多击败法军。法军增援赶到，从 6 月 1 日开始围城，6 月 29 日攻入罗马。6 月 30 日，罗马公民代表大会就三种选择进行辩论：投降、进行巷战或撤退到亚平宁山区进行游击战。加里波第赞成第三种选择，他在演讲时说道：“我们在哪儿，罗马就在哪儿。”无奈法军大兵压境，罗马国民代表大会不得不于 1849 年 7 月 1 日下令“罗马共和国”投降。7 月 2 日，受伤的加里波第在情妇安妮塔的陪同下来到圣彼得广场，呼吁志愿继续战斗的人跟他走：

> 士兵们，我即将撤出罗马城。愿意继续跟外国佬战斗的人就跟我来。我给不了你们军饷、住房或是生活保障。我能给你们的只有饥渴、强行军、战斗和牺牲。凡是热爱自己的国家的人，都跟我走吧。

据他的传记作者朱塞佩·古尔佐尼讲，加里波第的演讲在不同的史料里版本各异，唯有“我能给你们的只有饥渴、强行军、战斗和牺牲”一句完全一致，而这句话后来成了温斯顿·丘吉尔一次战前演说的核心内容。截至当天早上八点，加里波第已经聚集了 4000 名士兵，征募了 800 匹战马以及武器弹药和其他装备，他率领这支小小的军队开出了罗马。7 月 3 日晨，法军占领罗马全城，随后，法国、奥地利、西班牙和那不勒斯军队对加里波第穷追不舍。他逃往北方，想去威尼斯，但威尼斯已被奥地利人包围。安妮塔带着他们的第五个孩子在撤退途中死去。

① 意大利民族英雄，献身于意大利统一运动，亲自领导了许多战役，被视为意大利国父之一。此外，由于他在南美洲的巴西、乌拉圭等国也参与了很多军事行动，被称为“两个世界的英雄”。

'I offer hunger, thirst, forced marches, battles, and death'

1849 年 7 月 29 日到达圣马力诺时，他的队伍已经只剩下 250 人了。他逃到摩洛哥的丹吉尔，再逃往美国，直到 1854 年才重返意大利，拉起一支为独立而战的队伍。

SOJOURNER TRUTH(ISABELLA BAUMFREE)
索杰纳·特鲁斯（伊莎贝拉·鲍姆弗里）
公元1797年—公元1883年11月26日

"难道我不是个女人？"

公元1851年5月29日

伊莎贝拉·鲍姆弗里出生在奴隶制度之下的纽约州，是一位废奴主义者和女权运动家，1843年更名索杰纳·特鲁斯。她结识了亚伯拉罕·林肯，并帮助他为北军招募黑人新兵，一生都在为自由四处奔波演讲。下面是她1851年在俄亥俄州阿克伦城召开的俄亥俄州妇女权益大会上所做的演讲。

孩子们，喧闹的地方必有宁静。南方的黑人和北方的女人都在要求权利，我想白人男人们很快就会寝食难安了。但是，光是嘴上说说有什么用？那些男人说要扶女人上马车，背女人过沟，不论走到哪儿，最好的位置都要留给女人。可却从来没人扶我上过马车，背我过过泥水坑，给我留过什么好位置！难道我不是个女人？看看我！看看我的手臂！我耕田种地收庄稼，什么活儿都干过，没有哪个男人干得过我！难道我不是个女人？男人的活儿有多重我的活儿就有多重，男人吃得下多少我就能吃多少——我是说如果我能弄到食物的话——我还跟男人一样能承受鞭打！难道我不是个女人？我生过十三个孩子，眼睁睁看着他们大多数被卖给别人做了奴隶，失子之痛让我悲伤哭泣，可是除了耶稣，没有任何人听得见！难道我不是个女人？他们还说什么要保持，那词儿怎么说来着？（一位听众低声说"理智"）对了，就是它，亲爱的。理智对女人和黑人的权利有什么用？我的杯里只有半杯，你的杯子却满满的，是不是我就该理智地满足于这半杯？那边有个穿黑衣服的小个子男人，他说女人不应该拥有跟男人一样多的权利，因为基督不是女人！那么我请问，你的基督是从哪儿来的？你的基督是怎么生出来的？是上帝让一个女人生出来的！男人跟他没有一毛钱关系。如果说上帝造的第一个女人够强壮，能把世界翻个个儿，那么，女人们同心协力，就能把被颠倒的世界再翻回来！现在，她们要做的正是这样的事，男人最好让她们做去。谢谢大家听我演讲，老索杰纳的话完了。

“不再是美国人了？”

公元1850年3月7日

时年68岁的国务卿丹尼尔·韦伯斯特在美国参议院发表了这篇著名的“3·7演讲”，支持1850年的《妥协法案》[①]。这是他的最后一次重要演讲。他指责北方拿奴隶问题大做文章，违反了《逃奴追缉法》，希望北方对南方作出实质性的让步。这篇演讲引起了北方人普遍的愤怒，韦伯斯特受到来自废奴主义者的铺天盖地的批评。他被指讨好南方人以获取他们对他参选总统的支持。不过，这篇演讲还是秉承了他一贯的思想，辩论的出发点依然是为了维护“联邦和自由”，他认为这是必要的补偿，以避免联邦陷入武装纷争。

……脱离联邦！和平脱离联邦！议长先生，你和我都没看到会有什么样的让人难以置信的事情发生。国家在不知不觉间解体！泉水从深处断流，表面却波澜不惊！谁会愚蠢到如此地步，请原谅我用语激烈，会盼着这样的事情发生？先生，一个人亲眼看到联邦正围绕着一个共同的中心和谐地运转，居然盼着它不知不觉脱离原先的轨迹，那么，下一步他就可能看到天体脱离各自的位置互相冲撞，尽管宇宙不会因此而毁灭。和平脱离联邦这样的事情压根就不存在。绝对没有可能。难道要让我们所遵循的、统管全国的、伟大的宪法消弭于无形，就像山顶的积雪，在温和的春日阳光下融化、流失？不，先生！不，先生！我没说这样做就一定会导致联邦分裂，但就像我清楚地看见天上的太阳一样，我清楚地看到了分裂将会带来什么样的后果：战争。

① 又称《折中法案》，是美国国会就有关奴隶制问题于1850年9月通过的5个法案的总称。这部法案有利于南方奴隶主，因此暂时缓和了美国南方各州脱离联邦的危险。不过问题的根源仍在，十年以后，南北战争终于爆发。

'An American no longer?'

脱离联邦！和平脱离联邦！随之而来的将是这个伟大的共和国四分五裂！为了各自的利益而自愿分裂。结果会是怎样？边界怎么划分？哪些州将退出？美国还剩下什么？我将是什么人？不再是美国人？我将变成一个地方主义者、一个分裂主义者，不再像在座各位或者像众议院的议员们一样，有着自己的国家？老天不答应！共和国的旗帜将插在哪里？雄鹰将俯视何方？会胆怯、畏缩，一头栽倒在地？议长先生，如果我们玷污了这面国旗，玷污了这个强有力的政府，玷污了我们其乐融融生活在其中的、对其心存感激的这个联邦，我们的祖祖辈辈，那些还活在我们心中的人们，他们会谴责我们、怨恨我们，我们的子孙后代会痛哭流涕、为我们感到羞耻。

军队的情形会怎样？国土会变成什么模样？各个州如何保卫自己？我知道，虽然我表述得未必清楚，但我想，可能会有一个南方联盟出现。我这么说，并不意味着我认为真有人会盼着出现这样的结局。但我确曾在别的地方听到有人暗示过，联邦一旦解体，有可能会形成一个南方联盟。虽然很遗憾，先生，但确实有人发挥了人类最疯狂的想象，这么想过、议论过、梦想过。这是分裂主义的想法，把实行奴隶制的州和其他州硬生生分成了两派。先生，也许我言辞激烈了一点，但我坚持认为，分裂联邦、由实行奴隶制的各州和其他各州各自组建政府是绝对不可能的事。就算各州之间要划清界限，也不能因此而分裂。我们不可能坐在这里把国家瓜分，还想得到一个让人人都满意的结果……

"如果说这儿真有一个罪人，那不是我儿子——是我！"

公元1851年6月11日

雨果，作家、人权活动家，他最著名的作品莫过于《悲惨世界》和《巴黎圣母院》，死后被安葬在巴黎先贤祠，跟大仲马和左拉为伴。1821年，雨果的儿子查理被送上法庭，因为他发表了一篇文章，批评当局野蛮处死克劳德·蒙查蒙特。雨果要求亲自为儿子辩护，下面摘录的是辩护词的一部分。最终，查理被判六个月监禁，并处罚款500法郎。

陪审团的先生们，如果说这儿真有一个罪人，那不是我儿子——是我！——我，在过去二十五年里，反对死刑——呼吁人的生命权不可侵犯——犯下了此刻加诸我儿子头上的罪名。现在我告发我自己，先生们！而且我是顶风作案、有意犯案、一犯再犯。是的，我一生都在跟古老而荒谬的同态复仇法——这个以血还血的法律作斗争，陪审团的先生们！而且只要我还有一口气，我就要继续斗争下去，作为作家，我会用我手中的笔说话，作为立法委员，我会用我手中的选票说话！我在此宣战，当着耶稣受难的十字架；当着这位死刑的受害者，他能看到我们也能听见我们的话；当着这个刑架，两千年前，正是在这个刑架上，这位给后世留下不朽教诲的圣人被人类的法律钉死！

在我儿子论及死刑的所有文章中，在他发表过的所有因之而获罪的文章中，他不过是表达了同情心而已，而他之所以具有同情心，是因为从小受到了我的影响。陪审团的先生们，批评一项法律的权利——而且是严厉的批评——跟改进它的责任同等重要，它就像工匠手中的工具，随时准备对已完成的作品作出修改。记者的权利是神圣的，是必须的，跟立法者一样，他应该享有豁免权。

'...if there is a culprit here, it is not my son,—it is I!'

让我们想象一下那是个什么样的情景吧。一个被判有罪的可怜人，在某个早上被拖到一个广场上。他看见那里赫然立起一个断头台！他浑身颤栗，拼命挣扎，他不想死。他还年轻——才二十九岁。嗯，我知道你们会说什么——“他是个杀人凶手！”但是，请听我说。两个刽子手抓住他，他的手脚都被捆绑着，他拼命挣扎着，挣脱了刽子手。他的脚跟梯绳缠到了一起。他在利用刑架对抗刑架！挣扎在继续。围观者都惊呆了！刽子手——汗流浃背，丢人现眼，脸色苍白，气喘吁吁，惊恐而绝望——依我看也不是惊恐绝望，是因为受到看热闹的人们的斥责而觉得丢人，为了挽回面子，他们使出更大的力气去拽他，但他紧靠着刑架，尖叫着，请求饶命。他的衣服被撕碎了——肩上淌着血，但仍不肯就范。就这么僵持了足足三刻钟，那情景真是难以描述，不仅死囚痛苦，连围观者都觉得恼火。最终，陪审团的先生们，刽子手把那可怜的家伙带回了监狱。人们长嘘了一口气，出于同情心，自然希望年轻人就此免死。但是且慢，断头台虽然没用上，但仍然还立在那儿。一整天，所有人都愁眉不展。等到夜里，刽子手增加了人数，重新把囚犯拖出监狱，这一回他被捆得结结实实像只粽子——他被拖拽着，一路跌跌撞撞，留着血淌着泪，哀求饶命——他呼天抢地，呼喊着爸爸妈妈——将死之人都像无助的孩子——他们把他拖上断头台，砍下了他的脑袋！完事后，他们良心大受折磨，不由得浑身颤栗。从没见过依法杀人者像他们这般猥琐、这般可憎。就在这时，一个年轻刽子手发出一声嚎叫，从他心底里挤出的嚎叫——同情和痛苦的嚎叫，恐惧的嚎叫，人性的嚎叫。听完我这可怖的描述，你们居然还能对断头台说：“你是对的！”对同情心，神圣的同情心说：“你是错的！”陪审团的先生们，不能这样！先生们，我的话完了。

"它用鲜血封口"

公元1851年7月4日

在华盛顿特区，米勒德·菲尔莫尔总统为新国会大厦奠基，国务卿、著名演说家丹尼尔·韦伯斯特发表了他的最后一次独立日演讲。

同胞们——大家好；在这举国同庆的日子，我祝贺你们，这是个值得永远纪念的日子，正是在这一天，我们成就了我们的大业。欢呼吧，大家欢呼吧！在我面前，在我周围，是一张张写满自豪的笑脸。人们互相对视，快乐的目光里充满感激之情。这是个崭新的世界！这就是美国！这就是华盛顿！这就是美利坚合众国的首都！世界上哪个国家能像美国这样，会在每年的这一天，幸福的人们满心欢喜地齐聚在他们的政府大厦周围？没有，我的同胞们！肯定没有！那么，就让我们快乐地、心存感激地相聚在这一轮初生的太阳下吧！正是在那一年的今日，我们向全世界宣告了一个伟大的事实：美国独立了。这个阳光灿烂的清晨祝福我们祖国又一个生日的到来；我们亲眼见证了我们的国家蒸蒸日上，日益强盛……

1776年7月4日，美利坚合众国的代表们行使自己的权利发表宣言，宣告美洲殖民地解放，成为独立自主的国家。这份宣言由那些最有勇气、最坚定的人们拟就，他们相信自己的事业是正义的，得到了上帝的庇佑。它用鲜血封口，已经存在了整整七十五年，至今仍熠熠生辉。它曾遭遇危险，战而胜之；它有过敌人，攻而克之；它经受过诽谤，蒙羞的是诽谤者自己；它曾有过令人质疑的朋友，但最终误会冰释；今天，它声誉日隆，两千万人民对它爱之益深，由衷地赞颂它。在这个纪念日，所有美国人欢欣鼓舞，万众一心。在其他日子里，或多或少为了公众利益，我们可能会分属不同派别，会打口水仗，相互喜欢或不喜欢，在政治上会有分歧，有时分歧甚至会很激烈。但是在今天，我们都是美国人，不属于任何派别，全都是美国人。犹如天上太阳驱散了迷雾，今天这个日子也让所有美国人的烦恼与不快一扫而光。每个人都心花怒放；每个人都骄傲而自豪，因为这一天让他记得，七十五年弹指一挥间，自由这个伟大的遗产仍然传承不断；他享有的自由未曾稍减，荣耀未曾稍减，他在享有的同时也有责任保护它，让它代代相传。同胞们，我们传承和享有的不是一般意义上的自由，而是独特的美国式的自由……

这种自由是有特色的、独一无二的，完全属于我们自己。这种自由以前不曾有过，即使是古代最开明的国家也不曾有过。原则已经深入到每个人的内心，跟我们的日常想法和习惯紧密相连，可以说已经融入到我们的社会生活和政治生活之中了。其结果是，美国人不论走到哪里，都会自觉地以此原则与人相处，与新政府相配合……同胞们，五十八年前，华盛顿就站在这里肩负起了自己的职责，而今他的职责已经圆满完成。原来的国会大厦就是由他亲手奠基的。作为政府首脑，他面临的形势异常严峻：资源匮乏，外债累累，在欧洲各国推翻君主制的浪潮中，亟需让美国赢得政治上的承认与尊重。就是在那样的情况下，在许多重要的方面，美国政府也表现得坚定而强大。这强大表现为华盛顿伟大的人格；表现为其他公众人物和他的政治伙伴、同事们的智慧和爱国主义精神；表现为人民对国家对政府的无比热爱。从那以来，美国人民的生活发生了天翻地覆的变化，前景无限光明；全世界有目共睹，美国进步之神速无与匹敌……

“你们的 7 月 4 日对一个美国奴隶意味着什么？”

公元 1852 年 7 月 4 日

道格拉斯生而为奴，于 1838 年逃脱奴役，成为著名的废奴主义者、扩大妇女参政权论者、编辑、作家、政治家和改革家。1845 年他的《美国奴隶弗雷德里克·道格拉斯的自述》出版后遭到质疑，因为好多人不相信一个黑人能写出这么一部雄辩有力、文采斐然的作品。他最喜欢说的一句话是“我只跟做好事的人为伍，决不跟做坏事的人同流合污”。道格拉斯定居在纽约罗切斯特，在那里主办一份叫作《北方之星》的废奴主义报纸。他让当地的地下组织帮助逃亡奴隶偷渡去加拿大，并为取消罗切斯特的公立学校的种族隔离制度而积极奔走。1852 年国庆，在由罗切斯特妇女反奴隶制协会赞助召开的集会上，道格拉斯应邀发表演说。在演讲中，他强烈抨击这个国家太虚伪，每逢 7 月 4 日就演讲、游行，标榜自由和独立，而就在美国境内，奴隶仍多达近四百万。

> 对不起，老乡们，请允许我问一句，为什么今天要我来这儿？你们的独立日跟我以及我所代表的人们何干？写进《独立宣言》的政治自由和公平正义的伟大原则把我们包括进去了吗？请我来这里，是不是要我们谦卑地跪拜国家圣坛，感激涕零地承认你们的独立也惠及了我们？……那好，我这就来谈一谈，题目就叫作“美国奴隶制”。我将以一个奴隶的眼光来看看它的现状和特征。我站在这里，要以一个美国奴隶的身份毫不犹豫地、发自内心地说，这个国家在独立日的所作所为比平时更黑暗……要我在今天这个日子，在这里条分缕析地论述人人生来就应享有自由，可能吗？我真要这么做了，你们会觉得我很可笑，而且是对你们的理解力的侮辱。天下没有哪一个人不知道奴隶制是错误的，没有哪一个人甘愿为奴。

'What to the American slave is your Fourth of July?'

我是不是要来论证一番？把人当牲口，剥夺他们的自由，强迫他们干活却不给报酬，将他们跟亲友隔绝开来，用棍棒皮鞭抽打他们，用铁枷锁住他们的手脚，放狗咬他们，将他们像货物一样拍卖，敲掉他们的牙齿，烧焦他们的皮肉，让他们挨饿直至对主人表示驯服，这些都是错的？我是不是非得争辩一番，说一个沾满鲜血的腐败的体制是错的？不——我不会。与其白费口舌，还不如省点力气……在这样的时刻，需要的是尖刻的讽刺而不是辩论。噢！我要是有能力让这个国家听我的，我今天的嘲讽、谴责和挖苦会像连珠炮般发射出来。因为我们需要的不是光而是火，不是和风细雨而是疾风暴雨。我们需要风暴、需要旋风、需要地震。国家决不能再这样麻木下去，国家的良知必须被唤醒，国家的陈规必须被撼动，国家的虚伪必须被暴露；反上帝反人类的罪行必须受到谴责。

你们的 7 月 4 日对一个美国奴隶意味着什么？我来回答吧，这个日子比一年中的任何一天都更让他感觉强烈，感觉到自己是不公和暴行的受害者。对他来说，你们的欢庆不过是装装门面；你们吹嘘的自由不过是空头支票；你们所谓的国家昌盛不过是虚荣心的膨胀；你们的欢呼声干巴巴的，并非发自内心；你们空喊自由平等，不啻自我嘲弄；你们的祈祷和赞美诗，你们的布道和感恩，你们一本正经为之自豪的关于宗教的一切，对他来说不过是夸夸其谈，是欺骗、亵渎和虚伪——不过是掩盖一个野蛮国家的罪行的面纱而已。世界上没有哪个国家的人会像此时的美国人一样，如此口是心非。如果愿意你们可以去找一找，看看旧世界所有的君主制国家和专制国家，看看整个南美，最终你们会发现，该当诅咒的原来就是我们自己的这个国家，它每天都在用实际行动证明这一点，而你们居然还告诉我说，在反对暴力和虚伪方面，美国是当之无愧的老大。

“死亡天使在国外恣意横行”

公元1855年2月23日

布赖特是当时最出色的演说家之一，对英国的对外政策持强烈批评的态度。作为教友会教徒，他为社会改革而奋斗，坚决反对战争。他任议员长达46年，留下一句名言“英格兰是议会之母”。1855年，时任首相的帕默斯顿爵士和包括格拉斯通在内的四名内阁大臣集体辞职后，布赖特在下议院发表了这篇精彩的演讲。一直以来，他就对那几位在克里米亚战争[1]中的做法深恶痛绝。迪斯雷利对布赖特说：“只要能发表这样一篇演讲，我宁愿放弃我所拥有的一切。”当时，一个英国使团正在维也纳和谈，布赖特演讲时会场座无虚席，他知道，在座的绝大多数议员都是支持战争的。布赖特的演讲结束后，场内一片沉默。尽管他的演讲极具说服力，一些政客和普通民众仍然没有改变观点，仍然支持英法联军的对俄之战。这场战争随着一年之后巴黎和约的签订终告结束。

……我不知道，议长先生，谁会站出来说一声“不”，但我倒是想看看有谁会站起来说，在这场不幸的战争中，20万条生命毁在了各个战场上，而这牺牲还嫌不够。你们明火执仗地侵占别国领土——你们明火执仗地攻占设防或不设防的城镇；然后你们提出和谈，但就在和约已经提出并已被接受的情况之下，议会里或者说这个国家里的某个嗜血者仍不餍足，还渴望再来一场大屠杀，难道非要20万俄国人、土耳其人、法国人和英国人的尸体填满塞瓦斯托波尔的大街小巷才能令你满意？……不管是对在座各位还是在休会期间遇到的人，我都忍不住想要提醒——我总有一种不祥的预感，没准就在下一秒钟，就会有坏消息从东方传来。我指的不是你们的

① 1853年10月20日因争夺巴尔干半岛的控制权而在欧洲大陆爆发的一场战争。奥斯曼帝国、英国、法国、撒丁王国等先后向俄国宣战，战争一直持续到1856年，以俄国的失败而告终。当年3月30日，参战各方签署《巴黎合约》，战争正式结束。

'The Angel of Death has been abroad throughout the land'

部队在具体的某次战斗中被击败或者被赶下了海；很多英国家庭都还抱着希望，盼着他们的亲人从远方平安归来——而我的预感是，许多家庭的希望将会随着下一批邮件的到来而毁灭。死亡天使在国外恣意横行，你几乎已经听得见它们扇动翅膀的声响。它一个都不会放过，不论你来自显赫的城堡、富有的府第还是寒酸的茅舍，都会被它带走，所以，我代表所有这些受害者以及他们的家庭，郑重呼吁……

我要告诉那位大人，在即将开始的维也纳谈判上，如果他真心实意地想要结束这场战争的话，我将永远不会用我的言辞、我的投票去动摇他的权威、威胁他的地位。我敢肯定，对于这位大人来说，一个友好的、出于正直动机的的请求是值得重视的。这位大人担任议员已超过四十年。早在我出生之前他就已经是财政部长，为国家服务了一辈子。他已不再年轻，已到了享受天年之时。我请求，我恳求，恳求大人迈出这一步——当他回首自己的政治生涯，回顾哪些事情值得满意、哪些事情令人遗憾时，会发现他今天迈出的这一步赢得了国人的感激。迈出这一步，他将因实现了自己的政治抱负而心满意足；他将成为王室最信赖的臣僚，还可能成为国家大政方针的指导者，成为国家最有天才的枢密顾问——因为他让一个更为崇高的抱负变成了现实：他把利剑插回了剑鞘——他凭三寸不烂之舌终止了流血——他让欧洲重归宁静，让我们的国家免却了可怕的战争灾难。

在缅因州贝尔法斯特营地的演说

公元 1858 年夏

戴维斯是美国内战中“美利坚联盟国”（即 1861—1865 年间脱离联邦的南部各州）总统。1858—1859 年前后，他作为资深政治家、民众领袖而享誉一时。在此背景下，他对联邦军队发表了这篇满怀希望的演说，全然没意识到即将激化的南北纷争将导致美国的分裂和一场血腥的内战。

同胞们，士兵们，你们的将军已经告诉过你们，我是一名老兵。当你们列队从我面前走过，看着你们坚毅的神情和坚定的步伐，我不由得忆起了年轻时的自己。我仿佛看见你们跟我一起冲上了决战的战场，那时候风云诡谲，美国国旗在灾难面前经受着考验。星条旗令我如此自豪，它指引着渴望自由的勇敢者，危难时刻，哪怕身处广袤国土最边远地区的兄弟们都壮怀激烈、挺身而出……在保卫祖国的战争中我们的父辈互相信赖、互相依靠、互相保护，为我们树立了良好的榜样。作为后辈，只要我们发扬他们的精神，继承他们的事业，美国就不可战胜，那些为我们争得自由并为人类自由而献身的先辈们，他们的光辉不会随着时间的推移而黯淡，而是越来越耀眼。同胞们，士兵们，谢谢你们给我的礼遇，我将永志不忘。你们表达的不仅是对我，而且是对国家的尊重，正是这种家国情怀造就了我们的国家，并将保证它永远巍然屹立。

At the Belfast encampent, Maine

“让我的血跟我孩子们的血流在一起”

公元 1859 年 11 月 2 日

约翰·布朗是著名的废奴主义者，主张并践行用暴力终结奴隶制度。1859 年 10 月，他带人攻占了哈珀码头的兵工厂，将奴隶们武装起来准备暴动。两天后，他被逮捕并处以绞刑。这是他在弗吉尼亚查尔斯镇出庭时做的最后一次演讲。林肯总统称布朗是个“偏执狂”，攻占哈珀码头兵工厂加剧了紧张局势，最终导致联邦分裂和美国内战的爆发。

法庭允许的话，我有几句话要讲。首先，我否认对我的所有指控，除了我自己一直承认的——计划解放奴隶。我原本是想通过和平手段达成此事的，去年冬天就是这样，我去密苏里州，未动一枪一卒就解救了奴隶，把他们送到了加拿大。我想照这样再来一次，只是规模更大一些。除此之外我并无他图。我从没想过要杀人、叛国，也没想过要破坏公共财产，更没想过要挑动奴隶造反、暴动……我想，法庭也承认上帝的法律有效。我看见你们吻一本书，我想应该是《圣经》，至少也是一本《新约全书》。它教导我，别人待我以礼，我应加倍报答。它还进一步教导我，“记住受奴役的人们，如同自己也受着奴役”。我是在尽力照此指示行事。我还太年轻，不知道上帝是否也会偏袒。我从不否认我做过的事，我相信，我所做的事是正确的。在这个奴隶国家里，千百万人被邪恶、残忍、不公的法律剥夺了应有的权利，如果说我为了促进不公正的终结而必须付出生命，我的血必须跟我孩子们的血、跟那些遭遇不公的人们的血流在一起的话——我认命；那就来吧！

'...mingle my bleed futher with the bleed of my childrem'

论约翰·布朗之死

公元1859年12月2日

加里森曾在支持奴隶制的马里兰州的巴尔的摩因言获罪。1831年，他创办了激进的废奴主义报纸《解放者》。次年，他建立了波士顿废奴协会，并于1843—1865年出任全美反奴隶制协会主席。1844年，他当众烧毁一本《宪法》，称它是“跟死神签订的契约，跟地狱签订的协议”，抨击将奴隶制写进宪法的妥协行为。佐治亚州曾悬赏5000美元通缉他。加里森同时也是女性参政运动的积极鼓吹者。

……上帝禁止我们继续充当窃贼、强盗、虐待妇女者的同谋！我们必须在自由的名义之下团结起来。说到联邦——它在哪里、又是个什么玩意？在联邦一半地方，人们没有言论自由和出版自由——除非冒着生命危险，连华盛顿、杰斐逊、帕特里克·亨利[1]的语录都不敢引用；在南方，珍惜自由的北方人处处遭到追逐、驱赶。我们生活在可怕的专制统治——残忍的奴隶制寡头统治之下。他们威胁说，如果我们不继续跟他们同流合污，就抛弃我们，让我们走投无路！他们是要把穷人统统赶出城吗？不是，他们真正的意图不是要赶走你们，而是要控制你们、征服你们。可是，你们会屈服吗？告诉你们，我们奋斗的目标是要解散这个奴隶制魔咒下的联邦，是要追求哪怕是一点点的自由！在追求真正的公正与自由的民众与一心剥夺他人权利的奴隶主之间，有何联邦可言！“道不同何以为谋？”奴隶主手上沾满了鲜血——我们跟他们有什么好协商的？一个连婴儿摇篮都要抢劫的人，难道我要对他说：“兄弟，让我与你同行？”

① 1736—1799，美国律师、革命家、演说家，弗吉尼亚州首任州长，其脍炙人口的名言“不自由，毋宁死”流传至今。

“我们的人民是自己的主人”

公元 1860 年 11 月 8 日

1860 年 4 月加里波第拉起一支上千人的志愿者队伍（红衫军），以皮埃蒙特－撒丁国王维克托·伊曼纽尔二世①的名义宣布对西西里的拥有权。他在卡拉塔菲米取胜，而后包围了帕勒莫。数千人加入了他的队伍，浩浩荡荡地进军意大利大陆。9 月 7 日，他进入那不勒斯，于 30 日跟那不勒斯省的军队开战，双方相持不下。10 月，加里波第承认维克托·伊曼纽尔为意大利新国王，承诺将他所取得的意大利南部交由新国王管辖。在把那不勒斯移交给维克托·伊曼纽尔二世后，他向他的士兵们发表了下面这篇演说，然后暂时退休，隐居卡普里拉岛。

我们必须认识到，我们正处在民族复兴的最后阶段，上帝让我们生在这个幸运的时代，我们必须做好准备，让整整二十代人选择的光辉设计成为现实。

你们，年轻人，意大利把值得世界为之喝彩的复兴大业托付给了你们。你们战无不胜而且将继续取得胜利，因为你们有着出色的战略战术准备，而这正是决定战场命运的关键所在。你们堪与有效阻击了骄傲的亚洲征服者的马其顿方阵媲美。在我们国家历史这辉煌的一页上还得加上浓墨重彩的一笔，那就是奴隶们向他们的自由兄弟亮出了他们用镣铐铸成的利剑。你们，拿起武器来！你们所有的人！拿起武器，让强大的压迫者灰飞烟灭。还有你们，女人们，把所有的胆小鬼赶出你们的怀抱；他们让你们生出来的也只能是胆小鬼，而你们是我们美丽国家的女儿，你们怀的孩子必须高贵而勇敢。让你们当中极少数的空头理论者走开，带着他们的奴性和恐惧

① 来自萨伏伊家族的撒丁国王，也是意大利的开国君主，统一后的第一任国王，意大利国父之一。

'This people is its own master'

滚一边去吧。我们的人民是自己的主人。它希望跟其他民族的人民成为朋友，但它睥睨那些傲慢无礼者，决不会卑躬屈膝，一任他们剥夺它的自由。它决不会步心地邪恶者的后尘。决不！决不！

JEFFERSON DAVIS **杰斐逊·戴维斯**
公元 1808 年 6 月 3 日—公元 1889 年 12 月 6 日

关于退出联邦的演讲

公元 1861 年 1 月 21 日

戴维斯 1845 年入选国会，1846—1847 年参加墨西哥战争，并当选为联邦参议员。1858 年 7 月 4 日，他在波士顿附近一艘船上发表了反对分离主义的演讲。10 月 11 日在波士顿，他再次呼吁保持联邦的完整，并于不久之后回到参议院任职。戴维斯在他的回忆录《联邦政府沉浮录》里解释说，他相信每个州都是独立的，有权选择退出联邦。但他劝他的南方同胞稍安勿躁，因为他认为北方不可能平静地允许南方退出。如果因此而爆发战争，不论是在陆地还是在海上，南方的军力都不足以自卫。1860 年亚伯拉罕·林肯当选总统后，形势急转直下。密西西比、佛罗里达和阿拉巴马与南卡罗莱纳州相呼应，决定退出联邦。有传言说，佐治亚、路易斯安那和德克萨斯也将随之行动。戴维斯跟密西西比州立法机构的人员会商，重申反对退出联邦的观点，但遭到多数人的反对，他只好放弃。戴维斯遂于参议院发表演讲公布这一消息，其时，参议院座无虚席，还有许多人试图挤进已然爆满的会场。戴维斯在南方各州名气很响，因为面部神经痛，他演讲时痛楚不堪，但临近结尾时，他的声音提高了，变得铿锵有力。六分钟的演讲结束，场内一片静默。过了一会有人开始鼓掌，全场一片啜泣之声。戴维斯和他的四位同事沿着中央走道离开国会大厦时，副总统率先站起来，五十八名参议员也纷纷起立致意。后来他说，他当时“悲痛难以言表”，他的演讲“用的不是语言，而是从命运之书上撕下的篇页”。四天后，戴维斯被密西西比州军队授予少将衔，1861 年 2 月 9 日，在阿拉巴马州蒙哥马利召开的会议上，他被任命为“美利坚联盟国”临时总统。内战结束后，戴维斯于 1865 年 5 月被捕，关押至 1867 年获释。

On withdrawing from the Union

议长先生，我在这里向参院宣布，我有令人信服的证据表明，通过大会表决，密西西比州已经宣告脱离联邦。在这种情况下，我在参院的使命已告结束。此事理所当然应由我向参院的同僚们宣布，但我不会有太多的话要说。事情已由不得我争辩，我的身体状况也不允许我这么做。但事情如此重大，我必须代表我所在的州说上几句。跟我共事的参议员都知道，多年来我一贯主张，作为具有独立主权的各州都有权选择脱离联邦。所以，就算我不相信有脱离的理由；就算我认为密西西比州此举过激或没有必要，基于我一贯的主张，而且我毕竟是该州公民，我还是必须与它共进退。所以，请允许我这么说吧，我认为我的州自有它退出的道理，赞成它所采取的行动。在召开大会之前我曾经跟他们有过磋商，我告诉他们说，如果他们所担心的情况确实存在，那么他们就应该选择退出……在座有些人已跟我共事多年，我们之间也有过磕磕碰碰，如果说有人冒犯过我，我不会带着一丝敌意离去。如果说我在激烈的辩论中得罪过谁且未曾表示过歉意的话，我在这里向你说一声对不起。我将一身轻松地离去，不记恨任何人，也不再感觉负疚。议长先生，诸位同僚，必须由我履行的告知任务已经完成，剩下的唯一一件事就是向你们做最后的道别。

奠基石论

公元1861年3月21日

斯蒂芬斯是国会议员，佐治亚州参议员，1861年出席佐治亚州决定脱离联邦的特别大会，对大会决议表示支持。内战爆发前，斯蒂芬斯拥有34名奴隶和几千亩土地。他入选“联盟国”国会，并于1861年2月被选为“联盟国”临时副总统。内战爆发前夕，他在萨万娜发表了这篇著名的演说，宣称黑人奴隶制度的存在是自然而然的，是南方联盟的基础。整个内战期间，他对杰斐逊·戴维斯的许多政策都持反对态度。

……不管怎么说，有些想法根本就是错误的。这些想法以人种平等为假设的前提。这是个错误……我们的新（联盟）政府的建立恰恰是以相反的看法为基础。它的基础、它的奠基石基于一个无可置疑的事实，那就是黑人跟白人不平等，奴隶次于更优秀的人种是自然而且普遍存在的现状。不论从人种、哲学还是道德的角度讲这都是事实，我们以此为基础建立新政府，这在世界史上还是头一遭。跟各个门类的科学一样，这事实也是在发展中慢慢显现出来的。这对我们大家来说都是公平的。许多听我演讲的人也许都还记得，哪怕就是在他们那个时代，这样的事实都是不可接受的。就在二十年前，好多人都仍然抱着这个错误的观念不放。北方那些坚持错误的人，热情战胜了常识，公平地说，应该称他们为狂热分子。所有狂热分子都心理偏执，失去了理智判断的能力。这是精神病的一种。很多例子证明，精神病人有一个令人吃惊的特点，他们自认为正确的结论，往往是以幻想的或是错误的假设为前提得出的；反奴隶制的狂热盖源于此。前提正确，结论才可能正确。他们是先假设黑人跟白人平等，才得出结论说黑人应该享有跟白人同等的权利……

The Cornerstone Speech

米洛·帕罗·菲力波·朱利奥·本索，加富尔伯爵

公元 1810 年 8 月 10 日—公元 1861 年 6 月 6 日

“罗马应该成为意大利的首都”

公元 1861 年 4—5 月

加富尔是人们熟知的称谓，他是意大利统一的领军人物，1861 年 3 月 23 日就任意大利首任首相，十周后逝世。1852 年，加富尔曾任皮埃蒙特－撒丁（撒丁王国）首相。克里米亚战争中，他领导撒丁王国加入盟军，派出了 18000 人的部队，在战后的巴黎和会上为撒丁赢得了一席之地。1858—1859 年对抗奥地利的战争中，他协同拿破仑三世作战。他秘密支持 1860 年的加里波第远征，使撒丁在欧洲崛起，控制了几近统一的意大利，国土面积相当于之前的五倍。皮埃蒙特－撒丁国王维克托·伊曼纽尔是 1861 年统一后的意大利国王，而加富尔有效地保证了国家的安全。1861 年 3 月 17 日，第一届意大利议会在都灵召开，维克托·伊曼纽尔二世登基。作为首相，加富尔力主将罗马定为意大利的永久首都。5 月，他的议案被表决通过，但他没能活着看到罗马（当时在法国和教皇控制之下）或威尼斯（在奥地利控制之下）并入意大利。在表决通过定都罗马后的 6 月 6 日，加富尔与世长辞。临终前他不断念叨“意大利诞生了，一切都安全了”。之后，教皇国向拿破仑三世寻求保护，而随着 1870 年普法战争的爆发和法国战败，意大利军队于 9 月 20 日攻克罗马。教皇被迫退居梵蒂冈。1871 年，意大利首都终于从佛罗伦萨迁至罗马。

> 罗马应该成为意大利的首都。没有这个前提，欧洲无法解决罗马问题。要想统一后的意大利长治久安，就必须建都罗马，否则，我敢断言，罗马问题就算能够解决，也会困难重重。那么，我们有什么权力，又出于什么样的责任要坚持将罗马并入意大利呢？因为没有罗马作为首都，意大利就根本无法存在……

'Rome should be the capital of Italy'

奥托·爱德华·利奥波德·冯·俾斯麦

公元1815年4月1日—公元1898年7月30日

“铁血手腕”

公元1862年9月30日

1848—1849年德国革命的诉求是建立一个统一的国家。1948年5月，日耳曼各邦代表齐聚法兰克福起草联邦宪法，并通过全体男性选民选出了全国议会。1849年4月，法兰克福议会让普鲁士国王弗里德里希·威廉四世加冕称帝①，因为害怕日耳曼诸王子反对，害怕奥地利和俄国武装干涉，弗里德里希拒绝了。1861年，弗里德里希驾崩，国王威廉一世继位后，跟自由主义倾向越来越强烈的普鲁士议会摩擦不断。危机终于在1862年爆发，议会拒绝了国王拨款重组军队的要求，大臣们竭力劝说，预算仍然未获通过。威廉相信唯有俾斯麦能化解危机，而后者开出的条件则是独揽外交大权，对此，威廉支吾搪塞，虚与委蛇。1862年9月，预算草案在下议院以压倒多数被否决，情急之中，威廉才又想起了已经出任驻俄大使的俾斯麦。1862年9月23日，威廉紧急任命俾斯麦为首相兼外交大臣。在柏林，俾斯麦对下议院预算委员会发表了演讲。俾斯麦从1862—1871年担任普鲁士首相，从1871—1890年担任德意志帝国首相，因其极端现实主义的外交政策和强力统治被称为“铁血首相”。

> ……一个自由主义的普鲁士无以铸就德国。一个强力的普鲁士方大有可为。巴伐利亚、符腾堡和巴登也许更开明，但可惜没人把它们放在眼里。普鲁士必须把好钢用在刀刃上，它已经错过好多次机会了。根据1814—1815年的《维也纳条约》划定的普鲁士疆域远远不足。当代的重大问题不是通过演讲或多数人的决议就能解决的——1848年和1849年他们犯的就是这样的错误——我们必须拥有铁血手腕……

① 法兰克福国民议会对于统一的方案有两种意见，其一是成立由奥地利统治的“大德意志”，将奥地利与波希米亚并入德国；其二是成立由普鲁士统治的“小德意志”，不包括任何奥地利领土。最终议会采用了“小德意志”方案，却遭到了威廉四世的拒绝，而奥地利及德意志南部诸邦则选择了退出，法兰克福议会最终解散，普鲁士则回归了专制路线。

'Iron and blood'

葛底斯堡演说

公元1863年11月19日

亚伯拉罕 · 林肯是共和党首任总统。在宾夕法尼亚州葛底斯堡阵亡将士国家公墓落成这天，在哈佛校长爱德华 · 埃弗雷特长达两小时的正式演说之后，他发表了如下演讲。美国内战中最惨烈的一战就发生在葛底斯堡，林肯的北方军遭到重创，亟需补充兵员，但当时林肯的队伍在民众尤其是移民群体中并不受欢迎。所以，林肯的主要目的是寻求民众的支持。在短短两分钟的演讲中，他把重点放在唤起民众，呼吁他们支持《独立宣言》的原则上。这篇演讲仅272个单词，却成为了史上最伟大的演说，时政记者威廉 · 萨菲尔称其为“继《登山宝训》之后最伟大的短篇演说”。

八十七年前，我们的祖先在这个大陆上建立了一个新的国家，它孕育于自由，并信奉一种理念，即人人都生而平等。当前，我们正在进行伟大的国内战争，这场战争是个考验，考验这个国家，或者说任何一个有着这种理念和信仰的国家能否长久生存下去。现在，我们齐聚在这场战争的一个伟大的战场上，献出一块土地，作为那些为了国家能够生存而献出生命的人的长眠之地。我们这么做既合乎情，也合乎理。

但从更深层次的意义讲，这也算不上我们的奉献，因为使这块土地变成令人景仰的圣地的并非我们，而是曾经战斗在这里的勇士们——活着的和死去的。世人不大会注意，更不会长久铭记我们在这里说了些什么，但他们永远不会忘记勇士们在这里建立的功勋。我们这些活着的人，应该献身于烈士们未竟的崇高事业。他们的光荣献身将激励我们，拿出更大的奉献精神，完成他们尚未完成的任务。我们在这里立誓，决不让他们的鲜血白流。上帝保佑，让我们的国家浴火重生——决不让这个民有、民治、民享的政府从这个世界上消失。

“曾几何时，既没有地球，也没有日月星辰”

公元1863年11月29日

卡希尔生于爱尔兰，在纽约成为著名神父，他同时也是作家、教育家和演说家。下面是他在生命的最后一年做的一场布道。

曾几何时，既没有地球，也没有日月星辰，我们现在看到的所有东西都不存在，那时什么都没有——只有黑暗和混沌——那时一切皆由神性支配；那时，上帝的疆域里没有任何声音来打破无垠太空的静默。他创造现在这个世界，并让我们头顶的苍穹布满星球，不过是六千年前的事。地壳、地球的框架也许历史更古老一些，但通过宗教纪事，我们知道亚当生于何时。大约是六千年前：自那时起，人类历史就不曾间断，写满了罪恶和不忠。上天曾十分震怒，差点儿把人类灭掉，但出于怜悯他又原谅了我们。而从那时开始，地球就布满了红色的斑斑污点，只有上帝才有雅量，才有无限的耐性，才能容忍。谁知道哪怕是一座城市、一天之内有多少罪恶发生？谁又说得清所有人、所有国家，从古至今，在上帝面前累计犯下了多少罪行？上帝是那么伟大，他法力无边、仁慈、宽容、智慧；更重要的是他无比耐心，每天每时，无数的罪恶在激怒着他，在违背他的意志，他都默默隐忍了。但是，从人类诞生之日起，上帝就已经做出安排，他们得为自己犯下的罪恶付出代价，也就是说，当既定时刻到来，既定的铁律就将实施，人类将彻底毁灭。一句话，他创造了这个世界，他也能毁了它。他用全能的笔画出了创世之画，同样是用这支笔，他也可以将这幅画一笔抹掉。谁限制得了他的力量？他能让一切瞬间复归混沌。只要他愿意，他可以毁掉一切——除了灵魂。他无法毁掉灵魂。他亲手创造了世界——当然也可以亲手毁灭它。但基督是灵魂的救赎者，所以，就像上帝永生一样，灵魂也将永久存在，无法毁灭。

一场巨大的灾难将从熔化的地球爆发，像飓风席卷一切，像烈火烧毁一切，将这可诅咒的世界吞噬。燃烧的地球会将天空映得一片腥红，煞是可怖。太阳失去光亮，月亮变黑，星星坠落，血一样的云团在天空盘旋。当初创造世界的万能的力量现在变成了怒火急剧膨胀，雷霆般的声音已遥遥可闻。救世主是这样描绘这情景的："恐惧让人们头脑发昏，他们发疯似地四下狂奔，叫喊着要大地开裂吞下他们，要岩石滚落掩藏他们，因为他们不敢面对主。"大地成了一片火海，天空失去了颜色，日月无光甚至消失，人在火中挣扎、死去，上帝审判的声音响彻寰宇。耶稣基督说，这样的情景连上帝都从未见过，此后无尽的轮回中也将不复再现。理智在问：啊，谁是上帝？自然是什么？人从何而来？天堂在哪里？为什么要有地狱？我们的命运是什么？世界在快乐中创造出来，就是为了接受考验、受苦受难，然后被愤怒地毁灭吗？一场大火，地球就化为乌有。就像一艘燃烧的船沉入火海，地球不复存在，消失在它曾经转动其中的蓝色苍穹。他运行过的轨道上没留下一丝痕迹。大地杳无人迹，成了一片黑暗的废墟——天空无数的星灯已然熄灭。曾经的一切土崩瓦解，永恒的静默，永恒的混沌，好像一切都不曾存在过。地球和时间都被遗忘而成为过去，余下的只有无边无际、空空如也的苍穹。

“我们对任何人都不怀敌意，对所有人都慈悲为怀”

公元1865年3月4日

1862年9月22日，林肯发表了《解放宣言》，让已不在南方联盟控制之下的黑人奴隶恢复了自由，令废除各反叛州奴隶制成为战争的正式目标。随着联邦军队向南推进，更多的奴隶得到解放，最终获得自由的奴隶达二百万之多。许多刚获解放的奴隶拿起武器为北方作战。然而，共和党人也因此心生隐忧，担心林肯1864年竞选连任会失败，因为举国上下是如此渴望和平。对于林肯来说，幸运的是民主党总统候选人乔治·B·麦克莱伦支持这场战争并对民主党的反战政策提出公开批评。民主党内部四分五裂，除了三个州以外，其余各州都为林肯投了赞成票。这篇第二次就职演说是林肯自己最为满意的演说之一。五个星期后，北方军彻底胜利，奴隶制寿终正寝，林肯牢牢掌握了执政大权。发表这篇演说后六周，林肯被暗杀。

关于我们的军事进展——它是一切主要依靠所在——公众了解得跟我一样清楚，我相信，是令人满意和鼓舞人心的。毋需预测，我们的未来大有希望。在我四年前的就职典礼上，所有人都为即将发生的内战惴惴不安。人人惧怕战争，都希望避免战争。当时我在演说中表示，我将不惜一切努力，在不发生内战的情况下拯救联邦；而与此同时，叛乱分子的代理人也在全城四处活动，试图不战而摧毁联邦——通过谈判瓦解联邦、分裂国家——双方都声称反对战争，而其中一方却宁愿发动战争也不让这个国家生存下去，另一方则宁可接受战争也不能眼看着国家灭亡。就这样，战争终于爆发了。全国人口中有八分之一是黑人奴隶，他们并非平均分布在各地，而是集中在我国南方。对某些人来说奴隶是一种特殊而巨大的利益所在，尽人皆知，或多或少这种利益正是导致战争爆发的原因。为了强化、保持和扩大这种利益，叛乱分子不惜通过战争来瓦解联邦，而政府方面，只不过要求有权限制奴隶制的蔓延。

双方都不曾料到，战争竟达到如此规模，持续如此之久。双方也都没料到，引发战争的原因会先于战事本身终结。双方都盼着能轻而易举取胜，不论孰胜孰败，这都不可能是根本性的，也不会令人感到意外。双方读的都是同一本《圣经》，都向同一个上帝祈祷，祈求他帮助自己，反对另一方。这看上去有些不可思议，竟然有人胆敢求助公正的上帝从他人的血汗里去榨取面包；不过，我们还是别去评判别人吧，省得自己被别人评判。双方的祈祷都不可能得到回应。事实上也没有得到充分的回应。万能的上帝自有它的主张。“因为种种罪过，世界受难了，既有罪过，受难就不可避免；但是，让那些犯下罪过的人去受难吧！”

且让我们假定美国的奴隶制就是罪过之一，按照上帝的旨意不可避免，但他规定了时限，过了期限就要让它终止；再假定他让南北双方进行了这场可怕的战争，作为犯下罪过的人该当遭受的灾难，我们能否看出，有什么地方有悖于信徒们赋予永生的上帝的那种神性？我们衷心希望，热情祈祷，但愿这可怕的战争灾祸赶快过去。但如果上帝一定要它继续下去，直到奴隶们二百五十年来用血汗积累起来的财富化为乌有，直到三千年前古人所言，用鞭子抽出的每一滴血都要用刀剑刺出的血来偿还，而我们仍然必须说，主的裁决永远是正确而公正的。我们对任何人都不怀敌意，对所有人都慈悲为怀，遵照上帝的教诲坚持正义，让我们完成正在进行的事业，包扎好国家的伤口，关心在战争中牺牲的人们，关心他们的遗孀和遗孤，竭尽所能去维护和珍惜同胞之间和国家之间的持久和平。

“它可以落下，但绝不可以被摧毁”

公元 1865 年 4 月 4 日

亨利·沃德·比彻[1]是《汤姆叔叔的小屋》的作者哈丽特·比彻·斯陀夫人的弟弟，社会改革家、扩大妇女参政权论者、废奴主义者、律师。在美国内战之前和期间，林肯总统受其影响积极解放黑奴，在内战爆发地南加州的萨姆特要塞举行升旗仪式时，林肯选择了比彻作主旨演讲。

在这庄严而快乐的日子，我们又一次把父亲的旗帜升起在和风里，又一次，上帝将光荣赋予合众国的旗帜，保护它不被叛变，带着文明、自由和宗教的祝福代代相传。在残酷的战争中，它让我们看到了和平的希望。幸好我们没用小鸟或猛兽做国旗的图案。星星驱散了黑暗，红色的光束使清晨更加美丽，两者堪称完美的结合。只要太阳还在，只要星光不灭，就总会照耀着这个国家，不论它是否被奴役。曾有一次，也仅有一次，它被叛贼们玷污。在那个疯狂的时刻，罪恶而残暴的叛贼正是在这个要塞点燃了战火，而您，阁下，（转身看着安德森将军）率领勇士们屹立在这如今已经残破的城墙上，以寡敌众，英勇地为荣誉而战，捍卫了我们的国旗。

硝烟中，光荣的旗帜仍在你们头顶猎猎飘扬。它也曾被击倒，一位勇士立即奋不顾身冲上前去，将它重新高高举起——“它可以落下，但绝不可以被摧毁”。短暂的抵抗后，在叛军的喧嚣和炮火声中，你悲壮地用颤抖的双手把国旗收起叠好，妥善保存。战争就此拉开序幕，随之而来的是如漫漫长夜般黑暗的四年……风狂雨暴、战火连天！萨姆特要塞只剩下断垣残壁，它在默默地告诉我们——我们已经为受辱的国旗雪耻！……

① 亨利·沃德·比彻是牧师，也是他所处时代最雄辩的演说家之一。他强烈反对奴隶制。南北战争期间他在英国做了一系列演讲，呼吁支持北方。

'...cast down but no destroyed'

“暗杀从不曾改变过世界历史”

公元 1865 年 5 月 1 日

33 岁时，迪斯雷利首次在下议院发表演讲。他虽然文采斐然，但没料到演讲会多次被打断。叫喊声和笑声将他的声音掩没，他忿然吼道：“总有一天你们会好好听我讲！”然后无奈放弃。不出十年，他已经成为了演说家，代表保守党驳斥自由党的“谷物法案”。他的演讲给人留下很深的印象。1852 年，他被任命为财政大臣，之后曾两度出任首相。拉塞尔公爵在下议院提出动议，要向国王请愿，表达对林肯遇刺的哀悼和义愤，接着由迪斯雷利发表演说。听罢这位最出色的议会演说家的演讲后，全场掌声雷动，动议被一致通过。

肝肠寸断本是一种个人之间很私密的情感，而一个国家对某人的同情到了肝肠寸断的地步，这的确是个特例。无论如何，我们都应该为发生在华盛顿的惨剧悲伤；无论如何，我们都应该对卑鄙的暗杀义愤填膺。问题在于，相对于壮阔的历史背景和隆重的外交礼仪，受害者（林肯）竟死得那么寻常和无辜，这就不能不令各个国家、令所有人肝肠寸断。不论在座各位和国人对美利坚合众国已故总统的政策持何意见，但有一点肯定没有异议，那就是他经受了严峻的考验，简单而有效地完成了他的使命。还有一点英国人民不能忘记的是，他跟我们同祖同宗，讲的是同样的语言。这样的罪行发生，公众理所当然感到又伤心又迷惑，因为我们既不知道惨案发生的原因，更不知道它会带来什么样的后果。但悲痛之余我们不能丧失理智，我们有责任去查明真相。暗杀从不曾改变过世界历史……基于这样的感情，我支持向国王请愿。”

'Assassination has never changed the history of the world...'

超越科学的秘密

约公元 1866 年

史密斯是英国科学家、历史学家，牛津大学的近代史钦定讲座教授（1858—1866 年），在美国内战中支持北方。他的若干小册子如《圣经能容忍奴隶制吗？》（1863 年）等都对英国民意产生过影响。史密斯 1868 年赴美，在康奈尔大学教授英语和宪法史，1871 年前往多伦多从事新闻业。离开康奈尔时，他送给学校一条石凳，上面镌刻着他的名言“人道高于国家”。在下面这篇演讲中，他重点讲到了一个维多利亚时代的两难命题——科学发现如何与虔信上帝互相包容。

物理学所从事的是什么？跟可以理解的宇宙和可以感知的时间相比，它仅仅是对一个点的观察，对一瞬间的体验，谈不上空间的无限和时间的永恒。根据这类信息，除了可以建立人类自然生活所必须的规则与程序，还能保证我们建立起其他所有规律吗？我们说科学发现伟大，这没错。但它之所以伟大，不在于它揭示了什么，而在于它给予的启示。天文学有其实际用途，但其最伟大的成果是对无限空间的认识，并由此受到启发，将其普及开去。天文学的这种揭示，犹如望远镜把星星展示在天文学家眼前。凭借科学的帮助，星空让人产生遐想，而这遐想并无规律可言。科学可以解释落日的现象，但它解释不了沉思中的人是喜是忧，这喜或忧又源自何处。这类事物人人皆能感觉，智商越高的人感受越丰富。感觉是人性的一部分，但它为什么不能像人性的其他组成部分一样成为哲学的坚实基础呢？假设它成为哲学基础，则物质法则的铜墙铁壁便会顷刻瓦解，并通过物质世界的规则产生影响，一种对应于精神的个人影响。我们还要问，科学最终揭示的东西是固定的，或者说是一成不变的吗？生物的逐步出现，从中心开始的各星系的进化演变，它们证明的仅仅是创造力的存在吗？难道不是还显示了某种东西，由于难以找到合适的词汇，我们姑且称之为创造性的努力——如同人为了成长和创造财富而作出的努力？凡有努力存在的地方，精神难道不会再次统驭一切？

一种视野逼仄、经历短促的生物，看见拉斐尔手中的笔正在画布上移动——它只是在它生存的那一瞬间看到那支笔正在某一点上朝着某个特定的方向移动——便得出结论，以为自己已经洞悉了作画的全部秘密……推理，无疑是通往真理的指南。但每当与自己的意见相左时，教条主义者的推理能力便受到了限制，这便是人类的局限性；而这种局限性往往要等走到极端时才会被我们认知。在接受信息和寻求证据时，推理不可或缺。眼见未必为实，唯物论也未必万能，因为即使是事实也有可能在一开始时并不显现得那么真实。科学作为物质利益的来源与归纳推理的训练学校，对此我们丝毫没有怀疑，但我们要冒昧地问一句：精神世界的巨大秘密是在实验室里被发现的呢，还是只会被启示给那些训练有素的科学头脑？事实上，那些对世界作出理论概括的科学家中，一些人不仅在如何看待事实方面有片面性，对某些精神属性视而不见，而且缺少作充分的调查研究所必备的两种能力之一。他们是敏锐的观察者，却不是很好的推理者。而科学离不开推理。我们不能把想当然的东西当作证据，证据必须具有科学性；我们也不能凭借一些单薄的、不确定的前提便贸然得出结论，因为这样得来的结论忽略了人的精神属性和神圣起源。

“葛底斯堡永垂不朽”

公元1869年7月4日

亚当斯是约翰·昆西·亚当斯的孙子，约翰·亚当斯的重孙，继承了祖辈的演说才能。他是一名律师，曾在葛底斯堡为联邦而战，战争结束时已是准将。葛底斯堡之战发生在1863年7月1日至3日。六年后，亚当斯发表了这篇精彩演讲，回顾了这场美国内战中伤亡最大的战斗。葛底斯堡成为内战的转折点，永远为人们所铭记。

……战事吃紧，步兵挤成一团，负责掩护的骑兵掀起的尘雾遮天蔽日。我们的任务一点也不轻松，但总算完成了。葛底斯堡的道路被鲜血浸透，横七竖八全是我军士兵的尸体。三周前的六月中旬，我，一个骑兵上尉，曾率领一百名骑兵拿下这个地方，那是我一生中最快乐、最自豪的时刻。二十天几乎没有间歇的战斗，死神对我们毫不留情，葛底斯堡之战前夕，我的这支一百人的队伍只剩下三十四人，战友们死的死，伤的伤，还有的被敌人俘虏。（1863年6月17日在弗吉尼亚的一场战斗中）六位勇士倒在了阿尔代高地，合葬在一个墓穴。7月1日天快黑时有传言说，将近四十英里之外的葛底斯堡发生了激战。当时兵团正好在调兵遣将，我们接到的命令是为赛德维奇的部队垫后，确保无人落下。整整一天我们都在炮声中行军。赛德维奇极其严厉，督促着疲惫不堪的士兵疾进，很快，就再没有一个士兵落伍了。我们迅速赶到队伍的前头，枪炮声已清晰可闻，登上一座山头，战场赫然呈现在我们面前。山谷对面约两英里之外，看得见炮弹爆炸冒出的白烟，噼噼啪啪的枪声显示激战正酣。前面是一条笔直的、白晃晃的、尘土飞扬的大路，挤满了大炮、弹药车。车流之间，只见亮闪闪的刺刀如钢铁的河流起

'Gettysburg was immortal'

起伏伏。赛德维奇的勇士们疲乏、饥渴，满脸汗水和尘垢，迈着沉重的步伐，像赶赴盛宴似地迎着炮火声冲去。我们迅速越过溪流，停下来待命。下马前我回头一望，只见先头部队已赶到河边，已经行军一整天的士兵们纷纷脱掉衣服跳进河里，痛痛快快地洗去一身的汗水。

枪炮声愈发激烈，我们的行动很快就明确了。洗澡的士兵飞快地穿好衣服，列好队形，子弹上膛的声音告诉我，他们已做好了战斗准备。就在这时，一位将官骑马飞奔到队伍前面，铿锵有力的几句动员后，命令部队从两侧包抄，“跑步前进”的命令迅速传开。将官走在队伍的最前头，从头天日落开始已行军四十英里的勇士们几乎没睡、没吃、没歇息，顶着7月的酷暑，在拉长的日影中跑步冲上前线……二十四小时过后，我们站在同一个地方。许多亲密朋友已经献出了他们年轻的生命，周围是两万伤亡的战友，老天仿佛裂了口子，大雨如注浇在死了的和活着的人身上，但胜利让这一切都变得可以忍受。精疲力竭的大军沿着小路撤离，危机与险情皆已过去——葛底斯堡永垂不朽……

难道一个美利坚合众国的公民参与选举是犯罪？

公元 1873 年 1—6 月

四十五年来，安东尼[1]走遍美国和欧洲，平均每年要发表 75 到 100 场演说，为争取妇女权益奔走呼号。1872 年的总统选举，安东尼决定参与投票。她据理力争，指出美国宪法第十四修正案赋予了妇女参与联邦选举的宪法权利。修正案明确规定，“所有在美国出生并入了美国国籍的……都是美国公民”，既然是美国公民，他们就理应享有美国公民的所有“特权”。对安东尼来说，这“特权”当然包括妇女选举权。1872 年 11 月 1 日，安东尼组织了家乡罗切斯特的五十名妇女参与投票。她带着三个妹妹走进一个投票站，监督官拒绝她投票。她搬出宪法修正案里有关公民权利的条款说理，并指出纽约州宪法关于选举权的阐述并未对性别作出特别认定。监督官不为所动，直到安东尼威胁说要去刑事法庭起诉才让了步。另外七八个莱切斯特的妇女也争取到了投票的权利。11 月 18 日安东尼被捕，预定于次年 1 月 24 日出庭受审，罪名是非法投票。开庭前的几个月里，她走遍了纽约州门罗县的所有二十九个乡镇巡回演讲。因为开庭被推迟到 6 月 17 日，她又赶往安大略县进行新一轮关于投票权的演说。开庭前一天晚上最后一次演讲的地点是县府所在地卡南代瓜。

朋友们，公民们，今晚，站在你们面前的是一个受指控的人，他们强加给我的罪名是在上一届总统选举中，在没有合法选举权的情况下参与了投票。今晚我要向你们证明，我投票无罪，只是行使了国家宪法赋予一个公民的权利，而这权利是任何一个州都无权剥

[1] 美国著名女权主义者，社会活动家。

It is a Crime for a Citizen of the United States to Vote?

夺的。宪法序言说："我们，合众国的人民，为了建立一个更加完美的国家，实现公平正义，确保国内安宁，做好共同防御，提高全民福利，确保我们以及我们的子孙后代的自由，特制定了这部美利坚合众国宪法。"这里的"我们"指的是人民；不只是白人男性公民，也不只是男性公民，而是这个国家的全体人民。我们构成了这个国家，不仅仅是要为自由唱赞歌，而是要保证人民享有自由；不只是人民中的一半和我们的子孙后代中的一半，而是要保证全体人民——不论男女——都享有自由。口头上告诉妇女她们享有自由，却又剥夺这个民主共和政府赋予她们的唯一自由权——选举权，不啻于对她们赤裸裸的嘲弄。鼓励性别歧视的国家势必剥夺掉一半公民的权利，等同于通过了公民权利剥夺法案或复辟旧法律，这是对国家最高法律的侵犯。这么做实际上就是永久剥夺了妇女以及她们女性后代的自由。

"对妇女来说，这样的政府得不到被统治者的支持，是没有权威的政府。这样的政府不是民主政府，不是共和政府。它是可憎的贵族政府；是男性专权的可恨的寡头政府；是世界上从不曾有过的最可恨的贵族政府；是有钱人的寡头政府，穷人只有受统治的份儿；是知识分子的寡头政府，受过教育的人统治没文化的人；或者说是种族歧视的政府，撒克逊人种永远统治非洲人种。性别歧视的寡头政府让每个家庭的父亲、兄弟、丈夫、儿子凌驾于母亲、姊妹、妻子和女儿之上——男人是主宰，而女人不过是他们的附属品，这样的政府只会让全国的每个家庭纠纷不断、内乱不断。韦伯斯特[①]、伍斯特[②]和布维尔[③]一致定义：所谓公民，就是合众国的一个人，享有选举权和担任公职的权利。那么，剩下的就只有一个问题了：女

①诺亚・韦伯斯特（1758—1843），美国辞典编纂家，编有《韦氏词典》。
②约瑟夫・爱默生・伍斯特（1784—1865），美国辞典编纂家，韦伯斯特的竞争者，编有《英语词典》。
③约翰・布维尔（1787—1851），美国法学家、辞典编纂家，生于法国，编有《布维尔法律词典》。

人是不是人？我不相信我们的对手有胆量说她们不是人。女人既然也是人，任何一个州都无权立法或者搬出旧有的法律来剥夺她们的合法权利。所以，少数几个州迄今仍在实行的歧视妇女的宪法和法律就应该被宣布无效，应该像彻底废除种族歧视的法律法规一样予以废除。”

“我对着太阳发誓，我永远不再作战了”

公元 1877 年 10 月 5 日

1877 年 10 月 5 日下午四时，在熊掌山，美国政府与一个印第安部族的最后一次大战宣告结束。这一年早些时候，美国政府违背 1873 年与内兹佩尔塞印第安人签订的条约，派遣奥利弗·霍华德将军强迫内兹佩尔塞印第安人迁往爱达荷居留地。约瑟夫酋长率领他的族人出发了，途中，几个对美国政府不再抱有幻想、因土地被侵占而心怀不满的年轻人攻击并杀死了一些白人移民。其后的 11 个星期里，约瑟夫一行踏上了 2500 公里的漫漫征途，往加拿大撤退。途中，他们无数次遭遇装备精良的政府军的攻击，约瑟夫与敌人巧妙周旋，大大小小打了 13 仗，或取胜，或遏制了敌人的进攻。最终，内兹佩尔塞人不是机关枪、榴弹炮和加农炮的对手。最后一战，约瑟夫酋长举起了白旗。向美国骑兵投降的内兹佩尔塞人计有男人 87 人，妇女 184 人和儿童 147 人。病死或被杀者总共 382 人。当时，约瑟夫发表了美国历史上最雄辩的演讲之一。被强交给尼尔森·迈尔斯上校后，他伤心欲绝地说：

> 告诉霍华德将军，我明白他的意思。之前他跟我讲过的话我都还记在心头。我已经厌倦了作战。我们的酋长们都被杀了……老人们都死光了。什么事情都由年轻人说了算。而领导年轻人的人（约瑟夫酋长的弟弟）也死了。天寒地冻，我们没有毯子；小孩子都快被冻死了。我的一些同胞逃进了山里，没有毯子也没有食物。没人知道他们在哪儿——也许已经冻死了。我需要时间去寻找我的孩子们，看看还能找到多少。也许等我找到他们时，他们都已经死了。听我说，长官们！我累了；我的心都碎了。我对着太阳发誓，我永远不再作战了。

'From where the sun now stands I will fight no more forever'

“好话换不回我死去的同胞”

公元1879年1月14日

1877年投降后，约瑟夫继续领导瓦洛厄的内兹佩尔塞人长达二十五年之久。他为印第安人代言，抨击美国对印第安人实行的不公平政策，希望美国兑现承诺，让美国土著也享有自由与平等。据他的医生讲，他是因“心力交瘁”而死。下面是他1879年访问华盛顿特区时在林肯中心的演讲摘录。

好话换不回我死去的同胞，也换不回我们被白人侵占的土地。它保护不了我父亲的坟墓，也换不回我的马匹和牲畜。好话也无法让我回到我的孩子们身边。好话无法让你们的迈尔斯将军兑现他的承诺。好话给不了我的同胞一个家，让他们安宁地生活，好好照顾自己。你们的好话没让我们得到任何好处，我已经听厌了。一想起你们的甜言蜜语，一想起你们那些从未兑现的承诺，我就难受至极。尽是说话不算数的人在那儿滔滔不绝。白人和印第安人之间有太多的误解。如果白人愿意跟印第安人和平相处，他们完全做得到。我们绝不会给他们找麻烦。对所有人都一视同仁吧。给他们同样的法律，给他们同等的生存机会。所有人都是同一个伟大的神创造的。他们都是兄弟。地球是所有人的母亲，人人都有权利在地球上生存。要想生而自由的人毫无怨言地被禁锢起来，失去行动自由，除非江河倒流。要是把一匹马一辈子栓死在木桩上，你还指望它能长膘吗？如果你把印第安人限定在一小块地盘，哪儿都不许去，他们当然不情愿，也不可能正常地繁衍生息。我曾经问过一些白人大人物，是谁给他们的权利，要印第安人待在一个地方不许动弹，而白人却爱去哪儿就去哪儿。他们答不出来。

'Words do not pay for my dead people'

“请别忘了野蛮人也有权利”

公元 1879 年 11 月 26 日

格拉斯通曾代表自由党四度出任英国首相，分别是 1868—1874 年、1880—1885 年、1886 年和 1892—1894 年。1874 年竞选连任失败后，格拉斯通从自由党领导岗位上退下，准备安度余生。1876 年发生的巴尔干大屠杀[①]促使他重返政治圈，1879 年他再次竞选，阐述了他“正确的外交政策”，包括维护和平、热爱自由和尊重少数民族及各个民族的平等权利。格拉斯通巧妙而愤怒地抨击了迪斯雷利的外交政策和领导能力。针对英国在阿富汗东南霍斯特谷采取的武装行动，格拉斯通在谷物交易所发表了如下演讲。之后他接到邀请，去往苏格兰的达尔基斯，在弗雷斯特大厅重复了这篇演讲。他强烈反对英阿战争，认为这是“极大的耻辱”。1880 年第二次上台后，他结束了第二次英阿战争。

我们称他们为野蛮人，但请别忘了野蛮人也有权利，别忘了简陋的家里也有幸福。请记住，在万能的上帝眼里，在冬雪覆盖下的阿富汗小山村里，生命跟你们同样神圣不可侵犯。请记住，上帝造就了有血有肉的人类，要求你们互爱互助。这种爱没有地域的限制，没有宗教文明的限制；这种爱遍布五洲四海，不论是最卑微的人还是最伟大的人，都要互爱互助。所以我请求你们，慷慨地献出你们的爱，在这政治危机中挺身而出，我对你们的要求并不过分，我只恳求你们尽到应尽的那份责任。如果放弃这份责任，在未来的日子里你会痛苦羞愧；反之，你会留下美好的回忆，你可以自豪地说，你曾为正义呐喊，为减轻人类的苦难和不幸尽到了自己的努力。

① 指土耳其奥斯曼帝国对保加利亚民族起义的镇压。

'Remember the rights of the savage'

“约翰·布朗失败了吗？”

公元 1881 年 5 月 30 日

奴隶出身的道格拉斯是一位记者、演说家、编辑，毕生为废除奴隶制和争取妇女权益而奋斗。在 1888 年的共和党全国代表大会上，通过唱名表决，他代表这一大党成为第一个被选为总统候选人的非裔美国人。下面这篇演讲是在斯托勒学院发表的，道格拉斯是该校理事。斯托勒学院坐落在西弗吉尼亚的哈珀码头，创办于 1867 年，初期是专为原来的奴隶办的教会学校，后来逐渐发展成一所具有学位授予权且面向不同种族、不同宗教信仰的学生开放的大学。1859 年，正是在这里，约翰·布朗发起了争取奴隶解放的战斗[①]。一些人，包括道格拉斯在内，认为是约翰·布朗打响了美国内战的第一枪。

……问题是，约翰·布朗失败了吗？他确实失败了，没能从哈珀码头全身而退；他确实失败了，没能率部进入弗吉尼亚山区，救自己一命。但他本来就不是为了活命才去的哈珀码头……真正的问题是，约翰·布朗拔剑怒向奴隶制度，是无谓的牺牲吗？对于这个问题，就算让我回答一万次答案都不会变：不！为正义事业献出生命、献出自己一切的人没有失败，也不可能失败。在他生命的最后一刻，在从容赴死的途中，他还停下脚步去吻一个小孩，而且是跟他不共戴天的白人的小孩，这样的人，永远不可能失败……约翰·布朗失败了吗？……如果说他没能终结奴隶制度，至少他打响了终结奴隶制度的战争的第一枪。……不是安德森上校而是约翰·布朗发起了这场终结美国奴隶制、缔造自由的共和国的战争。在这一记重拳击出之前，自由的前景黯淡而不确定……

① 指美国白人、废奴主义者约翰·布朗发动的武装起义。

'...did John Brown fail?'

OTTO EDWARD LEOPOLD VON BISMARCK

奥托·爱德华·利奥波德·冯·俾斯麦

公元 1815 年 4 月 1 日—公元 1898 年 7 月 30 日

“在这个世界上，除了上帝，我们德国人谁都不畏惧！”

公元 1888 年 2 月 6 日

下面一段摘录自“铁血首相”俾斯麦在德意志帝国国会发表的最著名的演说之一，这句口号来自演说结尾。在演说中，俾斯麦称，德意志帝国必须“居安思危”，决不能卷入派系之争。许多人都忘记了，紧接这句口号还有一句话：“正是对上帝的敬畏让我们热爱和珍惜和平。”俾斯麦于 1890 年 3 月离职，这是他离职前的最后一篇关于外交政策的演讲。

> 如果我们德国想要举全国之力发动一场战争，那必须是一场令所有参战者、所有牺牲者，简而言之，就是令整个国家都满意的战争。它必须是一场全民战争，全国人民必须像 1870 年我们被侵略时那样同仇敌忾[①]。科隆车站那震耳欲聋的激情的叫喊声仍响彻耳畔。从科隆到柏林，人们群情激奋。不管愿意与否，人民普遍赞成开战。一个全民皆兵的国家向世人展示了它可以做到什么，唯其如此，我们在跟两个邻国相处时才更有发言权。窗户纸既已捅破，每个国家迟早都应负责。我要告诉那些仇视我们的国家，欠账总是要还的。谁要是跟我们友好相处，我们会投桃报李，但谁也休想威胁我们！在这个世界上，除了上帝，我们德国人谁都不畏惧！正是对上帝的敬畏让我们热爱和珍惜和平。谁要是胆敢破坏和平，他应该想想 1813 年的普鲁士——弱小而资源匮乏的普鲁士举国同心，不畏强敌[②]，如今已成为强大德国的一部分。想要攻击德国的人会发现，所有德国人都怀有一个坚定不移的信念：上帝与我们同在。

①指 1870 年的普法战争。
②指 1813 年的莱比锡会战，又称民族之战，普鲁士、奥地利和俄国联军大败拿破仑。

'We Germans fear God and nothing else in the world!'

“太阳之下并无新事”

公元1890年

威拉德毕业于伊利诺伊州埃弗顿的西北女子学院，随后教书、旅行，于1874年就任基督教妇女禁酒联合会秘书，并于1883年成立了世界基督教妇女禁酒联合会。她积极为女性争取参政权，提倡禁酒，为此曾在1874年连续作了五十天的巡回讲演。十年里，她平均每年行程48000公里，作四百场演讲。威拉德深受人们敬重，作为女性人物的第一个代表，她的蜡像被放置在美国国会大厦蜡像馆。

……以史为鉴才能勇敢地预测未来，才能开开心心地为眼下而努力。历史向我们展示了人类是怎样坚韧不拔地生存下来的。不论地震、饥荒和瘟疫如何肆虐，时光的大潮总会滚滚向前将它们淹没，几乎没留下疤痕。一代又一代创造新文明的统治者相继被更优秀的人物所取代。一个个国家灭绝了，希望似乎已然渺茫；革命兴起，爱国者血流成河；地球似乎朝着无底深渊坠落；新的爱国者诞生了；更高的希望如群星绽放；人性从黑暗世纪里复苏，正义得到张扬：较之当初，我们现在距基督的王国更近了。只有没学过历史的人才会对伟大的改革失去信心；只有没读过天才人物传记的人才会夜郎自大。除了物质领域的发明外，太阳之下并无新事……爱与友谊织成一道美丽的彩虹横跨大地，挂在天空。但，灵魂所依托的最重要的环境是人性和信仰。那些因爱而受伤的人会发现，感情虽然重要，却并非生命的全部，它既非神奇的大地也非美丽的天空，它只是大地和天空的装饰，只是一道漂亮而可爱的彩虹。就算爱不复存在，灵魂仍能看到两幅最伟大、最令人喜悦的画面——人性和信仰。

'...there is nothing new under the sun'

“他是我们这个世界最柔情的记忆”

公元1895年

英格索尔是美国内战时的一名上校，也是当时最出色的演说家之一。

林肯……可谓前无古人后无来者。他的优势在于，他生活在一个崭新的国家，社会平等，个人自由，他看得见未来的地平线上，希望之星在熠熠闪光。在一个新国家里，人必须具备三项美德——诚实、勇敢与慷慨。……在一个新国家里，看重的是你是怎样的一个人，而在老国家里，有的只是陈陈相因。林肯从未接受过完整的教育。至死他都是一个小学生，一个学习者，一个探究者，一个知识的追求者。林肯性格多面，高兴时欢笑，伤心时流泪，头脑复杂却心地单纯。他不耻下问——从来不会因为要面子而不懂装懂。没人比他更机智幽默。他才智过人而从不自负，天才横溢却从不骄傲，信仰诚笃从来不打妄语——就是说，他既不盲从也不自欺欺人。他是一位演说家——演讲清晰、认真而自然。如果你想知道演说家和雄辩家的区别，感觉与语言的区别，心脑齐用与只用脑的区别，那就读一读林肯精彩的葛底斯堡演说，再去读一读爱德华·埃弗雷特的演讲吧。林肯的演说让人永难忘怀，哪怕语言死亡，他的演讲仍会活在人们心间。他是个充满爱心的圣人，威武不能屈，富贵不能淫。除了怕做错事，他无所畏惧。他痛恨奴隶制度，也同情奴隶主——因为他要的不是打击某些人，而是克服偏见——他是这个国家的无私、勇敢、希望和高尚的化身。他的演说不煽动，不斥骂，而是以理服人。他举起双手不是打击，而是祈福。他宽以待人，当一个女人因丈夫被他赦免死刑而珠泪涟涟时，那是他喜闻乐见的。在激烈的内战中，林肯是最伟大的英雄。他是这个世界最柔情的记忆。

'He is the gentlest memory of our world'

“南方人口的三分之一是黑人”

公元1895年9月18日

在非裔美国人社会，布克·华盛顿[①]是一位举足轻重的人物，针对南方种族关系日益紧张的局势，他发表了这篇声明，阐述了被他称之为“妥协者”的应对策略。华盛顿承诺他将鼓励黑人努力学习，掌握农耕、经商和家政服务技能，做一个“有尊严的普通劳动者”。他向白人保证，黑人都很忠诚，自信能通过勤奋工作生存发展。他要求白人信任黑人，给他们提供机会，从而使双方都在工业和农业方面取得长足进步。这便是著名的旨在共同担责的《亚特兰大种族和解声明》。演说完毕，听众肃然起立，鼓掌声、欢呼声振聋发聩。

> 南方人口的三分之一是黑人。任何一个想在这个地区于物质和精神方面有所作为的企业都不能忽视这一事实，否则就不可能取得最大的成功。主席先生、各位主管，必须考虑到美国黑人的感情，承认他们存在的价值，唯其如此，我们才能做出更多的努力，改善白人和黑人的关系……我们之间的争斗由来已久，希望你们在解决这一复杂的难题时要有耐心，同情并帮助我的同胞。在座诸位是士农工商各界的代表，这么做带来的好处远远不止于物质方面的利益，所以，让我们向上帝祈祷，消除地区差别，消除种族仇恨和猜忌，决心实现公正，实现在法律面前人人平等。这样，在物质繁荣的同时，我亲爱的南方必能闯出一片新天地……

① 美国政治家、教育家、作家、黑人民权运动家。

'One-third of the population of the South
is of the Negro race'

WILLIAM JENNINGS BRYAN 威廉·詹宁斯·布莱恩
公元 1860 年 3 月 19 日—公元 1925 年 7 月 26 日

在芝加哥举行的民主党全国代表大会上发表题为《黄金十字架》的演说

1896 年 7 月 8 日

布莱恩[1]始终相信人民是善良正直的，被誉为“伟大的平民”。这篇演说被认为是美国政治史上最著名的演说之一。主题是呼吁自由铸造金银铸造比价为 16:1 的银币。如果允许铸造，会增加货币流通量，帮助缺少现金的负债农民，但这一议案遭到了金融界的反对。布莱恩曾是内布拉斯加州国会议员，渴望代表民主党成为总统候选人。演讲临近结束时，布莱恩平伸双臂作基督受难状，持续了五秒钟，台下一片沉默。据《纽约世界报》报道，紧接着听众发出尖叫声，纷纷冲向讲台。记者形容道，“简直就像一群刚从监狱释放出来的疯狂的、愤怒的、势不可挡的暴徒”。男男女女挥舞着帽子和手杖，尖叫着，“有些人简直疯了，脱下外衣高高扔向空中”。尽管媒体竭力反对，民主党全国代表大会第五次投票仍选举布莱恩为总统候选人。在之后的两党对决中，共和党候选人威廉·麦金利胜出，成为美国第二十五任总统，而《金本位制法》也于 1900 年出台。

……如果金本位制是一种文明的制度，我的朋友们，那我们为什么不予采纳？卡莱尔先生早在 1878 年就曾说过，这是一场斗争，一方是持有闲置资本的游手好闲者，一方是为这个国家创造财富的广大纳税人；朋友们，我们需要决定的问题很简单：民主党要站在哪一方？是站在持有闲置资本的游手好闲者一方，还是站在斗争中的人民大众一方？这是党必须首先做出回答的问题；每个党员也必须给出自己的答案。民主党的纲领表明，它是支持正在斗争的人民大众一方的，而人民大众历来就是民主党的基础。治理国家有两种

① 美国政治家、民主党领袖，一生为平民利益而战，三次竞选总统均以失败告终。

Concluding lines from his Cross of Gold speech

观念。有些人认为，只要通过立法让富人更富，不那么富有的阶层也会跟着受惠。而民主党一贯的理念则是，只有通过立法让广大的人民群众富裕起来，富人才会有积累财富的基础。你们跑来告诉我们说，大城市都赞成金本位制。我却要告诉你们，大城市赖以生存的基础是辽阔富饶的草原。烧掉你们的城市，留下我们的农场，你们的城市还会奇迹般地复兴。但如果毁掉农场，这个国家的每一座城市都将变成荒原。

我的朋友们，我们认为，不管是针对什么问题，我们的国家都有能力为它自己的人民立法，而不需要等待任何其他国家的援助或者赞同，希望联邦各州能对此达成共识。我不想给马萨诸塞州或纽约州的公民抹黑，说他们在面对这个建议时，竟会质疑："这个国家有能力处理自己的事务吗？"这是1776年的问题的再现。当我们的国家只有300万人口时，我们的先辈就有勇气宣布在政治上独立于世界民族之林。现在，我国人口已达7000万，作为他们的后代，难道要宣布我们的独立能力不如先辈吗？不，我的朋友们，人民决不会作出这样的判断。因此，我们不在乎战斗会在哪条战线打响。如果他们认为复本位制①好虽好，但要在其他国家的帮助之下才能实行，我们的回答是：因为英国实行金本位制我们也就实行金本位制，与其亦步亦趋，不如我们恢复复本位制，让英国人来仿效我们。如果他们公然把金本位制当作好东西庇护，我们就同他们血战到底，因为我们有全国和全世界的劳动大众作我们的后盾。有各地商界、劳工界的支持，对于他们实行金本位制的要求，我们的回答将是：你们休想将这顶荆冠强套在劳动人民头上。你们休想把人类钉死在黄金十字架上。

① 同时以金银作为本位货币的货币制度。其优点是铸币材料充足，一般不会发生货币供给短缺的情况；其缺点是金银币值的比价即所谓铸造比价是有规定的，但市场行情是波动的，因此无论金银，其实际价值和货币价值之间总会存在差异，从而造成"劣币驱逐良币"，导致复本位变成事实上的单本位。

“我敢发誓，德莱弗斯是无辜的”

公元1898年2月22日

阿尔弗雷德·德莱弗斯上尉是一位犹太人，蒙冤被控向外国出卖军事秘密，小说家左拉[①]成了为其洗冤的急先锋。德莱弗斯的具体罪名是通过一封未署名的信函将法国的军事机密出卖给了德国政府。而德莱弗斯的弟弟指认，沃尔辛－艾斯特哈兹少校才是那封泄密信函的真正作者。经军事法庭秘密审判后，沃尔辛－艾斯特哈兹于1898年1月10日被无罪释放。三天后，左拉发表了著名的致菲利克斯·富尔总统的公开信《我控诉》。不出左拉自己所料，信发表后他即被逮捕了。2月2日，法庭开庭审理被控诽谤罪的左拉，公众这才知道了德莱弗斯一案的存在。2月22日，左拉对陪审团发表了下述演讲。23日，法庭判决左拉诽谤罪成立。之后左拉离开巴黎，继续为德莱弗斯奔走呼号，最终替这位军国主义和反犹太主义的受害者洗雪了冤情。左拉对陪审团的演讲成为了19世纪最后二十多年里最为重要的政治文献。

> ……德莱弗斯是无辜的。我敢发誓！我敢用我的生命和我的荣誉担保！在这庄严的时刻，面对代表正义的法庭，面对你们，先生们，你们是国家的化身，面对整个法国，面对整个世界，我发誓，德莱弗斯无罪。凭借我四十年来的工作以及辛勤写作赋予我的话语权，我发誓德莱弗斯无罪。我用我所拥有的一切，用我的名誉，用我为法国文学的发展所做的贡献担保，德莱弗斯无罪。只要能为德莱弗斯洗雪莫须有的罪名，我宁愿让我的一切，让我的所有著作化为乌有！他是无辜的。一切似乎都于我不利——两院、政府、发行量最大的报纸杂志以及被他们混淆视听的公众舆论。我拥有的唯有

① 19世纪法国最重要的作家之一，自然主义文学的代表人物，也是法国自由主义政治运动的重要角色。

'I swear that Dreyfus is innocent'

坚持真理和正义的理想。但我很平静，我必胜。我坚信，我的国家将不再会有谎言和不公的受害者。眼下我也许会受到谴责。但总有一天，法兰西会感谢我维护了她的荣誉。

“勤奋努力，不贪图安逸”

公元1899年4月10日

借鉴自己的个人经历，罗斯福[①]指出，要想让国家适应20世纪的需要，所有美国人必须艰苦奋斗。任何个人，只要不懒惰，只要勤奋工作，就必能成功。为引起听众共鸣，他以芝加哥和伊利诺伊两州的民众为证。凡是不勤奋者,其人生都没什么意义。这篇演说的主题是“自我实现——努力工作让人生的价值最大化”。就在这篇演说发表后两年，威廉·麦金利遇刺，副总统罗斯福继任，成为美利坚合众国最年轻的总统。

你们是西部最大城市芝加哥的市民，是为这个国家奉献了林肯和格兰特的伊利诺伊州的州民，在你们身上体现了美国人最优秀的品质，那就是勤奋努力，不贪图安逸。最大的成功不属于贪图安逸的人，只有不惧危险、不怕吃苦、艰苦奋斗的人才会取得最辉煌的胜利……所以我的同胞们，我请大家记住，这个国家需要的不是游手好闲的人，而是吃苦耐劳的人。20世纪已近在眉睫，所有国家都面临着新世纪的考验。如果我们懒懒散散、苟安现状,在挑战——需要付出我们最可宝贵的东西甚至是生命的挑战——面前退缩不前，那么，更勇敢、更强大的国家就会把我们甩在后面，成为世界的主宰。人生就是一场战斗，让我们勇敢地面对，下决心像男子汉那样肩负起责任，下决心做到行正言端，下决心做一个诚实勇敢的人，为实现崇高理想而踏踏实实地努力工作。最重要的是我们不要回避斗争，不管是国内的还是国际的，也不管是道德方面还是力量方面的，只要我们确信这斗争是正义的，就要勇敢面对。因为只有通过斗争，战胜艰难险阻，才能实现让我们的国家真正强大起来的终极目标。

① 西奥多·罗斯福的远房堂侄富兰克林·罗斯福日后也当选为美国总统，故人们往往将后者称为“小罗斯福”，而将前者称为“老罗斯福”。老罗斯福昵称“泰迪”，1901年威廉·麦金利总统被刺后成为美国总统，时年42岁。

'...not the doctrine of ignoble ease, but the doctrine of the strenuous life'

“面对一个物质主义时代的阻碍和讥讽,他从没放弃过‘理想’”

公元1898年5月20日

狄龙是一位爱尔兰民族主义者，政治家，1880年当选为议员，后来又分别于1892年、1895年、1897年和1900年四度当选。他曾六次入狱，1881—1882年以及1891年他都是在监狱中度过的。1896年，他出任爱尔兰全国联盟（一个爱尔兰民族主义政党）主席。他担任议员长达三十六年，是爱尔兰议会党的最后一任领导人。1881年，狄龙反对格拉斯通的《土地法案》。1897年，他又反对下议院向维多利亚女王的60周岁庆典致贺，理由是其统治对爱尔兰而言不啻为一场灾难。但他还是对就在前一日去世的格拉斯通表达了特别的敬意。格拉斯通曾四度出任首相，并曾带头提出要求爱尔兰自治的提案。

身为一名爱尔兰人，我觉得我特别有权利跟大家一起，向昨天离世的这位伟大的英国人表达敬意，因为，想必大家都会同意，在他一生最后的、也是最出彩的年月里，他对我们的民族充满了爱，并急切而热情地渴望为爱尔兰服务，给予它自由与和平。格拉斯通先生性格很好，永远是那么朝气蓬勃，忠于自己所献身的事业从不动摇，热情从未减退。岁月带来的压力和困难从不曾挫掉他的锐气和勇气，即使是在病痛之中，在死亡的阴影袭来之时，他的心一直向着爱尔兰。他的最后一次公开演说表明，他依然同情爱尔兰，对它的未来充满希望。他的性格伟大而深沉。他对人民的爱持久而炽烈。他热爱人民，忠于自由事业，忠于人民满意的、为人类进步服务的政府，这种忠诚不是出于年轻时的一时激情，而是来自多年的历练，而且历久弥新。我从未知道或者读到过有谁像他那样，岁月似乎从来不曾对他的慈心柔肠产生过影响。年轻人跟他站在一起，

'Amid the obstructions and the cynicism of a materialistic age he never lost his hold on the "ideal"'

都会觉得自己变老了。对于正义的事业、受苦受难的人们，他从来都是有求必应。他为弱小的受压迫的人们服务终身，不论他们是何人种或来自哪个国家，他鼓舞并指引着热爱自由的朋友们从胜利走向胜利。格拉斯通先生是当代最伟大的英国人。

跟任何一个英国人一样，他热爱自己的人民。而通过跟他们的贴心交流，他获取了更大的力量，去理解和同情其他国家的人民。对于他们受压迫的境遇和痛苦，他感同身受。他有着非凡的勇气，当他深爱的英国错误对待他国时，他敢于拍案而起予以谴责，而这么做他得承受辱骂并被孤立，这对他来说是多么难以忍受；正因为如此，他不仅是一位出色的英国政治家，更是人类的伟大先驱。面对物质主义时代的诸多阻碍和讥讽，他从没放弃过“理想”。也正因为如此，文明世界的任何地方，不论什么人种和民族，在受到压迫时都会想起格拉斯通，因为他会代表他们发出振聩发聋的正义呐喊，整个欧洲和文明世界都在倾听，在长久的绝望之余看到希望。英国历史上曾有过许多优秀人物，他们为国家作出过卓越贡献，英国人民至今仍会去他们的墓前哀悼；而痛悼格拉斯通之死的不只是英国人民，还有许多其他国家的人民。今天，整个基督教世界的人民在用各种不同的语言祈祷，祈求上帝记住他这位伟大的仆人，记住他在有生之年对他的同胞、对不同肤色的人们炽热的爱，记住他为他们所作出的巨大奉献。

"……不论何时，只要国家面临危险，只要国家需要我们，我们都应该肩负起一个爱国者的责任"

公元1901年9月19日

克利夫兰是美利坚合众国第22和第24任总统，也是唯一一位跨届连任（1885—1889年、1893—1897年）的总统。在1884年、1888年和1892年的三次总统竞选中他都获得了多数选票。然而，赢得1888年竞选的却是共和党的本杰明·哈里森，盖因左右摇摆的印第安纳州计票时作弊，克利夫兰仅以2348票之差落选。民主党要求他1896年再次参选，他拒绝了。1860年至1912年间，共和党在美国政坛一家独大，民主党的克利夫兰却能两任总统，可谓空前绝后。1882年，身为律师的克利夫兰被选为布法罗市市长，1883—1884年任纽约州州长。克利夫兰反对腐败、反对接受政治献金，拥趸们对他的诚实正直赞不绝口。离开白宫后，克利夫兰隐居于新泽西州普林斯顿，后来出任一所大学的理事，应邀为麦金利致悼词。小威廉·麦金利（1843年1月20日—1901年9月14日）于1896年和1900年两度当选总统，在这篇演说前五天被一个无政府主义者暗杀。

今天，他的遗体进了坟墓，而不久前他刚刚被美国人民选出，作为国家的代表，保护和捍卫宪法，忠实地执行旨在为人们谋求福利和安全的法律，保护合众国的荣誉与完整。他的服务戛然而止，不是止于终老，而是止于一场暗杀悲剧。他从公众的视线中消失，伴随他的不是同胞们赞颂的花环，而是举国同悲的啜泣与泪水。他回家了，但回的不是人世间那个舒适而温馨的家，而是所有人终将会去的那个狭小的归宿，直到复活的曙光出现在东方，他将一直在那里安息。人民爱戴他们的总统。他性格善良，品德高尚，对人体

'...let us determine to meet the call of patriotic duty in every time of our country's danger or need'

贴入微，他将永远活在人民心中……

这个令普天同悲的人得到了国家给他的最高荣誉，他的人生是有价值的。他受教育的程度不低，但是，他的职业辉煌、他为他的国家和他的同胞所作的贡献、他的显赫职位和光辉成就并非完全得益于他所受的教育，而是很大程度上与他的人格有关。作为人子，他孝顺而有爱心；作为战士，他爱国而忠诚；作为公民，他诚实而正直；作为丈夫，他温柔而体贴。他为人诚恳、慷慨、无私、高尚而正派。他从来认为，柔情未必不丈夫。他是一个令人敬重的人，一个伟大的人，一个有用的人——究其原因，在于他的修养，在于他对灵魂的珍视，而这一点，恐怕正是当下的年轻人所欠缺甚或轻忽的。

故总统之死是个悲剧，它给我们所有人留下了惨重的教训。因为过分震惊，我们一时还无法冷静下来细细解读。但有一点是毫无疑问的，这样的血腥暴行不会就此终止。要想维护我们的和平与安全，我们就必须勇敢坚定地同无政府主义的魔鬼们作斗争。这不单是某个党派的职责。我们必须通过教育让全体公民看清他们的本来面目，看清他们仇视社会的终极目的之所在，并在法律上对其保持高压态势。遏制无政府主义的泛滥，我们的高校也责无旁贷。揭露某些帮会与此类暴行之间的关系，发挥其影响力以消除社会的不安定因素，高等院校的作用不容小觑。我们纪念故总统，就要学习他的崇高品质。不论何时，只要国家面临危险，只要国家需要我们，我们都应该肩负起一个爱国者的责任。

“世界上没有哪个国家的人民比我们更有理由感到欣慰”

公元1905年3月4日

罗斯福率领“勇猛骑士”[①]被晋升为上校，名扬全国。因为他当过兵，当过探险家和猎手，“牛仔”成为他的标志性形象。罗斯福是著名的“反托拉斯主义者”，他完善商业法规，推行“公平交易”政策，目的是让民众普遍受益。他的外交政策可用他的一句名言概括——“轻言细语，但随身带一根大棒”。其就职演说表明，他十分看重美国政府在自由、自治方面在世界上所起的表率作用。

世界上没有哪一个国家的人民比我们更有理由感到欣慰，这样说绝无炫耀我们自己的实力之意，而是虔诚地向上帝表达感激之情，感谢他为我们创造了条件，使我们能够获得如此巨大的物质财富和如此美好的幸福生活。作为一个民族，我们已经得到上帝许可，在这片新大陆上奠定我们国民生活的基础。我们是过去一切时代的继承者，但我们却几乎不必像那些古老国家一样，承受某种既往文明的传统势力所强加的惩罚。我们从未为生活所迫而与任何异族交战，但我们的生活仍一直在呼唤活力与奋斗，若非如此，我们那些雄健刚毅的美德就会丧失殆尽……我们得到的既然很多，理所当然地也就被寄予厚望。我们对他人和对自己都负有种种责任，对此我们不能逃避。在同其他国家交往时，我们必须表现出是一个负责任、有担当的民族。不论是大国小国、强国弱国，我们都应真心实意地与之友好相处。我们不仅用言辞而且要用行动表明，我们本着公正和宽厚的精神承认他们的一切权利，从而博得他们的好感。而国家之间的交往与人际交往同理，只有由强者而不是弱者表现出来才最具

① 1898年美西战争中的一支骑兵队。

实质意义。我们从来都小心避免损害他人，也同样坚持自己不受伤害。我们盼望和平，但我们盼望的是正义的和平，是正大光明的和平。我们盼望和平，是因为我们认为和平是正确的，而不是因为胆小怕事。任何处事正当公正的弱国都没有理由害怕我们，我们也不允许任何强国将我们作为悍然侵略的对象。

我们与其他国家的关系固然重要，但更重要的是处理好我们内部的各种关系。在过去的一百二十多年里，美国人口、财富和整体国力均有较大增长；与此同时，也遇到了每个走向强盛的国家都无可避免的问题。强盛意味着承担更大的责任，面对更多的风险。我们不会再遇到先辈们所遇到过的危机，却面临着先辈们所无法预见的、新的危机。最近半个世纪工业飞速发展，带来了种种巨大的变化，对此，我们的社会和政治肌体的每一根神经末梢都有感觉。在民主共和的体制下管理一个大陆的事务，这是前人从未尝试过的复杂而艰难的试验……但我们有信心，我们不会忘记先辈们创下的辉煌。他们完成了他们的使命，也为我们留下了弥足珍贵的遗产。我们有信心让这份遗产发扬光大，让其代代相传。为了做到这一点，不光是在重大危机时刻，在日常事务中，我们也必须拿出智慧、勇气、毅力和耐性，更重要的是要表现出为崇高理想无私奉献的精神。正是这种精神造就了一代代伟人，造就了缔造共和国的华盛顿，造就了让共和国发展壮大的亚伯拉罕·林肯。

“在合众国的首都，我的同胞成了偏见祭坛前的牺牲品”

公元1906年10月10日

特雷尔是奴隶的女儿，教育家、政治活动积极分子、职业讲师，是著名的早期民权运动领袖，女权主义者，全国有色人种妇女联合会的创建者，全国有色人种协进会的发起人之一。她是第一个获得学位的非裔美国女性。1904年，她应邀在柏林举办的国际妇女大会上发表演讲，是与会的唯一一名黑人女性。为表达对主办国的敬意，她首先用德语演说，赢得了热烈的掌声，再用法语重复一遍，最后用英语结尾。1950年，特雷尔在华盛顿哥伦比亚特区成功地发起了白人黑人无隔离就餐运动。80岁以后，她继续参加示威活动，抗议餐馆和剧院实行种族隔离。在有生之年，她终于看到高等法院判定学校实行种族隔离违法。两个月后，为争取种族平等和性别平等奋斗了一生的特雷尔于90岁高龄辞世。

华盛顿特区被称为“有色人种的天堂”。是谁给首都冠以这个具有辛辣讽刺意味的绰号的呢？是一位回想起自己所受的迫害的黑人，还是一位前奴隶主，战后第一次看见有色人种像自由人一样走来走去，不受他的监督和皮鞭的威胁，有感而发给出的这个诨名？历史没有告诉我们。可以肯定的是，为华盛顿特区取绰号，再没有比“有色人种的天堂”更不切实际的了。我在华盛顿居住了十五年，第一次踏上这块土地我就发现，这里远非有色人种的天堂，而且情况越来越糟，黑人的处境简直让人无法忍受。作为一个黑人妇女，也许我任何一个晚上都可以走进华盛顿，但只是一个陌生人踏上了一块陌生的土地，走上几英里都找不到一个落脚之处。除非偶遇熟人，为我介绍一家专门接待有色人种的客栈，否则就只有整夜在大街上溜达。只要付得起钱，印第安人、中国人、菲律宾人、日本人

'...our people are sacrificed on the altar of prejudice in the capital of the United States'

或其他任何有色人种的人都能找到合适的旅馆栖身，唯有黑人，像麻风病人一样被首都的旅馆拒之门外……

黑人劳工在寻求安身之地的道路上历尽坎坷。只有个别工会接纳黑人，大多数工会都排斥他们。尽管工会的人拒不承认，但好多我认识的黑人熟练工都告诉我说，就因为他们是黑人，便没资格加入工会。就算勉强加入了，工会也会玩弄花招，让他们得不到任何好处。打听到某处招工，黑人前去应聘，工会的官员常会告诉他们说，岗位得给白人留着，黑人只能等待，看看应聘的白人是不是太少……我可以举出无数事例证明，在合众国的首都，我的同胞成了偏见祭坛前的牺牲品，他们走向成功的道路上障碍重重，几乎不可逾越……任何一位白人，无论他多么富有同情心、心胸多么宽阔，都无法理解当一个人被剥夺了希望，生活对他意味着什么。他将生活在阴影之下，重蹈许多黑人青年的覆辙，就此沉沦。毫无疑问，世界上没有哪个地方像美国首都这样，对有色人种的压迫和迫害如此严重、如此可恨。究其原因，作为政府建立之基础，并在国旗保护之下予以实施的原则存在着既大且深的漏洞。

“有的女人正躺在死神门前”

公元1913年11月13日

潘克斯特是第一次世界大战前英国妇女参政运动的主要领导人之一，她被关了又放，放了又关，其间游历美国，发表了如下演说。直到1928年，英国妇女才同男人一样获得了选举权。1907年，潘克斯特来到伦敦，跟二个女儿一起为争取选举权而斗争，多次被关押，十八个月里她十次绝食，均被强行灌食。在年逾五十的潘克斯特的感召下，许多女性纷纷加入到非暴力政治抗议的行列中来。1999年，《时代周刊》将她选为20世纪100位最重要人物之一：“她树立了我们时代的女性观，她推动社会进入了一种不可逆转的新模式。”演讲中，她控诉自己在狱中受到的虐待，蚊虫叮咬、糟糕的饮食以及“文明的折磨——在绝对寂静中单独关押”。在1908年的一次审判中她对法庭说：“我们站在这里不是因为违法，恰恰是因为在为健全法律而努力。”这是本书所收录的最出色的演讲之一。

……我见过有男人一听到“绝食斗争”这个词语就不屑地一笑，我想，如今也很少有人会为事业采用“绝食斗争”的手段了。只有当一个人受压迫到了忍无可忍的地步时，才会采取这种手段。这意味着你拒绝进食，直至已到了死神门前，监狱方不得不作出选择，是让你死去，还是将你释放；最终，他们将女人们放了。长期以来，这已经成了政府的一个难题。而英国政府则为全世界树立了一个不光彩的榜样，对心智健全的反抗者强行灌食。在座的也许有人是医生，他们应该知道，给精神不正常的人强行灌食是一回事儿，但给精神健全、坚决拒绝进食的人强行灌食则完全是另一回事儿，那是对他们的侮辱，是可忍孰不可忍。在英国就是这么做的，政府以为

'There are women lying at death's door...'

这样做就能制服我们。但他们发现这无济于事，越来越多的女人加入了我们的斗争，而且经受住了严峻的考验，政府无计可施，只好把她们释放了。

再来谈谈立法问题，谈谈所谓的“猫捉老鼠法案”。内务大臣说：“授权给我，在这些女人快要饿死时释放她们，但严密监视，一旦她们恢复健康，就把她们抓回来。”他的这项议案得到了通过，为的是平息众怒，让女人们屈服。这成了女性与政府之间的一场较量，看看谁先低头，是他们作出让步，给我们选举权，还是女性缴械投降。他们太不了解女人了。女人觉醒很慢，但她们一旦觉醒，一旦下定决心，天地间没有任何力量能够让她们再放弃。所以，专门用来对付女人的“猫捉老鼠法案”以失败告终。确实有些女人已经叩响了死神的大门，但她们不曾放弃，也不会放弃，一旦下了病床，仍会一如既往地斗争。有的女人被人用担架抬去参加会议，因太虚弱无法发言，但她们还是愿意跟伙伴们在一起，为的就是展示不屈不挠的精神，告诉大家，只要生命不息，她们就将战斗不止。有人认为女人不可能获胜，我要对这些人说的是，英国政府已经被我们逼到了十字路口，必须作出选择：要么将女人统统杀掉，要么给她们选举权。试问在座的美国男人，换作你们，你们会如何选择？答案只有一个，出路只有一条——你们必须给女人以选举权……我来这儿就是寻求你们的帮助的，请帮助我们打赢这场战争。

“行动的时刻到了”

公元 1914 年 8 月 4 日

1914 年，德国对俄宣战，而后违反国际公约，要求在中立的比利时开辟一条通道以便进军法国。比利时拒绝了德国的要求，两天后，阿尔伯特国王在比利时议会发表了下面这篇演说。同日，根据 1839 年的《伦敦条约》①，英国参战，誓言要用行动捍卫比利时的中立地位。

自 1839 年以来，比利时还从未遭遇如此严重的危机：我们的领土完整受到了威胁。但是，我们的中立政策是正义的，它是道德上的胜利，我们引以为豪，它有助于欧洲的平衡，所以，我们还是有希望渡过这个难关的。万一迫不得已，我们不得不抵御外敌入侵，保卫我们的家园，那么，无论多么艰难，无论会付出多大的牺牲，我们都将坚决拿起武器，殊死一战。我们的年轻人已经做好准备，不论结果如何，他们已下定决心，发扬比利时人传统的不屈不挠的精神，沉着冷静地准备应战，保卫祖国……从弗兰德斯到瓦隆尼亚，从城镇到乡村，爱国主义让所有比利时人团结一心，同仇敌忾。人人都在忧虑：我们的独立面临危机。人人都下定决心：肩负责任，顽强抵抗。国难当头，两种美德不可或缺：一往无前的勇气、全体国民众志成城……行动的时刻到了……没有一个比利时人会逃避责任。我们一直高度警惕，谁要是无视我们的中立，悍然入侵，他将发现所有比利时人都牢牢团结在国王周围，决不会违背他们对宪法立下的誓言，而他们的政府对人民充满信心。我对我们的未来满怀信心。一个自卫的国家必将赢得所有人的尊重，这样的国家决不会灭亡！

① 1815 年维也纳会议后，比利时被强行并入荷兰，1839 年 4 月 19 日，欧洲列强（英、法、普、奥、俄、荷）在伦敦签署《伦敦条约》，确认比利时与荷兰分离，承认并保证比利时的独立与中立。

'It is the moment for action'

JEAN RAPHAËL ADRIEN RENÉ VIVIANI

让·拉斐尔·阿德里安·勒内·维维安尼

公元 1863 年 11 月 8 日—公元 1925 年 9 月 7 日

“我们没有怨天尤人”

公元 1914 年 8 月 4 日

法国总理维维安尼在议会发表正式讲话，详细分析了第一次世界大战的起因，指出德国的狼子野心已昭然若揭，呼吁大家高度重视。接下来，他对宣布中立的国家如意大利和已经表示对法国予以支持的国家如俄国和英国表示了赞赏[①]。最后，他呼吁全体国民肩负起保家卫国的责任。

……这次不宣而战没有任何借口，乃蓄谋已久，面对我们的民主国家，面对文明世界，我要在这里揭露他们的动机……先生们，我们要大声指出……他们攻击的目标是法兰西及其盟国为之骄傲的自由。我们保卫自由，因为他们的目的就是要剥夺我们的自由，其余皆是借口。他们的挑衅激怒了法兰西，法兰西并不希望发生战争，恰恰相反，她竭力反对战争。他们把战争强加到法兰西头上，法兰西就必须奋起自卫，与德国及其深藏不露的盟友作斗争。一个自由勇敢的民族坚持它永恒的理想，为了生存团结如一人。一个民主国家从不炫耀武力，但一年前当它的邻国扩装军备时，它也敢于采取相同的措施应对。一个武装起来的国家为自己的生存和欧洲的独立而斗争——我们很自豪地让旁观者看到，我们已经沉着有效地为即将到来的殊死决战做好了准备。我们没有怨天尤人。我们没有畏惧。法兰西将再次向世人证明，为了自由和主权，一旦交战，即使是在条件极其不利的情况下，它也是最难啃的硬骨头。行动的决定权在你们手上，先生们，请帮助我们挑起这沉重的担子，我们已经肩负起了重任，我们问心无愧。

① 俄、英、法已经结盟，是为“协约国”。

'We are without reproach'

“这场战争是强加到我们头上的”

公元1914年8月6日

英国决定对德作战、保卫比利时。作出决定两天后，自由党首相阿斯奎斯在下议院发表了这篇演讲。他分析了1914年7、8月欧洲战事爆发的背景，特别强调了外交大臣爱德华·格雷爵士面对德国入侵，为维持和平所做的努力。德国撕毁条约，悍然发动侵略，战争幽灵徘徊在整个欧洲大陆，被激怒的英国在阿斯奎斯的领导下与法国结盟参战。演讲结束时阿斯奎斯宣称，英国将倾举国之力投入这场战争以确保胜利。因为没得到“战时联盟”中保守党领导人的支持，阿斯奎斯于1916年12月5日引退，并拒绝在继任首相手下工作。两天后，大卫·劳埃德·乔治接任战时联盟领导，在他的要求下成立了战时内阁，虽然人员少了很多，却更高效地领导英国投入了战争。

陛下的政府极不情愿、极其遗憾地让我们的国家进入战争状态，与我们许多年来代代友好的国家并肩作战……我代表国家而不是代表任何党派申明，我们尽到了一切努力维护和平。这场战争是强加到我们头上的。人人都知道为什么而战，但只有政府最清楚，战争，尤其是大国之间的战争，将会给我们的经济、社会、个人以及政治上带来多么可怕的、难以估量的损失。面对危机——也许一百年来任何政治家都不曾面对过如此严峻的形势——在座各位都清楚地知道，战争，即使是正义的战争，将带来何等重大的灾难。而承受灾难的不仅仅是我国人民和其他国家的人民，还有我们的子孙后代，以及整个欧洲文明。我们采取任何一个行动时都要铭记于心，都怀着难以言表的巨大责任感。

我们竭力维护和平，也完全清楚战争带来的后果，但如果我们

'...this war has been forced upon us'

不得不决定开战，就要达成共识，相信这是我们的职责所在，也是国家利益所必需，相信我们即将出鞘的是正义之剑。如果有人问我，我们为什么而战，我用两句话作答：首先，是承担庄严的国际责任，如果用私人之间在日常生活中所应承担的责任来比喻，那么这责任不仅事关法律，而且事关荣誉，这样的责任，凡有自尊的男人都不可能拒绝承担。我要说的第二句话是，我们是为维护原则而战，在这个物质力量似乎决定了人类发展的时代，我们要维护的原则是小国也不应该被灭，而某些强国却蔑视这一原则，恣意妄为。任何国家都不会质疑，历史也将证明，我们开战并非要侵略谁，也不单是为了自身的利益，而是为了维护那些对于世界文明至关重要的原则。我们深知，我们迎接挑战，参加战斗，不仅是出于明智的考量，不仅是为了正义，更是在承担责任。让我们切实做到，不仅要将联合王国的所有资源，而且要将以联合王国为中心的广大帝国的所有资源全都投入这场正义的战争。

“人类将陷入黑暗的深渊”

公元1914年9月19日

这段文字摘自古往今来最出色的演说之一，听众都是他在伦敦的威尔士同胞。时任阿斯奎斯政府财政大臣的劳埃德·乔治是当时最伟大的演说家，这是他支持第一次世界大战的首场演说：

在这座大厅里，没有哪一位会像我这样，在整个政治生涯里，最厌恶战争，又最不情愿地参与这场大战。这大厅内外的所有人中，也没有哪一个比我更加深信，逃避这场战争是最丢人的事。我注意到一个事实，任何一个卷入过战争的国家都把荣誉看得特别神圣。当然许多罪恶都假荣誉之名大行其道，现在这样的事情就正在发生。但一个国家、一个民族的荣誉又是现实存在的，任何一个不看重荣誉的国家必将失败。为什么说这次战争也和我们的荣誉有关呢？因为我们有责任保卫一个弱小邻国的独立、自由和完整。一直以来，这个小国都跟我们和平共处。她不可能强迫我们做什么，她太弱小了。我们签有条约——两份庄严的协定，承诺保卫比利时，维护她的完整。文件上有我们的签字。不光有我们的签字；有责任保卫比利时独立完整的不单是我们一个国家。俄罗斯、法兰西、奥地利、普鲁士——他们都在协定上签了字。那么，奥地利和普鲁士为什么不履行条约规定的义务呢？他们竟然还暗示说，我们引用协定条文纯粹是出于一己之私——是在借用法律玩弄手段，掩盖我们对一个高级文明国家的嫉妒和仇恨……

普鲁士破坏协定是为了它自己的利益，而且它确实这么做了。它公然违背了正义原则。它声称：“协定只有在于你有利时才对你有约束力。”“什么是协定？”德国总理说，“一张纸片而已。”……

'A dark day for humanity'

按照他的定义，按照伯恩哈德[①]的定义，协定非国际公法，只有在涉及自己的利益时才具有约束力。这真是明目张胆的强盗逻辑……对抗这种强盗逻辑唯有一途。如果哪个国家说只有于它有利时才会尊重协定，我们就必须让它考虑考虑将来的、长远的利益……比利时人遭遇了飞来横祸……他们整洁舒适的小家被夷为平地，千万人在自己的国土上流离失所。他们何罪之有？他们错就错在相信了普鲁士国王的话……这次战争中被攻击的小国不仅仅是比利时，我责无旁贷地举出另一个例子，那就是塞尔维亚……这是两个小国家的故事。这个世界欠小国的太多——欠小个子的太多！这是恃强凌弱的理论，你必须得是一个大帝国、一个大民族、一个大个子——至少，长着两条长腿，这样跑起来才不吃亏。恺撒的祖先挑选武士全凭身高，德国秉承了这一传统。德国以国民身材高大为理想，只有身高达到 6.2 英尺的人才能参军入伍。可叹啊！这个世界欠国民平均身高只有 5.5 英尺的国家太多。世界上最伟大的艺术作品出自小个子国家，流传最久的文学作品出自小个子国家，英国文学最鼎盛时期，她的国民身材跟比利时相当，而她却所向披靡，发展成了一个强大的帝国。小个子国家为自由而战的壮举令一代又一代人振奋不已。没错，救世主眷顾小个子国家……德国坚称，这场战争是由那些文明程度较低的国家挑起的，是对像它们这种文明程度较高的国家的挑衅。而事实却是，这个厚颜无耻的欺世盗名者才是战争的真正发起者……我们要对抗的正是这样一个宣称要君临一切的强硬的“文明”——一旦它统治了世界，自由、民主都将不复存在。除非大不列颠和她的儿女出手拯救，否则人类将陷入黑暗的深渊。

① 一位颇有名气的德国将领，曾于 1911 年出版《德意志与下一场战争》。

"这是一场针对所有国家的战争"

公元1917年4月2日

1916年，伍德罗·威尔逊在竞选中打出"他让我们避免了战争"的口号，以微弱优势胜出，连任美利坚合众国总统。但好景不长，所谓的中立只是一个美丽的泡沫——1917年，德国提出跟墨西哥结成军事联盟以对抗美国，并派出潜艇不问青红皂白地袭击船只，造成美国人接二连三地死亡。威尔逊总统在国会发表演说，陈述了对德国开战的理由。四天后，即1917年4月6日，美国正式向德国宣战。

2月3日我曾正式告知过你们，德国人悍然宣布，从2月1日开始，它将无视法律与人道主义的约束，凡是驶近英国、爱尔兰、欧洲西海岸或者德国的敌人所控制的任何港口的船只，它都将派出潜艇击沉之……甚至连医护船以及向死伤惨重的比利时人民运送救济物资的船只——后者带有明确标记，德国政府曾许诺允许其安全通过禁区——同样被丧失人性和原则的德军击沉。我一度无法相信，这竟然是一个一贯标榜文明、赞同人道主义惯例的政府的所作所为。而国际法规定，任何国家都无权统治海洋，任何国家的船只都有权自由航行……

这是一场针对所有国家的战争。美国的船只被击沉，美国人的生命被剥夺，其手段令人震惊，而在公海上遇袭的不只是我们，还有其他一些中立的友好国家的舰船。这是对全人类的挑战。每个国家必须独自决定如何应对。我们必须根据我国的特点和宗旨审时度势，谨慎考虑，作出我们自己的决定。我们绝对不应感情用事。我们的动机既非复仇也非炫耀武力，而仅仅是为了维护权利，维护人权。在这场斗争中，我们不过是冲锋在前罢了。在2月26日的国

'It is a war against all nations'

会演说中，我曾以为我们只要采取武装护航的立场就够了，就足以对抗非法干扰，维护我们的航海权；就足以对抗非法暴力，保证我们的人民的安全……但现在看来，这种想法是不切实际的。德国动用的是潜艇，我们的商船在明处，它在暗处，我们无法像通常那样，以对付私掠船的方式来对付它……

我们对德国人民并无成见，对他们是友好的。德国政府开战并非他们所愿。他们事先并不知情，也不赞成……这是个让人感到痛苦而沉重的职责，议员先生们，我不得不告诉大家，今后几个月里，我们将面临的是艰巨的考验和牺牲。一件可怕的事情必须由我去做，那就是带领我们热爱和平的伟大的人民投入战争，而且是最残酷的灾难性的战争，因为文明似乎已危在旦夕。但权利比和平更可贵，我们将为我们一向珍视的东西而战——为民主、为政府所代表的人民的权利、为弱小国家的主权和自由而战，为自由人民共同享有的权利而战。惟其如此，才会有和平与安全，而世界也才会赢得最终的自由。为了完成这样一个任务，我们可以献出我们的生命和财产，献出我们的一切。我们豪情满怀，因为我们知道，这一天已经到来，美国将有幸用热血和力量来捍卫原则，正是这些她所珍视的原则使她得以诞生，并给她带来了幸福与和平。上帝保佑她，她别无选择。

“今天，我们卷入了一场人世间最惨烈的战争”

公元1917年4月12日

六天前美国决定加入第一次世界大战，看得出劳埃德·乔治松了一大口气，因为四年的战争已经让英国几乎撑不下去了。劳埃德·乔治是英国最能干的首相之一，后来被希特勒称为“一战”的赢家。1915年劳埃德·乔治任军需大臣，次年改任陆军大臣，1916—1918年出任首相，领导英国参战。在美国人民的一片反对声中，劳埃德·乔治锲而不舍地游说伍德罗·威尔逊，要他同意让美国加入协约国。下面这篇演说被美国媒体广为报道，使美国参战的决定最终获得了民意支持。

我很高兴，因为我是英国首相中的第一人，代表我国人民欢迎美国成为我们的战友。我高兴，我自豪。我高兴，不仅因为一个强国的参战大大增强了联盟的力量，更因为美国作为一个民主国家参战，进一步标明了战争的性质——为反对全世界的军事独裁统治而战。这是威尔逊总统传递的重要信息，而今天，议长先生，你也作出了铿锵有力的回应。美国有着光荣传统，除非为了自由，决不发动战争。而这一回，是他们为自由而参加的最伟大的一场战争。回顾过去我一点都不惊讶，美国总是不慌不忙，待认定战争的性质之后再决定是否参战……而此番美国最后做出的决定再清楚不过地表明，这是一场为全人类争取自由的伟大战争……

我已经看到和平即将到来——不是为了战争虚晃一枪的和平，不是血雨腥风之前令人压抑窒息的和平，而是真正的和平。世界如此古老，却从未和平过。它就像汹涌的海洋，一直动荡不安，尤其是欧洲——可怜的欧洲——总是生活在刀光剑影的威胁之下。这场战争开始之时，欧洲三分之二的国家处于专制统治之下。是时候选

'Today we wage the most devastating war earth has ever seen'

择另一条道路了，民主就意味着和平。民主的法国不要战争；民主的意大利犹豫良久，终于参战；而同样是民主国家，我们却畏缩不前——要不是德国入侵比利时，也许我们永远不会参战。民主国家寻求和平，为和平而斗争。如果普鲁士也是民主国家，就不会有战争了。这场战争中发生了奇怪的事情，很快还会有更加奇怪的事情发生。历史上有些时期，世界沿着既定的轨道懒懒地运行，多少个世纪里仿佛静止不动；但也有一些时期，它的运行快得让人眼花缭乱，一个世纪如同一年转瞬即逝。我们现在就处在这样一个时期。今天，我们卷入了一场人世间最惨烈的战争；明天——也许就在不远的明天——战争就有可能从人类罪行榜上永远消失。就像现在的我们，眼下是凛冽的寒冬，但距离太阳取得彻底胜利并不遥远。据报道，星期一我们又打了胜仗——勇士们来自加拿大、澳大利亚和我们这个古老的国家（足以证明古老国家未必就暮气沉沉），他们黎明出击，将占领法国三年之久的恶棍赶出法国四十英里之外。“黎明出击”，多么有象征意义的词语！几个世纪以来黑暗统治如阴云覆盖着阳光灿烂的土耳其，如今云开日出了；长期受压迫的俄罗斯解放了；威尔逊总统代表他的人民宣布强大的美国为自由参战；所有这一切，都是黎明的信使。“他们黎明出击”，在绚丽的晨曦中前进，用不了多久，法国人、美国人、英国人、意大利人、俄国人，嗯，还有塞尔维亚人、比利时人、黑山人，都将沐浴着万道霞光，乘胜前进。

亚历山大·弗多洛维奇·克伦斯基

公元1881年5月4日—公元1970年6月11日

“他们死了，但他们再也不用为奴了”

公元1917年5月14日

彼得堡“二月革命”[①]后，克伦斯基出任俄罗斯临时政府司法部长和军事部长。他认为俄国不应退出一战，理当在东线继续战斗。他亲赴前线,勉励部队坚持,并于1917年6月对德国和奥匈帝国联军发动了“克伦斯基攻势”。在临时政府中担任总理没过多久，克伦斯基就被布尔什维克赶下台，被迫流亡。

……难道敌人没被英法联军击败，难道英法联军已经止步不前？目前还没有“俄罗斯阵线”，有的只是联合阵线。我们在向着和平迈进，如果临时政府不以结束战争为目标，我将退出临时政府；而如果我们决定继续战斗，我们就将看到，不仅是朋友，就连敌人都会尊重我们。如果我们不充分认识到形势的险恶，如果我们的政府不像机器一样有效地运转起来，我们所有关于自由的梦想，我们的所有理想都将倒退几十年，甚至被彻底淹没在血泊之中。赶快清醒吧！是时候了，每个有良知的人都应该清楚自己要往哪里去，要把那些被旧政权搞得愚昧不堪的墨守成规的人们引向何方。国家的命运就掌握在你们手中，我们已到了生死存亡的关头。历史将告诉我们，“他们死了，但他们再也不用为奴了”。

① “一战”期间的1917年3月8日至12日（俄历2月23日至27日），俄国爆发二月革命，推翻了罗曼诺夫王朝，结束了沙皇的统治。二月革命后，俄国出现了两个政权并存的局面：一个是资产阶级临时政府，一个是工农兵代表苏维埃。为此，列宁又领导布尔什维克党进行了十月革命（社会主义革命）。

'They died, but they were never slaves'

“德国人希望找到一只羔羊，却发现了一头雄狮”

公元 1917 年 6 月

有人认为英国应对“一战”负责，首相劳埃德·乔治予以了驳斥。他指出，为争取和平，英国付出的努力比任何一个国家都多，是德国人铁了心要挑起战端。

在这严峻时刻，让英国感到欣慰的是，事情是强加于它的，它不用负任何责任。我们参战，不论起因还是行动，都一如既往的光明磊落。不难想象，德国人声称……这场可怕的战争是英国人恶毒地、肆无忌惮地挑起的……是为了扩张地盘，是为了消除一个危险的竞争对手的影响力、打击其势力、掠夺其财富。看看事实就知道这种说法有多么愚蠢荒谬……事实是，这场战争一开始就有六个国家卷入。英国不是最先，而是最后参战的。之前它曾竭尽全力试图避免战争发生；它甚至放下身段，请求、呼吁各方不要开战。我当时是内阁成员，记得我们一再努力劝说德国和奥地利不要让欧洲陷入腥风血雨。我们请求他们召集欧洲各国开会，坐下来好好谈。如果这个会开成了，反对让欧洲陷入灾难的声音必占上风，也就不会有这场战争了。德国人明白这一点，所以，尽管奥地利已准备接受我们的要求，德国人仍拒绝召开欧洲大会。它突然发动战争，却反诬我们与德国为敌，挑起战端。我们请求德国不要攻打比利时，还拟定了条约，普鲁士国王签了字，英国国王也签了字，誓言保护比利时不受侵犯，我们还对他们明言：“如果你们侵犯比利时，我们别无选择，只能出面保护它。”敌人入侵比利时，现在却说：“英国，你们怎么回事，竟发动了战争。”这不完全是狼和羊的故事。我为什么这么说——因为德国人希望找到一只羔羊，却发现了一头雄狮。

'Germany expected to find a lamb and found a lion'

“世界社会主义革命万岁！”

公元1917年10月25日

1917年10月23日，列宁领导的起义军攻克了俄国临时政府所在地圣彼得堡的冬宫。截至10月25日，关键地区基本上被布尔什维克军队占领，旧政府官员或被俘或逃亡。下午，列宁在彼得堡苏维埃大会上宣布“工人们”取得了胜利，革命成功完成。

同志们，布尔什维克一向认为十分必要的工农革命成功了。工农革命的意义何在？这个革命的意义首先在于我们拥有了一个苏维埃政府，一个没有资产阶级参加的、完全属于我们自己的政权机构。被压迫群众将自己建立政权。旧的国家机器将被彻底打碎，而新的管理机构即苏维埃政府将建立起来。俄国历史的新时期从此开始了。这第三次俄国革命终将导致社会主义的胜利。我们当前的紧迫任务之一就是必须立刻结束战争。众所周知，这场战争与现存的资本主义制度密切相关，要结束这场战争，就必须打倒资本本身。已经在意大利、英国和德国逐渐开展起来的世界工人运动会给我们以帮助。我们向国际民主运动提出的立即缔结公正和约的建议，一定会得到国际无产阶级群众的热烈响应……我们只要颁布一条废除土地私有制的法令，就可以赢得农民的信任。农民会懂得，只有同工人结盟，他们才能得救。我们要做到真正由工人来监督生产。我们已经学会了齐心协力地工作，刚刚发生的革命已经证实了这一点。我们拥有群众组织的力量，它定能战胜一切，领导无产阶级走向世界革命。现在，我们必须立即着手把俄罗斯建立成一个无产阶级的社会主义国家。世界社会主义革命万岁！

'Long live the world socialist revolution!'

"为了和平，为了面包，为了土地，为了人民的权力！"

公元1917年11月17日

1917年，马克思主义革命家列宁从芬兰返回俄罗斯，领导十月革命，并以布尔什维克党领袖的身份，成为苏维埃俄国的国家领导人。临时政府被推翻，冬宫被攻克，克伦斯基被迫流亡国外。在发表下面这篇演说后一个月，为保卫革命成果，列宁建立了令人闻风丧胆的"契卡"（全俄肃反委员会），所有媒体也被新政权悉数接管。至1918年3月，列宁领导下的俄国终于脱离了"一战"的苦海，为巩固政权他甚至不惜舍弃了大片国土。在演讲中，列宁宣布了克伦斯基的倒台，并提醒布尔什维克必须警惕军界领导的反革命势力卷土重来。

反革命、反人民的克伦斯基政府已经被推翻，接管临时政府的过程兵不血刃……革命委员会将此通告前线部队，号召革命士兵严密监视指挥官们的动向。凡是不立即、公开加入革命的军官都应视为敌人，马上予以逮捕。彼得堡工人与士兵代表委员会认为，新政权应采取以下措施：其一，立即实现民主和平；其二，立即将土地所有权移交给农民；其三，将所有权力移交给工人与士兵代表委员会；其四，召开立宪会议。国民革命军决不允许任何身份不明的部队离开前线开往彼得堡。首先应予劝阻，若劝说无效，则毫不留情地以武力制止。此命令应立即下达到各军种各部队。任何军事组织若将此命令扣下不向士兵传达，将以反革命重罪论处。士兵们！努力奋斗吧，为了和平，为了面包，为了土地，为了人民的权力！

'For peace, for bread, for land, and for the power of the people!'

“我敢肯定我们的国家不会逃避必要的牺牲”

公元 1918 年 3 月 30 日

劳埃德首相在这篇讲话里正式宣布，任命法国元帅费迪南德·福煦为英法美联军总司令。福煦上任后浴血奋战，一直打到 1918 年 11 月 11 日接受德国停战请求为止。1918 年 3 月 21 日德军发动春季攻势（又称鲁登道夫攻势），侵占了法国的大片国土，福煦临危受命，阻止德军继续深入。当时，由于东线的俄军投降，德军得以腾出五十个师的兵力，一时占尽上风。但在福煦的统一指挥下，联军在 4 月来到之前遏制住了德军前进的势头，继而乘胜追击，德军的兴登堡防线彻底崩溃，日耳曼帝国终于在 11 月宣布投降。

开头几天，德军集中优势兵力和炮火向我阵地进攻，形势一度异常险恶。多亏了英勇无畏的战士们，遏制住了敌人前进的势头，等来了增援部队，加之忠实的朋友参战，形势终于好转。不过，战斗毕竟才刚刚拉开序幕，未来走向如何尚难预测。从第一天开始，战时内阁就不断在开会，跟总部和法国、美国政府沟通。各国政府已就应对紧急形势的若干措施达成一致意见。敌人是一支统一的军队，占有数不胜数的优势。为此，各协约国从一开始就作出了一个至关重要的决定。英军司令和法军司令真诚合作，由英、法、美三国政府共同任命福煦将军为总司令，统一指挥西线联军……可以肯定的是，无论战局如何发展，我国都要做好付出更大牺牲的准备，以确保取得最终的胜利。为达此目的，我敢肯定我们的国家不会逃避必要的牺牲，政府正在认真制定行动计划，将在议会开会时公布。

'I am certain that the nation will shrink from no sacrifice'

“杀，杀，杀它个片甲不留”

公元 1918 年 7 月 16 日

古罗将军从 1917 年 7 月开始统领法国第四集团军，此处摘录的是他在第二次马恩河会战（1918 年 7 月 15 日—8 月 4 日）开始时对部队所做的动员演讲。德军试图赶在越来越多的美军到达之前、赶在胜利的天平向协约国军队倾斜之前作最后一搏，突破西线。香槟地区的第四次战斗打响，德军二十三个师从兰斯以东向法军第四集团军发起进攻。美军第四十二师暂归古罗指挥，协同古罗一起作战。与此同时，德军第七集团军的十七个师在第九集团军的支援下，从兰斯以西扑向法军第六集团军，冯·鲁登道夫的意图是将法军一分为二，使其首尾不能相顾。第一天，古罗的部队就阻止了德军前进的步伐，但兰斯以西纵深 6.5 英里的桥头堡被德军攻占。英军第二十二军团和美军一支 85000 人的部队加入到战斗当中，于 7 月 17 日彻底瓦解了德军的攻势。在美军和法军的反攻之下，德军伤亡惨重，春季攻势宣告失败。7 月 18 日，福煦元帅向德军发起新一轮进攻。德军试图通过主动出击一举获胜的梦想就此破灭，连自己的阵地都丢失了，许多德军将领意识到，这场战争他们失败了。

法军士兵和美军士兵们：敌人随时可能发起进攻。你们都感觉出来了，这场防御战对我们空前有利。我们打的是有准备之仗。我们有骑兵和步兵的强力支援。你们辛苦修筑的工事犹如坚不可摧的堡垒，而且敌人根本看不见，我们只需守好通道就成。敌人的炮火会很猛烈。但你们要坚持住，绝不要害怕。无非就是一片硝烟尘土，看上去很厉害，但你们位置隐蔽，武器精良。更重要的是，你们胸腔里跳动着的是一个热爱自由的勇敢者的心。没人会退缩，没人会放弃。人人都只有一个念头——“杀，杀，杀它个片甲不留”。

'Kill them, kill them in abundance, until they have had enough'

“你们在正义生死攸关的时刻上了战场”

公元 1918 年 8 月 27 日

潘兴曾跟苏族和阿帕契族印第安人交战，在古巴、墨西哥和菲律宾立下过赫赫战功，是美军军官中在有生之年晋升至最高职务“特级上将”①的唯一一人。“一战”爆发，潘兴率美国远征军出征法国，于 1918 年夏首次遭遇了一场重大战役——他的八个师会同法军二十四个师打响了第二次马恩河之战。伴随着英军在亚琛取胜，法军和美军在马恩河的胜利成为西线战事的转折点。为庆祝这场大胜，潘兴对美军发布了嘉奖令。

> 在这里，我要自豪地一一列数为此战作出贡献的部队，它们是第一和第三军团，其中包括我们美军的第一、二、三、四、二十六、二十八、三十二和四十二师。你们在正义生死攸关的时刻上了战场。四年来，史上最强大的军队入侵法兰西，步步逼近它的首都。尤其是在 7 月 15 日，当它又一次一举击败勇敢的守军时，这支军队大有不灭掉世界文明不罢休的气势，可谓令人望而生畏。三天后，你们协同英法联军发起了反攻。联军的辉煌胜利成了战争的转折点。作为一个国家，我们不仅支持了盟友，自己也信心倍增。你们不仅展现出了男子汉的大无畏精神，更向世人证明了你们是无私的、热爱和平的正义之师。朝气蓬勃的、富有独创性的美国精神不仅在追求和平之时，在战争中也同样得到了体现。你们赢得了盟友的高度赞扬，祖国人民永远感谢你们。胜利来之不易，我们有许多勇敢的战友为之付出了生命的代价。我们将永远铭记他们，他们的勇气、业绩和牺牲将永垂青史。此嘉奖令应在第一时间逐级传达。

① 合众国特级上将（General of the Armies）与海军特级上将（Admiral of the Navy）是美国军队的“最高级军衔”，高于陆、海、空军五星级上将。美国历史上有三人拥有最高的特殊荣誉军衔：美国首任总统乔治·华盛顿，“一战”时期陆军将领约翰·潘兴以及美西战争时期的海军将领乔治·杜威。

“我感动得都说不出话来了”

公元 1918 年 12 月 20 日

托马斯·马萨里克是捷克政治家、大学教师、社会学者和哲学家，曾希望在祖国进行改革，让捷克从奥匈帝国哈布斯堡王朝那样的君主国家变成一个实行民主联邦制的国家。但随着 1914 年战争的爆发，他改变了观点，主张捷克斯洛伐克废除君主制，完全独立。8 月，作为政治改革的鼓吹者他差点被捕，侥幸脱身。为了实现自己的理想，他于 1914 年 12 月逃往日内瓦，而后四处奔走寻求支持，先后到过罗马、伦敦、巴黎、俄罗斯、美国和日本。在俄罗斯，他将曾经被奥匈帝国俘虏的士兵组织起来，成立了捷克斯洛伐克军团，站在协约国一边跟奥匈帝国作战。之后，他去伦敦出任皇家学院斯拉夫研究所教授。他的捷克革命者情报网为协约国提供了许多至关重要的情报。他出访美国成果丰硕，争取到了美国时任国务卿兰辛对捷克独立的支持。1918 年，奥匈帝国垮台，协约国承认马萨里克是捷克斯洛伐克临时政府首脑。11 月 14 日，在布拉格召开的全国代表大会上，他当选为捷克斯洛伐克共和国总统。1920 年、1927 年和 1934 年的三次大选他均胜出连任。1935 年，因健康原因，马萨里克辞去总统职务。他的儿子让·马萨里克于 1940—1948 年间任捷克斯洛伐克外交部长，遭到苏联内务委员会暗杀，在布拉格被人从窗口扔下身亡。下面是马萨里克作为共和国第一任总统到布拉格赴任时的演讲。

我感动得都快说不出话来了。我被深深打动，四年来这还是第一次。我们都知道，我们遭遇过多少反对，遇到过多少困难，但都被我们采用友好的方式一一化解了。克拉玛博士说你们急不可耐地等待着我的到来。我也同样急不可耐地盼着这一刻的到来，盼着能来这里继续你们的工作。这四年来我度过了多少个不眠之夜！我深

'I am too moved to speak'

知你们所承受的压力，也知道你们的任务有多艰巨。你们都是那么英勇顽强，尽管你们的领导人纷纷被放逐，你们仍团结一心做他们的坚强后盾。我衷心感谢你们。我承诺，我将矢志不渝地继续努力。

“这是生死攸关的时刻！”

公元 1918 年 10 月 6 日和 10 日对部队的两次训话

1888 年，年仅 29 岁的威廉二世同时成为第九代普鲁士国王和第三代德国皇帝。两年后，他罢免了奥托 · 俾斯麦的德国总理职务，主要理由是后者的外交政策过于谨慎。威廉痛恨议会民主，多年实施专制统治，是德国军国主义和帝国主义的热心支持者。他是维多利亚女王的孙子，执行的却是反对英国的外交政策，在布尔战争中支持南非。义和团运动兴起后，一个德国军团被派往中国，1900 年 7 月 27 日他在出征动员时说：“你们要见谁灭谁！寸土不留！不要战俘！把一切都抢光！”1908 年，他患上了严重的神经衰弱症，独断作风稍有收敛，但仍然强力支持德国帝国主义，支持组建海军与英国抗衡。弗朗兹 · 斐迪南大公被暗杀后，他鼓励奥匈帝国出兵，却没预见此举会发展成全面冲突，导致第一次世界大战爆发。战争期间，威廉亲任总司令。1918 年，美军参战，战争的天平开始倾斜，德国的盟友纷纷投降。1918 年 9 月 26 日，英、法、美三国联军开始向兴登堡防线发起猛攻。被德军占领的比利时领土光复。保加利亚于 9 月 29 日单独与联军签订了停战协议，联军控制了塞尔维亚和希腊。巴尔干半岛的陷落意味着德军将失去汽油和粮食供应的主要通道，而且美军仍在源源不断地赶来，平均每天达 1 万人之多。伤亡 600 万人之后，德国寻求议和，威尔逊总统敦促德皇逊位。德军最高司令部认定已不可能赢得这场战争。1918 年 10 月 2 日，司令部向国会提出和平谈判的建议,次日,兴登堡参谋长再次重复了这一建议。而三天后，即 10 月 6 日，威廉二世仍要求军队在“生死攸关”的时刻坚决顶住。

几个月来，敌人倾巢出动，几乎不间断地向你们的阵线发起攻击。尤其是最近几周，你们顽强地以寡敌众，几乎不得喘息。你们

'The hour is grave!'

完成了交付给你们的伟大任务。每一支部队都在各尽其责，在外国领土上保卫我们的祖国。任务是艰巨的。我的海军孤身迎战敌人的联合舰队，为苦战中的陆军提供了支持。国内同胞以自豪而赞赏的目光关注着你们。我以个人的名义并代表祖国感谢你们。经过最为艰苦的战斗，防线还是被突破了。为了跟盟友们步调一致，我再次向敌人提出了议和，但我只会在不失荣誉的和平协议上签字。为了那些为祖国牺牲了的英雄们我们必须这么做，这么做也是对我们的后代负责。是否放下武器仍是个问题。在此之前，我们决不能松懈。我们必须竭尽全力坚守阵地，抵挡住敌人的猛攻。这是生死攸关的时刻，但要相信自己，相信上帝会帮助我们，我们有力量保卫我们亲爱的祖国。

10月10日，威廉二世再次对部队训话：

这是生死攸关的时刻！我们是在为祖国的未来，为保卫祖国的领土而战。为此，我们要把全德国的智力、毅力和体力全部动员起来。这些力量集合起来，我们将无坚不摧。各种观点、各种愿望必须统一起来服从于保卫祖国的意志。上帝会赐予我们勇气，让我们打赢这场解放战争。

10月26日，德皇将冯·鲁登道夫将军解职。11月9日，社会民主党人菲利普·谢德曼宣布日耳曼帝国寿终正寝，他成为魏玛共和国首任总理。德皇携家眷逃往荷兰。11月11日11时，停战协议正式签署。1933年，阿道夫·希特勒崛起，威廉看到了复辟的希望，但这希望旋即破灭。

“非暴力是我的第一纲领”

公元1922年3月23日

甘地从1920年起任印度国大党领袖，他和他的追随者在争取独立的运动中一直坚持实行非暴力、不合作的政策。甘地曾在他创办的《青年印度》杂志上发表了三篇文章，当局以散布煽动言论的罪名将他逮捕。他在法庭上表示认罪，被判六年监禁。他为独立事业奋斗一生，前后入狱六次。第二次世界大战中，他表达了对英国的支持，并于1942年发起了“(英国)退出印度运动”，以帮助印度摆脱殖民统治，赢得独立。

> 非暴力是我的第一宗旨，也是最终宗旨。但我不得不做出选择，要么服从于一个给我的祖国造成无可弥补的损失的体制，要么冒着激怒我的人民的危险让他们从我的口中知道真相。我知道我的人民有时会暴怒。对此我深感愧疚，所以我请求给予我最严厉的处罚而不是从轻发落。我不要求宽大，不要求减轻处罚。我要求最严厉的处罚，因为法律认定我犯了罪，而对我来说，我的所谓罪行就是履行了一个公民的崇高职责。我要重申，法官大人，你面前有两条路，只能选择其一：要么你辞职不干；而如果你相信你所奉行的法律有益于人民，就尽管重判我。我不奢求你能换位思考。但是，听完我的陈述后，也许你多少会有所了解，你会瞥见我胸中的怒火和我对自己所作所为的认识。
>
> 城里人根本不知道，饥饿中的印度大众正坐以待毙，慢慢走向死亡的边缘。他们也不曾察觉，自己极为有限的一点点舒适，是甘为外国剥削者驱使所得的回扣，而利润和回扣都是从大众身上榨取的。他们也没意识到，在英属印度建立所谓政府，目的正在于剥削大众。在印度的乡下，人们在饥饿中挣扎，形容枯槁，任何诡辩和

'Non-violence is the first article of my faith'

数字游戏都抹杀不了这一真相。不管英国人和印度城市的管理者怎样辩解，举头三尺有神明，我毫不怀疑这种反人类的罪行为史上所罕见。这个国家的法律就是为外国剥削者服务的。我在印度的从政经验使我得出结论，被指控的人当中，十个有九个都是完全无辜的。对他们来说，就连爱国都是罪行。在印度法庭上，只要是跟欧洲人打官司，百分之九十九的案子都是印度人败诉。这个数字一点也不夸大。几乎每个涉案的印度人都有此体验。依我之见，为了维护剥削者的利益，法律被有意无意地践踏了。

最可悲的是，英国人和他们的印度伙伴在管理这个国家时，不知道自己正犯下上述种种罪行。事实上，我相信，我提出的不合作有利于让英国和印度都能摆脱这种不自然的生存状态。我认为，就像跟正义合作一样，不跟邪恶合作同样是一种责任。但在过去，不合作往往是通过对邪恶者以极端的方式实施暴力得以体现。我坚持不懈地要让我的同胞们明白，暴力方式的不合作只会增加罪恶，为不给罪恶提供支撑，就必须彻底放弃暴力。非暴力就意味着甘愿为不与罪恶合作而接受惩罚。所以，我高兴地愿为自己的所作所为——法律认定它是罪行，而对我来说是在尽可能尽到一个公民的职责——接受最严厉的惩罚。法官大人，各位陪审员，两条路你们必择其一，如果你们感觉法律不公，事实上我是无辜的，而你们又不愿为虎作伥，那么你们就辞职；而如果你们相信你们为之效力的这个政府及其法律是为了人民的利益，而我的行动有损于公众利益，就请给予我最最严厉的处罚。

“我谈到了战争。我支持战争。我不知道我是不是疯了”

公元1924年9月10日

克拉伦斯·达罗①是同时代律师中的佼佼者，美国公民自由联盟领导人之一。1925年，由他担任辩护律师的“斯科普斯案”②成为经典案例。在此前一年，他为芝加哥大学两名学生、富家子弟理查德·罗布和小纳森·利奥波德辩护，同样引起轰动。两人杀死了年仅14岁的罗比·弗兰克斯，仅仅是为了追求刺激，为了“干一件完美的罪行”。达罗在如下辩词中批评了死刑以及基于报复的惩罚制度，引起普遍关注。在这场所谓的“世纪审判”中，67岁高龄的他受聘为凶手辩护。媒体都希望他以嫌犯“患精神病”为由作无罪辩护，而让所有人大跌眼镜的是，他承认两人的罪名成立。其实他这么做是为了避开陪审团，等案子移交到县巡回法庭时，再来充分发挥自己的辩才。达罗的总结发言被认为是他最漂亮的一次演讲。两名凶手并没有如检察官要求的那样被处绞刑，而是被判终身监禁。

……法官大人，我谈到了战争。我支持战争。我不知道我是不是疯了。我鼓动人们去打仗。反正我自己是安全的，因为我太老，上不了战场。我跟大家没什么两样。大家都干了些什么？是对还是错，是正当还是不正当——今天没必要讨论——反正，战争改变了世界。整整四年里，文明世界成了杀人世界。基督徒杀基督徒，野蛮人跟基督徒联手杀基督徒；杀红了眼，见谁灭谁。学生们耳濡目染，连主日学校的孩子都概莫能外。小孩子玩着战争游戏。蹒跚学步的儿童在大街上东游西逛。难道你认为这世界还跟原先一样？长期的教化才慢慢使得战前的世界温情脉脉，法官大人，你觉得要多长时间才能恢复？人心变硬了，结上仇恨与残忍的伤疤，这伤疤要

① 克拉伦斯·达罗（又译丹诺），美国历史上最负盛名的律师、演说家。他的名言是：“一个人在未定罪前，都是无辜的。”他为了争取公民权利而辩护、批判不合时宜的司法体制，因而被认为是美国最伟大的民权律师。
② 1925年，美国田纳西州颁布法令，禁止在课堂上讲授“人是从低等动物进化而来”。该州教师斯科普斯以身试法，从而制造了这起轰动美国乃至整个世界的事件。

'I have spoken about the war. I believed in it. I don't know whether I was crazy or not.'

多久才能脱落？……据报道，曾有一天被杀死的人多达十万。我们对这样的新闻津津乐道——因为被杀的不是自己而是别人。我们每天都在吃着人肉、喝着人血，甚至连小孩子都不放过。不需要我来告诉你们，有多少正派可敬的年轻人被作为杀人嫌犯送上这个法庭，有的幸免于死，有的被处决，而这些年轻人正是在这场战争中学会了漠视生命。对此你我心知肚明。这些孩子就是在这样的环境里长大的。他们的家里、操场上、学校里无不充斥着死亡的故事，他们在报纸上读到的也是同样的故事，他们也跟大人一样变得极度狂躁。什么是生命？生命一文不值。在这种观念影响下，孩子们变得残忍暴戾。这种影响如要从人类心灵中抹去的话，起码需要五十年。我知道，自 1865 年内战以来，此类案件增长之多令人咋舌。自不待言，犯罪总是有原因的。就如任何疾病都有病因一样，内战造成的仇恨使美国的凶杀案发案率之高前所未见。我知道今日的欧洲情况也是如此；我知道每次战争之后都会如此；我还知道，战争对孩子们影响之深，在他们眼里，世界已不是原本模样，而是被鲜血染红了……

我不知道这两个孩子在多大程度上还能救药。虽然我不愿意，还是不得不当着他们的面问一句，我们寄望于未来的应该是什么？我不知道大人是毫无怜悯之心地将绞索套上他们的脖子，剥夺他们的生命，还是会礼赞文明，对他们宽大为怀。让他们在监狱里接受改造不见得一定会有成效，但他们还可以抱有一线希望，希望会等来获释的那一天。我在法庭上一贯实话实说。我知道不能任这样的孩子逍遥法外，至少在他们度过人生的下一个阶段之前不能，但如果让他们活到四十五岁或者五十岁，我相信就是另一回事了。我不敢肯定到那时他们会有何改变，但肯定不会再需要我来为他们辩护了。我现在所关心的只是能不能让他们活到那一天，我的话完了……

“为了工作，为了面包！”

公元1932年7月15日在德国国家电台所作演讲

阿道夫·希特勒出生于奥匈帝国布劳瑙小镇的一家小旅馆，父亲叫阿洛伊斯·希特勒，母亲叫克拉拉·波尔泽，夫妇俩育有六个孩子，阿道夫·希特勒排行老四。希特勒从小就很顽劣，一次醉酒后用学生证当手纸，因此被学校开除。他数次投考美术学院未果，当画家的梦想破灭，1910年开始在维也纳流浪。为了逃避在奥地利服兵役，他跑到慕尼黑，在那里遭到逮捕。当发现他身体不适合剧烈运动后他被释放。德国卷入第一次世界大战后，这个本不适合当兵的失败者还是被巴伐利亚军队接纳，被编入预备军团。希特勒在部队里传令送信，一直是个“跑腿的”，从没得到过提升。慢慢地，他认定是犹太人导致了德国的失败。1919年，他当上了军内的政治间谍，加入了极右的国家社会主义工人党。他不断发表反犹太人、反布尔什维克和反银行家的演说，内容恶毒而充满仇恨，极具煽动力，使得他很快就跻身高层，成为党的领导人之一。1921年，他成为德国国家社会主义工人党（纳粹）党魁。1923年，希特勒在慕尼黑领导武装起义失败后被投入监狱，在狱中他用口述的方式写下了《我的奋斗》，阐述了他的政治理想。1920年代纳粹党日益壮大，到1932年大选时，已成为议会的第一大党。下面节录的是他在大选成功后的演讲。从1933年开始直至第二次世界大战结束，希特勒一直任德国总理、唯我独尊的“元首”。我们不打算在这里详述他的生平，只是简略介绍了他的早期经历，而正是这个精神不健全的家伙差点儿毁了西方文明。

命运给了之前的掌权者超过13年的时间，让他们经受考验，证明自己……他们曾希望领导德国走向一个更好的未来，但他们不得不承认，他们执政所取得的唯一成果不过是日耳曼民族仍旧活着

'Work and bread!'

而已……如果这些党是真心诚意地想拯救德国，那他们为什么没有行动？他们真的想要拯救德国的话，为什么没有做到？如果说他们真的做了只是没有做好，那就只能说明他们的纲领很糟糕。

假设他们的纲领是正确的，那就只有两种可能，要么是他们态度不真诚，要么就是他们太笨太无能。现在，十三年过去了，他们毁掉了德国的一切，该是他们下台的时候了。现在的议会各党派存在与否已不重要，重要的是保护德国，不让它彻底垮掉。所以，击败这些党派是我们的责任……

13 年前，我们国社党人备受讥讽嘲笑——今天，我们对手的笑声化作了泪水！一群忠于国家的人已经崛起，他们将逐步克服阶级、等级的疯狂与偏见。一个忠实的团体下定决心为保护我们这个种族而战，并非因为它是由巴伐利亚人或是普鲁士人组成，是来自符腾堡还是萨克森；也不论他们是天主教徒还是新教徒，是工人还是公务员，是资产阶级还是工薪阶层……只因为他们全都是日耳曼人。有了这种不可分割的感觉我们就会互相尊重，有了尊重就有了理解，而理解就能赋予我们令人感动的巨大力量。我们国社党人每次参加大选都只有一个目的，那就是肩负起重组国家政体的重任。因为我们不仅仅是为了权力，不是为了升官进爵，而是为了每一个德国人，我们希望——并且相信——德国人将再次团结成一个不可分割的整体，同呼吸共命运。万能的主让我们这个 13 年前只有七个人的党发展壮大成为一个拥有 13 万党员的大党，它将继续保佑我们这 13 万人服务于日耳曼民族。我们对这个民族充满信心，我们将为之战斗，如有必要，我们会像成千上万的先烈一样，为它牺牲。只要这个民族尽到自己的责任，终有一天，一个光荣自由的帝国将重现崛起——为了工作，为了面包！

“唯一值得恐惧的是恐惧本身”

公元 1933 年 3 月 4 日

1932 年的美国正处于大萧条中，公众感觉胡佛总统在扭转局势方面作为不够。在 1932 年的总统竞选中，罗斯福和民主党发动穷人，发动劳动者、少数民族、都市居民和南方白人，推出了“新政”纲领。竞选中，罗斯福不断承诺：“我向你们发誓，向我自己发誓，一定要为美国人民推出‘新政’”。罗斯福赢得了 57% 的选票和除六个州外的其余各州的支持。没人知道罗斯福的具体计划是什么，但不管怎样，“改变”和“新政”的承诺为他赢得了大选。他在这篇就职演说中表示将尽力遏制萧条，让萎靡不振的美国民众看到了希望。当时美国有两百万人无家可归，失业人数占总劳动力的四分之一，农产品价格下降了 60%，工业产值自 1929 年以来下降了一半多。1933 年 3 月 4 日天黑之前，48 个州中的 32 个，加上哥伦比亚特区，所有银行全部关闭。因为大量现金被恐慌的客户提取，纽约联邦储备银行第二天没能开业。正是在这种极其糟糕的背景下，罗斯福发表了他的就职演说。演讲一开始，他指出经济危机的根源在于贪婪的银行家和金融家，在于对利润的疯狂追逐，在于资本主义的自私自利。可叹的是，2008 年的金融危机让我们发现，原来一切都没有改变。

值此就职之际，同胞们肯定希望我以我国当前形势所需要的坦率和果敢来发表演说。确实，现在尤其有必要坦率而果敢地谈一谈真实情况，全部的真实情况。我们国家过去经得起考验，今后仍将经得起考验，复兴起来，不断繁荣。因此，首先，请允许我申明我的坚定信念：我们唯一值得恐惧的就是恐惧本身——会使我们由后退转而前进所需的努力陷于瘫痪的，那种莫名的、丧失理智的、毫无根据的恐惧。在我们国家生活中的每一个黑暗时刻，直言不讳、

'The only thing we have to fear is fear itself'

坚强有力的领导都曾得到人民的谅解和支持，从而保证了胜利。我坚信，在当前的危机时期，你们也会再一次支持你们的领导。我和你们都要以这样一种精神来共同克服眼前的困难。谢天谢地，这些困难都只是物质层面上的。财富贬缩到难以想象的程度：我们的纳税能力降低了，赋税却增加了；各级政府的财政收入都严重减少；商业和贸易停滞不前；工业企业败落如枯枝残叶；农产品找不到市场；千万个家庭的多年积蓄化为乌有。更糟糕的是，大批失业公民面临着严峻的生存问题，而辛苦劳作却所得甚微的也不在少数。只有愚蠢的乐天派才会否认眼前的黑暗现实。

但是，我们的困难决不是因为缺乏物资。我们没有遭遇蝗虫之类的天灾。我们的祖先笃信上帝，无所畏惧，因而所向披靡，而比起他们所曾遭遇的艰险，我们应该说还算万幸。大自然施于我们的恩惠并未稍减，而我们的努力更使其倍增。丰足只有一步之遥，但我们却眼睁睁地无法跨越。究其原因，首先是因为掌管物资交换的统治者的顽固和无能，他们早早地便承认失败，无所作为。金融家们肆无忌惮、为所欲为，遭到舆论谴责，被人们打心底里厌弃。他们也确曾努力过，却囿于传统，未能有所突破。面对信贷的失败，他们只是提议借出更多的钱。他们用利润做诱饵，引诱人民追随其错误的指引亦步亦趋，而一旦失去这一诱饵，他们又道貌岸然地、痛哭流涕地请求公众重拾对他们的信心。他们死抱住利己主义的行事规则不放。他们缺乏远见，而他们的短视行为的受害者却是人民。金融家已然从文明庙堂的高位跌落。我们现在可以让这庙堂恢复原样。能恢复到何种程度，就看我们能否认识到、在多大程度上认识到社会价值比金钱利润更可贵。幸福不仅仅在于拥有金钱；幸福是成就感，是创造性的努力所带来的快感。

“人皆帝王”

公元 1934 年 2 月 23 日

绰号“石首鱼”的朗曾任路易斯安那州州长（1928—1932 年）、路易斯安那州参议员（1932—1935 年），他的平民主义政策使得政客和企业大亨们恐慌不安，正当他准备竞选总统时被神秘暗杀。1934 年他推出“分享我们的财富”计划，口号是“人皆帝王”。他提出新的财富分配方案，主张对大公司和富人从重征税。他相信此举能消除大萧条期的贫穷、降低犯罪率，并通过增加公用事业、教育和养老消费刺激经济增长。为此他饱受诟病，被视为“共产主义者”，但他回答说，他的政策在《圣经》和《独立宣言》里都有据可循。朗宣称，实行他的计划是“对共产主义唯一可行的防范”。参议院反对，他便转而向民众寻求支持——截至 1935 年,他的“分享我们的财富协会”会员已多达 750 万人。朗死后，他的许多计划都被罗斯福纳入他为扭转经济颓势而实施的“新政”。以下摘录自朗就成立“分享我们的财富协会”而发表的精彩演说。

> ……我们的下一代生下来就面临着这样的局面，原本属于一亿两千万人的财富却大多被十二个人霸占，这种情况正常吗？……困难不在问题本身，事实上，在于这个国家的富人——我指的是极富之人——不允许我们去解决这些问题。换句话说，我们的国家就这样被一个小小的问题所困扰。为了走出困境，我们必须按比例对财富进行重新分配，让财富分散，为全体人民共享。我们衷心热爱我们自己的政府。事实上，这种爱如宗教般虔诚，它也当得起这样的爱，因为这个政府的组织形式极佳，而且我们还有一整套极佳的法律。我们已经拥有了所需的一切，唯独忽略了美国政府赖以立足的基础……

'Every man a king'

不知诸位是否记得清楚,《独立宣言》开宗明义说的什么？它说,“我们认为下述真理不证自明：人人都拥有造物主赋予的若干不可剥夺的权利，其中包括生命权、自由权和追求幸福的权利”；它还特别强调,“我们坚持一个观点，即人人生而平等”。那么，这几句话的意思是什么？朋友们，人人生而平等的意思是不是说，有人生下来就可以继承 100 亿美金，而另一些人的继承为零？它的意思是不是说，朋友们，有些人生来就不需要什么机会，也无须工作，就吃不完穿不完，子子孙孙都享用不尽，而另一些人生来就该挨饿？这可不是《独立宣言》中“人人生而平等”和“人人都拥有造物主赋予的若干不可剥夺的权利”的本义。我们的下一代生下来就面临着这样的局面，朋友们，原本属于一亿两千万人的财富却大多数被十二个人霸占，这种情况正常吗？……

现在，我们成立了一个协会，叫作“分享我们的财富协会”，它的口号是“人皆帝王”。每个人都是国王，就不会再有人没有生计，靠金融大佬一时兴起的施舍度日了。我们这个协会的宗旨是什么？就是要限制这个国家的大人物的财富……我们不得不这么做。我们近期的计划是将个人拥有的财富限制在五千万美元以内……我们还要限制工作时间。没必要过度生产。我想，女士们先生们，你们要做的就是限制自己的上班时间，能生产出人民所需的产品足矣……

“我已经没有耐心了！”

公元 1938 年 9 月 26 日

历史学家认为，这是希特勒最出彩、最富煽动性的演说。他用最原始的民族主义感情——爱、恨、恐惧、骄傲、嫉妒等等——来打动听众。德国已经吞并了奥地利，现在又觊觎居住着许多日耳曼人的捷克斯洛伐克的苏台德地区。希特勒在演说中强调，除苏台德以外，他并无更多的“领土诉求”。在他发表此次演说三天后，英、法、意大利同德国签署了《慕尼黑协定》，允许德国于 10 月 1 日出兵占领苏台德。1939 年，希特勒对欧洲提出了新的领土要求并入侵波兰，9 月 3 日，第二次世界大战爆发。

现在，我们面临着最后一个必须解决、也一定能够解决的问题。那就是我对欧洲的最后一次领土诉求，对此我决不退让，上帝保佑，我一定能够妥善解决……我在这里重申：占领奥地利后，我下的第一道命令就是：不需要，也不允许捷克人加入德军。我没逼迫他们受良心的煎熬。本尼斯先生[①]现在把希望寄托在全世界身上！对此，他和他的外交官们毫不隐晦。他们宣称：我们希望张伯伦[②]被推翻，达拉第[③]被解职，希望到处都爆发革命。他们还寄希望于苏维埃俄国。他以为如此一来就可以逃避责任。既如此，我就只能说两个人站到了对立面：一个是本尼斯先生，一个就是在下。我们是完全不同类型的两个人。在伟大的人民斗争中，本尼斯先生东躲西藏，而我，一个正派的日耳曼战士，肩负起了我的责任。今天，我以人民的战士的身份向这个家伙宣战！在这里，我只须申明几点：我感谢张伯伦先生所付出的所有努力。我已经向他保证，德国人民只想要和平，但我同时也告诉他，我们的耐心是有限的。我还曾进一步向

① 捷克总统。
② 英国首相。
③ 法国总理。

'My patience is now at an end!'

他保证，在这里不妨再重复一遍：只要这个问题得到了解决，德国不会对欧洲再有领土要求。我还向他保证过，只要捷克斯洛伐克解决了它自己的问题，就是说，捷克人不通过施压而是以和平的方式跟他们的少数民族达成协议，我就不会再对捷克感兴趣。我向他保证过！我们不要捷克人！

我还要告诉德国人民，在苏台德地区日耳曼人的问题上，我的忍耐已到了极限！我对本尼斯先生的要求并不过分，只要他履行他的承诺。决定权现在在他手上：和平或者战争！他要么接受这个提议，至少给德国人以自由，要么我们就自己去夺取。世界必须注意，四年半的战争中，以及我长期的政治生涯中，有一点没人可以否认：我从来就不是个胆小鬼！现在，我作为 1 号士兵走在最前头，而在我身后——世界应该知道——前进着的是我的人民，是跟 1938 年不可同日而语的人民！如果说那时精神错乱的学者还可以向我的人民灌输民主的毒药的话，现在他再也休想，因为我的人民已经今非昔比了。那些口号犹如蜂蜇，再也伤不了我们，因为我们已经有了免疫力。此时此刻，全体德国人民都将团结在我周围！我感觉得出，我的意志就是他们的意志。他们的前途和命运就是我的使命，我的一切行动都是为了完成这一使命。想当初，我们为征服帝国而斗争，当时我还是个默默无闻的小兵，但我们从没怀疑过我们会成功，会取得最后的胜利。现在，我们的意志跟那时一样坚强。那时，我身边聚集着一群勇敢的男人和女人，同我并肩作战。所以我要求你们，我的德国人民，无论男女，肩并肩地站在我身后。在这个时刻，希望我们同心同德，去战胜任何困难和危险。只要我们有着足够坚强的意志，我们就将无坚不摧。我们决心已定！让本尼斯先生作出选择吧！

纳粹的目的是恢复奴隶制

公元1940年1月29日对法国人民发表的广播演讲

这位法国总理在纳粹占领波兰后发表了这篇广播演讲，几个月后，希特勒的军队入侵法国。当初，他在英国首相内维尔·张伯伦的压力下在《慕尼黑协定》上签了字，张伯伦认为，不签这份协定，战争就不可避免。1938年4月，达拉第就曾告诉英国，希特勒的目的是“称霸欧洲大陆，跟他相比，拿破仑的野心不过是小菜一碟……今天是捷克斯洛伐克，明天就将轮到波兰和罗马尼亚……”达拉第心急火燎地备战，设法从美国购买战机。1939年9月3日、4日，英法相继对德宣战，但其后几个月里均无战事。1940年3月，达拉第辞去总理职务，但仍留在政府内，任国防部长。德军攻陷色当后，达拉第改任外交部长。5月，德军向法国大举进攻，达拉第和政府其他要员前往摩洛哥，相信政府在北非仍能有效运转。不料他却被法兰西维希政府逮捕，在监狱里一直蹲到战争结束。战后，他跟早在1940年6月17日便流亡英国的夏尔·戴高乐成了死对头。

仗打了五个月，有一点越来越清楚，那就是德国不同于史上任何国家，他的目标是称霸全世界。纳粹称霸的目的不仅止于打破权力平衡、一国独大。它要一步一步地将被希特勒征服的国家彻底毁灭，而且不给他们任何谈判的余地。他要毁了他们。他要让作为政治和经济主体的这些国家不复存在，甚至将他们的历史和文化一笔勾销。在他眼里，它们只是一些重要的空间和真空地带，一切权力由他一人把持。创造了这些国家的人都是供他役使的牛马。他下令将他们大批屠杀或者强行迁徙。他强迫他们为征服者腾出地方。他甚至懒得纳贡，而是直接把他们的财富抢光。为防止他们造反，他

'Nazis' Aim is Slavery'

把他们的领导人统统消灭，并寻求科学的手段，从肉体乃至精神上瓦解那些失去独立的人们。在纳粹的高压统治下，在欧洲的千万个城镇乡村，千万人过着悲惨的生活，这在几个月前是他们做梦都没想到过的。奥地利、波西米亚、斯洛伐克和波兰成了绝望之地。这些国家的人民从精神到物质的幸福都被剥夺。他们或使诡计或用暴力，让这些人为他们做牛做马却没有任何物质保障，只能勉强维持生存。

德国臆想出一个只有主人和奴隶的世界。而当它用暴政摧毁各个种族和各种语言的同时，它自己也成了被妄想症控制的奴隶，被一点点拖垮。在波西米亚人和波兰人成为德国人的奴隶的同时，德国的工农大众也沦为他们纳粹统治者的奴隶。面对如此疯狂的梦想，世界也许的确该颤抖。纳粹的宣传之所以得逞，是利用了人心的脆弱，并不表明它自己有多么强大多么英雄。它告诉富人，他们将失去金钱。它告诉劳动者，这是一场富人的战争。它告诉知识分子和艺术家，他们所珍视的一切将毁于战火。他告诉热爱美好事物的人们，他们所爱的一切都将荡然无存。它对基督徒说："你们怎能接受这样的大屠杀？"它告诉冒险家——"像你这样的人应该从你们国家的不幸中获利"。正是说这样的话的人毁灭或掠夺了他们所能染指的一切财富，正是他们把劳动者变成了奴隶，正是他们毁灭了思想自由，正是他们让无数男男女女陷入赤贫，也正是他们把谋杀变成了法律。他们想做世界的主人，反抗者被他们当作绊脚石统统予以清除。对我们来说，要赢得的不仅仅是战争。我们要赢得战争，更要赢得比战争更伟大的胜利。我们不仅要让柏林那些妄想统治世界的疯子的梦想破灭，更要拯救人类的自由与尊严。

"我们的国家愿意做出任何牺牲，前提是它有一个正确的领导机构"

公元1940年5月7日

劳埃德·乔治是第一次世界大战期间的英国首相，但直到20世纪30年代仍在议会极具影响力。1935年，他曾想效仿罗斯福推出"新政"，但未能如愿。此时，他已意识到德国的潜在威胁，于20世纪30年代末受命前往游说，试图劝阻希特勒对外扩张。1940年5月7、8两日的下议院辩论，表面上看辩题是挪威战役或曰纳尔维克战役[①]，但很快就变成了对张伯伦首相的批评，议员们纷纷谴责他在"二战"中的所作所为。接下来由劳埃德·乔治发表演说，这是他对议会的最后一次重要干预，矛头直指张伯伦，意在为丘吉尔取代其首相职位铺平道路。劳埃德·乔治的演说成了给张伯伦的政治生命"钉死棺盖的钉子"。就在这场辩论之后两天，劳埃德·乔治辞职引退。丘吉尔在内阁为他保留了一席之地，被他拒绝。

> 我很不情愿介入这场辩论……在这议院里，有谁会说他满意首相先生的演说，满意空军、陆军或海军的备战效率？人人都备感失望。尽人皆知，所做的一切都做得半心半意，效率极低，既无干劲又缺乏智慧。三四年来，我一直暗自思忖，海军大臣所说的关于德国的一切是不是有点夸大其辞，因为首相——不是现任而是当时的首相——认为他所言不实。现在已经证实，海军大臣，即丘吉尔先生的判断完全正确。德国人果然发动了战争。首相肯定不会忘记自己在和平时期和战争时期都跟这个强敌交过手，却总是败北。他总是向敌人示好，却解决不了问题。他呼吁我们要勇于牺牲。我们的

① 1940年4—6月，德军攻占丹麦、挪威。英法联军虽出兵相助，但惨遭失利。

'The nation is prepared for every sacrifice so long as it has leadership'

国家愿意作出任何牺牲，前提是它有一个正确的领导机构。而政府有了明确的目标，民众也才会有信心，才会相信他们的领导者采取的措施是最正确的。我要认真地说一句，首相应该为我们树立一个榜样，率先作出牺牲，因为要想打赢这场战争，当务之急便是请他牺牲掉他的官帽。

温斯顿·伦纳德·斯宾塞·丘吉尔爵士
公元 1874 年 11 月 30 日—公元 1965 年 1 月 24 日

“我所能奉献的唯有热血、辛劳、眼泪和汗水”

公元 1940 年 5 月 13 日

1940 年 5 月 10 日，就在德军入侵法国前几小时，英国政治家们对张伯伦首相已经失去了信心。张伯伦答应引退，条件是新任首相能够得到下议院三个主要政党的支持。经张伯伦、哈利法克斯爵士、丘吉尔和一位议会多数党领袖会商，决定推荐丘吉尔出面组织一个多党联合政府。战争开始前很久，丘吉尔就警告过要注意希特勒日益严重的威胁。他拒绝考虑同德国媾和，并发挥他出色的演说才能号召国人积极备战。他在欧洲和非洲坚持抵抗，直至 1941 年美国参战，盟军得以于 1942 年发起反攻。以下是他的首次就职演说。

> 我向议会表明，一如我向入阁的大臣们所言，我所能奉献的唯有热血、辛劳、眼泪和汗水。我们面临的将是一场极其严酷的考验，将是旷日持久的战争和苦难。若问我们的政策是什么？我的回答是，从陆上、海上、空中全方位出击。尽上帝赋予我们的全部力量去作战，向人类黑暗可悲的罪恶史上空前凶残的暴政开战。这就是我们的政策。若问我们的目标是什么？我可以用一个词来回答。这个词就是胜利。不惜任何代价去夺取胜利，不惧一切恐怖去夺取胜利。不论前路如何漫长，如何艰难，去夺取胜利。原因很简单，唯有胜利才能生存。我们必须认识到，没有胜利大英帝国将不复存在，大英帝国所象征的一切也将不复存在，多少世纪以来的强烈要求和冲动——人类应该向着它既定的目标勇往直前——也将不复存在。我精神振奋、满怀信心地承担起我的使命。我确信，只要我们团结奋斗，我们的事业就不会遭到挫败。当此危急关头，我觉得我有权要求各方的支持。我要说：“来吧，让我们众志成城，奋勇前进！”

'I have nothing to offer but blood, toil, tears and sweat'

“我们将在滩头作战”

公元1940年6月4日

英军从敦刻尔克撤退后，丘吉尔发表了这篇演说，向全国通报战况，鼓舞斗志。当时，丘吉尔做了最坏的打算，他以为只有两三万士兵能够安全返回英国。结果大出所料，在被丘吉尔称之为“奇迹般的脱身”的大撤退中，九天里，共有338226名英、法、比士兵安全撤离，成了保卫英国的有生力量。在对严峻的形势作了简要总结后，他号召全国军民鼓起勇气，与侵略者战斗到最后一息。这篇精彩绝伦的演说极大地激发了国人的爱国主义精神。面对一连串的灾难——英军节节败退、比利时投降、法国被击败——丘吉尔仍让人们看到了希望，并誓言英国决不投降。

我完全相信，只要我们每个人都忠于职守，只要我们考虑周全，作出最佳安排，那么，我们将又一次证明我们能够抵御战争的风暴，抗击暴政的威胁，保卫我们的岛国。如有必要，我们就进行持久战，如有必要，就孤军奋战。总之，这就是我们准备要做的。共同的目标和共同的需要把大英帝国和法兰西共和国联接到了一起，我们将誓死保卫自己的国土，像亲密战友那样各尽其能、相互支援。即使欧洲的大片土地和文明古国已经或可能沦入盖世太保和可憎的纳粹的魔掌，我们也不会气馁，不会屈服。我们要血战到底，我们要在法国作战，在海上作战，我们的空军将越战越勇、越战越有信心，我们将不惜一切牺牲捍卫我国本土，我们要在滩头作战，在登陆地作战，在田野、在山头、在街巷作战，任何时候我们都决不投降。我一直坚信，即使英伦三岛全部或大部分沦陷，我们饥寒交迫，英国舰队武装和保卫之下的海外帝国仍将继续战斗，直到上帝认为时机已到，新世界将挺身而出，以其全部的力量拯救和解放旧世界。

'We shall fight on the beaches'

SIR WINSTON LEONARD SPENCER CHURCHILL

温斯顿·伦纳德·斯宾塞·丘吉尔爵士

公元1874年11月30日—公元1965年1月24日

“那是他们最美好的时刻”

公元1940年6月18日

在极端险恶的形势下，丘吉尔所作的鼓舞士气的演说，其意义无论如何估计都不算过高——当时的形势是败仗连连，又遭到敌人的狂轰滥炸，看不到任何胜利的希望。除了英联邦国家的支持，英国现在是孤军奋战，而对手却是有史以来全世界最强大的军队。一如既往，他在演说开始时先通报了坏消息，但提醒国民切莫忘记，第一次世界大战头四年也同样是艰苦卓绝。他要大家做好打持久战的准备，相信必将取得最后的胜利。演说结尾堪称语言史上最令人感动、最鼓舞人心的语句。他呼吁英国及其联邦对抗新的黑暗时代，捍卫人类文明的根基。

……如果希特勒能用暴虐手段控制他所占领的国家的工业，那么他本已强大的军火生产力将如虎添翼，但这样的事情一时半会儿还不会发生。而我们正得到来自美国的源源不断的、越来越强有力的、包括军火在内的各种各样的支援；特别值得一提的是，海外那些敌人轰炸不到的自治领正为我们提供飞机和飞行员。我说不准在冬季到来之前，这些因素将如何发挥作用，但肯定将促进敌我之间力量的均衡。几乎整个欧洲都在纳粹的铁蹄下挨冻受饿、苦苦挣扎，但寒冬肯定会给他们带来麻烦，大大地阻碍他们的暴虐统治。我们切不可忘记，从1939年9月3日我们宣战以来，德国随时可能把他们全部的空中力量用来对付我们，使出任何可能的手段来对付我们，而法国能做的很有限，或者说根本无力阻止他们这么做。几个月来，我们基本上一直面临着如此危险的局势。但与此同时，我们的防御也大有改进，还有一点是当初我们连想都不敢想的，那就是我们的飞行员和单机作战的能力业已占优。冷静审视我们的优势

'This was their finest hour'

和面对的危险，我们既要提高警惕，又要充分发挥我们的优势，没有任何理由惊慌绝望。

第一次世界大战的头四年，协约国军队未尝胜果，除了败绩就是失望。我们现在的处境与之相似：遭遇一连串的打击，损失巨大，危机重重，所有战略战术均告失败。然而，“一战”头四年过去后，尽管德国人貌似攻城略地、节节胜利，他们的士气却消磨殆尽。在那四年里我们曾一再自问：究竟怎样才能取胜？没人能给出准确的答案，直至最后，在我们的坚持中，突然地、出人意料地，强大的敌人在我们面前倒下了……

……不管法国和法国政府情况如何，我们大英帝国都要一如既往地视法国人民为自己的同志。如果我们遭遇到跟他们同样的苦难，我们应该拿出像他们一样的勇气坚持斗争，如果我们的努力能换来最终的胜利，我们将同他们分享，到那时，所有人都将重新获得自由。我们的所有要求都是正义的，我们寸步不让。捷克、波兰、挪威、荷兰、比利时都跟我们站在同一战线上。魏刚将军[1]所称的法国战役已经结束，而我期待着英国战役的开始。这场战役将决定基督教文明的存亡，决定英国人的生死，决定我们的宪法和我们的帝国能否长存。很快，敌人将把怒火和战火倾泻到我们头上。希特勒很清楚，他要么攻克英伦三岛，要么满盘皆输。如果我们勇敢迎接挑战，整个欧洲将获得解放，世界将前途光明。而如果我们失败，整个世界，包括美国、包括所有我们熟悉和关切的国家，都将进入一个新的黑暗时代，堕入万劫不复的深渊。所以，让我们肩负起自己的责任，担得起这样一句话——如果大英帝国及其联邦能屹立千年，人们仍会说：“那是他们最美好的时刻。”

① 马克西姆·魏刚，法国陆军上将。“二战”初期任法军总司令。法国投降后担任过维希政府的国防部长。

SIR WINSTON LEONARD SPENCER CHURCHILL

温斯顿·伦纳德·斯宾塞·丘吉尔爵士

公元1874年11月30日—公元1965年1月24日

“在人类战争史上，从没像这次一样，这么少的人为这么多的人作出了这么大的贡献”

公元1940年8月20日

在英伦保卫战的胶着期，从1940年7月10日至9月17日，英国上空进行了被称为“英国战役”的大空战，丘吉尔高度赞扬了皇家空军在此战中的表现。希特勒的如意算盘是掌握英吉利海峡的制空权，以便实施“海狮行动”，入侵英国。德国部署在法国西北部的可用战机共1600架，而英国可以迎敌的战机只有660架。战至9月17日，英国损失飞机550架，机场几乎悉数被毁，而德国空军损失的飞机却多达1000架，希特勒不得不叫停入侵英国的计划，把目标转向苏联。丘吉尔事后向同事透露，万一希特勒入侵成功，他这篇演说的结尾将改成“是时候了，杀死德国佬”。又一次，丘吉尔从令人绝望的坏消息中看到了希望，他认为跟“一战”时伤亡惨重的大规模地面战相比，此次战争更适合英军——“不列颠民族和大英帝国的人才和资源都非常适应这种新型的战争”。演说一如既往地从通报坏消息开始——英国正独自对战强大的敌人，但紧接着丘吉尔就列举出英国海、空军的突出优势，要人们相信英国定能战而胜之。他告诉他的人民，“我们的信心是建立在坚实的基础之上的”，强大的海、空军使纳粹的侵略几乎没有可能。演说结尾他还向全国通报，英国已经在跟美国商定协议，共同保卫自由世界。同1917年的情况一样，人们知道，只要能说服美国参战，希特勒和墨索里尼必将失败。

……希特勒的魔爪已遍及欧洲。我们反抗的弹簧被越压越紧，我们必须坚决而有条不紊地为1941年和1942年的战役做好准备……当然，敌人的人数远多于我们。但据我所知，我们的生产能

'Never in the field of human conflict was so much owed by so many to so few'

力已经远超敌人，而来自美国的物资援助也即将到位，这是不争之事实。从我每日得到的反馈可知，奋战至今，我们的轰炸机和战斗机的战力已经比以往任何时候都强。我们相信我们有足够的军力，敌人愿意打多久就打多久，而打得越久，我们的目标就实现得越快。整个战争的胜负在很大程度上取决于空战的胜负。所以，首先在空中我们跟敌人势均力敌，然后超越他们。英国的每个家庭、全世界所有的人，除了那些战争罪犯外，都感激我们的空军英雄们，他们不畏强暴，不怕牺牲，以高超的技艺和奉献精神扭转了世界战争的局势。在世界战争史上，从没像这次一样，这么少的人为这么多的人作出了这么大的贡献。

所有人都心系我们的战斗机飞行员，日复一日见证着他们的英雄业绩；我们也不会忘记我们的轰炸机群，多少个月以来，他们没日没夜地长途飞行，深入敌后，在暗夜之中发挥他们高超的飞行技术，精准地辨识目标，打击纳粹的武器研发和生产基地，而且经常是冒着密集的炮火执行任务，并为此付出了重大牺牲。……我要毫不犹豫地说，轰炸德国的军工厂、通讯设施、空军基地和仓储的力度将持续加大直至战争结束，明年的轰炸力度有可能大得超乎想象，在通向胜利的道路中，这即使不是最快捷也是最有把握的一条……我们给予胜利最崇高的赞誉是，它指引了世界历史的发展方向。我们正在艰难攀登。我们尚未抵达顶峰。在我们渴盼的黎明到来之前，我们还无法欣赏甚至无法想象山那边的风景。我们眼前的任务更实在、更简单也更艰巨。我希望——我祈祷——当我们通过艰苦奋斗，胜利最终到来之际，我们发现对这胜利我们当之无愧。毋需多言，我们必须取胜。这是我们的任务。

“自由意味着在任何地方人权都至高无上”

公元 1941 年 1 月 6 日

罗斯福在第 77 届美国国会发表的这篇国情咨文中论述了所谓“四大自由”，要美国做好准备，帮助正处于第二次世界大战中的盟军。实现“四大自由”成为埃莉诺 · 罗斯福[1]的使命的一部分，成为 1948 年发表的联合国《世界人权宣言》的灵感来源。《宣言》（序言）指出：“鉴于对人类家庭所有成员的固有尊严及其平等的和不移的权利的承认，乃是世界自由、正义与和平的基础；鉴于对人权的无视和侮蔑已发展为野蛮暴行，这些暴行玷污了人类的良心，而一个人人享有言论和信仰自由并免予恐惧和匮乏的世界的来临，已被宣布为普通人民的最高愿望……”罗斯福的这篇演说激发了美国民众、军人和政治家的参战热情，使美国成为了盟军的坚强后盾。1941 年 12 月 7 日，日军偷袭了美国在珍珠港的海军基地之后，美国正式参战。

在这美利坚合众国史无前例的时刻，我向诸位议员发表演说。我之所以用“史无前例”这个词，是因为今日的美国正面临着来自外部的前所未有的威胁……每一个现实主义者都知道，民主的生活方式正在全世界遭受直接的攻击——或者是武力攻击，或者是秘密散布的恶毒宣传的攻击。散布这些宣传的是那些企图破坏和平国家的团结、挑起不和的人。这种攻击已在数量惊人的大大小小的独立国家全盘毁掉了民主的生活方式，而且仍在步步紧逼，威胁着更多的大大小小的独立国家……现在，以武力捍卫民主生存的战争正在四大洲英勇地进行。倘若这场保卫战失败，欧洲、亚洲、非洲和澳洲的全部人口和所有资源都将为征服者所控制。请别忘了，这些人

① 安娜·埃莉诺·罗斯福，美国第 32 任总统富兰克林·罗斯福的妻子，第二次世界大战后她出任美国首任驻联合国大使，并主导起草了联合国的《世界人权宣言》。

'Freedom means the supremacy of human rights everywhere'

口和资源合计起来，远远超过整个西半球人口和资源的总数——没错，超过很多倍……美国的前途岌岌可危。这份国情咨文之所以非比以往、非同寻常，原因正在于此。也正因如此，每一位都肩负着巨大的责任和义务。我们的当务之急是行动起来，制定专门的政策以应对外来威胁。因为许多问题迫在眉睫，而国内问题只是其中的一部分。正如在国内事务上，我们的国策是以尊重国门之内所有同胞的权利与尊严为基础，在外交事务上，我们也应以尊重所有大小国家的权利与尊严为基础。道德的公正原则必将取得最后的胜利……让我们对民主国家申明："美国人民极其关注你们捍卫自由的斗争。我们正倾尽全力，包括我们的资源和组织力量，支援你们恢复并维系一个自由的世界。我们会给你们送去数量日增的舰艇、飞机、坦克和大炮。这是我们的目标，也是我们的誓言。"……

在我们力求安定的未来岁月里，我们期待一个建立在人类四项基本自由之上的世界。第一是言论和表达意见的自由——在全世界任何地方；第二是宗教信仰的自由——在全世界任何地方；第三是不虞匮乏的自由，用全世界的通用语言来讲，就是经济上的融洽关系，它将保证每个国家的人民都过上安定和平的生活——在全世界任何地方；第四是免除恐惧的自由，用全世界的通用语言来讲，就是在全世界裁减军备，要彻底裁减到这样的程度：确保没有哪个国家有能力向邻国发动武装侵略——在全世界任何地方……这个国家已经把它的命运交到千百万男男女女的自由公民的手里，把它对于自由的信仰交由上帝指引。自由意味着在任何地方人权都至高无上。凡是为取得和保持这种权利的人，我们一概予以支持。我们的力量源于我们的目标一致。为了让这崇高理想变为现实，我们不获全胜决不罢休。

HAROLD LECLAIR ICKES 哈罗德·勒克莱尔·伊克斯
公元1874年3月3日—公元1952年2月3日

什么是美国人？

公元1941年5月18日

哈罗德·伊克斯是美国任职时间最长的内政部长，从1933年直至1946年，期间一直负责罗斯福“新政”的实施。他是一位出色的演说家，其演说词常被政府引用来反驳约翰·L·刘易斯[1]和美国联合煤矿工人工会的广播宣传。他反对种族隔离，1938年曾建议划出阿拉斯加作为“从德国及其他犹太人受压迫限制的欧洲地区逃出的犹太难民的天堂”。他对美国参加第二次世界大战发挥过重大影响，在纽约中央公园举办的主题为“我是美国人日”的集会上发表了这篇著名演说。当时，继奥地利、捷克斯洛伐克、波兰、挪威、丹麦、法国、比利时、卢森堡之后，荷兰及北非部分地区也先后沦陷，希特勒貌似即将称霸世界。仍在战斗的英国遭受连续轰炸，运送物资和军备的商船也随时都有被击沉的危险。而在美国，所谓和平主义运动势头强劲，反民主的法西斯宣传铺天盖地，决策者受其影响，也对法西斯主义心存幻想。在这篇演说中，伊克斯抨击此类宣传，定义何为自由美国，指出如不参战，未来美国将独自面对一个业已坐大的希特勒。他呼吁，美国应赶紧加入到捍卫自由的战争中去。七个月后，即1941年12月8日，美国终于参战。

……是时候了，伟大的美国人民应该自豪地高声喊出，什么是美国人？为什么只有美国人，在其盟友——是的，让我们称之为“盟友”——英国人的协助下，有决心而且有能力创造一个有价值的未来？我说的这个未来，没有集中营，没有肉体折磨和精神桎梏，我说的这个未来，自由人将过上自由的、有尊严的、有安全感的生活。这是大势所趋，民主的未来属于我们，前提是我们要无愧于我们的

① 美国劳工领袖，联合煤矿工人工会的主席。

文化和我们的传统。但请不要误解，民主潮流不同于海潮——涨落有时，不可避免。人类事务不是机械的或不可避免的。美国人也不是机械的。他们非常有人性。如何定义美国人？与人种无关，与宗教无关，也无关乎血统或籍贯——并不是因为他们碰巧出生在美国。跟他的社会地位和存款多寡无关。跟他的职业无关。美国人是这样的人：他热爱正义，相信人应该有尊严。美国人是这样的人：他会为自己和邻居的自由而斗争；美国人是这样的人：为了捍卫他和子女的人权，他不惜牺牲自己的财产、享乐和安全；美国人是这样的人：他心里铭记着不朽格言——《独立宣言》的第二句。美国人知道怎样为捍卫自己的权利和生活方式而战。美国人不害怕斗争。为正义的事业而斗争，他们其乐无穷。

我们美国人深知，自由跟和平一样，都是不可分割的。如果全世界四分之三的人都沦为奴隶，我们也不可能独自保有自由。倘若如暴君们所愿，暴行、不公和奴隶制成为常态，最终我们也将无法独善其身。想要保有自由，我们就必须尽自己的力量去帮助英国。我们还要竭尽全力帮助已被征服的国家重获自由，也包括日耳曼人。若不这么考虑问题，那就是纯粹的自私。利人利己才能推动历史的车轮前进，利人利己才能取得胜利。知道为什么吗？因为我们无法在没有朋友、没有盟友的情况下独自在这个世界上生存。假如英国被击败，极权主义者就会把目标转向我们，封闭我们的独立之门。也许你们会暗忖，这样的事真的会发生吗？也许你们听到过一些心怀叵测的论调，认为即使英国被打败，我们也能独自生存，以一己之力对抗整个世界……果真如此，那我们将如同生活在军营里，常备数量巨大的陆、海、空三军，否则我们的自由、民主和我们的生活方式就会随时面临着巨大的危险……

维亚切斯拉夫·米哈伊洛维奇·莫洛托夫
公元1890年3月9日—公元1986年11月8日

“这场战争是强加到我们头上的”

公元1941年6月22日

莫洛托夫，苏联政治家，20世纪20年代是斯大林的左膀右臂，“大清洗”（肃反运动）的主要执行者，1939年与纳粹德国签订了《苏德互不侵犯条约》，又称“莫洛托夫－里宾特洛甫条约”。就在该条约签订后两周，希特勒武装入侵波兰。根据“条约”里的一项秘密条款，苏联紧接着从东面入侵波兰，波兰遂被德、苏两国瓜分。然而，尽管欧洲硝烟四起，希特勒一时却很难啃下英国这块硬骨头。1941年6月，他突然调转枪口入侵苏联，声称要打一场“歼灭战”，令斯大林措手不及。莫洛托夫通过广播向苏联人民宣布了这一消息，并在其后的整个卫国战争期间，像丘吉尔一样，随时发表广播演说鼓舞士气。他紧急启动与英国的谈判（之前苏联曾拒绝了英国共同御敌的请求），并以外交部长的身份赴美，同美国缔结战时同盟。他是战后谈判的负责人，1957年，作为斯大林同事中资格最老的健在者，他被尼基塔·赫鲁晓夫逐出中央委员会主席团（政治局）。

苏联公民们，苏联政府及其首脑斯大林同志授权我发表如下声明：今日凌晨4时，在事先未对苏联提出任何要求和未经宣战的情况下，德国军队开始进攻我国，对我国边境许多地区发起攻击，并出动飞机轰炸了我国的日托米尔、基辅、塞瓦斯托波尔、考纳斯及其他一些城市，炸死炸伤我200多人。敌人还从罗马尼亚方向和芬兰方向对我们实施了空袭和炮击。德军此举是文明国家历史上闻所未闻的背信弃义的行为。尽管苏德之间签订了互不侵犯条约，苏联认真履行了条约，德国仍然对我国发动了进攻。德国法西斯政府应对其强盗行径负全部责任。在进攻开始之后，德国驻莫斯科大

'This war has been forced upon us'

使冯·舒伦堡于清晨5时30分以德国政府的名义向我——外交人民委员宣布，由于红军部队在德国东部边界大量集结，德国政府决定向苏联开战……现在，在已经遭到进攻的情况下，苏联政府已命令我军进行反击，将德军赶出我国领土。

把这场战争强加给我们的不是德国人民，不是德国的工人、农民和知识分子，我们非常理解他们的苦衷。把这场战争强加到我们头上的是德国那些嗜血的法西斯统治者，他们已将法国、捷克、波兰、塞尔维亚、挪威、比利时、丹麦、荷兰、希腊等国的人民变为奴隶。苏联政府坚信，我们英勇的陆军、海军和苏维埃空军的雄鹰定能光荣地完成对祖国、对人民应尽的义务，给侵略者以毁灭性的打击。我国人民并非第一次同狂妄的侵略者打交道。当年我们的人民就曾以一场伟大的卫国战争来抗击拿破仑对俄罗斯的入侵，拿破仑失败了，垮台了。骄横的希特勒下令向我国发动新的进攻，也逃脱不了同样的下场。红军和我国人民为了祖国、为了尊严和自由将再次赢得卫国战争的胜利。苏联政府坚信，我国所有的工人、农民和知识分子，全体男女同胞将自觉承担起自己的义务、付出自己的努力。全体人民应该比以往任何时候都更加紧密地团结在一起。为了保障红军的一切需要，为了保证战胜敌人，我们每一个人都应该要求自己具备一个真正的爱国者所应有的纪律性、组织性和献身精神。政府号召你们，苏联的男女公民们，更加紧密地团结在光荣的布尔什维克党的周围，团结在我们的苏维埃政府周围，团结在我们伟大的领袖斯大林同志周围。我们的事业是正义的。敌人必败！胜利必将属于我们！

“你们进行的是一场解放战争，一场正义的战争”

公元 1941 年 11 月 7 日

截至 1941 年底，苏军牺牲的人数已达 430 万，18 个星期里，德军前进了 1700 公里。10 月初，莫斯科保卫战打响。斯大林在红场发表演讲，号召人民奋起保卫祖国。

同志们，今天，我们在极其困难的情况下纪念十月革命胜利二十四周年。德寇背信弃义的进攻将我们强行卷入了战争，使我们国家面临严重的威胁。我们暂时丢失了一些地区，敌人已兵临列宁格勒和莫斯科。敌人指望在第一波打击之后我们就溃不成军，我们的国家就会屈膝投降。但他们完全失算了。虽然我们的陆军和海军暂时失利，但仍然英勇地全线抵御着敌人的进攻，给敌人造成重大损失，我们举国上下组成统一阵线，誓死击败德国侵略者。我们国家曾经经受过比现在更为严峻的考验。请回忆一下 1918 年我们庆祝十月革命胜利一周年时的境况吧。当时我们四分之三的领土都落在外国武装干涉者的手中。我们暂时失去了乌克兰、高加索、中亚细亚、乌拉尔、西伯利亚和远东地区。当时红军才刚开始组建，我们缺少粮食，缺少武器，缺少装备，但我们面对十四个国家的围攻不曾气馁，不曾灰心。我们在战火之中组建了红军，我们全民皆兵，整个国家就是一座大军营。在伟大的列宁精神鼓舞下，我们奋勇抗击武装干涉者。结果怎样呢？我们击败了敌人，收复了失地，赢得了胜利。

今日的苏联跟当年已不可同日而语，较之二十三年前，我们的工业、农业、原材料产值都要高出许多倍。我们现在有同盟国，与我们结成反抗德国侵略者的统一战线。我们有陷入法西斯暴政统治

'The war you are waging is a war of liberation,
a just war'

下的欧洲各国人民的同情与支持。我们有精良的陆军和海军，为捍卫我们国家的独立，他们不惜献出自己的生命。我们没有粮食、武器及各种装备严重匮乏的问题。全国人民齐心协力，帮助军队抵御纳粹。我们的后备人员无穷无尽。一如二十三年前，伟大的列宁精神鼓舞着我们进行卫国战争。毋庸置疑，我们定能战胜德国侵略者。敌人并不像某些惊慌失措的知识分子形容的那般厉害。魔鬼外表狰狞可怖，其实是外强中干。谁能否认，我们的红军曾不止一次将不可一世的德国鬼子打得仓皇逃窜？只要我们不妄信德国宣传家的吹嘘，而是按照德国的真实情况作出判断，就不难看出，纳粹德国侵略者正面临着灭顶之灾。

如今的德国饥饿而贫困。四个半月的战争令德军损兵折将四百五十万。德国血流殆尽，兵源枯竭。意欲造反的不仅是德寇铁蹄践踏下的欧洲各国人民，还有看不到希望的德国人民。德国侵略者正在拼尽全力，试图最后一搏。毫无疑问，德国已坚持不了多久。再过几个月，再过半年，也许一年——希特勒德国就会被他们自己犯下的深重罪孽压垮。同志们、红军指战员、政工人员们、游击队员们！全世界都寄望于你们，相信你们定能彻底消灭德国侵略者。在德寇奴役下的欧洲各国人民盼着你们去解放他们。你们重任在肩。

望你们勿辱使命！你们进行的是一场解放战争，一场正义的战争。让我们伟大的祖先——亚历山大·纳夫斯基、德米特里·顿斯科伊、库兹马·米宁、德米特里·波扎尔斯基、亚历山大·苏沃洛夫、米哈伊·库图佐夫——的英雄形象鼓舞你们奋勇前进！让伟大列宁的胜利旗帜在你们头上高高飘扬！为粉碎德国侵略者而战！消灭德国占领军！我们光荣的祖国万岁！祖国的独立自由万岁！在列宁的旗帜下——向着胜利前进！

“在德国，大批精神病患者被蓄意杀害”

公元 1941 年 8 月 3 日

冯·盖伦是一位德国伯爵，罗马天主教明斯特大主教，经常发表反对第三帝国的言论。1941 年，他在一系列布道中对纳粹的“安乐死”、秘密警察、强行绝育和集中营等恐怖政策提出抗议。一位纳粹官员提议将他处死。1941 年 7 月 13 日，盖伦在布道时公开抨击纳粹的种种行径：疑犯未经审讯就莫名消失，天主教学校被关闭，诚实的德国人生活在死亡的恐怖阴影之中。7 月 20 日他第二次布道，告诉信徒们说，纸上谈兵的抗议没起到任何作用，宗教人士仍然在被纳粹驱逐或投入监狱。第三次布道，他继续揭露纳粹的恶行：亵渎教堂、关闭男女修道院、集中营里经常发生将精神病人驱逐或实施“安乐死”的事情。他的布道词被复制下来，送往德国各地以及东、西两线的德军士兵手中。整个“二战”期间他都受到严密监视，纳粹之所以没敢处死他，很可能是怕影响到信奉天主教的士兵的士气。1946 年 2 月，冯·盖伦在罗马被任命为红衣主教，回到德国才几天便死于阑尾感染。

> ……我得到可靠消息，威斯特伐利亚的精神病院正在拟定一份病人名单，这些所谓的“无用之人”很快就将被带走杀掉。第一批这样的病人已经于上周从明斯特附近的马林塔尔运走……那些将被杀害的病人都被运到远离家乡的收容所，显然是那些蓄意杀人者为逃避法律的惩处，避人耳目。他们谎称这些人都是病死的。因为尸体被立即焚毁，死者亲属和警方都无法知道他们患的是什么病，无法确认死因。但有确切消息说，第三帝国内务部和负责统管第三帝国医生的康蒂博士都不否认这个事实：在德国，大批精神病人被蓄意杀害，而且有愈演愈烈之势。

'...mentally ill people in Germany have been deliberately killed'

“一个遗臭万年的日子”

公元1941年12月8日

1939年第二次世界大战爆发，英国首相丘吉尔一再吁请美国拯救西方民主，美国虽然隔岸观火，但根据《租借法案》为英国及其盟友提供物资援助，此举也刺激了一直不景气的美国经济加速发展。1941年12月7日，日本不宣而战偷袭珍珠港，美军太平洋舰队16艘战舰被炸毁炸沉。美国人民由此一反反战的态度，一致支持罗斯福参战。就在这篇演说发表后三天，希特勒向美国宣战。

昨天，1941年12月7日——一个遗臭万年的日子——美利坚合众国受到了日本帝国海军和空军蓄意的突然袭击。美国一直同日本和平相处，根据日本的请求，正与它的政府和天皇会谈，以期维护太平洋地区的和平……历史将会作证，夏威夷距日本如此遥远，说明这次突袭是经过许多天甚至许多个星期精心策划的。在调停期间，日本政府蓄意以虚伪的声明和维护和平的愿望来欺骗美国……昨天，日本政府还同时发动了对马来西亚的进攻。昨晚，日军进攻香港。昨晚，日军进攻关岛。昨晚，日军进攻菲律宾群岛。昨晚，日军进攻威克岛。今晨，日军进攻了中途岛。至此，日本已向整个太平洋地区发动了全面突袭。昨天的事实不言自明。美国人民已达成共识，认为日本此举关系到我们国家的生死存亡。作为美军总司令，我已指示采取一切措施保卫国家。我们决不会忘记这次突袭意味着什么。

'A date which will live in infamy'

“现在，我们参战了”

公元 1941 年 12 月 9 日

12月7日，日本偷袭珍珠港；8日，美国向日本宣战；9日，罗斯福向美国人民发表广播讲话。两天后，日本的轴心国盟友德国和意大利同时向美国宣战。

日本对太平洋地区发动的罪恶的突然袭击不啻十年来国际丑行的极致。势力强大、资源丰富的匪徒们纠集在一起，把战争强加到全人类头上。现在，他们又向美利坚合众国发起了挑战。日本人阴险地破坏了我们之间长期以来的和平。许多美国陆、海军士兵在他们的偷袭中丧生。美国军舰被击沉，美国飞机被炸毁。美国国会和人民业已接受了挑战。现在，我们跟其他自由国家的人民一起，为维护跟邻国睦邻相处的权利、为维护不受攻击、有自由有尊严地生存的权利而战斗。过去十年，日本在亚洲的行径跟希特勒和墨索里尼在欧洲和非洲的行径如出一辙。而时至今日，它的胆大妄为有过之而无不及。它有预谋地跟轴心国相勾结，配合其战略，将各个大陆、各个海洋，将整个世界变成了一个巨大的战场。

1931 年，日本不宣而战入侵中国。1935 年，意大利不宣而战入侵埃塞俄比亚。1938 年，希特勒不宣而战占领了奥地利。1939 年，希特勒不宣而战入侵捷克斯洛伐克；同年年底入侵波兰。1940 年，希特勒不宣而战入侵挪威、丹麦、荷兰、比利时和卢森堡。1940 年，意大利不宣而战先后进攻法国和希腊。1941 年，轴心国不宣而战联合进攻南斯拉夫和希腊，控制了巴尔干半岛。1941 年，希特勒不宣而战入侵苏联。现在，日本又不宣而战进攻马来亚和泰国——还有美利坚合众国。

'We are now in this war'

全都是一个模式。现在，我们参战了。我们倾举国之力投入这场战争。这是美国历史上规模最大的一次行动，每个男人、女人、孩子都是其中一份子。不管是好消息还是坏消息，是失败还是胜利——我们都一起承担战争的残酷与波诡云谲……

我们不得不承认，敌人诡计多端，骗术娴熟。他们的所作所为极不光彩，但我们必须面对纳粹在现代战争中采用的这种肮脏手法……我们知道，几个星期以来，德国一直在让日本明白，如果它不进攻美国，待战争结束，它休想从德国那里分一杯羹。德国承诺，只要日本参战，就给予它对整个太平洋地区的永久控制权——这里所指的太平洋地区不只是远东，不只是太平洋诸岛，还包括北美、中美和南美的西海岸。我们还知道，德国和日本有一份联合计划，两国陆军、海军配合行动，该计划把凡是不向轴心国军队提供帮助的国家视为轴心国的共同敌人。这便是他们的战略构想，简单而直白。也正因如此，美国人民必须认识到，我们必须采取同样的战略，以其人之道还治其人之身……战场是丑陋的，打仗并非我们的目的。我们被迫开战，一是为了长远利益，二是为了消灭当前的邪恶势力。我们美国人不是破坏者——我们是建设者。我们现在被卷入战争，既不是为了征服，也不是为了复仇，而是为了国家的安全，为了子孙后代的安全。我们不单是要消除来自日本的威胁，也决不允许希特勒和墨索里尼称霸世界。我们要赢得这场战争，赢得随之而来的和平。在这黑暗的时刻，以及即将到来的黑暗日子里，我们知道，大多数人都将站在我们这一边。许多人都在与我们并肩战斗。所有人都在为我们祈祷。因为我们不仅只是代表我们自己，也代表了他们。我们的共同愿望是，在上帝的指引下赢得自由。

“早在1939年我就向你们保证过，任何军队都不能战胜德国，时间也不能”

公元1941年12月11日发表的对美宣战演说

据说这是希特勒最蛊惑人心的演说。当时德国已经同苏联、英国及其盟国开战，日本偷袭珍珠港后四天，希特勒在德意志帝国国会发表了这篇演说。这篇时长88分钟的演讲稿是希特勒亲自撰写的，通过广播向全国发表。演讲中，他重申了1939年发动战争的理由，解释了他为什么要在1941年出兵苏联，回顾了战争的关键进程。而后，他用很长篇幅分析了罗斯福总统对德的“敌对”政策。最后他做戏般夸张地宣布，德国将同日本并肩跟美国作战。

……今天，德国的人民和士兵正在战斗，不仅是为了现在，也不仅是为了未来，更为了子孙万代。造物主已赋予我们改写历史的非凡重任……事实是，德、美之间的两场战争都是美国人发起的——威尔逊和罗斯福……三国协议已于今日在柏林签订……德国、意大利和日本将竭尽全力通力合作，参与美国和英国强加在他们头上的战争，直至取得最后的胜利……盎格鲁－撒克逊、犹太资本主义世界跟布尔什维克主义结成统一阵线，对此，我们国家社会主义者并不感到吃惊，因为我们早就发现他们沆瀣一气。我们已经成功地终结了德国的国内斗争，在十六年的权力之争中挫败了我们的对手。二十三年前，我决定从政以挽救处于颓势的国家，当时我还是一个无名小卒。你们中的许多人都知道头几年的斗争有多么艰难。从发起运动只有七个人到1933年1月我们掌权，走过的道路简直就是奇迹，唯有上帝的保佑才使之成为可能。现在，我已经是世界上最强大军队的领袖，我们拥有最强大的空军和足以为之自豪的海军。

'In September 1939 I assured you that neither force of arms nor time would overcome Germany'

簇拥着我的是我们的党，是党让我变得伟大，而党也因为我而变得伟大。在我眼里，现在的敌人跟二十年前的敌人没什么两样，但我们将要走的路跟已经走过的路却大相径庭。德国人民意识到自己正处在生死存亡的关头，千百万德国农民和工人、男人和女人为祖国烤面包，为前线将士生产武器。我们有强大的盟国，他们跟我们有着同样的需求，面对的是同样的敌人……

你们，我的党员同志们，知道我的决心不可动摇，既已开战，就必须取得最后的胜利。你们知道，什么也阻止不了我，任何抵抗都将被我们粉碎。早在 1939 年，我就向你们保证，任何军队都不能战胜德国，时间也不能。现在我也要向我们的敌人保证，任何军队、时间、国内的怀疑派都不能动摇我们承担责任的决心。说到牺牲，大后方作出的牺牲完全算不了什么，而一想到几百年来为帝国献出生命的战士们，我们就更觉得责任重大。任何想要逃避责任的人都没有资格自命为德国人。正如我们在权力斗争中毫不手软一样，为祖国的生存而斗争我们同样毫不手软。当此成千上万将士赴死之时，谁要是试图低估前线的牺牲价值，那他也别想苟活。无论他如何伪装，只要他试图破坏德国阵线，破坏我们的后防，削弱政府的权威，破坏后方取得的成就，这个人就必须死！与前线将士们的牺牲相比，这种人的死轻于鸿毛。奉劝我们的敌人不要自欺欺人——纵观德国两千年的历史，我们的人民从来不曾像今天这么团结。过去的年代里造物主待我们不薄，上帝让我们成为如此伟大的民族的一员，让我们向他鞠躬致敬。感谢他让我们进入不朽的日耳曼史册！

“我相信，在世界历史上，没有哪一次为自由而进行的民主斗争比我们更真心实意”

公元1942年8月8日

甘地是印度独立运动的领袖，不合作主义的先驱，相信非暴力抵抗的力量足以改变世界。“二战”期间，英国亟需帝国版图内的公民为战争效力，甘地给予的帮助则是“非暴力的道义上的支持”。印度的其他政治家们不满甘地没跟国会商量就做出这样的决定，全体议员遂集体辞职。甘地辩称，这是一场为民主自由而进行的战争，如果印度与自由无缘，就没有理由真正参与进去。他起草了这份请愿书，呼吁英国退出印度。他明确表示，除非让印度立即独立，否则印度对英国的战争将不予支持。甘地发表这番讲话后不到二十四小时，所有议员都被监禁起来，他们中的很多人都待在监狱里直至战争结束。“退出印度”成为印度独立斗争史上最强有力的运动。数千自由斗士被警察打死打伤，被捕者成千上万。甘地夫人也跟甘地一起被捕入狱，死在他的怀中。1944年5月6日，战争已近尾声，甘地因健康原因获释——当局担心，如果他死在狱中，会在国内引发更大的骚乱。战争结束后，英国发出明确信号，将把权力移交给印度。甘地呼吁民众停止斗争，包括议会领导班子在内，约10万人被释放。

> 我得赶紧声明，我，甘地，还是1920年的那个甘地。我没有根本上的变化，如果说有，那就是我对非暴力的信念更加坚定了……我相信，在世界历史上，没有哪一次为自由而进行的民主斗争比我们更真心实意。我在监狱里读了卡莱尔的《法国大革命》，还听潘迪·贾瓦哈拉尔讲了有关俄国革命的一些情况。但我确信，他们都是用枪炮、用武力进行的斗争，并未实现民主理想。我心目中的民

'I believe that in the history of the world, there has not been a more genuinely democratic struggle for freedom than ours'

主应建立在非暴力之上，应该是所有人共享自由。人人都是自己的主人。今天，我请大家都加入到为实现这样的民主而进行的斗争中来。认识到这一点，你就会忘记印度教徒和穆斯林的区别，只把自己看作印度人，是为独立而并肩战斗的印度人。

此外，就是你们对英国人的态度。我注意到有人对英国人抱有仇恨。他们说英国人的所作所为令人作呕。他们把英帝国主义和英国人民混为一谈了。在他们看来，这二者是一回事。对英国人的仇恨使他们甚至宁愿欢迎日本人。这是最最危险的，意味着用一个奴隶制换取另一个奴隶制。我们必须消除这种仇恨。我们是同英帝国主义斗争，跟英国人民并无过节。提出让英国权力退出印度并非没有风险，但它使印度得以发挥它应起的作用。这个世界正在进行战争，而像印度这样一个大国，却无可奈何地予以资金和物资的支持，这样的情形着实让人尴尬。因为我们尚未获得自由，也就不可能焕发出真正的牺牲精神和勇气。我知道，当我们付出足够的自我牺牲，英国政府就没有理由拒绝给我们自由。所以，我们必须消除仇恨。至于我自己，我可以说我从来就不曾有过仇恨。事实上，我自认为是英国人的好朋友，而且这种感觉比以往任何时候都更强烈。原因之一是他们现在正处于危难之中。我跟他们的友谊要求我尽力帮助他们纠正他们所犯的错误。现在的形势，依我之见，他们已经站在了深渊的边缘。我有责任去提醒他们注意危险，哪怕暂时会激怒他们，甚至将我友好地伸出的援手砍断。也许会有人笑话我，但这就是我的立场。在我发动我一生之中最重大的战斗之时，我不会记恨任何人。

“现在，人民起来了，让暴风雨来得更猛烈些吧！”

公元 1943 年 2 月 18 日

戈培尔是希特勒的宣传部长，这篇演说发表于柏林体育宫，并向全国广播。戈培尔以善于演讲著称，是发生在 1938 年的袭击犹太人事件“水晶之夜”[①]的直接责任人。1943 年 2 月，斯大林格勒之战后，在德军全面溃败，反德潮流来势汹汹的情况下，戈培尔加强了宣称攻势。在这篇演说中，他呼吁扩大征兵规模，打一场总体战。1945 年，盟军逼近希特勒在柏林的地堡，希特勒饮弹自尽。戈培尔夫妇在杀死六个子女后自杀。

就在三周前，也是在这个地方，我宣读了元首纪念掌权十周年的书面演讲，并向你们和全体德国人民发表了演说。眼下，我们在东线面临着空前的危机。伏尔加河的战斗正在进行，当此生死存亡的危机关头，1 月 30 日我们曾召开群众集会，以显示我们的团结和克服战争第四年所遭遇的困难的坚强意志。无线电波把在斯大林格勒英勇奋战的将士们和在体育宫集会的我们联接在一起，这让我，也让你们大家动容。通过广播他们告诉我们，他们听到了元首的讲话，也许这是他们此生最后一次高举双臂高唱国歌了。在这个伟大的时代，德国士兵为我们树立了多么光辉的榜样！我们大家，我们整个国家的责任是多么的重大！斯大林格勒曾经是，现在仍是命运向日耳曼民族发出的一个巨大的警报！这个民族有能力战胜灾难生存下去，而且将会发挥出更大的力量，它是不可战胜的。在我向你们、向全体德国人民讲话时，我忘不了正在斯大林格勒浴血奋战的英雄们，是他们肩负起了保护我和你们的巨大责任。我不知道今晚在国内、在前线有多少人通过广播在听我演讲。我只想说出我的肺腑之

① 又称“碎玻璃之夜”，是指 1938 年 11 月 9 日至 10 日凌晨，希特勒青年团、盖世太保和党卫军化装成平民袭击德国和奥地利的犹太人的事件。当夜，许多犹太人的窗户被打破，破碎的玻璃在月光下有如水晶般发亮。“水晶之夜”事件标志着纳粹对犹太人有组织屠杀的开始。

'Now, people rise up and let the storm break loose!'

言，希望我的话能抵达你们的内心深处。我相信我今晚的话会让德国人民热血沸腾。在这样的时刻，我的讲话会严肃而坦率。在国家社会主义培养、教育、约束之下的德国人民能够承受全部事实。他们知道形势有多么严峻，他们的领导要求他们做好最坏的打算。我们德国人从不优柔寡断、半信半疑。战争的打击和不幸只会让我们勇气倍增，决心更加坚定，拿出革命的精神和血战到底的意志去克服种种的困难和障碍……

我们最强大的同盟军就是人民，他们是我们的后盾，不管发生什么，他们都将坚定不移地紧随元首。为赢得胜利，他们愿挑起最沉重的担子。世界上有什么力量能阻止我们向着我们的目标前进?我们必须成功、也定能成功！我站在你们面前，不仅是政府的发言人，也是人民的发言人……党、政府和军队的所有领导人都跟我们在一起……凡是为国家生存效力的都是好的，都必须予以鼓励，反之则必须革除。我们有炽热的心和冷静的头脑，一定能克服现阶段所遇到的难题。我们正前进在通往最后胜利的道路上。胜利的基础就在于我们对元首的忠诚。今晚，我要再次提醒全国人民牢记自己的职责。元首希望我们行动起来，把过去的失利抛诸脑后。我们不要让他失望。正像我们为他骄傲一样，他也为我们自豪。国家面临的巨大危机在考验着我们，考验谁是真正的德国男人和德国女人。我们没有权利再歧视女性，因为不论男女都展示出了同样坚定的决心和不屈不挠的精神力量。我们的民族已经做好了应对一切的准备。元首在召唤我们，我们将紧紧跟随。当此之际，我们对胜利的信心毫不动摇。胜利已然触手可及，我们要做的只是去拥有它。为了胜利，我们必须无条件服从命令。此时此刻，这就是我们的责任。我们的口号是：现在，人民起来了，让暴风雨来得更猛烈些吧！

“美国人热爱胜利者”

公元1944年6月5日

巴顿1909年参军，第一次世界大战中成为第一个被派往新组建的美国坦克军团的军官，后来，他带头提倡装甲战。第二次世界大战期间，他先后在北非、西西里和欧洲指挥作战。因为担心苏联军队入侵欧洲，他跟艾森豪威尔发生了分歧（后来证明他的担心是正确的）。1944年，他率第三集团军四十八小时急行160公里，一场坦克大战后解放了法国城市巴斯通尼。以下摘录的是他在6月的D日诺曼底登陆前，在英国对部队所作的极其精彩的最后动员演讲。不必指责他的语言太俗，“老浑小子”巴顿是在用大白话鼓舞士气。

兄弟们，最近有些小道消息，说我们美国人缺乏斗志，想退出战争，全是屁话！美国人向来喜欢打仗，真正的美国人喜欢战场上的刀光剑影。今天，你们之所以在这里有三个原因：第一，你们来这里是为了保卫家乡和你们所爱的人；第二，你们来这里是为了赢得自尊，因为你们不想待在别的任何地方；第三，你们在这里是因为你们是真正的男人，真正的男人都喜欢战斗。在场各位还是小孩子时，肯定都崇拜那些弹球冠军、跑得最快的运动员、最强悍的拳击手、大联盟棒球选手以及全美橄榄球联赛的球员。美国人热爱胜利者。美国人不能容忍失败者，美国人蔑视懦夫，美国人一旦参战就总是赢家。我最瞧不上的就是那种输了还腆着脸笑的家伙。这就是美国人从来没有、将来也不会输掉任何一场战争的原因之所在。美国人最恨“输”字……你们不会全部阵亡的。你们当中最多有百分之二的人可能在某次大战中牺牲。永远不要怕死。死亡迟早会降临到每个人头上。是的，每个人第一次上战场都会害怕。如果有人

'Americans love a winner'

说他不怕，那是撒谎。有些人生来胆小，但他们也会像勇敢者那样战斗，人人都害怕但大家都在拼命，你如果袖手旁观，连你自己都会感到羞耻。即使胆怯却依然奋勇作战的人才是真正的英雄。有些人置身枪林弹雨中只须几分钟便能克服恐惧，有的需要几小时，有的甚至得几天。但一个真正的男人决不会让对死亡的恐惧战胜他的荣誉感、他对国家的责任感和他的男子汉气概。战争是最能让人沉湎其中的最有意义的比赛。它能让最佳选手脱颖而出，让孬种出局。美国人为自己能变成英雄中的英雄而自豪，而他们也确实是英雄中的英雄。记住，敌人和你们一样害怕，很可能更害怕。他们并非超人。

……我们有世界上最充足的给养、最精良的装备、最旺盛的斗志和最棒的战士。噢，我的上帝，说实在的，我都有点同情那些跟我们交手的狗娘养的了。当然，我们也想回家。我们想让这场战争早点儿结束。而最快的办法就是干掉那些挑起战争的狗杂种。尽早把他们消灭干净，我们就可以尽早回家。穿过柏林和东京是回家最短的路程。到了柏林，我要亲手干掉那个纸老虎、狗娘养的希特勒，就像射杀一条毒蛇！……时不时地会有人抱怨，说我们的人被逼得太紧。我才不管这些该死的抱怨呢。老话说得好，“多洒一滴汗，少流一桶血”。我们进攻得越坚决，消灭的德国佬就越多，而德国佬死得越多，我们死的人就越少。我要你们记住，进攻就意味着较少的伤亡。凯旋回家后，你们大家都将有值得炫耀的资本。二十年后，当你抱着孙子坐在炉边，孙子问你第二次世界大战时你在干什么，你会庆幸自己参加了这场伟大的战争，你不用尴尬地咳嗽一声，把孙子移到另一个膝盖上，吞吞吐吐地说：“嗯……爷爷我在路易斯安那铲粪。”不，先生，你可以直视着他的眼睛说：“爷爷我当年在第三集团军和那个叫乔治·巴顿的狗娘养的并肩作战呢！”

“潮流变了。全世界自由的人们正肩并肩迈向胜利”

公元 1944 年 6 月 6 日

艾森豪威尔是五星上将，1953—1961 年任美利坚合众国总统。第二次世界大战期间他是盟军在欧洲的最高统帅，策划了 1944 年 6 月 6 日入侵欧洲的诺曼底战役。诺曼底一役算不算成功难以定论。D 日登陆成功后 BBC 发表了艾森豪威尔的演讲。很久以后，艾森豪威尔的一位副官在他的衬衣口袋里发现了一份备用演讲稿，上面写道：“瑟堡港登陆后我们没能找到令人满意的立足点，于是我命令部队撤回。我是根据可靠情报选定登陆的时间和地点的。三军将士也竭尽了全力。如果说此战有什么失误的话，责任应由我一人承担。”首轮空袭过后，6 月 6 日，16 万士兵横渡英吉利海峡，截至 8 月底，成功登陆的人数已超过 300 万。滩头阵地稳固之后，盟军花了整整 3 个星期集结部队，开始了“眼镜蛇行动”，意在从诺曼底打开突破口。与此同时，另一支盟军部队从法国南部向北挺进，苏联军队则从东面进攻，德军在多方夹击之下最终失败。

> 你们将毁灭日耳曼战争机器，铲除统治欧洲的纳粹暴君，确保我们自己的自由世界的安全。你们的任务并不轻松。你们的敌人训练有素，装备精良，且久经战火考验。它会拼死一搏。但这毕竟是 1944 年，从 1940—1941 年纳粹节节胜利以来，形势已经发生了很大的变化。美国公开参战，给了德国佬以沉重打击。我们在空战中重创了敌人的空中力量，同时也削弱了他们地面作战的力量。我们的后方不仅源源不断地给我们提供武器弹药，而且在我们的要求下训练了大量的后备兵源。潮流变了。全世界自由的人们正肩并肩迈向胜利。我对你们的勇气、奉献精神和作战能力抱有绝对的信心。我们只要一种结果，那就是彻底取胜。祝你们好运。

'The tide has turned. The free men of the world are marching together to victory'

“首先，他们迫害共产党人”

公元1946年

尼默勒曾是“一战”时一位杰出的潜艇指挥官，后为路德教牧师，也曾经是希特勒的支持者。渐渐地，他对纳粹的政策倍感失望，跟迪特里希·邦霍伊夫一起创建了认信教会——一个反对将德国宗教纳粹化的新教派。希特勒和鲁道夫·赫斯[1]都对尼默勒恨之入骨。因反对纳粹，尼默勒于1937年被捕入狱，从1938年到1945年，先后被囚于萨克森豪斯集中营和达豪集中营。在监狱中他深感懊悔的是，没能在1937年之前将14000名新教牧师发动起来，帮助受到希特勒迫害的人。从1946年1月开始，他在法兰克福及其他地方的集会上对认信教会的代表发表了若干次演讲：

> 上帝没问我，1937年至1945年间我在哪里，他只问我，1933年至1937年间我在哪里。对于这段时间，我无以作答。也许我可以说：那些年我是个勇敢的认信教会牧师，我冒着失去自由甚至失去生命的危险批评当局。但上帝没问我这个。上帝问：1933年至1937年，当那么多人被烧死时，你在哪儿？我说：那些被烧死的人不是我的基督教兄弟，他们是共产党人，是耶和华见证会的人，诸如此类。所以我什么也没做。

1955年，一位德国教授曾说过这么一番话：“尼默勒牧师为成千上万像我这样的人仗义执言……他说，见到纳粹迫害共产党人，他很是不安，但毕竟他不是共产主义者，所以他什么都没做；后来，纳粹迫害社会党人，他更感不安了，但因为他不是社会主义者，所以还是什么都没做；

[1] 鲁道夫·沃尔特·理查德·赫斯，希特勒的心腹，1933年至1941年任纳粹党副元首。

'First they came for the communists'

再后来，学校、媒体、犹太人等等都成了纳粹迫害的对象，他心急如焚，却依然什么都没做。直到纳粹迫害教会，而他是教会中人，这才有所行动——但已经太迟了。”

从尼默勒的深切自责引申出了一首著名的挽歌：

首先，他们迫害共产党人，我没有站出来说话——因为我不是共产主义者；

然后，他们迫害工团主义者，我没有站出来说话——因为我不是工会的人；

接着，他们迫害犹太人，我没有站出来说话——因为我不是犹太人；

最后，迫害到了我自己头上——没人站出来为我说话了，因为所有人已被迫害致死。

“一道横贯欧洲大陆的铁幕已然降下”

公元 1946 年 3 月 5 日

“二战”结束后不到一年，丘吉尔在演说中首创了“铁幕”一词，用以描述欧洲大陆的分界线，分界线的一边是西方自由国家，另一边则是苏联控制之下的东欧各国。丘吉尔的这篇演说是在密苏里州富尔顿的威斯敏斯特学院发表的，演讲前他被授予荣誉学位，介绍人是密苏里籍的哈里·杜鲁门总统。

美利坚合众国此刻正雄踞世界权力的顶峰。对于美国民主来说，这是一个庄严的时刻。拥有最大的力量，就意味着对未来负有令人肃然起敬的责任……所有这一切意味着，任何一个国家的人民都应享有宪法赋予的权利，可以自由选举，以秘密投票的方式改良或组建政府；享有言论自由和思想自由；司法应独立于行政之外，不偏向任何党派，行使广受赞同或经受过时间和社会习俗考验的法律。如同房屋有产权证一样，每个家庭的自由都应得到保障。这是英国人民和美国人民向全人类发出的信息。让我们把我们所做的广而告之——让我们把我们所宣扬的付诸实践……同盟国的胜利刚刚带来一线光明，一道阴影又落到了我们头上。没人知道苏维埃俄国及其共产国际组织在不久的将来想要做什么，也不知道他们的扩张和信仰兜售有何限度——如果真有限度的话。我非常钦佩和敬重勇敢的苏联人民和我们战时的同志斯大林元帅。在英国——我毫不怀疑，在这里也一样——人们对俄国各族人民怀有深深的善意和同情，决心求同存异，跟他们建立持久的友谊。我们理解，俄国需要它西部边界的安全，以免再次遭到德国的侵略。我们欢迎它拥有一个大国应有的一席之地。我们欢迎它的国旗在海上飘扬。我们尤其欢迎俄国人民和大西洋两岸的人民之间保持不断的、频繁的和日益增多的接触。但我有责任，也相信你们希望听我把看到的有关他们的事情告诉你们，把有关当前欧洲形势的某些事实摆在你们面前。

从波罗的海的什切青到亚得里亚海的迪利亚斯特，一道横贯欧洲大陆的铁幕已然降下。在这道铁幕后面坐落着所有中欧和东欧古国的都城。华沙、柏林、布拉格、维也纳、布达佩斯、布加勒斯特和索菲亚，所有这些历史名城及其居民无不处在苏联的势力范围之内，不仅以这样或那样的形式屈服于苏联势力的影响，而且还受到莫斯科日益增强的高压控制。只有雅典——希腊依然发扬着它不朽的光荣传统——在英国、美国和法国的共同监督下，通过投票自由地选择了自己的未来。波兰政府在俄国的怂恿下发不义之财，大片侵占德国领土，以难以想象的规模把数以百万计的德国人驱逐出境。东欧国家到处争夺极权主义的控制权。警察政府几乎无一例外地大行其道，到目前为止，除了捷克斯洛伐克，根本没有真正的民主……世界的安全需要欧洲重新联合起来，任何一个成员国都不应该被永久抛弃。我们亲眼见证了欧洲强大种族之间的争端引发世界大战，这样的争端之前曾多次发生，现在又现出端倪。在我们的一生中，我们两度看到美国情非所愿地、顶着争议的压力及时参战，以其不可抗拒的力量保证了正义事业的胜利，并为之付出了重大的牺牲。美国不得不两度派出数百万青年跨过大西洋参战；而现在，从东方到西方，战争随时可能降临到任何一个国家头上。毫无疑问，我们应该在联合国的框架范围内，遵循联合国宪章，自觉努力，以维护欧洲的和平安定。我觉得这正是我们实行这样一个极其重要的政策的公开理由。而在横跨欧洲的铁幕面前，我们另有理由深感忧虑……

“当务之急是什么？”

公元1947年6月5日

第二次世界大战时乔治·马歇尔任美国陆军参谋长和罗斯福总统的首席军事顾问。他的组织才能得到了温斯顿·丘吉尔的高度评价。战后，新总统哈里·杜鲁门派遣他前往中国，试图撮合毛泽东的共产党和蒋介石的国民党，但没能成功。1947年，马歇尔出任国务卿。美国希望欧洲迅速开展战后重建，以防止共产主义蔓延。马歇尔在哈佛大学发表了如下演讲，概述了雄心勃勃的“欧洲复兴计划”，旨在让欧洲遵循美国的资本主义模式恢复经济，进而使经济现代化。他想把它命名为“杜鲁门计划”，但总统不同意，坚持称之为“马歇尔计划”。因其对欧洲复兴的卓越贡献，马歇尔于1953年荣获诺贝尔和平奖。

……认真说来，并不需要我来告诉诸位世界形势有多么严峻。对有识之士来说，这是一目了然的事情。我认为困难之一在于，这个问题太过复杂，以至于尽管报纸和电台把大量的事实告知公众，人们仍很难对眼下的形势作出清楚的评价。更何况我国人民远离这些问题地区，很难理解那些长期遭受苦难的人们的窘境和他们的反应，以及在事关与美国合作促进世界和平的问题上，这些反应对他们的政府会产生什么样的影响。考虑到欧洲战后重建的需要，已对人员损失和城市、工厂、矿山和铁路受损的情况作出了正确评估，而直到最近几个月情况才逐渐明晰：相对于这些看得见的损失，整个欧洲经济系统遭到的破坏要严重得多。过去十年的情况是极端异常的。狂热的备战和更加狂热的战争使得国民经济各个方面几近瘫痪。机器要么失修要么完全报废。在纳粹毁灭性的军事独裁统治之下，几乎所有工矿企业都变成了为纳粹战争机器服务的工具。因为

'What must be done?'

资金的匮乏、国有化的榨取或者直接的破坏，长期的商务联系、私营公司、银行、保险公司和船运公司都纷纷消失了。在许多国家，人们对本国货币的信心已经严重动摇。欧洲的商业机构在战争中彻底坍塌。战争结束已经两年，与德国和奥地利的和平协议仍未达成，重建工作因此严重滞后。但是，显而易见的是，就算这些困难和问题能更快地得到解决，欧洲的重建仍需要比我们预期的更长的时间、需要付出更多的努力……

同时，城市居民食品和燃料短缺，有些地方甚至已经发生了饥荒。政府不得不动用外汇储备和以贷款的方式从国外购进这些必需品。如此一来，重建亟需的资金被耗尽。一个非常严重的情况迅即出现，这对世界来说决不是什么好兆头。作为产品交换的基础的劳动分工这一现代化体系正遭到破坏。事实上，今后三年到四年，欧洲对国外食品和其他生活必需品的需求——主要是从美国进口——是如此之巨，大大超过了它现在的支付能力，它亟需实实在在的额外帮助，否则它将面临一个极其严重的后果，其经济、社会和政治形势将进一步恶化……自不待言，美国应该尽其所能帮助世界经济恢复正常；若非如此，政治将不稳定，和平不能确保。我们的政策并不跟任何国家、任何教条相悖，而是为了战胜饥饿、贫穷、绝望和骚乱。它的目标是全球经济复苏，为自由体制的生存创造必需的政治和社会条件。而且我认为，在当前如此危机四起的情况下，我们的援助不应该是零打碎敲的……正如我前面所言，我们离问题所在的地方很远……然而，整个世界的未来如何，取决于对现实状况的正确判断。我以为，在很大程度上取决于美国人民是否认识到问题的关键所在。人民的反应如何？如此反应的原因何在？眼下的灾难有哪些？需要怎么做？最佳措施是什么？当务之急是什么？

“我们的生命之光熄灭了”

公元 1948 年 1 月 30 日

博学的尼赫鲁[①]一直是印度独立斗争的关键人物，是 1947 年印度独立后的首任总理。他是其导师圣雄甘地的政治传承人。甘地提倡非暴力，是不抵抗运动的先锋，他以和平手段赢得了印度的独立，被称为印度“国父”。1948 年 1 月 30 日傍晚，甘地在新德里街头散步时遭到暗杀。凶手是印度教极端分子，他们认为印巴分治之后，是甘地坚持对巴基斯坦作出补偿，因而削弱了印度的国力，而事实上，分治是甘地从来不愿见到的结果。尼赫鲁悲痛万分地向全国通报了甘地被暗杀的消息。

朋友们，同志们，我们的生命之光熄灭了，到处一片黑暗。我不知道说什么，不知道该怎么说。我们敬爱的领袖，我们的圣雄，我们的国父，不在了。我这么说也许不对，但事实是，我们再也不能像许多年来那样目睹他的风采了。我们再也不能去向他求教、从他那里寻求安慰了，这不仅仅是对我个人，也是对千百万印度人民最可怕的打击。对我或其他人来说，要想给出建议以减轻打击殊非易事。我说过光熄灭了，但这是错误的。因为多年来照耀着我们国家的这道光绝非寻常之光，许多年后，千年以后，它仍将照耀着我们，世界也将看到它，它将给无数的心灵以抚慰。因为这道光代表的不仅只是刚刚过去的历史，它代表了生存之道，代表了永恒的真理，让我们不忘曾经走过的正确的道路，让我们避免犯错，指引这个古老的国度走向自由。

还有那么多的事情需要他去做，我们从来没想过他的任务已经完成，我们不再需要他，而他就这么突然地走了。尤其是现在，正

① 尼赫鲁是印度开国总理，也是印度在位时间最长的总理，任期为 1947 年到 1964 年。他被尊称为“班智达”（Pandit）尼赫鲁，意即博学的尼赫鲁。

当我们面临着诸多困难时，他却离我们而去，这样的打击让人无法承受。一个疯子结束了他的生命，干出这种事的人我只能叫他疯子。但事情并未就此结束，过去年月积淀下来的毒素仍弥漫全国，毒害着人们的心灵。我们必须正视它，根除它，我们必须正视重重包围着我们的危险，但我们不能失去理智，不能蛮干，而是要用我们敬爱的领袖教导我们的方式去应对。现在，首先要记住的是，谁都不许乱来，因为他会生气。我们的所作所为必须要有一个强大而坚定的民族应有的风范，坚定地直面危险，坚定地执行我们伟大导师伟大领袖的命令。随时记住，他的英灵在关注着我们，在看着我们，他最不愿意看到的就是我们做小动作或者诉诸暴力。

我们决不能那么做。这并不等于示弱，恰恰相反，我们将鼓起勇气、团结一心，去面对我们面前的任何困难。我们要互相鼓劲，在巨大的灾难面前，我们之间的那些小麻烦、小困难、小摩擦都不要去计较。巨大的灾难会让我们记住生活中的大事，忘掉那些我们自以为了不得、实则微不足道的小事。他的死提醒我们关注生活中的大事、关注活生生的真相，记住这些，印度才有前途……让我们祈祷，而最伟大的祷文便是我们的誓言，我们发誓献身真理，献身于我们这位伟大同胞曾经为之战斗和牺牲的事业。这是我们献给他的最好的祷文，是对他最好的纪念。这是我们献给印度、献给我们自己的最好的祷文。

“民主能注入活力，激励世界人民行动起来去争取胜利”

公元1949年1月20日

1945年4月，富兰克林·罗斯福总统逝世，4月12日，杜鲁门[1]以副总统的身份继任，发表了他的第一次就职演说。1948年大选，他出人意料地胜出连任，之前媒体曾过早断言共和党候选人、纽约州州长托马斯·杜威会是胜者。杜鲁门在就职演说中重申将延续“马歇尔计划”，刺激贸易发展，制定防务条约，加强与盟国的合作，维护世界民主的安全。

将近一年前，我们与欧洲十六个自由国家一起启动了史上最伟大的经济合作计划。此举史无前例，目的是刺激和发展欧洲经济，使欧洲大陆的人民重新回到文明的前列，再次为世界安全和福祉作出贡献。我们的努力给人类带来了新的希望。我们击败了绝望与失败主义情绪。我们挽救了若干国家，使之不致失去自由。全世界数以千万计的人民站在我们一边，我们不需要战争——我们能够享有和平。主动权在我们手上……在未来的岁月里，我们为和平与自由制定的这项计划将着重落实在四个方面。第一，我们将继续坚决支持联合国及其相关机构，继续采取可行措施以强化它的权威性和影响力。一些新兴国家正在民主原则下逐步走向自治，我们相信，这些国家的兴起定能让联合国更加强大。第二，我们将继续推行恢复世界经济的计划。这就意味着我们首先要竭尽全力支持欧洲经济复苏计划。我们对世界经济的复苏充满信心。相信我们的合作伙伴能够重新树立起自力更生的国家形象。除此之外，我们还将有计划地扫清世界贸易的障碍，扩大贸易总量。世界贸易是恢复经济、维持和平的基础。第三，我们要让热爱自由的国家强大起来，使之有足

① 哈里·S·杜鲁门，第33任美国总统（1945年—1953年）。他批准对日本使用原子弹，签署了联合国协议和北约协议，形成了美国其后数十年间反对共产主义的国家政策——杜鲁门主义。

'Democracy alone can supply the vitalizing force to stir the peoples of the world into triumphant action'

够的力量防范侵略。我们正在同一些国家商讨制定联合协议，以保障北大西洋地区的安全。该协议将在联合国宪章有关条款的规定范围内达成联合防卫的协定。我们业已签订了达成西半球联合防卫的《里约热内卢条约》。这些协议的主要目的是让自由国家联合起来，齐心协力抵御来自任何方面的侵略。签订协议的每个国家都必须为联合防卫竭尽全力……除此之外，凡是愿意在维护和平与安全方面跟我们合作的自由国家，我们都将为其提供军事咨询和装备。第四，我们必须着手制定一项更为大胆的新计划，帮助不发达地区发展科学技术和工业生产，促进其进步繁荣。世界人口一半以上还生活在贫困之中而且每况愈下。他们食不果腹，无钱治病。他们的经济生活原始、呆滞。他们的贫困不仅对他们自己，也是对发达地区的威胁和阻碍。史上第一次，人类有知识也有办法让这些人从苦难中解脱出来。美国在工业和科技方面都已领先于世界各国。我们在物资方面所能给予的援助是有限的，但科学技术的知识资源却无穷无尽。我相信，热爱和平的人民可以通过我们的科技援助受益，去追求更加美好的生活。我们还将跟其他国家合作，加大对欠发达地区的投资力度。我们的目标应该是帮助世界上热爱自由的各国人民，通过他们自己的努力，生产出更多食物、更多衣料、更多建材，让他们具备更先进的机械生产能力，以减轻他们的重负……民主能激发活力，激励世界人民行动起来去争取胜利，不仅战胜压迫者，还要战胜古老的敌人——饥饿、痛苦和绝望。以这四项行动计划为基础，我们希望能创造一个良好的发展环境，最终让全人类都享有自由，过上幸福的生活……我们将献出我们的力量、我们的资源，我们实现这个终极目标的决心坚定不移。有上帝的庇佑，人类必将拥有一个公平、和谐与和平的世界。

“什么时候我会被炸得粉身碎骨？”

公元1950年12月10日

威廉·福克纳于1949年荣获诺贝尔文学奖，这是其获奖感言，此次获奖奠定了他在美国文学史上的重要地位。福克纳还是个孩子时，全家迁居密西西比州一个名叫牛津的小镇，后来，这个小镇作为故事背景经常在他的小说中出现。福克纳生活在美国最贫穷的一个州的小镇上，连高中都没毕业，家庭人口越来越多，经济情况每况愈下。大萧条期间，他以这个南方小镇为背景创作了一系列小说，包括《我弥留之际》《八月之光》和《押沙龙，押沙龙！》，这些作品，尤其是《押沙龙，押沙龙！》，后来大受赞赏，被认为是美国文学的佼佼者。20世纪40年代，福克纳应邀去好莱坞，与霍华德·霍克斯合作创作电影剧本，经济总算有了保障。除了长篇小说，他还写过短篇小说和诗歌。福克纳声称酒能激发他的创作灵感，因此经常酗酒无度，边写边喝。福克纳获奖时，世界正面临着核战争的威胁，他在发表获奖感言时表达了自己的担忧，希望年轻作家不要受此冲击，无论什么情况下都要记住写作是一个作家的职责。

我觉得这份奖赏不是授予我个人，而是授予我的工作的——授予我一生所从事的关于人类精神的呕心沥血的工作。我从事这项工作不是为名，更不是为利，而是以人的精神为源泉，创作出一些前所未有的东西。因此，这份奖金不过是托我暂时保管罢了。要发表一番获奖感言，既对得起这份奖金又符合此奖的本义并非难事，但我更愿意利用这个时机，利用这个举世瞩目的讲坛，向可能正在听我演讲、正在含辛茹苦写作的年轻同行们致意，他们当中肯定有人有一天也会站到我现在所站的这个位置上来。

我们今天的悲剧是，人类普遍存在着一种肉体上的恐惧，这种

'When will I be blown up?'

恐惧由来已久，以致人们竟习以为常。在这个社会精神上的问题已经退隐，唯一的问题是:什么时候我会被炸得粉身碎骨？正因如此，今天从事写作的男女青年已经忘记了人类的内心冲突，而只有涉及这种冲突才可能产生好作品，因为这是唯一值得写、值得呕心沥血去写的题材。一个作家必须反思这些问题，他必须让自己明白，世间最可鄙的事情莫过于恐惧；他必须让自己永远忘却恐惧，在他的书房里，除了内心固守的古老真理之外，容不下任何别的东西。没有这些普遍的真理——爱情、荣誉、悲悯、自尊、同情与牺牲——任何作品都只能是昙花一现，不可能成功。如果做不到这一点，他的任何努力都是白费劲。他写的不是爱情而是欲望，在他描绘的失败里，没人失去任何有价值的东西，而在他所描绘的胜利里，竟没有希望与梦想，最可悲的是，没有怜悯或同情。他不是为尸骨遍野而哀伤，所以留不下任何痕迹。他不是在写心灵而是在写器官。

在明白这些之前，他写作时犹如置身末日来临的人群之中，观察末日的到来。我不接受人类末日的说法。你可以说人类能代代相传，可以说最后一声钟声将在最后一线夕阳下消失在最后一块光秃秃的礁石后面，说这些都很容易，但即使是这样，至少也还会有一种声音存在，哪怕很微弱——那就是人类说话的声音。我相信人类不仅能传宗接代，而且能战胜一切，香火旺盛。人之不朽不是因为他是唯一有语言的动物，而是因为他有灵魂，有感情，有牺牲精神和忍耐精神。抒写这些精神是作家和诗人的职责。作家和诗人的优势就在于手中的那支笔，可以用作品去鼓舞人心，让人们记住曾经有过的光荣，记住曾经有过的勇气、荣耀、希望、自豪、激情、同情和牺牲。诗人的声音不仅是人类生活的记录，而应该是帮助人类生存繁衍、兴旺发达的顶梁柱。

“通向自由之路绝非坦途”

公元 1953 年 9 月 21 日，当选非洲人国民大会德兰士瓦省主席后，
由安德鲁·库内内（Andrew Kunene）代为朗读就职演说

1948 年的南非选举中，白人占主导地位的国民党获胜，积极立法推行种族隔离制度，曼德拉自此走上了人权斗争之路。1952 年非洲人国民大会发起“蔑视不公正法律运动”，时任非国大青年联盟主席的曼德拉当选为全国志愿者首领。该抵抗运动希望以志愿者为核心，逐步发动广大群众参与到以非暴力形式反对种族隔离的斗争中来。曼德拉奔走于全国各地，把人民组织起来，反抗种族歧视的法律法规。在受审时，他和跟他一起受审的人都证明了自己一直坚持非暴力行动，但因为他在“蔑视运动”中所发挥的领导作用，他仍受到了指控，罪名是违反了《镇压共产主义条例》。曼德拉被判缓刑，禁止参加集会，在约翰内斯堡监视居住六个月。这期间，曼德拉成为执业律师，于 1952 年在约翰内斯堡市中心开办了南非首家黑人律师事务所。之后，当局勒令他将事务所迁出约翰内斯堡。

1953 年，因为担心非洲人国民大会会像共产党一样被宣布为非法而不得不转入地下活动，曼德拉受命制定一个计划，以便运动的领导人跟成员无须通过公开集会便可相互接触。该计划以曼德拉名字的首字母命名，称之为 M 计划。这年年初，他已当选为非国大德兰士瓦省主席，但因为禁令在身，他只能找人朗读其就职演说。1955 年南非人民代表大会（由非洲人国民大会、南非印度人大会、南非民主大会和南非有色人组织等四个团体联合发起召开）通过了一项重要文件《自由宪章》，为反种族隔离事业奠定了基础，而《自由宪章》之所以能深入人心，曼德拉功不可没。还是因为身负禁令，曼德拉也未能出席这次大会。整个 20 世纪 50 年代，曼德拉饱受迫害，先后被多次下达禁令、被逮捕、被监禁。

'No easy walk to freedom'

1956年3月，一个长达五年的禁令再次强加到他头上。到他最终获释时，他已在监狱里待了整整二十七年，其中十八年是在罗本岛上度过的。以下是他的演讲摘录：

> “1952年6月发起了“蔑视不公正法律运动”……不论是工人、文员、医生、律师、教师、学生还是神职人员，也不论是非洲人、有色人种、印度人还是欧洲人，老人还是年轻人，全都团结一心，积极响应，反对通行证法、宵禁法和火车乘客种族隔离的规定。截至去年底，参与蔑视运动的不同肤色的人超过八千。他们为此付出了重大的牺牲。工人失业，教师被赶出学校，医生、律师和商人放弃了生意，其中不少人进了监狱。蔑视是我们迈出的具有重要政治意义的一步。它释放了强大的社会力量，对我们的同胞产生了重大影响。它是让民众参与政治的有效途径，是表达我们对政府反动政策的愤怒的好办法。它是向政府施加压力的最佳方式之一，因为它严重威胁着这个国家的稳定和安全。它让民众奋起，唯唯诺诺甘受控制的人们变成了斗志昂扬的战友。整个国家变成了一个大战场，在这个战场上，反抗反动邪恶势力的力量终于火山般爆发了……他们所采取的种种措施目的只有一个，就是要维护腐朽的白人至上的政策。政府对我们的态度是：“让我们用枪支警棍把他们击倒，把他们踩在我们脚下。哪怕还有保留白人至上的政策的一点点机会，我们也不惜让这个国家血流成河。”……大家都明白，“通向自由之路绝非坦途，我们中的许多人都必须一次次穿越阴影之谷（死亡）才可能最终登上希望的山巅”。危险和困难过去没能阻挡住我们，现在仍然吓不倒我们。但我们要做好应对危险和困难的准备，要像个干大事的人，不怠惰，不空谈。我们要做的准备就是纯洁组织、加强纪律性，唯其如此我们才有战斗力，才能披荆斩棘，赢得自由。”

和平问题

公元 1954 年 11 月 4 日发表的诺贝尔和平奖获奖感言

施韦泽出生在德国阿尔萨斯州（现属法国）斯特拉斯堡附近，被称为当时最伟大的基督徒。他在 21 岁之前就做好了自己的人生规划。他决定用九年时间学习科学、音乐和神学，而后毕生为人类服务。“敬畏生命”是他的思想基础，他也的确用思想和行动践行了自己的理想。不到 30 岁，施韦泽就成了一位受人尊敬的神学作家、成功的风琴演奏家，还出版了有关约翰·塞巴斯蒂安·巴赫的作品和生平的专著。1940 年，他在一份福音教派的报纸上看到亟需传教医生的消息，便选定了传教行医作为自己的终身事业。1905 年到 1913 年间，他在斯特拉斯堡大学潜心学医。1913 年，他自筹资金在法属赤道非洲（今加蓬）的兰巴雷内开办了一家医院。从 1924 年开始直至去世，除了因特殊情况短暂离开，他一直都在加蓬不知疲倦地工作，既是内、外科医生又是牧师，还兼作医院管理工作。他不断地努力筹募资金，受惠的非洲百姓成千上万。他在 1933 年出版的自传里写道：“在过去的一千九百年里，基督教所做的奉献才只是一个开端，充满了失误，耶稣精神还没得到充分的传播。”

去他的丛林医院参观采访的欧洲人惊讶地发现，病人坐在医院外的泥地上，自己做饭，鸡和羊四处乱跑。施韦泽告诉他们说，非洲人不愿意待在病床上，不愿意吃病号伙食。他尊重他们的习惯，不强求他们享受“现代化的方便舒适”。因为供应困难，山羊和鸡是他们唯一的肉食和鸡蛋的来源。施韦泽并不打算对非洲的苦难寻根溯源，他说：“我们不可能理解宇宙间发生的事情。光明总是伴随着黑暗。有意义总是伴随着无意义。宇宙的精神在于同时创造和毁灭——创造伴随着毁灭，毁灭伴随着创造，对我们来说永远是个不解之谜。我们无法破解这个谜，只能顺其自然。”施韦泽去世前不久，妻子问他还打算在非洲待多久。他回答说：“只要我还有一口气。”因为多年来作出的人道主义奉献，施韦泽于 1952 年荣获诺贝尔和平奖。他在两年后发表的获奖感言被认为是同类演讲中最出色的一篇。他把 33000 美元奖金用于建设兰巴雷内的一所麻风病院。

> ……即使我们生活在一个动荡不安的时代，即使所有国家都感觉得到来自其他国家的威胁，即使我们不得不承认每个国家都有权以其所拥有的可怕的武器自卫——在这样的窘境中，我们仍在寻找，希望一种可信的迹象出现，那就是上次战争中的各个交战国尽其可能对自己所犯的错误作出补偿。成千上万被监禁或被流放的人在盼着返回家园；被外国势力不公正地判决有罪的人在等待洗雪罪名；无数蒙冤受屈的人在等待补偿。以所有为和平事业努力的人的名义，我请求这些国家的人们朝着这条坦荡大道迈出第一步。他们的自卫能力不会受到一点点损失。如果我们迈出这一步，对我们刚刚经历的这场战争所造成的不公作出补偿，将有助于人们重拾一点点信心。对于任何一个企业来说，信心就是资本，没有这个资本，工作就无法有效运转。它能创造各个方面的积极条件，最终结出硕果。大家都有了信心，我们才有可能开始为两次战争遗留下来的问题寻找出合理的解决办法。我相信，我说出了生活在我们这个地区的千百万不愿再看到战争的人们的想法和希望。但愿我的话也能传到其他地区——战壕的另一边——那些同样担心战争再次发生的人们的耳里。但愿那些掌握着人民命运的人认真注意，不要让形势进一步恶化甚至变得更加危险……

“我们必须永远根除个人崇拜”

公元 1956 年 2 月 25 日

1953 年，斯大林去世，经过一番权力争夺后，赫鲁晓夫当上了苏共中央第一书记（1953—1964 年）和苏联部长会议主席（1958—1964 年）。赫鲁晓夫手下的一些部长，包括莫洛托夫和马林科夫在内，都反对把斯大林妖魔化，劝说赫鲁晓夫把演说范围控制在秘密会议上，因此这篇演说又被称之为“秘密报告”。在苏共第二十次全国代表大会上，这篇长达四小时的报告恣意攻击斯大林及其流毒，令与会者大为震惊。它在苏联及其东欧的卫星国引起轰动，并导致了捷克斯洛伐克和匈牙利的动乱。作为他反斯大林政策的一部分，赫鲁晓夫释放了苏联劳改营数千名政治犯。他对斯大林的全盘否定为苏联及东欧地区后来的变化铺平了道路。

同志们！在苏共中央第二十次全国代表大会的报告以及各代表团的发言中，关于个人崇拜的问题已经讲了很多。斯大林死后，党中央即着手正本清源，否定个人崇拜。夸大一个人的作用，把他说成具有非凡品质的超人，像对上帝一样顶礼膜拜，都是违背马克思列宁主义精神的。这个人似乎无所不知、无所不能，洞察一切，能代替每个人思考，从来不犯错误。多年来，我们已经习惯了这样去看待这个人，具体讲，这个人就是斯大林……斯大林发明了“人民敌人”这个概念。有了这个新名词，就可以不问青红皂白地给那些只是在思想上“犯错”的人扣上“敌人”这顶帽子。有了这个新名词，就可以用极端残酷的手段镇压与斯大林意见相左的人，对付那些只是被怀疑怀有敌意的人，对付那些名声不太好的人。大体上，给人定罪的唯一依据就是嫌犯的“自供”，而“自供”则是通过刑讯逼供得来。许多过去维护党的路线的无辜者成了牺牲品。无数人

'We must abolish the cult of the individual
once and for all'

被逮捕、被驱逐出境，甚至不经审讯、不经调查就被处决，搞得举国上下人人自危。弗拉基米尔·伊里奇要求对革命的敌人决不手软，但那是针对真正的阶级敌人，而不是针对只是犯了错误的人。斯大林则不然，在革命已经取得胜利的情况下，还采取极端手段进行大规模镇压……列宁逝世后，斯大林粗暴践踏党的集体领导原则。第十七次全国党代会选举出的139名中央委员和候补中央委员中，共有98人，占总数的70%，被逮捕枪决。党的中央委员会里，大多数人竟然是党的敌人，这实在令人难以置信。这些党代表们积极投身社会主义祖国的建设，他们当中许多人都是革命爆发前的老党员，曾经英勇地对敌作战，经历过生死考验。我们怎能相信，这样的人会加入社会主义的敌人的阵营？这全都是斯大林专权的恶果。

……斯大林对谁都不信任，多疑到了病态的地步。他会盯着一个人质问："你今天怎么目光躲躲闪闪的？"或者"你今天怎么老侧着身子，不敢看着我的眼睛？"多疑使得他打心底里不相信任何人。随时随地他眼里都只有"敌人""两面派"和"间谍"……斯大林肆无忌惮地践踏社会主义法治，大肆迫害和镇压……因为斯大林大权独揽，在伟大的卫国战争期间也造成过严重后果……同志们！我们必须永远根除个人崇拜。我们必须纠正历史上与个人崇拜相关的观点和思想，继续系统地推进党中央一直以来的工作，而党的工作的特点就是集体领导和自我批评。同志们！苏联共产党中央委员会第二十次全国代表大会再次显示了我党的强大与团结，显示了中央委员会的凝聚力和完成共产主义建设这一伟大任务的坚定意志。坚决克服个人崇拜这一事实显示了我党精神和政治的力量。我们坚信，以第二十次全国代表大会的决议武装起来的党，一定能领导苏联人民沿着列宁指引的道路前进，去迎接新的胜利。党的光辉旗帜万岁！列宁主义万岁！

“要弥补我们所犯的过错，需要许多许多年时间”

公元 1956 年 12 月 5 日

比万①是工党政治家，曾任内阁大臣，他在这篇演说中表明了反对苏伊士运河战争②的立场。英国、法国和以色列对埃及发动的这场战争和当代入侵伊拉克战争颇多相似之处。埃及总统纳赛尔对比万的过早离世深感遗憾，因为比万高瞻远瞩，看出西方势力这么做是在逼迫阿拉伯国家联合起来共同对抗西方。比万的职业生涯常为媒体诟病，但他不失为战后英国屈指可数的诚实的政治家之一。

我们刚刚听完外交大臣的演讲，几个月来，他在议院发表的演讲可以拉出一份长长的名单，如果允许的话，我想向他表示祝贺，祝贺他能一直活到今天。看上去他身体健康、精力充沛，这可不是他的所有同仁都有福消受的，而且他的演讲不同于普里维·希尔爵士的演讲，没有弗洛伊德式的失误，由此看来他不仅活到了今天，而且还活得挺精神。但我还是不得不说，这位先生今天的演讲毫无说服力。我一直在审视政府向下议院给出的向埃及开战的各种各样的目的和理由，一个国家要向另一个国家开战，当然应该说清楚理由。这理由不应该随时都在变更。事实却是，今天给出的理由跟首相一开始给出的理由完全不相同。理由不断地在变。我把这种种不同的理由列了一个单子，为便于记录，我把这个单子念一念。我承认，因为这些理由的不一致，我很难组织一次逻辑连贯、前后一致的发言。这些理由实在是变化多端。

……如此漠视无辜的生命，着实让我愤恨。……而我们作出的正是这样的表率。我们把年轻人征召入伍，把飞机大炮交到他们手

① 安奈林·比万，英国政治家，左翼工党在国会的领袖。一生都在为消除贫困、暴虐、政治恐惧和社会不公而斗争。
② 又称第二次中东战争，1956 年 10 月 29 日，英法为夺得苏伊士运河的控制权，与以色列联合，对埃及发动军事行动。最终，埃及虽然在战场上失利，却取得了政治上的胜利，在美苏的干预下赢得了苏伊士运河的全部主权。

'It will take us very many years to live down what we have done'

上，告诉他们，“去把那儿炸掉”。这着实骇人听闻，非言语所能描述。究竟为了什么？我们的政府浩浩荡荡地诉诸武力，换来的却是肮脏的、微不足道的“胜果”。……支持开战的人确实也不少，但都是些粗枝大叶不动脑子的人，他们抱残守旧，仍然以为什么问题都可以用老办法去解决。丘吉尔爵士早就对这种人发出过警告，他在《第二次世界大战回忆录》一书中分析了战前的形势，说：“那是史上最糟糕的一届政府，国人却为它的错误和缺点喝彩叫好。欠债总是要还的，要偿清这笔债务，新一届下议院须得花上将近十年的时间。”而我们要弥补我们所犯的过错，更是需要许多许多年。我们得付出多年的代价。我知道，依照惯例，明晚议员们多半会给政府投信任票，但他们心知肚明，在这件事情上，政府不配得到信任。

“变革之风”

公元1960年2月3日

麦克米伦于1957—1963年任英国首相，在任期间，他积极鼓励非洲的英联邦国家独立，出访南非时在开普敦发表的这篇演说堪称其非殖民化战略的里程碑。尽管许多白人少数民族反对，且有损英国的政治和经济利益，但仍有十二个国家在麦克米伦任期里宣布独立。

走遍非洲大地，正如我所预期的那样，每个地方的人都高度关注着非洲大陆其他地方正在发生的事情。我理解并同情你们的关切和你们迫切的心情。从罗马帝国瓦解开始，欧洲政治生活中一个持续不断的事实便是国家纷纷独立。多少个世纪以来，不管这些国家以什么样的形式存在，选择什么样的政府，都基于强烈的爱国主义；而且，随着国家的发展，爱国主义精神也愈益发扬。进入20世纪，特别是战后，欧洲国家独立的方式已推行到全世界。我们看到老殖民地人民的民族意识已开始苏醒。十五年前，全亚洲掀起了独立运动。那里的许多国家，不论是何人种，属何文化，竞相宣示独立诉求。而今，这样的事情正在非洲发生着。从一个月前离开伦敦以来，给我印象最深的是非洲人的民族意识竟如此强烈。各处皆然，只是表现形式不同而已。非洲大陆变革之风劲吹，不管我们喜不喜欢，民族觉醒都是一个政治事实。我们大家都必须接受这个事实，制定国家政策时也必须考虑到这个事实。对此你们比谁都更了解，因为你们发源于民族主义之家——欧洲，又在这里，在非洲创建了自己的自由国家，一个崭新的国家。作为第一批民族主义独立国家，你们将被载入史册。民族觉醒的大潮在非洲方兴未艾，你们和我们，以及其他西方国家都功不可没。民族觉醒源于西方文明的进步，源于

'The wind of change'

知识的普及，源于人类所需的科学成果的应用，源于信息交流的提速和手段的多样化，而最为重要的是，源于教育的普及。

如我所言，非洲的民族觉醒是一个政治事实，我们必须接受它。换言之，我们必须达成共识。东西方的平衡是世界和平的基础，这个基础原本就不算牢靠，我相信，如果没有这样的共识，这基础就将岌岌可危。当今世界分为三大阵营。第一个阵营是所谓的西方国家，你们南非和我们英国都属于这个板块，还有英联邦在其他地区的朋友和盟国。在美国和欧洲，我们把这个阵营称为自由世界。第二个是共产主义阵营——苏联及其在欧洲的卫星国和中国，未来十年里，其总人口将达到令人咋舌的八亿。第三个阵营包括那些目前既不属于共产主义又不倾向于西方的国家，这些国家主要分布在亚洲，其次是非洲。据我看来，20 世纪后半叶最大的问题就是这些国家倒向东方还是倒向西方。他们会被拉进共产主义阵营吗？又或是，鉴于在亚洲、非洲，尤其是联邦内的自治试验如此成功，其榜样作用是否会让天平向自由、秩序和公正倾斜？斗争已然开始，这是思想的斗争。这远不只是对我们的军事实力、外交和执政智慧的考验，这是对我们的生活方式的考验。在决定加入哪个阵营之前，他们还需要观望。

"我们的统治依靠的不是枪炮刺刀带来的和平，而是人心与愿望带来的和平"

公元1960年6月30日

卢蒙巴是刚果独立运动领袖，在他的帮助下，刚果于1960年6月摆脱比利时获得独立，他被选为刚果共和国首任总理。这里摘录的是他在独立日发表的演说。仅仅十周后，在比利时、美国和联合国的直接援助之下，刚果发生政变，卢蒙巴政府被推翻，他本人被捕入狱，受尽折磨后被杀。一个高尚的备受尊重的人被推翻、被杀害，让所有热爱民主的人们震惊不已，自此该地区的血腥骚乱就从未停息。卢蒙巴的历史地位无形中被抬高了，原因可能就在于此。非洲分析家相信，这篇演说不啻给他自己的死点燃了导火索。约瑟夫·蒙博托总统蓄意将卢蒙巴交给加丹加省省长莫伊兹·冲伯，假后者之手将其杀害。之后，蒙博托控制了该地区，将其更名为扎伊尔。1968年，原卢蒙巴政府教育部长比埃尔·穆莱莱听闻自己将被特赦，不知是蒙博托使的奸计，遂离开逃亡地布拉柴维尔，结果被捕，受尽酷刑后被杀。死前他被活生生地剜掉双眼，摘掉睾丸，砍去四肢。西方无情地抛弃卢蒙巴，导致整个中非地区麻烦不断，陷于危险境地。

……真正的刚果人绝不会忘记，刚果的独立是靠斗争赢得的，这是坚持不懈的斗争，为实现理想而进行的英勇斗争，在这场斗争中我们饱受磨难，付出了血的代价。我们流血流泪，经受了血与火的考验，我们感到自豪，因为这是一场正义的斗争，它终结了强加在我们头上令人屈辱的奴隶制。我们不幸沦为殖民地达80年之久；我们的伤口仍在流血，依然疼痛，让我们难以忘却。曾经的我们做牛做马却食不果腹、衣不蔽体，没有像样的住房，无法养活自己的

'We are going to rule not by the peace of guns and bayonets but by a peace of the heart and the will'

孩子。我们每日每夜都饱受嘲讽、羞辱和打击，就因为我们是黑人……现在刚果共和国宣布独立了，它终于回到了自己孩子的手中。

……我们将向世界表明，恢复了自由的黑人同样什么都能做到，我们要让刚果成为整个非洲的阳光聚焦之地。我们要守护好我们的土地，使之真正造福于她的孩子。我们要在恢复古老法律的同时，制定出新的公正而庄严的法律。我们要恢复思想自由，确保我们的公民完全享有《人权宣言》所规定的各项自由权利。我们要消除各种各样的歧视，确保人人都有尊严、有工作和作出贡献的机会。我们的统治依靠的不是枪炮刺刀带来的和平，而是人心与愿望带来的和平……总之，我要求你们无条件地尊重你们的同胞以及生活在我国的外国人的生命和财产。如果这些外国人图谋不轨，我们的法官将立即把他们驱逐出境；反之，只要表现良好我们就欢迎他们留下，因为他们同样是在为我们国家的繁荣效力。刚果的独立标志着整个非洲大陆的解放已迈出了坚实的一步。女士们先生们，我亲爱的同胞们，我的黑人兄弟们，我的战友们，这就是在这个光荣的独立日，我代表政府对你们所讲的话。我们的政府是民众的政府，它将坚定不移地引领我们的国家走上健康发展的道路。我号召所有刚果公民，不分男女老幼，都为促进国家的经济繁荣贡献自己的一份力量，以确保我们国家的经济独立。光荣属于为民族解放而奋斗的斗士们！非洲独立与团结万岁！独立的主权国家刚果万岁！

“不要问你的国家能为你做些什么——问问你自己能为你的国家做些什么”

公元1961年1月20日

肯尼迪是美国第35任总统，1961年就任，两年后被暗杀。这里摘录的是他精彩之至的就职演说。二战时他曾任鱼雷艇艇长，退役后走上父亲为他安排好的从政之路，1947—1953年任民主党国会代表，后任参议员，直至1960年竞选总统。他以极小优势击败时任副总统的理查德·尼克松，成为继西奥多·罗斯福之后最年轻的总统，也是美国历史上第一位信奉天主教的总统。肯尼迪成为美国年轻而富有朝气的标志，他的这篇演讲让国人感觉一个新的时代已经到来，一片“新领域”即将被开拓。

同胞们，我们今天庆祝的不是一个政党的胜利，这是一场自由盛典——它标志着结束，也标志着开端；意味着更新，也意味着变革。因为我已经在你们和全能的上帝面前庄严立誓，誓言乃由我们的祖先在将近一又三分之一个世纪前所拟定。今日的世界已大不相同。因为人类已经拥有了极端的力量，既足以消灭一切形式的贫穷，也足以毁灭一切形式的人生。而对于我们的祖先奋斗不息所维护的革命信念，在全球仍有争议。这信念就是认定人权乃上帝所赐，而非来自国家的慷慨施予。今天，我们不敢忘记我们是第一次革命的继承人。就在此时此地，我要告诉我们的朋友，也告诉我们的敌人，火炬已经传递到新一代美国人手中。他们出生在本世纪，经受过战争考验，深知和平来之不易，为我们悠久的传统而自豪，不愿目睹也不允许人权被慢慢褫夺。我们历来保护人权，今天也一样，我们不仅要保护国内的人权，也要保护全世界的人权。我们要告诉所有国家，不论是对我们抱有善意还是恶意的国家，我们将不惜付出任

'Ask not what your country can do for you-Ask what you can do for your country'

何代价，承担起一切重负，应对一切艰辛，支持所有朋友，反对所有敌人，以确保自由永存。这是我们的誓言，我们的承诺……

这一切不可能一蹴而就，不可能在一百天内完成，不可能在一千天内完成，也不可能在一届政府的任期内完成，甚至我们终其一生也完成不了。但让我们开始吧。同胞们，我个人的作用很渺小，我们事业的成败主要取决于你们。自建国以来，一代又一代美国人接受国家的召唤，为国家作出了忠诚奉献。美国青年服务于全世界，到处都埋有他们的忠骨。现在，号角又一次吹响——不是召唤我们拿起武器，尽管武器为我们所必需；不是召唤我们去打仗，尽管我们随时准备应战——是号召我们勇挑重担，投身到一场胜负未卜、旷日持久的斗争中去，“在希望中奋起，在黑暗中看到光明”，而这场斗争的对象则是人类共同的敌人：暴政、贫困、疾病和战争。我们能否结成一个遍及东西南北的全球大联盟，以确保人类过上更加美好的生活？你们是否愿意参与这历史性的壮举？在世界历史的长河中，只有为数不多的几代人有幸在自由岌岌可危之时担当起捍卫它的重任。我不会逃避责任——我欢迎它。你们生在这个时代，生而为美国人，我相信你们因此而备感自豪。你们为这场斗争付出的一切将照亮我们的国家和所有曾为之付出过的人们——事实上，它将照亮整个世界。所以，我的同胞们：不要问你的国家能为你做些什么，问问你自己能为你的国家做些什么。我的各国同胞们：不要问美国能为你们做些什么，而是问问我们一起能为人类的自由做些什么。最后，不管你们是美国公民还是其他国家的公民，我们要求你们作出奉献与牺牲，也请你们以同样的高标准来要求我们。问心无愧是我们得到的唯一回报，历史将是我们所作所为的终极裁判，为了这片我们深爱的土地，让我们勇往直前，祈求上帝的祝福和眷顾，要知道，在这个世界上，上帝的事业其实就是我们自己的事业。

“责任、荣誉、国家”

公元1962年5月12日

麦克阿瑟将军是第一次世界大战的老兵，在第二次世界大战中亦有出色表现，他代表美国接受了日本投降，并监督了1945—1951年对日本的占领。在朝鲜战争中他出任“联合国军”指挥官与北方作战，却因为主张把战火引向中国，在一片争议声中，于1951年被杜鲁门总统褫夺了兵权。从1960年起，他的健康状况每况愈下，在一次与新总统肯尼迪会晤时，他表达了对军方的不满，认为是他们的无能导致了在古巴的“猪湾行动”的流产。他还提醒肯尼迪及其继任约翰逊不要扩大越战规模，把重心移回到国内事务上来。因其为国家作出的卓越贡献，麦克阿瑟获得塞万努斯·塞耶尔奖①，并在西点军校发表了这篇精彩的获奖感言，当时他已是82岁高龄，身体也很孱弱。在演讲中，他总结了一个战士、一个公民应该具备的美德。

……责任、荣誉、国家。三个看似空洞的词语，庄严地提醒你应该成为怎样的人，可能成为怎样的人，一定会成为怎样的人。它们将使你精神振奋：在快要丧失勇气时鼓起勇气；在几乎没有理由相信时重建信念；在几乎绝望时产生希望。遗憾的是，我既没有雄辩的辞令、诗意的想象，也没有华丽的隐喻向你们阐明它们的意义。怀疑者肯定会说它们不过是几个名词，一句口号，一个空洞的短语。每一个迂腐的学究，每一个蛊惑人心的政客，每一个玩世不恭的人，每一个伪君子，每一个惹是生非之徒，很遗憾，还有其他个性不怎么正常的人，都会企图贬低它们，甚至讥讽、嘲笑它们。这些词语具有持久的冲击力。以下是它们能够实实在在做到的一些事情：塑

① 从1958年开始，西点军校的毕业生协会每年把这个奖项颁发给为了国家利益作出突出贡献和成就，从而彰显了西点军校格言“责任，荣誉，国家”中所表达的理念的美国公民。获奖者必须同意在西点军校接受颁奖。该奖项的设立是为了纪念学院的第五届院长塞万努斯·塞耶尔上校。

造你的性格，使你将来成为国防卫士；在你懦弱时使你坚强起来，勇敢面对自己的胆怯。它教会你永不屈服，可以失败但不能失去自尊；胜利时则要谦和；不要以言语代替行动；不要寻求捷径，而是要正视压力，蔑视困难与挑战；要学会在风浪中巍然挺立，对失败者则要寄予深切的同情；律人先律己；要有纯洁的心灵和崇高的目标；要学会笑，但不要忘记怎么哭；要向往未来，但不可忘记过去；要为人持重，但不可过于严肃；要谦虚谨慎，你才会记住真正的伟大寓于纯朴，真正的智慧在于广纳百川，真正的强者往往温驯谦和。它们能让你意志坚韧，想象丰富，感情充沛，永远生机勃勃，以勇敢的姿态克服胆怯，甘于冒险而不贪图安逸。

它们让你心中充满奇妙的想象，让你憧憬未来，让你的生命充满欢乐。它们就是以这种方式教导你们成为军人和君子。你将率领的是怎样的士兵？他们可靠吗？勇敢吗？能够赢得胜利吗？他们的故事你们都很熟悉，那就是“美国军人”的故事。我对他的评估是多年前在战场上完成的，至今未变。不管是那时还是现在，他在我眼里都是世界上最高尚的人，不仅是一个优秀的军人，而且是一个最纯粹的人。跟每一个美国人一样，他的名字与名誉与生俱来。年富力强之时，他忠诚地献出了他的爱——牺牲了他所能牺牲的一切……我的生命已近黄昏，暮色已然降临。我昔日的风采和荣誉已经渐行渐远，它们随着对昔日事业的眷恋，沐浴着夕阳的余晖消失了。对往昔的记忆奇妙而美好，有泪水，也有令人欣慰的昨日的欢笑。我多想再听一听那模糊而动人的起床号音和激越的战鼓声。在梦中，我依稀又听到了大炮的轰鸣，听到了滑膛枪子弹上膛的咔嗒声，听到了战场上千奇百怪的惨叫声。而我梦回的终点总是西点军校。回响在我耳边的总是那三个词语：责任、荣誉、国家……

“我们选择登月”

公元 1962 年 9 月 12 日

这是肯尼迪总统在德克萨斯州休斯顿的莱斯大学发表的演说。他在演讲中支持大力发展太空计划，重申将在 20 世纪 60 年代结束之前兑现承诺，实现载人登月。前一年，肯尼迪就急欲让美国在“太空竞赛”中领先。彼时，苏联太空技术的发展已超过了美国，肯尼迪则在当年（1961 年）5 月 25 日的国会联席会议上第一次公布了登月计划。1969 年 7 月 20 日，在肯尼迪被暗杀近六年之后，“阿波罗计划”终于得以实现，美国人首次登上了月球。

……我们在一所以知识闻名的大学相会，在一座以进步闻名的城市相会，在一个以强悍闻名的州相会，这三种品质都是我们所需要的，因为我们相会在一个变革与挑战的时刻，相会在一个希望与恐惧并存的十年，相会在一个知识与愚昧并存的时代。我们掌握的知识越多，暴露出的无知也就越多。一个惊人的事实是，尽管世界上绝大多数科学家都在努力奋斗，尽管我国的科研人才以每十二年翻一番的速率增长，超过了人口增长速率的三倍，未知、未找到答案以及未完成的项目仍多得超乎所有人的想象……如果说这个人类进步简史让我们懂得了什么，那就是人类寻求知识和进步的决心坚不可摧。不论我们是否参与，太空探索终将继续。这是最为巨大的冒险之一，没有哪个希望领跑世界的国家愿意在太空竞赛中落后。在工业革命的第一波浪潮、现代发明的第一波浪潮和核动力的第一波浪潮中，我们的先辈都是弄潮儿，我们这一代人可不希望在即将到来的太空时代的浪潮里跌倒。我们不仅要参与，而且要引领潮流。全世界都在注视着太空，注视着月球以及更为遥远的行星，我们发

'We choose to go to the Moon'

誓，飘扬在那些星球上的绝不会是仇恨的旗帜，而是自由与和平的旗帜。我们发誓，我们将不会看到太空充满了大规模杀伤性武器，而是充满了获取知识的工具。

而要实现这些誓言，我们就必须领先一步。一句话，我们在科学和工业的领导地位，我们对于和平与安全的渴望，我们对自己和对他人所负的责任，都要求我们积极努力，为了人类的共同利益去解开这些谜团，让我们的国家成为航天事业的领头羊……目前的太空还没有斗争、偏见和国与国的冲突。大家都将面对同样的危险。太空值得全人类尽最大的努力去征服，和平合作机不可失、时不再来。也许有人会问，为什么是月球？为什么选择月球作为我们征服的目标？提这种问题的人多半也会问：为什么要攀登最高的山？为什么三十五年前要飞越大西洋？为什么莱斯大学要选定德克萨斯大学作比赛对手？我们选择了登月。我们选择在这个十年间完成登月及其他一些任务，不是因为完成这些任务很容易，恰恰是因为很困难；因为这个目标有助于组织我们的人力和技术并使之得到最佳发挥；因为我们乐于接受挑战，而且不愿推迟；因为一如既往地，每遇挑战我们都必须取胜。正是基于这些理由，去年我就作出了提升太空计划的决定，而这也是我在总统任期内作出的最重要的决定之一……多年以前，伟大的英国探险家乔治·马洛里——他后来死在珠峰上——被问及为什么要攀登珠穆朗玛峰，他的回答是："因为它就在那儿。"我现在要说的是，太空就在那儿，我们即将攀登；月球和其他行星就在那儿，获得知识、获得和平的新的希望就在那儿。我们即将启程，这是人类有史以来所进行的最艰巨、最危险和最伟大的冒险，让我们祈求上帝保佑。谢谢大家。

"我是柏林人"

公元1963年6月26日，在柏林墙附近的鲁道夫·怀尔德广场发表的演讲

美苏冷战，柏林成为政治形势紧张的焦点所在。原德国首都柏林被一分为二，苏联控制东柏林，西柏林则由美国、英国和法国共同管辖。1948年，苏联将西柏林的铁路、公路和水路交通悉数断绝。其后的11个月里，美、英动用飞机为受困民众空投了将近200万吨食品、煤炭和工业产品。1961年，东德当局着手修筑一道高3.7米、周长160千米的城墙将西柏林围困起来，阻止东德人投奔西方。后来，将近200名尝试翻墙、挖洞的东德人被杀，因逃跑未成而锒铛入狱者成千上万。而那些成功脱逃者的亲属同样遭到了逮捕。正是在这一背景下，肯尼迪许诺将一直支持柏林，大批西柏林群众聚集在鲁道夫·怀尔德广场，聆听了这位魅力四射的总统的演讲。

作为你们的市长的客人我来到这座城市，我感到骄傲，你们的市长是西柏林战斗精神的象征。在尊敬的总理先生的陪同下走访这个联邦共和国，我感到骄傲，你们的总理多年来为德国的民主、自由与进步不辞辛劳。我的美国同事克雷将军陪同我来这里，我感到骄傲，在这座城市面临严重危机之时他一直在这里，无论什么时候，只要有需要，他还会来这里。两千年前，最自豪的夸耀是"我是罗马人"。今天，在自由世界，最自豪的夸耀是"我是柏林人"。感谢我的译员翻译我的德文！世界上有很多人并不真正理解，或者说完全不理解自由世界和共产主义世界的巨大分歧在哪里，让他们到柏林来；还有人说共产主义是未来的潮流，让他们到柏林来；还有人说，在欧洲及其他地方我们可以与共产主义合作，让他们到柏林来；个别人甚至说，共产主义的确是一个邪恶的体制，但它允许我们发展

经济。“Lass’ sie nach Berlin kommen.”[①]让他们到柏林来。自由困难重重，民主并不完美，但我们从来没有垒起一堵墙，把人民挡在其中，阻止他们逃离我们。代表生活在数千英里之外的大西洋彼岸的我的同胞，我想说：即使远在天涯，他们也为能够分享你们过去十八年来的经历而感到自豪。我不知道还有哪座城市能像西柏林这样，被围困十八年之久，却依旧生机勃勃、依旧强大、依旧充满希望、信心十足。这堵墙是共产主义制度失败的最明显最生动的证明，但全世界均可见证，我们并无快意，正如你们的市长所言，柏林墙不仅是对历史的反动，也是对人性的侵犯，它拆散家庭，分离夫妻、兄弟与姐妹，把不愿分裂的同一个国家的人民硬生生地一分为二。

这座城市的现实就是德国的现实——确实，只要四分之一的德国人仍然被剥夺作为自由人的基本权利和选择的权利，欧洲就不可能确保永久的和平。这一代德国人已经怀着不变的信仰在和平环境中生活了十八年，赢得了自由的权利，包括家庭团聚的自由、国家和平的自由和与各国人民友好相处的自由。你们生活在一座安全岛上，自由无虞，但你们毕竟只是德国人中的一小部分……自由不可分割。一人为奴隶，全体不自由。只有当所有人都获得自由，我们才有可能期待，总有一天这座城市将重新统一，这个国家和整个欧洲大陆将屹立在和平的充满希望的地球上。这一天必将到来，而当它到来之时，西柏林人会喜极而泣，因为将近二十年来，他们一直坚守在第一线。所有自由人，不论生活在哪里，都是柏林公民，因此，作为自由人，我要骄傲地宣称“我是柏林人！”

① 德文：让他们到柏林来。

“我有一个梦想”

公元 1963 年 8 月 28 日

金牧师是非裔美国人民权运动的著名领袖，因其卓越贡献而成为全世界人权事业的偶像。1963 年，肯尼迪总统向国会提交了《人权法案》，6 月 11 日，金在电视演说中指出：“如今出生在美国的黑人孩子，不论他出生于美国的哪个地方，跟同时同地出生的白人孩子相比，他完成高中学业的机会只有二分之一；读完大学的机会只有三分之一；成为职业人士的机会只有三分之一；而他失业的机会却是白人的两倍；他的年薪达到 10000 美元的机会只有七分之一；他的预期寿命比白人短七年；预期收入却只有白人的一半。”为敦促国会通过肯尼迪的提案，金和其他一些民权领导人组织了著名的大游行“进军华盛顿，要工作，要自由”。此举事前就遭到了大多数媒体的质疑，《纽约先驱论坛报》警告说：“如果黑人领导人坚持在首都组织十万人大游行，势必伤害到他们自己的事业。最糟糕的是，如此大规模的抗议活动会给人一种暗示，认为只要国会不通过这项法案，他们就将诉诸暴力。”8 月 28 日如期举行的游行，取得了巨大的成功，参与人数大约有 25 万—40 万人。站在林肯纪念堂前的台阶上，金作了最后一个发言，他发表了这篇历史性的演讲，展望了美国不同人种和谐相处的美好前景。这篇激情似火的演说就像是浸礼会牧师的布道，互联网上很容易搜索到当年的实况视频。次年，三十五岁的金成为最年轻的诺贝尔和平奖得主。1963 年 11 月，肯尼迪总统被暗杀时，他的《人权法案》仍处在国会辩论阶段。《人权法案》通过后，金把重点转向为穷人提供帮助。他深知种族问题与经济问题密切相关，通过布道和撰文呼吁财富的重新分配势在必行。他强调，非裔美国人和贫穷白人是天然盟友，大家携手努力将有助于改变社会。发表这篇演讲

'I have a dream'

五年后，金被暗杀。

> 今天，我很高兴跟大家一起参加了我国历史上最大规模的争取自由的集会，它必将载入史册。一百年前，一位伟大的美国人——我们今天就是在他的雕像前集会——签署了解放黑奴宣言。这一庄严的宣言犹如灯塔的光芒，给千百万在那不义之火中备受煎熬的黑奴带来了希望；犹如欢乐的曙光，结束了笼罩在黑人头上的漫漫长夜。然而，一百年后的今天，黑人仍未获得自由。一百年后的今天，在种族隔离的镣铐和种族歧视的枷锁下，黑人依然生活得十分艰难。一百年后的今天，黑人仍生活在物质充裕的海洋中一个贫困的孤岛上。一百年后的今天，黑人仍蜷缩在美国社会的一个角落，发现自己虽然身在祖国，却是一个流亡者。我们今天在这里集会，就是要把这骇人听闻的现状公之于众。
>
> ……我今天要对你们说的是，我的朋友们，切勿陷入绝望的深渊不可自拔。尽管今天甚至明天我们还面临种种困难，我仍然有一个梦想。这个梦想深深植根在美国梦里。我梦想有一天，这个国家会站立起来，真正实现其信条："我们坚信，人人生而平等的真理不言而喻。"我梦想有一天，在佐治亚州红色的山坡上，前奴隶和前奴隶主的后裔会坐在一起，共叙兄弟情谊。我梦想有一天，就连密西西比州这个正义匿迹、压迫成风、如同沙漠的地方，也将变成自由与正义的绿洲。我梦想有一天，我的四个孩子能生活在一个不是以他们的肤色，而是以他们的品格优劣来评价他们的国度里。今天，我有一个梦想！我梦想有一天，阿拉巴马州——尽管迄今该州种族主义仍然横行，州长仍顽固不化——会发生变化，那里的黑人孩子和白人孩子会携起手来情同手足。

“艺术家不是灵魂工程师”

公元1963年10月26日

这是肯尼迪在诗人罗伯特·弗罗斯特的追思会上发表的精彩演说的片断。总统在演说中指出，国家形象的展示不仅需要通过实力，也需要通过艺术以及“对艺术家地位的完全承认”。

当权力使人变得自负，诗歌会提醒他看到自己的局限。当权力使人视野变得狭窄，诗歌会提醒他看到人生的丰富和多样性。诗歌是权力腐败的净化剂。因为艺术呈现了人类的基本真实，为我们的判断提供了试金石。艺术家忠于他个人对现实的看法，在一个横加干涉的社会和一个人云亦云的国家里，艺术家成为了个性化思想和情感的最后守卫者。正因为此，伟大的艺术家往往是孤独的。如弗罗斯特所言，他热爱世界，所以跟世界争执不休。为揭示现实，他必须经常在时代的长河里逆水行舟。艺术家扮演的不是寻常角色。如果说弗罗斯特在他的时代里还得到了相当的尊重，那是因为相当多的人对他所揭露的阴暗面选择了视而不见。回顾以往我们可以看出，艺术家的真诚是怎样改善了我们的国民生活的质地的。如果说有时候艺术家对我们的社会格外挑剔，那是因为他们对正义特别敏感特别在乎，也正因为这个缘故，真正的艺术家会注意到，国家还大有潜力可挖。在我看来，对于国家和文明的前途而言，充分承认艺术家的地位比什么都重要。艺术是文化之根的养料，社会必须保证艺术家的创作自由。绝不要忘记，艺术不是某种宣传形式，而是表达真理的形式……在自由社会，艺术不是思想论辩的武器。艺术家不是灵魂工程师。不同的地方情况或许会有所不同。但在民主社会，作家、音乐家、画家完全可以真实表达自己，而无需瞻前顾后。

'Artists are not engineers of the soul'

MALCOLM X (born MALCOLM LITTLE)
马尔科姆·X（原名马尔科姆·里特尔）
公元 1925 年 5 月 19 日—公元 1965 年 2 月 21 日

“选举权，或者子弹”

公元 1964 年 4 月 3 日

马尔科姆·X 一生为非裔美国人的人权鼓与呼，被认为是史上最伟大、最有影响力的非裔美国人。父亲死后，母亲又进了精神病院，他从小在孤儿院长大，1946 年被判八至十年监禁。在监狱里他对政治产生了兴趣，于是加入了宗教组织“伊斯兰国度”，1952 年获释后成为这个组织的领导者和发言人之一。马尔科姆 · X 虽然是该组织的代言人，但他跟组织领袖伊莱贾 · 穆罕默德发生了分歧，于 1964 年 3 月 8 日宣布退出“伊斯兰国度”。他成为了一名逊尼派教徒，去了麦加。回国后，他跟支持种族偏见的伊莱贾 · 穆罕默德决裂，建立了“非裔美国人联盟”，反对一切形式的种族主义。穆罕默德一直阻止他跟其他较为温和的人权领袖接触，但他还是在 3 月 26 日联络上了马丁·路德·金。一周后他发表了这篇演说，号召非裔美国人广泛行使自己的选举权。一年后他被暗杀，三名“伊斯兰国度”的成员被指认为凶手被捕入狱。

……我们这么说并不是要反对白人，而是要反对剥削，反对歧视，反对压迫。如果白人想要我们不反对他们，他们就应该停止剥削、歧视和压迫我们。不论是基督徒还是穆斯林，是不可知论者还是无神论者，都必须学会忘记相互之间的不同……如果我们不赶快有所行动——你们肯定也相信我此言非谬——那我们将被迫在选举权和子弹之间作出选择。非此即彼，就在 1964 年。我们已不可能从容不迫——时不我待！……

不，我不是美国人。我是两千两百万深受美国主义之害的黑人之一，是两千两百万深受虚伪民主之害的黑人之一。所以，我不是以一个美国人的身份在这里对你们讲话，也不是以一个爱国者或摇

'The ballet or the bullet'

旗呐喊者的身份在这里对你们讲话。不，都不是。我是在以一个美国制度的受害者的身份发表演说。我以一个受害者的眼光来看美国。我看到的不是美国梦，而是美国噩梦。2200 万受害者正在觉醒。他们正在睁开眼睛。他们开始看清以往没能看清的东西。他们在政治上开始成熟了……

“我已做好为这个理想献身的准备”

公元1964年4月20日

1953年，在当选非洲人国民大会德兰士瓦省主席后，纳尔逊·曼德拉曾做过题为《通往自由之路绝非坦途》的演说。当时因为他禁令在身，演说词是由别人代读的。他倡导的是非暴力反抗，却于1956年12月与另外155名同道一起被指控犯有叛国罪。审判旷日持久，直至1961年，所有被告才终于被宣布无罪。黑人权利依然得不到保障，曼德拉感觉以和平手段争取平等权利的道路行不通，他开始配合针对政府和军事目标的破坏活动。南非当局根据美国中央情报局的线报，于1962年8月将在逃十七个月的曼德拉再次逮捕。这一回他被判五年监禁，罪名是组织了1961年的罢工并非法离境。被监禁期间，曼德拉和非洲人国民大会的其他领导人再次被起诉，理由是他们组织罢工等同于叛国。曼德拉在自辩中指出，1960年的沙佩韦尔惨案①发生前，非洲人国民大会反对种族隔离一直采取的是和平手段。而惨案的发生，加上就是否建立南非共和国（摆脱英国控制）进行的全民公决、“紧急状态”的宣布和非洲人国民大会被禁，几件事情合在一起，逼得非洲人国民大会别无选择，只能通过罢工进行反抗。最终法院作出裁决，除了其中一人，所有被告都被判有罪，但好在逃过一死，于1964年6月12日被判终身监禁并服苦役。

审判在比勒陀利亚高等法院进行，下面摘录的是曼德拉的自辩词。其后十八年，纳尔逊·曼德拉在罗本岛监狱度过。囚犯的境遇很糟，政治犯处境更惨。曼德拉每六个月只能接受一次探视，只能写一封信，而且还得接受严格检查。1969年，英国情报部门挫败了一起越狱计划，其实这是南非情报部门策划的一起阴谋，他们试图唆使曼德拉逃跑，然后

① 1960年3月21日，南非军警在沙佩维尔向正在进行示威游行的五千名抗议示威者射击，共造成69人死亡，其中包括8名妇女和10名儿童，另有180人受伤。

'...it is an ideal for which I am prepared to die'

在追捕时将其“失手”击毙。1982 年，曼德拉和其他一些非国大的高层领导被转移到波斯莫尔监狱。1985 年 2 月，博塔总统提出，只要曼德拉放弃武装斗争，就还他自由。曼德拉拒绝了，并通过他的女儿发表声明说：“组织的其他成员仍被关在狱中，我得到的能是真正的自由吗？只有自由人才能谈判。囚犯没资格签约。”1988 年，曼德拉被转移到维克多维斯特监狱。1989 年，博塔总统中风。1990 年 2 月，新总统德克勒克下令释放曼德拉。1994—1999 年，曼德拉出任南非总统。

到目前为止，法庭所掌握的情况有的属实，有的不属实。我不否认我策划了破坏活动。我这么做并非一时冲动，也不是因为我喜欢暴力。这是我冷静分析政治形势之后作出的决定，多年来，我的同胞饱受白人的暴政统治、剥削和压迫……但我们采取的暴力有别于恐怖主义……最重要的是，我们要求享有平等的政治权利，否则我们将永远低人一等。我知道，在这个国家的白人看来这不啻革命，因为如此一来，非洲人将占据选民的大多数。白人之所以害怕民主，原因正在于此。但这是实现种族和谐、让所有人享有自由的唯一途径，不能因为你们害怕就将这条路堵死。让所有人获得解放，并不会导致某个种族凌驾于另一个种族之上。以肤色划分政治派别完全是人为的，这些派别一旦消除，种族歧视也将不复存在。半个世纪以来，非国大一直为消除种族主义而战。非国大胜利之后不会改变初衷，将坚持不懈地反对种族主义。他们的斗争其实就是全民的斗争，是历经苦难的非洲人的斗争。这是争取生存权的斗争。我把自己的一生献给了非洲人民的斗争。我反对白人至上，也反对黑人至上。我的理想是建立一个民主自由的社会，在这个社会里所有人和谐相处，人人都拥有相同的机会。我为实现这个理想而奋斗，如果需要，我已做好为这个理想献身的准备。

美国的承诺

公元1965年3月15日

1965年，在阿拉巴马州的塞尔玛接连发生针对民权游行者的暴力事件,新总统呼吁终止种族歧视,他在演说中引用了马丁·路德·金的口号“我们必将胜利”。在国会联席会议上给出的这一特殊信息通过广播传遍全国。约翰逊首次以总统的身份全力支持民权运动，在他的帮助下，《选举权法案》出台。约翰逊曾任德克萨斯州议员、参议员，后成为肯尼迪的副总统，1963年肯尼迪遇刺后接任总统，他是继林肯之后为推进民权运动作出最大贡献的总统，为消除贫困、改善健康和教育付出了不懈努力。然而，继续越战却是他总统任上的一大败笔。

……今晚，我为人的尊严、为民主的命运呐喊。我敦促两党的每个党员、全国各地的美国人，不分教派，不分肤色，都加入到我们的事业中来。人类对自由的追求从无止境，但历史和命运有时会在特定时间特定地点相遇，使追求自由之路出现重大转折。列克星顿和康科德的情况[①]就是如此，一百年前的阿波马克托斯[②]也是如此，上周发生在阿拉巴马州塞尔玛的事件同样如此。长期受压的男男女女聚集在那里，和平抗议剥夺他们的美国公民权的行为。许多人被野蛮袭击。一位上帝的使者——牧师因此丧生。发生在塞尔玛的事情实在不值得自豪。千百万美国人长期以来得不到应有的权利，实在不值得洋洋得意。但今晚发生在这里的事情使我们有理由对民主抱有希望、抱有信心。受压迫者的悲号、圣歌和控诉把这个伟大的政府——世界上最伟大的国家的政府——的大多数成员都召集到了一起，来立即履行最古老的也是最基本的国家职责：纠正错误、

① 指美国独立战争就此开始。
② 美国南北战争中，南军向北军投降的地点。

主持正义、服务人民。眼下，我们面临着一系列重大危机。我们对于有关战争与和平、繁荣与萧条等等重大问题争论不休，却很少触及美国心灵深处的秘密。我们曾经面对的挑战主要在发展经济、丰富物质、福利和安全方面，很少涉及我们深爱的国家的价值、目标和性质等等问题。黑人的平等权利就属于这类问题。即使我们打败了所有敌人，即使我们的财富成倍增长，即使我们征服了太空，但只要这个问题不解决，作为一个民族、一个国家我们还是失败了。治国和做人同理，“如果一个人得到了整个世界却搭上了性命，于他而言又有何益？”不存在黑人问题，不存在南方问题，也不存在北方问题，我们只有一个美国问题。今晚我们作为美国人而不是作为民主党人或共和党人聚在一起，为的就是解决这个问题。

……我们必将胜利。但即使我们通过了这项法案，斗争仍不会结束。发生在塞尔玛的事情只是一个大规模运动的一部分，这个运动已波及美国各地。美国黑人们正在努力争取，让自己成为美国生活的一份子。他们的事业就是我们的事业。战胜历史遗留下来的偏见与不公，这不只是黑人的事，也是我们大家的事。我们必将胜利。我是地地道道的南方人，我深深了解种族歧视给黑人带来的痛苦。我也深知要改变我们社会的态度殊非易事。我们已进入一个新的世纪，黑人解放已经一百多年。但是到今晚为止，他们仍未获得充分的自由。一百多年前，来自另一个党的伟大的亚伯拉罕·林肯总统就签署了《解放宣言》，可迄今为止解放仍只是宣言，并未变成事实。作出平等承诺也已经一百多年了，黑人仍没盼来平等。一个世纪前作出的承诺至今没有兑现。主持正义的时刻到了。我坚信任何力量都阻挡不了。人神共鉴，这一天终将到来。这一天，每一个美国人的生活都将充满阳光……

“我已经登上过巅峰”

公元1968年4月3日

1967年4月3日，金曾发表过一篇反对越战的重要演说，他将贫困、民权与越南战争互相关联起来，声援罗伯特·F·肯尼迪[①]竞选总统。联邦调查局档案显示，J·埃德加·胡佛局长曾向约翰逊总统报告，肯尼迪跟金联手欲将他赶下总统宝座。金相信，反战游行和集会之所以遭到破坏，是因为有政府的奸细作祟。1968年3月，金回到田纳西州的孟菲斯，为大型非暴力示威活动“进军华盛顿”做准备。他答应在共济会教堂演说，支持孟菲斯清洁工人罢工，此时距他发表反越战演说正好过去了整整一年。演说完毕，金一行人被送到洛林汽车旅馆，第二天，他在旅馆阳台被暗杀。他的死在125个城市引发暴乱，46人死于非命。两个月后，凶手詹姆斯·厄尔·雷在伦敦落网并被引渡回国。他承认暗杀了金，被判99年监禁。跟金关系密切的人至今依然认为，FBI是这起凶案的幕后主使。

> ……奇怪的是，我竟向万能的主说：“如果您让我在20世纪下半叶活上几年，我会活得很开心。”当今世界乱成了一锅粥而我还说这样的话，听上去好像有点奇怪。我们的国家病了，麻烦丛生，一片混乱。这话听起来确实奇怪。但我知道，不管怎么样，只有黑暗到了极点，你才有可能见到星光。在20世纪的这个阶段，我看到上帝在努力，而人们也在以奇特的方式作出回应。在我们的世界，有些事情正在发生。人民群众正在觉醒。不管今天他们在哪里集会，是在南非的约翰内斯堡还是在肯尼亚的内罗毕，是在加纳的阿克拉还是在纽约城，是在佐治亚州的亚特兰大还是在密西西比州的杰克逊，抑或是在田纳西州的孟菲斯，他们发出的都是同一个呼声：“我

① 罗伯特·弗朗西斯·肯尼迪（见下一条目），反对越战和林登·约翰逊的民主党人，是美国第35任总统约翰·肯尼迪的弟弟，在约翰·肯尼迪总统任内担任美国司法部长，在和平解决古巴导弹危机和促进民权方面发挥了极大的作用。

'I've been to the mountaintop'

们要自由。”我活在这个时代感到开心的另一个理由是，我们已经被逼得没有了退路，这些问题已经到了非解决不可的时候；我们的先辈们也曾遇到过类似的问题，不一样的是他们没有被逼上绝路，而我们则不同，这些问题得不到解决，我们将无法生存。许多年来人们一直在谈论战争与和平。现在，光议论是不行了。在这个世界上，我们面临的选择已不再是暴力或非暴力，而是非暴力或灭亡。这便是我们所面对的现实。

说到人权革命，如果我们不赶快行动起来，让全世界的有色人种摆脱多年来的贫穷、伤害和歧视，这世界将注定没有希望。我很开心，因为上帝让我活着看到了正在发生的变化，我很开心，因为他让我来到了孟菲斯……现在我们要动真格的了，我们决心在上帝创造的世界里争得自己的合法地位。这就是我们奋斗的目标。我们不是在消极抗议，也不是在跟任何人消极争论。我们是在表达我们的决心，要堂堂正正做人的决心。我们是在宣称，宣称我们是上帝的孩子。既是上帝的孩子，我们就不要过强加给我们的生活。在历史长河的这个伟大的时间段，我们聚在这里，这意味着什么？意味着我们必须团结，必须永远团结在一起……什么力量也阻挡不了我们。非暴力运动使得我们占据了主动，消除了警察对我们的敌意；他们已经有点不知所措了……我不知道即将发生的是什么；我们还将面临艰难的时日。但对我来说真的无所谓，因为我已经登上过巅峰。我真的无所谓。跟所有人一样，我也希望长寿，但现在我已经不在乎了。我只想遵从上帝的旨意。他已经让我登上了巅峰。我环顾周遭，已经看见了乐土。也许我不能带你们同去。但今晚我要让你们知道，我们，作为一个民族，终将共赴乐土。所以今晚我非常开心，我不再有任何担心，我不再惧怕任何人。我眼前一片光辉，我看到上帝正向我走来。

“也许真该问一问，我们的国家是个什么样的国家，它将去向何方”

公元 1968 年 4 月 4 日

肯尼迪参议员反对越南战争，1968 年成为民主党总统候选人。得知马丁·路德·金遭枪击的消息时，他正要上飞机去印第安纳波利斯出席当晚为竞选而组织的一次群众集会。一到印第安纳波利斯，他就得到了金在医院不治身亡的噩耗。在到达集会地点前，当地警察局局长告诉肯尼迪说，因为安保力量不足无法为他提供足够的保护，警告他不要在会上透露金去世的消息，否则会很危险。参加集会的大多是非裔美国人，他们还不知道金已遇刺。站在用平板车充当的讲台上，肯尼迪的演说只用了 4 分 57 秒。跟他哥哥一样，弗朗西斯·肯尼迪也是个出色的演说家，是第一个让听众得知金的死讯的人，会场里顿时哭成一团。人们逐渐平静下来，但肯尼迪知道，他们心里正燃烧着熊熊怒火，尤其是因为凶手据说是个白人。因为哥哥曾遭暗杀，他对他们的愤怒感同身受。美国各地相继爆发骚乱，唯独印第安纳波利斯例外，许多人认为这得益于肯尼迪的演讲。接下来，肯尼迪又赢得了印第安纳州和内布拉斯加州民主党的支持，6 月 4 日，在拿下决定性的加州之后，他于午夜过后在洛杉矶的大使酒店发表了胜利演讲。演讲结束不一会儿，他遭到索汗·索汗枪击，于 6 月 6 日一早身亡，距金被暗杀仅仅过去两个月。

> 我有一个令我的同胞、令全世界爱好和平的人民悲痛的消息：就在今晚，马丁·路德·金遇刺身亡。为了他的同胞，马丁·路德·金将他的一生献给了爱和正义，并因此而遇害。在这艰难的日子，在美国的艰难时刻，也许真该问一问，我们的国家是个什么样的国家，它将去向何方。作为黑人的你们——考虑到现场的证据，谋杀

'...it is perhaps well to ask what kind of a nation we are and what direction we want to move in'

很明显是白人所为——可能会悲痛欲绝、仇恨满腔、急欲复仇。我们的国家有可能走向极端——黑人站在黑人一边，白人站在白人一边，彼此充满敌意。但也有另一种可能，那就是大家携手努力，像马丁·路德·金那样，互相多一些了解和理解，用爱取代暴力——我们的国家已经被暴力搞得血迹斑斑。这非正义的行为致使你们仇恨和怀疑所有白人，这我可以理解，因为我也有一位亲人被暗杀，却也是被白人所杀。不管怎样，我们都必须作出努力，努力做到相互理解，共渡难关。我最喜欢的诗人是埃斯库罗斯。他写道："睡梦之中，难以忘却的痛苦点点滴滴啃噬着我们的心，直到绝望之余，不以我们的意志为转移，智慧在上帝的感召之下来临。"美国需要的不是分裂，美国需要的不是仇恨，美国需要的不是暴力和违法；美国需要的是爱和智慧，需要的是正义感，是对仍在受苦受难的同胞的同情，不论他们是白人还是黑人。

因此，今晚，我请求你们回家为马丁·路德·金的家人祈祷，我也知道你们肯定会这么做，但更重要的是，为我们深爱的国家祈祷——为我所说的理解与同情祈祷。在这个国家，我们大有可为。我们会有一段艰难的时期，过去有过，将来也还会有。这不会是暴力的结束，不会是无法无天的行为的结束，不会是混乱的结束。但这个国家的绝大多数白人和绝大多数黑人希望和谐相处，希望改善我们的生活质量，希望生活在这个国家的所有人都得到公平对待。让我们贡献出自己的全部力量，将古希腊的箴言变为现实：驯服人类的野性，让世界变得温情脉脉。让我们努力奉献，并为我们的国家和我们的人民祈祷。

“智利万岁！人民万岁！工人万岁！”

公元1973年9月11日

阿连德[①]医生出身，信奉马克思主义，1952年、1958年和1964年三度竞选总统均告失败，终于在1970年竞选成功出任智利总统。在美国政府眼里这不啻为一场灾难，因为他们要保护美国在南美的商业利益，防止共产主义在那里传播。1970年9月，尼克松总统告诉中情局，不能接受阿连德主政智利，还专门拨出一笔预算，用以阻止阿连德领导的人民统一阵线在大选中胜出，或者在胜出后将其推翻。阿连德于1970年11月4日就任总统，直至1973年9月11日发生美国幕后支持的军事政变。在总统府即将陷落之际，在枪炮声和轰炸声中，阿连德向智利人民发表了广播讲话，重申他对智利的未来充满信心，讲话中提及自己时，他都用过去时。阿连德显然是自杀的。陆军总司令奥古斯托·皮诺切特夺取了政权，开始了长达16年的军事独裁统治。

> 我的朋友们，这肯定是我最后一次对你们发表讲话了。麦哲伦电台的天线已被炸毁。我想要表达的不是痛苦而是失望。愿我的话能让那些违背誓言的人良心难安：智利的士兵们和几个军权在握的人：处心积虑当上海军司令的梅利诺将军、自封为武警部队司令的卑鄙的门多萨将军——这个人昨天还信誓旦旦地说要忠于政府。在这种情况下，我唯一要做的事是告诉我的同胞们：我决不退位！在这历史的过渡时刻，我唯有以生命来表达我对人民的忠诚。我坚信我们在千百万智利人民心中播下的种子永远不会枯萎。他们可以凭借武力为所欲为得逞一时，但社会进步是任何罪恶和武力都阻挡不了的。历史属于我们，是人民创造了历史。

① 萨尔瓦多·阿连德，医生出身的智利总统。拉丁美洲第一任民选总统。他强烈批判资本主义，主张社会改革，任内大力推进铜矿国有化、土地改革等社会主义改革进程。

'Long live Chile! Long live the people! Long live the workers!'

同胞们：感谢你们矢志不渝的忠诚，感谢你们对一个追求正义、宣誓要尊重宪法和法律并且践行了这一诺言的人的信赖。在这决定命运的最后时刻，我要对你们说，我希望你们记住这个教训：外国资本、帝国主义和反动派相勾结，使得智利军队放弃了自己的传统，发动了政变。曾经提倡和捍卫传统的施奈德将军和阿拉亚司令，他们自己也曾是政变的受害者。而今天，他们却希望在外国势力的支持下夺回权力，继续维护自己的利益和特权……他们大搞恐怖袭击，炸毁桥梁，破坏铁路，切断输油管道和输气管道……他们犯下的罪行必将受到历史的审判。麦哲伦电台很快就将沉默，你们将再也听不到我的声音。但是没关系。我的声音将回响在你们耳边，一直伴随着你们。至少，一个有尊严的、忠于他的国家的人会留存在你们的记忆里。同胞们，你们要奋起自卫，但要避免无谓的牺牲。不要让自己被子弹打成蜂窝，更不要蒙羞受辱。同胞们，我对智利的未来充满信心。叛国者的罪行终有被揭露的时候，会有人挺身而出，带领智利战胜眼前的黑暗，渡过难关。勇敢前进吧，因为你们知道，你们终将重新走上自由之路，建设一个更加美好的社会。智利万岁！人民万岁！工人万岁！这是我最后留给你们的话，我相信我不会白白牺牲，我相信，我的牺牲至少给大家上了一堂道德课，是对犯罪、懦弱和叛国行为的痛斥。

“一场业已结束的战争”

公元 1975 年 4 月 23 日

福特反对越南战争，支持民权运动，曾是众议院共和党少数派领袖，民主党总统林登·约翰逊的“出气筒”。尼克松当政期间，副总统斯皮罗·阿格纽因受贿丑闻暴露辞职，遂由福特接任。水门事件造成尼克松下台，福特转正，从 1974 年至 1977 年任美国总统。在越南战争中，尼克松曾承诺资助南越，福特接任后本打算继续兑现前总统的承诺，遭到国会拒绝。1975 年 4 月 21 日南越总统阮文绍辞职，把战争的失败归咎于美国支持不力。两天后，美国人和大批南越居民准备撤出南越，十万北越人浩浩荡荡向西贡（现称胡志明市）进发，在此背景之下福特发表了下面这篇演说。一个星期后，南越政府垮台。

今天，美国找回了在越南面前的自豪感。但这自豪感不是通过重新开战找回的，对美国而言，那是一场业已结束的战争。在我看来，我们现在要做的是规划未来，团结起来，包扎好国家的伤口，让它恢复健康，恢复乐观与自信……我们需要发展科技，改善民生，同时还要保护好自然环境。在和平探索海洋和太空的事业中，我将努力寻求合作而不是互相争斗。我的目标是将资源用于和平进步而不是用于战争和破坏，让美国成为征服自然和掌握科技的象征。我们的政府要让每个人都能把握自己的未来，把握美国的未来。你们这一代是幸运的，历史为自豪和美国精神赋予了全新的涵义。美国社会自信有足够的实力赢得世界上任何地方的人民的祝福与尊重。这将进一步激发我们身为美国人的自豪感。我们能够——我再强调一遍——我们定能为未来书写崭新的一页。

'...a war that is finished'

“微笑面对彼此”

公元1979年12月11日

特蕾莎是印度籍阿尔巴尼亚天主教修女，1950年在加尔各答创立仁爱传教修女会，毕生从事慈善事业，为穷人和病人服务。因为“跟威胁和平的贫困与痛苦不懈斗争”，于1979年荣获诺贝尔和平奖，下面摘录的是她在和平奖颁奖地——挪威奥斯陆发表的获奖感言的结尾部分。

……来自美国各大学的教授来到加尔各答，他们说他们刚刚去参观了临终关怀所。我们在加尔各答开设了这家临终关怀所，收留过36000名无家可归的人，其中超过一半在这里安详死去。他们已回到了上帝的家园。我跟教授们谈到了爱，谈到了情感，其中一位请求我：嬷嬷，请留给我们一句让我们永志难忘的话。我对他说的是：微笑面对彼此，多留些时间给家人。另一位问我：那么你结婚了吗？我回答：是的。但我发现有时对上帝微笑会很难，因为他老人家有时对我们的要求太严苛了。真的，但也正因为他的严格要求，我们才会源源不断地付出我们的爱，我们会满心喜悦地把爱献给上帝。正如我今天所讲，我上天堂不为别的，我为了大众而上天堂，因为大众净化了我的心，我所作出的奉献让我可以安然面对上帝了。我认为，活着就该好好活，因为上帝与我们同在，他爱我们。我们只要记着上帝是爱我们的，我们就会像他爱我们那样去爱他人。不要求轰轰烈烈，博大的爱往往体现在小善之中。若真能如此，挪威就成了爱的孕育之地。以此为中心将和平传播到世界各地，以此为中心，让生命的欢乐随着新生婴儿来到人间，那该是多么美妙的事情。如果每个人都成为传播和平的一粒火种，在挪威颁发的诺贝尔和平奖就真正成为了献给世界和平的厚礼。上帝保佑你们！

“有什么可乐的？”

公元 1978 年 6 月 8 日

因为抨击当局，这位苏联作家被监禁多年[①]。1970 年他荣获诺贝尔文学奖，1974 年被驱逐出境。下面是他在哈佛大学毕业典礼上的演讲。

哈佛大学的座右铭是“真相”。你们中的许多人已经发现，其他人也将会发现，在人生路上，你若不用心追寻，真相就会与你失之交臂。错过了真相但幻觉犹在，会让你产生许多错误的理解。另外，真相往往并不令人愉快；真相无一例外地意味着痛苦。我今天的演讲也会包含着某些让人痛苦的东西。但我要强调的是，这痛苦并非来自对手，而是来自一个朋友。我一生都在共产主义统治下度过，我想告诉你们的是，一个没有客观法律准绳的社会是可怕的。但一个只有法律准绳而没有其他任何衡量标准的社会同样不合格。轻率和浮躁是 20 世纪的精神疾患，而表现最为突出的便是媒体。在今天的西方，一个外部观察者注意到的最突出特点就是勇气的阙如。西方世界的公民失去了勇气，总体如此，各个国家亦如此，各个政府、各个党派包括联合国，概莫能外。统治阶层和知识精英缺乏勇气尤其引人注目，也因此而给人留下整个社会都失去了勇气的印象。虽然勇敢者也大有人在，但不足以对公共生活产生决定性的影响……

如果有人问我是不是在暗示现在的西方可作为我国的楷模，坦率讲我的回答是否定的。就你们的社会现状而言，不值得我国仿效。但是，不论从物质还是从精神层面讲，我们都必须为这个星球的未来而斗争，这是毫无疑义的；而且，这场波澜壮阔的斗争业已开始。邪恶的力量已经发动了总攻，你已经能感觉到它的压力，而从你们

① 索尔仁尼琴从苏联流亡至美国，既批判斯大林的极权主义又批判西方的自由主义和物质主义，著有《古拉格群岛》，去世后被誉为“俄罗斯的良心”。

'What is the joy about?'

的银幕和出版物所能见到的却是一片歌舞升平。有什么可乐的？从文艺复兴到今天我们积累了很多经验，却丢掉了“整体”观念，而正是这个观念曾经被我们用以约束我们的感情和不负责任的行为。我们对政治和社会改革寄望过高，结果却发现我们最为宝贵的东西被剥夺了：我们的精神生活。在东方，毁掉精神生活的是执政党的交易和阴谋；而在西方，毁掉精神生活的则是商业利益。这才是真正的危机所在。相同的精神疾患已蔓延到世界各大地区，这比世界的分裂更加可怕。人道主义宣称人生来就应幸福，换言之，人生来并不是为了等死。肉体终将消亡，但人来到世间的任务显然具有更多精神方面的特质。这不该是无节制的日常生活享乐，不该是对物质利益的永不餍足。它应该是一种持久的重要的责任，使人生的旅程成为一种道德成长的体验，唯其如此，人生也才更有价值。

有必要审视一下人的种种价值取向。不正确的价值观大行其道，令人瞠目。我们不可能把一位总统的职责降低到只看赚了多少钱、要到了多少汽油。只有自觉的自我约束能够使人上升一个层次，不致在风靡世界的物质主义大潮中随波逐流。就算我们没有毁于战争，我们也必须有所改变，才能完成自我救赎。我们无可避免地要对人类生活和人类社会的基本定义加以修正。人是不是真的高于一切？精神是否至上？人类生活和社会活动是否必须首先取决于物质的增长？是否允许物质的增长破坏我们精神的完整性？如果说世界还没走到尽头，至少它已经到了一个重大的历史转折点，其重要性不亚于从中世纪转向文艺复兴时期。我们必须有一个精神上的跃升，我们的视野必须达到一个新的广度，生活必须提升到一个新的高度，让我们的肉体不再像中世纪那样被随意摧残，更重要的是，让我们的精神不再像现在这样遭到践踏。人类学也必须提升到一个新的高度。所有人都别无选择，只能——不断向上。

HERBERT PAUL ' HERB' BROOKS JR
小赫尔伯特·保罗·“赫伯”·布鲁克斯
公元 1937 年 8 月 5 日—公元 2003 年 8 月 11 日

“这是你们的时刻，他们的时刻已成过去”

公元 1980 年 2 月 22 日

1964 年和 1968 年的冬奥会，布鲁克斯都代表美国冰球队出战；1972 年起，他先后出任大学队、国家队、欧洲职业队和美国冰球联赛参赛队的教练。后来，他还当过电视评论员，成为一名励志演说家；56 岁时，他死于一场车祸。作为教练，他将北美的“丢球即追”与欧洲的控球战术融为一体。他鼓励队员们速度要快，击球要有力，让球员的个人风格融入球队的整体战术之中。他是 1979 年世界锦标赛美国代表队的教练，1980 年冬奥会在纽约州的普拉希德湖举行，他被任命为美国队主教练。他率领大学生球员和业余球员勇夺奥运金牌，震惊了冰球界，被称为“冰上奇迹的创造者”。2005 年上映的迪斯尼影片《冰上奇迹》记录了这一非凡的夺冠过程，不起眼的美国队在半决赛中击败了强大的苏联队，两天后击败芬兰队夺得金牌，并打破了美国业余队二十年来对苏联队未有胜绩的纪录。苏联冰球队是 1956 年、1964 年、1968 年、1972 年和 1976 年的金牌得主。布鲁克斯手下的 20 名球员中有 9 名曾为他所在的明尼苏达大学效力。布鲁克斯对他们的评价是：

> 他们意志坚强，目标明确。他们来自各行各业，许多人还曾互相交锋过，而一旦走到一起，他们就成为了一支非常团结的队伍。我对他们要求很严，真的很严！但他们有能力完成我对他们的要求。我们的风格跟任何一支北美球队都不相同。我们兼容并收——有加拿大风格，也有一点点欧洲风格。犹如鸭子之于水，球员们对各种打法都能很快适应，并从中获得乐趣。这是一支有速度、有创造力又绝对有纪律的队伍。在奥运会上，他们表现出了十足的韧劲。我的意思是，有六七次他们都是在落后的情况下反败为胜的。落后时

他们从不气馁，咬紧牙关拼命追赶。要论在赛场上的适应能力，也许除苏联队外，我们不输给世界上任何一支球队。我们总能适时爆发，运气也不赖，对我们所有人而言，这样的经历真是妙不可言。

当时的世界笼罩着冷战的阴影，为抗议苏联 1979 年入侵阿富汗，美国决定抵制 1980 年的莫斯科夏季奥运会。1980 年 2 月 9 日，国务卿赛勒斯 · 万斯宣布了这一决定；同日，在一场表演赛中，苏联奥运队以 10:3 大胜美国奥运队。当时，美国联赛的球星大多来自加拿大，展望即将开始的冬奥会冰球比赛，人们估计美国队会以同样的比分败给苏联队。半决赛于 1980 年 2 月 22 日打响，美国队对阵苏联队，开场仅十分钟就以 4:3 领先，而且接下来势头不减，比赛进程让人不可思议。比赛一结束，布鲁克斯径直朝更衣室走去，边走边道："这种成就感、自豪感真是太棒了。他们非胜不可；这是他们的时刻。"之后，《体育画报》的头条新闻就是这场比赛，标题是《本世纪最伟大的赛场一瞬》。

就在球员们临上场前，布鲁克斯从衣袋里掏出一张皱巴巴的纸头向他们宣读：

伟大的时刻来自伟大的机会。所以你们今晚来到了这里，小伙子们。这机会是你们赢来的。一场决胜负。如果我们跟他们打十场，也许他们会赢九场。但不是这一场。不是在今晚。今晚，我们要跟他们过过招，跟他们较量较量。我们将打败他们，因为我们有这个实力！今晚，我们是世界上最伟大的冰球队。你们是天生的冰球运动员。你们每个人都是。今晚你们不会白来一趟。这是你们的时刻。他们的时刻已成过去，已经结束。说什么苏联有支多么多么了不起的冰球队，这话我已经听烦了。干掉他们！这是你们的时刻。好了，上场吧，去拿下这场比赛！

“事业仍将发展”

公元1980年8月12日

爱德华·肯尼迪是被谋杀的约翰·肯尼迪和罗伯特·肯尼迪的弟弟，民主党参议员。1980年同时任总统吉米·卡特竞争民主党总统候选人时败北。因为通货膨胀、居高不下的失业率以及因派兵去伊朗解救美国人质而引发了诸多政治问题，此时的卡特在政治上已经开始走下坡路。1980年7月，共和党推选罗纳德·里根为总统候选人。里根对民主党一贯以来的多项政策——最早可追溯到富兰克林·罗斯福的“新政”——持反对态度，认为不应利用联邦政府的权力实施社会改革。共和党保守派指责诸如此类的“新政”动用了大量行政资源却收效甚微。正是在这样的背景下，爱德华·肯尼迪发表了这篇他职业生涯里最精彩的演说。

我的民主党同事们，美国同胞们，今晚我不是以候选人身份来发表演说的，我只想确认一件事。我要请求你们，请求你们重申民主党实现经济正义的承诺。我请求你们重申让国家持久繁荣的承诺，让美国重现活力。这是我参选的原因，为此，九个月来我不停奔波，行程十万英里，足迹遍及四十个州。我们也有失败，但失败带给我们的痛苦算不了什么，我这一路所接触的民众，他们才是最痛苦的。我懂得了，看问题要严肃认真，但永远不要太把我们自己当回事。最重要的是我们的事业，民主党的事业正处在巅峰时刻，正是我们的事业使民主党永葆青春，使它在诞生的第二个百年发展成为了全国最大的政党，也是世界上历史最悠久的政党。从托马斯·杰斐逊开始，我们的事业就一直是广大人民群众的事业……对我个人而言，几个小时前竞选已告结束。但对所有跟我们志同道合的人来说，工作仍将继续，事业仍将发展，希望仍在，梦想永不破灭。

'...the cause endures'

“我决不轻言放弃”

公元1984年11月9日

凯萨·查维斯是最著名的拉丁裔（墨西哥裔）民权活动积极分子，劳工运动者，创建了名为“美国农场工人联合会”的工会组织。他争取权利的方式既富有进取性又拒绝暴力，使得农场工人的斗争在道义上占了上风，赢得全国的普遍支持。奥巴马视查维斯为英雄，查维斯有句名言“是的，能做到”，奥巴马的竞选口号“是的，我们能做到”就模仿了这个句式。在下面这篇演说里，查维斯谈到了许多问题，包括农场工人运输的安全问题、农场主对阻挠农场工人联合所采取的恐吓策略、关心童工、工会的生存、杀虫剂与环境污染，还谈到了非暴力斗争哲学以及在迫使农场主承认农场工人的需求时应充分发挥联合抵制的作用，等等。

在我一生中，总有一个梦想、一个目标在驱使我努力前行：推翻这个国家现有的农场劳工制度，在这个制度下，农场工人似乎总是低人一等。农场工人不是工具，不是牛马，用过了就被弃之不顾。

……我的动机源于自己的人生经历，源于我在成长过程中亲眼目睹的父母亲的遭际，源于我们一家在加利福尼亚当流动农工的经历。之所以有梦想或者说幻想，是因为我虽然遭受种族歧视却仍然抱有希望，希望得到公平对待，希望看到我的同胞们被人当人而不是当作奴隶看待。我的梦想源于愤怒——四十年前在加州一些地方，我们这种肤色的人连进电影院或餐馆的权利都没有。我的梦想源于儿时的羞耻，我无法理解，那么多的农场工人，为什么任凭为数寥寥的农场主剥削和侮辱……我开始意识到，而其他少数民族早已发现——答案和希望之所在，那就是组织起来。我们要成为挺胸抬头的公民。我们要选举权。像我这样的人必须学会组织、教育墨西哥人，帮助他们争取应有的权利……但直到致力于把农场工人组织起来，我才真正从内心里感觉到了快乐。我不知道我能否成功。但我决不轻言放弃……

“未来不属于懦夫，只属于勇敢者”

公元1986年1月28日

1986年1月的一天，数百万美国人，其中许多是在校学生，通过电视直播收看“挑战者号”航天飞机的发射实况。此次上天的七位宇航员中，第一次包括一名“平民宇航员”——三十七岁的中学教师克里斯塔·麦考利夫。升空七十三秒后，航天飞机炸成一团火球，七名宇航员全部遇难。这是美国开始载人航天以来的首次空难，举国震惊。几个小时后，里根总统通过广播和电视发表讲话，盛赞“先驱者”并安抚失望的人民。不论讲稿是否出自里根之手，其镇定与诚挚确实触动了公众的心弦。

女士们，先生们，我本打算今晚向你们报告一些其他的情况，但今天早些时候发生的事情使我不得不改变了计划。今天是一个哀痛和纪念的日子。“挑战者号”的悲剧让南希和我痛彻心扉。我知道，全国人民都跟我们一样悲痛。这是国家的一大损失。九年前，差不多在同样的日子，在一次可怕的地面事故中，我们失去了三位宇航员。但我们还从来没有在飞行中损失过宇航员，从来没发生过像今天这样的悲剧。也许我们已经忘记载人航天需要机组人员有多大的勇气；但是他们，“挑战者号”上的七位，在明知充满危险的情况下毅然出征。我们悼念七位英雄：迈克尔·史密斯、迪克·斯科比、朱迪斯·雷斯尼克、罗纳德·麦克奈尔、鬼冢承次、乔治·贾维斯和克里斯塔·麦考利夫。失去他们，举国同悲。我们无法想象这惨剧给七位的家人带来的打击。但对你们的悲痛我们感同身受，我们十分牵挂你们。你们至爱的亲人那么勇敢，他们有着独特的精神气质——“尽管向我挑战吧，我将愉快接受。”他们渴望探索宇宙，发现它的奥秘。他们希望报效国家，而且做到了。他们为全国人民作出了奉献。在我们国家，对奇迹已习以为常。二十五年来，我们的太空计划就在不断创造着奇迹。我们已经把太空探索视为惯常之事，也许忘记了其实我们才刚刚开始。我们还只是先行者。他们，“挑战者号”上的七位，是先行者。

我还想对全美国观看电视直播的中小学生说几句话。我知道你们很难接受，但有时候令人痛苦的事情就这么发生了。它也是探索和发现的一部分，是人类勇于冒险、勇于开拓的一部分。未来不属于懦夫，只属于勇敢者。“挑战者号”的英雄们引领我们走向未来，我们要紧紧跟随。我一贯对太空计划满怀信心，满怀尊重，不会因为今天发生的事情而改变。我们并不隐瞒我们的太空计划。我们不保密，出了事也不遮遮掩掩。我们所做的一切都光明磊落，坦坦荡荡。这就是一个自由国家之所为，而且任何时候都不会改变。我们将继续太空探索，会发射更多的载人航天飞机，会有更多的志愿者、更多的平民和更多的教师飞向太空。这不是结束，我们的希望和旅程仍将继续。我想对国家航空航天局的每一位工作人员、对参与此次任务的每一位工作人员说：“你们几十年来所做的贡献和所表现出的职业精神一直感动着我们，给我们留下了深刻印象。我们了解你们的痛苦。让我们一起分担。”巧合的是，390年前的今天，在巴拿马海域，伟大的探险家弗朗西斯·德雷克爵士死在船上。终其一生，海洋就是他的战场，一位历史学家后来说道：“他生在海边，死在海上，葬在海里。”今天，我们可以这么说：跟德雷克一样，“挑战者号”的宇航员们也完成了自己的奉献，我们为他们的辉煌人生感到骄傲。我们永远不会忘记他们，不会忘记今早我最后见到他们时的情景，他们跟我挥手道别，“摆脱地球的束缚”去“抚摸上帝的脸庞”。谢谢大家。

“戈尔巴乔夫先生，拆掉这堵墙！”

公元1987年6月12日

用《德国画报》的话来说，这是一篇“改变世界”的演说。里根在演说中直接向苏联领导人米哈伊尔·戈尔巴乔夫发起挑战，问他敢不敢让苏联走上自由化道路，敢不敢还东欧以自由。之后，两个超级大国签订了有关常规部队规模、核武器和东欧政策等的一系列协议，而柏林墙也终于在1989年拆除。两年后，苏联解体。1994年，里根以书信的形式勇敢地向公众披露，他早已患上阿尔茨海默病。

……立在我身后的是一堵环形墙，将这座城市一分为二，而它仅仅是一整套分割系统的一部分，这套系统横贯德国，壕沟、带刺的铁丝网、警犬和岗哨。再往南，还另有一堵看不见的墙，包括荷枪实弹的警卫、检查站等等——同样限制着人们自由来往的权利，将极权主义者的意志强加在普通百姓身上。当然，最明显的莫过于柏林的这堵墙：它将城市分割开来，一个大陆被野蛮分割的新闻图片和电视画面令全世界触目惊心。站在勃兰登堡门前，每个德国人都跟自己的同胞相隔离……每个柏林人都不得不面对这块伤疤……

魏茨泽克总统曾经有言：“只要勃兰登堡门还关着，德国问题就悬而未决。”而今天——今天我要说：只要这道门还关着，只要柏林墙这个伤疤还在，不仅是德国问题，人类自由的问题都将悬而未决。但我并不悲观。因为，即使是身处这堵墙的阴影之下，我仍然在柏林看到了希望，找到了胜利的信息。

1945年，也是在这个季节，柏林人走出防空洞，眼前是满目疮痍。数千英里之外的美国人民伸出了援助之手。国务卿乔治·马歇尔宣布了后来人尽皆知的“马歇尔计划”。四十年前的这个月他说：

'Mr. Gorbachev, tear down this wall!'

“我们的政策不是要反对任何国家或者任何学说，而是要反对饥饿、贫困、绝望与混乱。”

就在刚才，在出席“马歇尔计划”四十周年纪念活动时，我被一个景象深深打动——一座毁于战火的城市已经重建起来。我理解与我同时代的柏林人看到一座座高楼大厦雨后春笋般重新出现在西柏林时的心情。它标志着：“马歇尔计划帮助了自由世界振兴。”一个强大、自由的西方——美梦成真。日本从废墟上崛起，成了经济巨人。意大利、法国、比利时——实际上西欧的每个国家都迎来了政治上和经济上的重生；欧共体也已建立。

四十年前这里还是一片废墟，而今天的西柏林，工业产值高于德国其他任何一个城市：到处可见办公楼群、漂亮的房舍、宽阔的林荫道、碧绿的草坪和美丽的公园。在这个文化似乎已经灭绝的地方，如今已建起了两所大学、若干乐团和歌剧院、数不清的剧院和博物馆。这里曾经物质匮乏，如今衣食丰足，车流成河。你们，自由的柏林人，在废墟之上重建了自己的城市，使之跻身于世界上最伟大城市之列。苏联人也许有别的计划，但是朋友们，有几样东西他们却别指望拥有：柏林人的幽默和柏林人特殊的谈话方式。

50年代，赫鲁晓夫曾经预言：“我们将埋葬你们。”而我们看见，在今天的西方，自由世界已经空前繁荣，生活水平高于历史上任何时候。在另一个世界我们看到的则是失败：技术落后、健康水平低下，甚至连基本需求都得不到满足——连饭都吃不饱……戈尔巴乔夫总书记，如果你想寻求和平，如果你想寻求苏联和东欧的繁荣，如果你想寻求自由化，你就到勃兰登堡门来吧。戈尔巴乔夫先生，打开这道门。戈尔巴乔夫先生——戈尔巴乔夫先生，拆掉这堵墙！……

“我们生活在一个被污染的道德环境里”

公元 1990 年 1 月 1 日

1989 年，波兰、捷克斯洛伐克、匈牙利、罗马尼亚和保加利亚纷纷发生政权更迭，同年年底，柏林墙被拆除。1989 年 12 月 29 日，剧作家哈维尔①当选捷克斯洛伐克总统，在广播电台发表了新年祝词，这也是他上任后的首次演讲。他演讲的一贯主题是，在极权统治之下人人都过着一种双重生活，当众说的是一套，私下里说的又是另一套。他把这称之为“被污染的道德环境”，他告诉自己的同胞们，国家虽然还不繁荣，但“政府已经回到了你们手上”。

> 我亲爱的同胞们——四十年来，每到这一天，你们都会听到我的前任们的演说，内容不尽相同但主题只有一个：我们国家如何如何繁荣富强，钢铁年产值达到了多少多少百万吨，我们的人民生活如何幸福，对政府如何信任，我们的前景如何如何光明。我认为要继续听到这样的假话并不是你们要我来当这个总统的理由。我们的国家并不繁荣。无穷的创造力和精神潜能没有得到很好的发挥。工业产品没有给你们带来利益，而急需的东西却极度匮乏。一个自称工人当家作主的国家却看不起工人、剥削工人。陈旧的经济生产方式浪费着有限的能源。最糟糕的是我们生活在一个被污染的道德环境里。我们自觉良心有愧，因为说的是一套，想的又是另一套。我们谁都不相信，互相漠视，只在乎自己。爱、友谊、激情、人道、宽容等等付之阙如，许多年来，这些东西仿佛成了精神疾患，或者说古风不存，好像它们跟计算机与太空时代格格不入似的。
>
> 此前的政治制度——自负而狭隘——把人只当作劳动力，把人

① 哈维尔，作家、思想家、政治家，捷克斯洛伐克联邦共和国最后一任总统（1989—1992 年），也是独立后的捷克共和国第一任总统（1993—2003 年）。

贬低成了生产工具。作为人的存在以及人与人的关系被忽视。它把有技能、有自主权的、为国家努力工作的人贬低为放大了的螺丝钉和轰轰作响的锈迹斑斑的机器，在这个体制下，人的概念已经模糊了。我们全都习惯了极权主义统治，将其作为不二选择加以接受，成了它得以维持下去的帮凶。换言之，极权主义统治这部机器之所以得以运转，我们所有人都负有不可推卸的责任，只是责任大小不同罢了。我们每个人都不仅仅是受害者，我们也是这部机器的制造者。我为什么这么讲？因为，如果硬要说过去四十年这份可悲的遗产是别人给我们的，是某个远亲硬塞给我们的，那就是不讲理了。恰恰相反，是我们自己接受了这份害人害己的遗产，我们也是罪人。我们不该把所有责任都推到之前的统治者身上，不仅因为这不实事求是，更因为这么做会让我们忽略我们今日应当肩负的职责，那就是独立地、自由地、负责任地、迅速地行动起来。我们应该正确认识到：世界上再好的政府、再好的议会、再好的总统都不能单靠自己有所作为。要是指望一切问题都靠他们来解决，那你就大错特错了。自由和民主需要你们的参与，因此也就需要你们承担责任……那些与极权主义统治作斗争的人，甚至仅仅因为坚持独立思考的人，都受到了迫害。我们不应该忘记那些为了我们今天的自由而以各种方式付出牺牲的人们。自信不是自负。恰恰相反：不管是一个人还是一个国家，只有懂得什么是真正的自信，才听得进别人的意见，才能做到平等待人、宽恕敌人、知错能改。

我们需要的是一个什么样的国家？它应该永远闪耀着爱和理解的光辉，闪耀着精神和思想的力量的光辉。这也正是我们为国际政治所能作出的特殊的贡献。要让自己和他人都明白，政治应该是一种愿望的表达，是愿为社会的幸福作出贡献，而不是欺骗或强奸社会……我梦想有一个独立、自由、民主的共和国，一个经济发达、社会公正的共和国；简言之，一个以人为本的共和国，在这样一个国家里，国家与个人的关系是相互服务的关系。我梦想有一个人民全面发展的共和国，我们还面临着诸多问题——人权问题、经济问题、生态问题、社会问题、政治问题，而没有全面发展的人民就什么也解决不了。人民，你们的政府回到你们手中了！

“历史的教训不应忘记，但我们今天之所以在这里庆祝，是因为我们对未来充满希望”

公元 1991 年 12 月 10 日

18 岁的亚历山大带上 14 岁的弟弟金前往奥斯陆，亚历山大在这里代母亲昂山素季①发表了诺贝尔和平奖获奖感言。昂山素季的父亲是缅甸独立斗争的英雄，被暗杀。1989 年 7 月 20 日，缅甸军政府在不经起诉和审判的情况下将昂山素季软禁。尽管如此，她所领导的全国民主联盟还是在 1990 年 5 月的大选中以赢得议会 82% 的支持率胜出。军政府拒绝承认选举结果，宣布了戒严令。1990 年 10 月，昂山素季获拉夫托人权奖。1991 年，欧洲议会授予她萨哈罗夫人权奖。1991 年 10 月 14 日，挪威诺贝尔奖委员会宣布昂山素季为该年度和平奖得主。军方提出条件，只要她退出政治舞台离开缅甸就释放她，被她拒绝。1992 年，她宣布用所获的 130 万美元奖金设立一项健康与教育基金，资助缅甸百姓。1989—1995 年、2000—2002 年、2003—2010 年她先后三次被军政府软禁。2010 年 11 月 13 日傍晚，昂山素季终获自由。此时距她获得诺贝尔奖已过去整整二十年，奖金也推迟了十五年才送到她手上。

国王陛下，王后殿下，女士们先生们，我代表我母亲昂山素季领取这伟大的奖项——诺贝尔和平奖。因为我母亲仍在软禁之中不能前来，我在这里代表她发表感言，相信我表达的会是她的心声。我知道，她首先想说的是，她不是以个人的名义而是代表全体缅甸人民接受这个奖项。她还会说，这奖不属于她，而是属于所有那些为建立一个民主的缅甸而牺牲或正在牺牲自己的幸福、自由乃至生命的人。缅甸人民不仅今天获得了这个奖项，而且，他们为和平、

① 昂山素季（Aung San Suu Kyi，1945 年 6 月 19 日—），缅甸政治家，曾被军政府长期软禁。曾就读并任教于英国牛津大学，丈夫是牛津大学教授迈克·阿里斯。

'The lessons of the past will not be forgotten,
but it is our hope for the future that we
celebrate today'

自由和民主的不懈斗争也必将获得胜利。作为她的儿子，我想加上一句，我母亲的奉献与牺牲就是一个缩影，通过她的遭遇，我相信缅甸人民的处境会引起各方的关注。他们的境遇之悲惨不容低估。不论是城里人还是乡下人都生活在极度贫困之中，被关进监狱的人受尽酷刑；年轻人是缅甸的希望，却纷纷逃进丛林，死于瘴气；佛教徒被随意殴打羞辱。我们也不应该忘记，许多像我母亲那样备受敬重的高级领导人仍身陷囹圄。我也代表他们向你们致谢，感谢你们给予我们如此崇高的荣誉。缅甸人今天可以稍稍昂首挺胸了，因为他们知道，在这遥远的地方，他们的苦难得到了倾听与关注。

……这个政权三十年的黑暗统治把缅甸这个曾经繁荣昌盛的“黄金帝国”折腾成了世界上经济最落后的国家。即使是仰光那些正在当权的人也心知肚明，用恐惧、高压和仇恨来维系的激进主义统治将会是什么样的下场。……我知道，要是我母亲今天能来这里，除了向你们表示感谢外，她还会请你们为我们祈祷，希望压迫者和被压迫者都放下武器，团结起来，建设一个以人道主义为基础的和平的国家……而现在，只能由我来向各位表达最诚挚的谢意了。让我们一起祈祷，希望从今天起伤口开始愈合，希望1991年的诺贝尔和平奖成为缅甸朝着真正的和平迈出的历史性的第一步。历史的教训不应忘记，但我们今天之所以在这里庆祝，是因为我们对未来充满希望。

“她的生命还没有里根总统的任期长”

公元 1992 年 7 月 14 日

她是影视演员、导演保罗·格拉泽的妻子，1981 年，因生产时接受输血而感染上了艾滋病，她自己全然不知，通过哺乳又把病毒传染给了襁褓中的女儿爱丽儿。1984 年，还在子宫里的儿子杰克也被传染。直到 1985 年，爱丽儿开始出现一些莫名其妙的病状，去医院检查，才发现一家三口都染上了艾滋病。格拉泽被感染时，医学家对艾滋病还了解甚少，也没有有效的治疗手段。爱丽儿的病情迅速恶化，格拉泽夫妇决定放手一搏，让女儿接受了新药 AZT（齐多夫定）的静脉注射，但为时已晚，爱丽儿于 1988 年夭折。她强抑悲痛，决心要拯救儿子杰克以及其他 HIV 呈阳性的孩子，于是1988年她成立了伊丽莎白·格拉泽儿童艾滋病基金会。在提高公众对儿童感染艾滋病的关注度的同时，她还筹募资金，加强针对儿童的艾滋病药物的研发和母子之间艾滋病传染的研究。1994 年，伊丽莎白死于艾滋病，之前两年她在民主党全国代表大会上发表了这篇令人揪心的演讲，批评政府在应对艾滋病危机方面缺乏主动作为。她创办的基金会成为少年儿童艾滋病研究与治疗的主要资金来源。杰克仍然活着，跟他父亲、基金会名誉主席保罗·格拉泽一样，充当防艾滋的代言人。

……我今天出席会议，为的是生与死的问题。四年前，我女儿死于艾滋病。她的生命还没有里根总统的任期长。我出席会议，是因为我儿子和我也许活不过又一个四年，因为这一届领导者口口声声说关心艾滋病人，却不见行动。我已经是数着钟点过的人了。这跟你是共和党人、独立派或民主党人无关。它关乎未来，我们每个人的未来。我以一个母亲的身份投入了保护她孩子生命的战斗。但一路走来，我发现了今日的美国有多么不公，不仅是对艾滋病人，

'She did not survive the Reagan Administration'

而是对许许多多人——穷人、同性恋者、有色人种、儿童。奇怪的是，我，一个富有的白人女性，成了这个群体的代言人。在艰难前行中我也有了自己的教训，我知道美国已迷失了方向，正面临着失去灵魂的危险。美国，醒过来吧：面对生死斗争，没人可以置身事外。我理解——我理解什么是沮丧和绝望，你大声呼救却无人搭理，对此我感同身受。我去华盛顿告诉里根总统和布什总统，在艾滋病研究与治疗方面要做的事情还很多很多，尤其是儿童不应该被遗忘。我第一次陈情之后，没有动静，我心想，“也许他们没听明白”。第二次还是没动静，我想，“也许我的呼声还不够高”。现在我意识到了，是他们根本听不进去。你呼救却没人听，渐渐地便失去了希望。我已开始对美国失去信心。我感觉我的国家弃我于不顾……

我相信美国，但不相信只知夸夸其谈却没有能力解决问题的领导者……我相信美国，但相信的是一个家家户户都充满光明的美国。只有一些家庭充满光明是不够的：我家就已经被黑暗笼罩得太久了。每一代人都会有这样一个时刻，历史将他们带到了一个重要的十字路口。人生也有这样的时刻，你作出改变，事情就会好转。此其时也。对我来说，这不是政治，是危机关怀……我女儿只活了七年，在她生命的最后一年，她已经不能走路，不能说话，却仍保持着清醒的判断力。在我满怀恨意时，她教会我去爱。在我只想帮助自己时，她教会我去帮助他人。在我害怕时，她教会我要勇敢。我女儿跟我之间的爱是那么的单纯。美国，你也能够做到。这是一个给人以希望的国家。在这里，所有美梦都能成真，不光是经济梦，还有自由、正义和平等之梦。大家都应该抱有希望，相信梦能变成现实。我向你们发出挑战，大家都努力去实现自己的梦想。因为不光是我，所有人的生活都离不开梦想。谢谢大家。

“谈到艾滋病时不必悄声耳语”

公元1992年8月19日

玛丽·费希尔（原名伊丽莎白·戴维斯·弗雷林）是一位画家，被第二任丈夫感染上了艾滋病，遂成为艾滋病预防与教育的积极鼓吹者，曾在共和党全国代表大会上发表过两篇著名演讲，第一次是1992年在休斯顿，第二次是1996年在圣地亚哥。她是非盈利组织“玛丽·费希尔艾滋病研究与教育基金会”的创立者。从2006年5月开始，她出任联合国艾滋病联合规划署全球大使。费希尔决定公布自己的病情，1992年2月《底特律自由报》刊登她的故事后，共和党全国代表大会邀请她前去发表了演讲。1995年，《纽约时报》称费希尔和伊丽莎白·格拉泽“让美国了解了艾滋病”。费希尔为感染了艾滋病的家庭建立了援助小组，提供了医疗人员，还建立了艾滋病家庭网络，作为艾滋病患者的代表，为促进艾滋病的教育与防治、为让人们接受艾滋病人而继续奔走。这是一篇充满感情的重要演讲，让美国人改变了对艾滋病毒携带者的态度。

大概三个月前，在盐湖城一次听证会上，我要求共和党揭开盖子，不要再对艾滋病人和艾滋病毒携带者的问题保持沉默。今晚我来这里，就是要打破沉默。我带来的是挑战的信息，不是来出风头的。我要的是你们的关注，不是你们的掌声。我从未要求过HIV呈阳性，但我相信任何事情总有一个目的。我乐于面对自己，面对你们，面对这个国家。艾滋病的存在是残酷的现实。二十万美国人已经或正在死去。感染人数一百多万。而未来几年里，全世界的艾滋病感染者将多达四千万、六千万甚至上亿。尽管医学科学在发展，白宫在不断开会，国会在不断听证，到处可见宣传口号，随时都听得到让人充满希望的承诺——遗憾的是，艾滋病仍在流行……我要大声疾呼：跟我一起接受历史的教训，满怀悲悯之心，在我离去之后，让孩子们说到艾滋病时不再谈虎色变。这样，他们的孩子和你们的孩子在谈到这个疾病时就完全不必轻声耳语了。上帝保佑孩子们。上帝保佑我们大家。晚安。

“让所有人都得享公平正义”

公元 1994 年 5 月 10 日

纳尔逊·曼德拉是南非第一位真正意义上的民选总统，1994—1999 年在任。他在监狱里蹲了二十七年，1990 年 2 月 11 日获释后，积极支持与白人的和解谈判，帮助南非实现了向多种族民主的过渡。他共获得过包括诺贝尔和平奖在内的 250 个奖项。2009 年，联合国大会将他的生日（7 月 18 日）定为“纳尔逊·曼德拉国际日”，以表彰他为世界自由所做的贡献。他发表演说时表现得不卑不亢，既勇敢又宽容，让听众感动不已。以下是他就职演说的片断。

> 我们已成功地让千百万国人心中燃起了希望……作为我国致力于更新的证明，新的全国统一的过渡政府的当务之急是处理目前在狱中服刑囚犯的特赦问题。我们把今天献给为我国自由而献出生命、作出牺牲的我国的和来自其他国家的英雄。他们的梦想已成为现实。自由就是他们的报酬。我作为一个统一、民主、没有种族主义和性别歧视的南非的首任总统，负责带领国家走出黑暗的深渊。我们怀着既谦恭又欣喜的心情接受你们给予我们的这份荣耀与权力。我们知道，自由之路并非坦途。我们深知，没有任何个人可以单打独斗取得成功。因此，为了实现全国和解，为了建设国家，为了一个新世界的诞生，我们必须团结一致，共同行动。让所有人得享正义。让所有人得享和平。让所有人得享工作、面包、水和食盐。让所有人都明白，每个人的身体、思想和灵魂都已获得解放，每个人都有了自我完善的可能。这片美丽的土地永远、永远、永远不会再有压迫者和被压迫者，不会再遭受被世界唾弃的屈辱。让自由永存。人类的成就如此辉煌，照耀它的太阳永不坠落！愿上帝保佑南非！

'Let there be justice for all'

"女性是男尊女卑文化的受害者"

公元1995年9月4日

她是巴基斯坦前总理佐勒菲卡尔·阿里·布托的长女，为情势所迫而不得不投身政治。当阿里·布托总理被齐亚·哈克将军推翻后，贝·布托被监禁、软禁了十八个月。期间，她不断申诉，要求齐亚将军撤销对她父亲的谋杀罪的起诉。1979年4月，布托被处以绞刑，贝·布托数次遭逮捕、软禁。她入狱五年，绝大多数时间被单独囚禁。她的巴基斯坦人民党在地方选举中获胜，但齐亚将军悍然宣布选举结果无效。监狱生活损害了她的健康，她被允许住院治疗，但一出院即再遭软禁，两年后，即1981年12月，才最终获释。1985年，她外逃的弟弟纳瓦兹死在法国。齐亚死于飞机失事后，1988年，她成功当选，成为伊斯兰国家的第一位女性总理。1990年，新总统以腐败为由将她罢免。1993年她再度当选，1996年又以同样的理由再遭罢免，于1998年流亡迪拜。1993年，她唯一还活着的弟弟在流亡地当选为省议员后回国，于1996年被神秘暗杀。2002年大选人民党赢得最多选票，但她拒绝由她的党牵头组建新政府。

2007年10月，贝·布托终于回到巴基斯坦，并与穆沙拉夫总统达成谅解，她被特赦，之前有关腐败的所有指控均予取消。分析人士认为，军政府此举意在借助她的力量，孤立宗教极端势力。2008年的大选在即，贝娜齐尔是反对党候选人，而就在大选前两周，她在出席人民党在拉瓦尔品第举行的群众集会后被暗杀。穆沙拉夫总统发表正式声明，否认与此事有关，声称已为贝娜齐尔提供了足够的安全保护。"基地"组织声称对暗杀负责，称她是"美国人手中最值钱的宝贝"。2007年她曾说过："我非常清楚'基地'组织的后台是谁。他们曾经两次试图暗杀我。人民党和我代表了他们最害怕的东西——缓和、民主、男女平等、信息公开和

'Women become the victims of a culture of exclusion and male dominance'

科技进步。我们代表着未来，在现代化的巴基斯坦，将没有愚昧、党同伐异和恐怖主义的立身之地……死亡威胁吓不倒我，我将领导人民与专制统治斗争到底。”任巴基斯坦总理期间，贝·布托出席了在北京举行的联合国第四次世界妇女大会并在开幕式上致辞，主题是女权问题。

就在我们在这里讲话时，一场道德危机正肆虐全世界，这是不公正不作为的危机，是沉默隐忍的危机……在这个庄严的大会上，站在你们面前的不仅是一位总理，更是一个女人、一位母亲——一个对她的文化与宗教传统备感自豪的女人，她敏锐地觉察到，几乎在所有国家，都还存在着对女性不公、妇女难以参与社会事务的问题……早在人类精神从中世纪的黑暗中得到解放之时，伊斯兰教就提出了男女平等。当女性在人类大家族里被视为低人一等时，伊斯兰教给予了她们尊重与尊严。当女性被当作奴隶驱使时，伊斯兰的先知（愿他安息）就把她们当作了平等的伙伴。伊斯兰以法典的形式肯定了女性的权利。《可兰经》决定了她们具有跟男人同等的地位。它保证了她们享有公民权、经济权利和政治权利。它承认她们有权参与国家建设。可悲的是，伊斯兰有关女性的教义很快就被抛弃了。跟在其他国家一样，在伊斯兰国家，妇女的权益被忽视。妇女被虐待、歧视，饱受暴力侵害和压迫，社会完全无视她们的存在……

女人是男尊女卑文化的受害者。今日世界，贫穷的、被剥夺权利、受歧视的女性数量远超男性。女性文盲多达五亿。没有接受基本教育的儿童中，女孩占百分之七十。在发展中国家，女性的处境苦不堪言。饥饿、疾病、没完没了的辛苦劳作就是她们的命运……我决心改变我国女性的处境。我国有超过六千万女性被边缘化。这是她们的个人悲剧，也是国家的灾难……我梦想一个女性能充分发挥才能的巴基斯坦。……真主保佑，我们定能成功。

“她是维护被压迫者权益的旗手”

公元 1997 年 9 月 6 日

1981 年 7 月 29 日，刚刚过完 20 周岁生日的戴安娜·斯宾塞女士嫁给了 32 岁的英国王储、威尔士亲王查尔斯。但这桩婚姻最终走向尽头，两人从 1992 年 12 月 9 日开始正式分居，于 1996 年 8 月 28 日离婚。1997 年戴安娜意外死于车祸，举国上下大为悲痛。很多人因为她帮助艾滋病人并支持国际反地雷组织的工作而对她爱戴有加，认为她丈夫待她不公。王室似乎并没有把她的死当回事，这更导致民怨沸腾。直到戴安娜葬礼的前一天，女王才被迫通过电视直播表达了对她的哀思。人们纷纷前往她在肯辛顿花园的家附近祭奠，献上鲜花、蜡烛和写有祝福的小卡片。到 9 月 10 日，堆砌的鲜花已厚达 5 英尺。葬礼上，王妃的弟弟斯宾塞伯爵的致词催人泪下。大批群众聚集在威斯敏斯特大教堂外通过广播收听，伯爵在指责王室待王妃不公时，他们忍不住鼓掌叫好。致词接近尾声时，伯爵感情失控，声音都嘶哑了。外面传来的声浪一阵高过一阵，教堂内，戴安娜的长子威廉王子和次子哈里王子也跟着鼓起掌来。查尔斯王子抬手拍腿，意识到自己失态，又赶紧停止了动作。伊丽莎白女王、菲利普亲王和王太后一动不动。斯宾塞的严词指责、“血腥家庭”的用语以及对姐姐去世表现出的悲痛欲绝令女王和她的丈夫、儿子震惊，他们这才意识到，全国人民是多么怀念戴安娜。斯宾塞借助语言的力量，借助手势在为他的姐姐复仇。《卫报》称斯宾塞所致的不是悼词，而是“战斗的呐喊”，斯宾塞家族远非披上温莎之名的日耳曼暴发户，而是英国统治阶级的代表。英国王室一直以来都是英国人民的象征，此番却跟公众的感情、跟民意如此隔膜，进入 20 世纪以来，这也许是它首次短暂失去了这个象征地位。

'A standard bearer for the rights of the truly downtrodden'

今天，我站在你们面前，作为一个悲恸家庭的代表——在一个哀悼的国家里，面对一个震惊的世界。我们聚在一起，不仅因为我们渴望向戴安娜表达敬意，而且因为我们需要这样做，因为她魅力超凡，以至于世界上亿万从没见过她的人都通过电视和广播参加了这个葬礼，他们都感到，就在这个星期日的凌晨，他们失去了一位可亲的人。这个事实本身就是给予戴安娜的殊荣，比我今天希望表达的悼词要强烈、深刻得多。戴安娜是同情心、责任心、风度与美丽的精灵，不论在世界任何地方，她都是无私与人道的象征。她是维护被压迫者权益的旗手，一个超越国界的英国女孩。她气质高贵，从无阶级观念，她生命的最后年月业已证明，无需王室头衔，她同样可以发挥她独特的神奇力量。今天是一个机会，我们要说一声“谢谢你”，因为你照亮了我们的生活，尽管上帝只给了你一半的生命。你这么年轻就被带走了，我们无法相信这是真的，但我们必须学会感恩，因为你毕竟来过了。直到现在，直到你走了，我们才真正懂得失去的是多么弥足珍贵，我们要你知道，没有你的日子将是多么、多么艰难。一个星期以来，我们全家都经历着痛失亲人的绝望，唯有你多年慷慨厚赐留下的回忆给予我们继续前行的力量。现在有一种风潮，大家都争相将记忆中的你加以神化。实在没必要这么做。作为一个品质杰出的人，你站得已经够高，不需要被奉为圣人。因为，如果将你神圣化，反倒容易忽视你作为普通人那些可爱的品质——淘气而又幽默，经常笑得弯下了腰，笑起来眼波闪闪，实在令人难忘，你总能把欢乐传递给别人，总是那么精力旺盛……没有你那天赐的敏感，我们不会这么关心艾滋病人和艾滋病毒携带者、无家可归者、麻风病患者和被地雷夺去生命的人……

"冷漠比愤怒和仇恨更危险"

公元1999年4月12日

1944年，威塞尔全家被圈禁在罗马尼亚一个犹太居民区，而后随同所有犹太人一起被押往奥斯维辛－伯克瑙集中营。他母亲和姐姐被关押在另一处，自此了无音信。威塞尔和父亲一起被送进附属的劳动营，像奴隶一样干了八个月苦役。1945年11月，父子俩被转至布痕瓦尔德集中营。几个月后父亲死于劳累、饥饿和痢疾。1986年，作为作家和政治活动家，因其为和平事业作出的贡献，威塞尔荣获诺贝尔和平奖和总统自由勋章。他牵头建立了美国大屠杀纪念馆，出版了四十多部著述，其中一部《夜》出版于1960年，描述了他所亲历的大屠杀。挪威诺贝尔奖评奖委员会在颁奖词中称他为"人类的信使"，通过其著作向人类传达了"和平、救赎以及人的尊严"的强烈信息。这是一篇令人伤心的演讲——威塞尔忘不了政客们漠视他的处境，表示将努力奋斗，决不让这样的事情再次发生，并指出发生在科索沃的种族清洗是世界的又一次失败。这是千禧年世界巡回系列演说之一，在白宫发表，克林顿总统出席。

五十四年前的今天，一个来自喀尔巴阡山小镇的犹太男孩从梦中醒来。他所在的地方距歌德热爱的魏玛不远，就是臭名昭著的布痕瓦尔德。他终于自由了，却高兴不起来。他以为自己这辈子都跟快乐无缘了。一天之前他被美军士兵救了出来，他还记得他们看到眼前的情景时义愤填膺的样子。至死他都会对他们的义愤和同情心怀感激。虽然他不懂他们的语言，但从他们的眼神里他看明白了——他们跟他一样，会永远记住并见证眼前的一切。此刻我站在你——总统先生、解救了我的那支军队的总司令——面前，心里充满了对美国人民的永久的感激之情……从某种意义上说，正是对那种苦难

'Indifference, after all, is more dangerous than anger and hatred'

的无动于衷使人丧失了人性。不管怎么说，冷漠比愤怒和仇恨更危险。愤怒有时还能激发人的创造性。在写一部伟大的诗篇、写一部伟大的交响乐时，因为愤怒于你所见证的不公，你人性中某些特殊的东西会被激发出来。而冷漠却绝无任何创造力可言。就连仇恨有时也会激发出你的某种反应。你会去战胜它、谴责它，使之趋于缓和。冷漠则不会激发任何反应。冷漠本身就是没有反应。冷漠不是开始，而是结束。所以，冷漠是敌人一贯的朋友，它有利于侵略者而不是受害者——受害者在感觉自己被人遗忘时只会痛苦倍增。对于监狱里的政治犯、饥饿的儿童和无家可归的流亡者，如果不去关注他们的处境、不给他们一丝希望、减轻他们的孤独感，不啻把他们从人类的记忆中彻底抹掉。无视他们等同于背叛自己。因此，冷漠不仅是罪恶，也是对自己的惩罚。这是即将过去的这个世纪留给我们的有关善与恶的最重要的教训之一。在我所来自的那个社会只有三种人：杀人凶手、受害者和旁观者。

这是不是意味着我们已经汲取了过去的教训？这是不是意味着社会已经发生了变化？人类是不是已不再那么冷漠，是不是多了一些人性？对于种族清洗的受害者和在各个地方遭受各种形式的不公正对待的人们，我们是不是不再那么漠不关心？……（科索沃）那些孩子们现在怎么样了？孩子们的命运最为悲惨，最为无奈。他们在成年人燃起的战火中消亡。看看他们的脸蛋，他们的眼睛。我们听到了他们的哀告吗？我们感觉到了他们的痛苦吗？每一分钟他们中就有一个人死于疾病、暴力或饥饿。……说到这儿，我再一次想起了喀尔巴阡山那个犹太男孩。他伴着我在探索与斗争中一路走来，变成了你们面前的这个老人。他将继续伴着我走向新千年，带着难以抹去的恐惧，更带着无与伦比的希望。

"这泡沫以可怕的力量控制着人们的生活"

公元1999年11月27日

她是人权活动积极分子、环境保护积极分子，而她最知名的身份是英国化妆品公司"美体小铺"（The Body Shop）的创建者。"美体小铺"是"良知消费"的先锋，率先禁止在动物身上试验新配方，也是首家推动与第二世界公平交易的企业。安妮塔·罗迪克曾飞往西雅图发表演说，反对世贸组织所扮演的角色，是"西雅图事件"①的见证人。在一条小街上，她跟其他示威者一起尝到了催泪瓦斯的滋味。作为一位极其成功的国际商人，她在演说中慷慨激昂而又有理有据地抨击了世贸组织。1971年的一次输血使她传染上了丙型肝炎，2004年发展为肝硬化。2007年，她死于又一次感染。人们认为，要论常识、勇气和人道主义精神，比起这位女性商业先锋和跨国公司CEO来，男性商界领袖和政治家都望尘莫及。

我们来到西雅图，是为了支持建立一个以人权和环境为核心的世界贸易体系。站在我们对立面的是世界上一些最大的公司。他们拥有媒体，哪些信息可以让我们知晓，哪些信息需要封锁，全由他们掌握。很可能还有政客们充当他们的后盾。这足以让任何人多少有点心虚气短。因此，一个问题就摆在了世贸谈判者的面前。你们如此关注的这个体系是为谁服务的？同样的问题也可以抛给华尔街或伦敦的高层——还有那些鼓捣货币体系、驱动世界贸易的权力人士。这个体系究竟是为了谁？让我们细细观察一下。华尔街和伦敦的金融家们每天通过电脑屏幕监督着全球两万亿资金的流动。可怕的是，其中跟贸易相关的只占百分之三。更别提对等团体之间的自由贸易了。一切都是为了金钱。一个巨大的全球性神话破灭了，当

① 1999年，世贸组织第三届部长会议在美国西雅图举行，成千上万的反全球化人士聚集起来呼吁世贸组织应更多关注环境和劳工标准。这场和平示威活动最终演变成一场骚乱。

两万亿中的97%都是用于投机。这是泡沫——但这泡沫却以可怕的力量控制着人们的生活。牺牲弱势群体的基本人权可以赚钱，但这钱不是为弱势群体赚的。这套体系本来就不是为他们设计的。当然，也不是为你我设计的。世界成了一个失控的大赌场，它根基不稳，致使我们大家，不论贫富，都不得不生活在不安全感中。正是这种不稳定性，使得那些贪婪的家伙赚得盆满钵满。“真理的最大敌人不是谎言——不顾一切、蓄意为之、阴险狡诈的谎言”，约翰·肯尼迪说，“而是神话——坚持不懈、循循善诱和不切实际的神话”。质疑可以戳穿神话。我每年大部分时间都在满世界跑，跟身处全球化前沿的人们——女人、农场工人、儿童——谈话。我知道这些神话是多么的不现实。这样的神话不仅在发展中国家有，它也发生在我们眼皮底下。就说美国的小农场吧，平均每周就有500家宣布倒闭。半个世纪前美国有100万家黑人小农场。现在只有1800家。全球化意味着补贴都给了大农场，而小型家庭农场——它们是许多美国社区的核心——则纷纷倒闭。纷纷倒闭的还有那些条件极差的小工厂，这些厂里的工人拿着微薄的工资，每天工作12个小时，一天也不得休息。“上班时我们不能互相交谈，连上厕所都不准。”一家制衣厂的亚裔工人说。这不是在首尔，不是在圣保罗。这样的事就发生在旧金山。我们的世界贸易体系对这样的不公视而不见。各国政府权力收缩的结果，使得这个体系成了我们新的、未经选举产生的、无法控制的世界政府。我们试图让情况有所改善，却被视为不合法……我们不得不作有政治眼光的消费者，作警觉的消费者。每天面对铺天盖地的宣传轰炸，我们不得不这么做。我们必须足够聪明——不管他们在贸易谈判中作出什么样的决定——才知道把精力和资金投向哪里。不管他们如何甜言蜜语，我们必须齐心协力探寻真相，为求最佳结果而合作，而不是为求最廉价而竞争。花钱要三思，拒绝购买那些依靠剥削而牟取暴利的产品，并形成一个强有力的战略同盟，这样，我们才能让世界变得更友善、更可爱。不论本周你们会作出什么样的决定，我们都会这么做。人类进步是站在我们这一边的。

POPE JOHN PAUL II (KAROL JÓSEF WOJTYLA)
教皇约翰·保罗二世（卡罗尔·约瑟夫·沃伊蒂瓦）
公元1920年5月18日—公元2005年4月2日

“在这样的纪念地，心灵需要极端的安静”

公元2000年3月23日

沃伊蒂瓦原是波兰克拉科夫的红衣主教，1978年10月16日加冕为教皇，在位27年后去世，是自1520年以来首位非意大利籍教皇。他能流利运用至少12种语言，出访过129个国家，每到一处都引起轰动。他让英国正教、东正教、犹太教之间达成了和解。第二次世界大战期间，他躲过了纳粹在华沙对平民的圈禁，并设法帮助一些犹太人躲过了大屠杀。2000年他参观了以色列的犹太人大屠杀纪念馆，发表了这篇令人动容的演讲。

古老的圣歌在我们心中响起：“我已变成一条破船。我听见许多人在耳语——恐惧从四面八方向我袭来——他们合起来对付我，图谋夺走我的性命。但我相信你，主啊：我说，你是我的上帝。”在这样的纪念地，心灵需要极端的安静。在安静中回忆。在安静中为如潮水般涌来的记忆理出个头绪……在我个人的记忆之中全是战争时期纳粹占领波兰的情景。我想起了我的犹太人朋友和邻居，他们有的死了，有的幸存了下来。我来到大屠杀纪念馆，向千百万被剥夺了一切，尤其是被剥夺了尊严、死于大屠杀的犹太人致敬。半个多世纪过去了，但记忆不会泯灭。在这里，就像在奥斯维辛及欧洲其他许多地方一样，那么多人令人心碎的哀泣回响在我们耳边。男人、女人和孩子在深深的恐惧中向我们哭诉，我们怎能听而不闻？没人能忘记或者无视曾经发生的事情。没人能大事化小小事化了。我们希望牢记在心。我们希望记住，为的是要确保纳粹杀害成千上万无辜者那样的恶行不再发生。人怎么能如此蔑视他人？因为他已堕落到了蔑视上帝的地步。只有心中没有上帝的人才干得出灭

'In this place of memories, the mind and heart and soul feel an extreme need for silence'

绝人类的事情。以色列的犹太人在大屠杀纪念馆中向勇敢地拯救过犹太人的“义人”致敬，有时候他们甚至不惜为此献出自己的生命，由此我们看到，即使是在最黑暗的时候，也并非所有的亮光都已熄灭。尽管我们已经意识到人可以邪恶到何种程度，《圣歌》和《圣经》仍坚称魔鬼不具有最终裁判权，道理正在于此。在深切的痛苦与悲伤之中，信徒们仍从心底里呼喊：“主啊，我相信你：我说，你是我的上帝。”

上帝的启示是基督教徒和犹太教徒共享的一笔巨大的精神遗产。我们的宗教教义和精神体验都呼唤善行，呼唤以善治恶。我们不忘过去，但不是为了复仇，不是为了激发仇恨。对我们来说，记住过去就是祈祷和平与正义，就是投身于和平正义的事业。只有一个和平的、人人都享有正义的世界，才不会重复过去的错误和可怕的罪行。我以罗马教皇和使徒彼得继承人的身份向犹太人保证，天主教基于《福音书》所言的真理和博爱，没有任何政治考虑，不管在任何时候、任何地点，对于基督教徒仇视和迫害犹太人的行为都深感痛心。它反对任何形式的种族主义，认为这等同于无视我主。在这个纪念之地，我真诚祈祷，希望20世纪犹太人受难所带给我们的悲痛将改变基督教徒和犹太人的关系。让我们共创一个崭新的未来，到那时，犹太人不仇视基督教徒，基督教徒不仇视犹太人，而是彼此尊重，崇拜同一个造物主，视亚伯拉罕为我们信仰上共同的祖先。世界必须留意大屠杀受害者的警告和幸存者的证言。在这里，在大屠杀纪念馆，记忆不会被磨灭，它燃烧在我们的灵魂里，它让我们喊出：“我听见许多人在诉说——诉说来自各方的恐惧——但我相信你，我主。我说：你是我的上帝。”

“美国人在问：‘是谁袭击了我们的国家？’”

公元2001年9月20日

2001年9月11日，恐怖分子劫持了四架大型客机发动自杀式袭击，由此导致的死亡人数将近三千。两架加满油的飞机分别载着92人和65人从波士顿起飞，飞往洛杉矶。两架飞机均遭劫持，改变航向后撞向纽约世贸中心双子塔。电视记录的现场画面极其恐怖。撞击和大火令两座110层的大楼彻底坍塌，包括数百名在大楼里上班的员工在内，总共2752人丧生。联合航空公司从纽瓦克机场飞往洛杉矶的93号航班和从杜勒斯机场飞往洛杉矶的77号航班亦被劫持。载有64人的77号航班转飞华盛顿特区，撞向五角大楼，机上人员无一幸存，五角大楼里的125名军人丧生。93号航班载客44人，同样转飞华盛顿，但遭到机上乘客反抗，坠毁在宾夕法尼亚的田野里。在人们的焦急期待中，布什总统在国会参众两院联席会议上发表了这篇演讲，对这次史无前例的恐怖袭击作出了回应。演说词多半是由一个写作班子操刀而且经过了多日打磨的，并非布什本人所写。演说在安抚国民的同时，也赢得了其他国家对美国反恐斗争的支持。这是一篇刀锋上的演说，不乏陈词滥调，但富有逻辑、深思熟虑、咄咄逼人，是一篇呼吁美国及其盟友向恐怖主义开战的檄文。

正常情况下，总统来这里是要作国情咨文报告。但是，今晚已无必要。需要报告的内容已经由美国人民表达了出来。我们看到，机上的乘客为拯救地面上的人们而奋起跟恐怖分子搏斗，他们所表现出的勇气就是向你们所做的汇报。这些英雄中有一位名叫托德·比默尔。请大家跟我一起欢迎他的妻子丽莎·比默尔的到来。我们看到，搜救人员累得快趴下了仍在咬牙坚持。我们看到处处国旗飘扬、烛光闪烁，人们踊跃献血，不同种族的人们在用各种语言为逝者祈祷。

'Americans are asking, "Who attacked our country?"'

我们看到充满爱心和奉献精神的人们与素不相识的人们同悲。我的同胞们，过去九天来，全世界都看到了美国的国情，看到了它的坚强。今晚，我们是一个在危险中警醒的国家，是一个奋起捍卫自由的国家。我们的悲痛已化为愤怒，愤怒已化为决心。我们要伸张正义，向敌人讨还公道。我感谢国会在这重要时刻所发挥的领导作用。

……9 月 11 日，自由的敌人向我们国家悍然开战。美国人民经历过战争，但除了 1941 年的那个星期天，136 年来的所有战争都是在国外进行的。美国人民在战争中遭受过伤亡，但从不曾像这样，在一个宁静的早上，死在一个大城市的中心。美国人民遭到过意外攻击，但从未像“9·11”那样，数千丧生者全是平民。所有这一切都发生在一天之内，当夜晚降临之时，世界已不同于以往，自由遭到了攻击。今晚，美国人民有许多问题要问。美国人民在问：“是谁袭击了我们的国家？”……恐怖分子接受他们头目的指令，杀害基督徒和犹太人，不分青红皂白地杀害美国人，不论他们是军人还是平民，是妇女还是儿童。这个组织和他们的头目，一个名叫奥萨马·本·拉登的人，跟许多其他国家的恐怖组织都有关联。恐怖分子数以千计，分布在六十多个国家。恐怖组织从本国或邻国召来亡命之徒，送到阿富汗等地接受训练，然后被派遣回国或者潜往世界各地从事阴谋破坏活动。我不会忘记我们国家受到的创伤和造成这创伤的元凶。我不会屈服，不会罢休，为了美国人民的自由与安全，我将奋起反击，决不手软。这场战斗的进程尚不得而知，但结果是确定无疑的。自由与恐惧、正义与暴行之间的战争从来就不曾止息，但我们知道，上帝决不会中立。同胞们，邪不压正，我们要有耐心，坚信我们的事业是正义的，胜利必将属于我们。面对这一切，愿上帝赋予我们智慧，愿他眷顾美利坚合众国。谢谢大家。

“在如此恐怖的地方演说”

公元 2006 年 5 月 28 日

约瑟夫·拉青格在纳粹统治下的德国长大，跟所有德国男孩一样，曾被迫加入希特勒青年团。战争临近结束时，他从军队开了小差，于 1945 年被盟军作为战俘短暂关押。1951 年他被授予圣职，从 1959 年开始在波恩大学任教，1966 年到图宾根大学教授信理神学。20 世纪 60 年代当大学教师的经历，亲见风起云涌的学生运动，使他形成一种看法，认为宗教正在沦落，从属于一种“专制、暴虐、残酷”的政治意识。后来，他带头反对解放神学运动，避免让宗教卷入激进的社会活动。1969 年，他回到家乡巴伐利亚，进入雷根斯堡大学，升任教务长兼副校长，1977 年在慕尼黑被教皇保罗六世任命为枢机主教。他在这个位子上坐了整整二十四年，一直是梵蒂冈高级神职人员之一，是教义部——曾经的宗教裁判所——的负责人。他也因此获得了一个绰号——“上帝的牧羊犬”。2005 年，78 岁的约瑟夫·拉青格被加冕为教皇，是继 1730 年的克莱门特十二世之后，升任教皇的年纪最大的枢机主教。2005 年教皇约翰·保罗二世去世时，这位大学教师、成功的钢琴家曾声言他从没想过要当教皇。他向枢机主教们解释他取名本笃的由来，因为教皇本笃十五世“一战”时曾为和平作出过重大贡献。他说：“我希望在这个短短的任期里也成为一位和平使者。”

作为教皇，本笃十六世经历了几十年来最剧烈的风暴之一——牧师性侵男童丑闻。对神职人员性侵男童的指控、诉讼和相关的官方报告铺天盖地，在 2009 年和 2010 年达到了巅峰。教皇破天荒地亲自出面会见受害者，向他们道歉，承诺将采取行动，并明确要求各地主教要将相关案件向当地政府报告。经历了 20 世纪 60 年代的自由思潮，他天生的传

'To speak in this place of horror'

统观念更得到了加强，成为神学界出名的保守派，坚决反对同性恋、反对女性出任牧师、反对避孕。在他的支持者眼里，在这个面对巨大挑战的时代，他是宗教领袖的不二人选。他拥护基督教的悲悯传统，不久前还大声疾呼，反对法国驱逐吉普赛人，反对发生在各地的践踏人权的现象。他批评伊拉克战争，呼吁更加关注环境保护问题，与“可耻的”贫穷作斗争。在波兰，他参观了奥斯维辛，是第二位涉足这座臭名昭著的死亡集中营的教皇。

这是一个恐怖的地方，在这个地方所发生的史无前例的大规模的反上帝和反人类的罪行令人难以置信，对一位基督教徒，一位来自德国的教皇来说更是如此。在这样一个地方，语言已丧失了它的功能；这里剩下的只有一片死寂——这沉默本身就是发自内心的对上帝的呼喊：主啊，为什么你缄口不语？你怎能容忍这样的事情发生？在沉默之中，我们低头向无数受尽折磨而死在这里的人致哀；而我们的沉默同时也化为呼吁，呼吁宽宥与和解，呼吁上帝再不要让这样的事情发生……教皇约翰·保罗作为一个民族的儿子来过这里，这个民族跟犹太人一起，战争期间在这里经受的苦难最为深重。“六百万波兰人在第二次世界大战中失去了生命，占全国人口的五分之一。”他提醒我们说……教皇约翰·保罗二世是作为波兰人民的儿子来到这里的。今天，作为德国人民的儿子，我也来到这里。所以我要重复他的话：我不能不来这里。我必须来。作为教皇约翰·保罗二世的继任者，作为德国人民的儿子，我有责任来这里面对事实，这也是死难者应有的权利；我有责任来这里面对上帝。在我的国家，曾有那么一小撮罪人通过虚假的承诺——承诺让国家繁荣昌盛——同时兼施恐怖和恫吓的手段攫取了权力，将人民变成他们嗜血嗜权的工具。是的，我不能不来这里……

“给我们真相！”

公元2006年8月30日

安德森是一位律师、民主党政治家、国际人权运动组织“人权大道”主席，1999—2007年任犹他州盐湖城市长。2005年8月22日，布什总统访问朝鲜战争退伍军人协会，安德森应邀出席。他通过电子邮件号召当地支持自己的社团领导人组织一场“规模空前的示威游行”，抗议布什出席在盐宫举行的朝鲜战争退伍军人全国代表大会。在盐湖城先锋公园的群众集会上，安德森阐述了组织抗议活动的理由，声称“谎言正将国家推向战争”。次年，他再次组织反布什的集会，斥责伊拉克战争是“非法的和不道德的”。安德森在演讲中说，真正的爱国者在支持自己的军队的同时，也要敢于质疑政府的行为，“对糟糕的领导者盲目信任决非爱国主义”。他这么讲是需要勇气的，因为尽管美国公众已知道乔治·W·布什无能，犹他州对他的支持率仍相当之高，2000年为67%，2004年更是攀升至72%。2006年8月30—31日，布什前往犹他州鼓吹他的对伊政策和“向恐怖分子开战”，与此同时，安德森举行了第二次抗议集会。

爱国者就是热爱自己国家的人。今天在场的人中，有多少是因为爱国才来到这里，大声说出对国家、对世界的忧虑？有多少是因为爱国，才坚持要国家领导人告诉我们真相？让我们听到这样的呼声：“给我们真相！给我们真相！给我们真相！”没人能否认我们是爱国者。我们爱我们的国家，我们坚持我们国家赖以立国的价值观，我们对总统、对他的行政班子、对国会以我们伟大国家的名义所采取的行动感到失望。对糟糕的领导者盲目信任决非爱国主义……所以，实话实说的自由是绝对必要的，我的意思是，正如他做得对时我们应当表扬一样，他做错了我们就必须谴责。作为公民，

'Give us the truth!'

其他态度都不可取。认为总统不能批评，不管对错都应无条件支持，那不是爱国，是奴性，是对美国公众道德上的背叛。不管是对他还是对别的任何人，我们都必须实话实说，尤其是在评判他时，不管他爱听不爱听，实话实说尤为重要。我们今天聚在这里，就是来讲真话的。我们要求："给我们真相！给我们真相！给我们真相！"……

我们的总统发动侵略战争并占领一个穆斯林国家，却以谎言搪塞，大谈什么十字军东征，这是多么冷酷、多么不可思议、多么不负责任的行为！布什政府以及胆小怕事、推诿责任的国会的谎言、暴力、残忍、无能与非人道，将会让我们的子孙后代付出代价。我们要说："我们再也无法忍受。我们再不要听谎言。再不要基于虚假信息的、先发制人的、非法的战争。再不要用上帝站在我们这边之类的屁话来粉饰不道德的、非法的战争。再不要任何暴行。"让我们大声要求："给我们真相！给我们真相！给我们真相！"……这是新的一天。我们不再沉默。我们的呼声将越来越高。我们将号召其他人跟我们站在一起。我们的队伍将越来越壮大，大家不分党派团结一致，坚持要真相，要和平，要全世界的兄弟姐妹都得到人道对待。我们将更加清楚地认识到自己所肩负的道义责任，对错误说"不"，努力创建一个更好、更安全、更公平的社会、国家和世界。我们不会失望，我们不会沉默。我们将继续反对布什政府的谎言、欺骗和暴行。我们坚持追求和平，作为一个国家，我们将继续为那些有需要的人提供帮助。我们必须打破仇恨、党同伐异和剥削的恶性循环。我们要像布什政府力主战争一样力主和平。能否做到，就看我们是否各尽其责。谢谢大家齐心协力呼吁同情心、呼吁和平、呼吁人性的进一步回归。让我们牢记小马丁·路德·金博士的话："当我们对重大事件缄默不语之时，就是我们的生命走向终结之日。"

“是的，我们能做到！”

公元2008年11月5日竞选成功后在芝加哥格兰特公园发表的演讲

奥巴马是美利坚合众国第44任总统，也是第一位非裔总统。他出生在夏威夷，父亲是肯尼亚人，母亲是美国人。2004年之前，奥巴马在芝加哥法学院任教十二年，1997—2004年任伊利诺伊州参议员。他强烈反对伊拉克战争，2004年在民主党全国代表大会上发表主旨演讲，并于是年末当选为联邦参议员。之后，他辞去议席竞选总统，击败希拉里·克林顿成为民主党总统候选人，在正式选举中又击败了共和党候选人约翰·麦凯恩。他在芝加哥选区发表了这篇演说，听众估计有24万人，“变革”二字集中表达了竞选活动的主题。这篇演说跟约翰·肯尼迪和马丁·路德·金的演讲一样振聩发聋，又充满了对刚刚于两天前去世的祖母的怀念之情。这是一篇出色的演说，直达每个美国人的心底，强调了在经济不稳定的大气候下变革的必要性。

美国是否有着一切皆有可能的巨大潜力？时至今日，开国元勋们的美国梦是否依然活力未减？民主的力量是否依然强大？今晚发生在这里的一切就是给质疑者的回答。学校旁，教堂边，排队投票的人数之多前所未见；三个小时、四个小时，他们为此等候良久，其中很多人是有生以来第一次投票，因为他们相信这一次将不同于以往，而之所以不同，正是因为有了他们的声音。无论老少贫富，无论是民主党还是共和党，不管是白人、黑人、拉丁裔、亚裔还是本土美国人，也不管他性取向如何，是健康还是残疾——所有美国人都在向全世界传递一个信息：我们从来就不是红、蓝两个阵营的凑合，我们是，而且永远是，美利坚合众国。长期以来，很多人愤世嫉俗、畏首畏尾，对我们的前景持怀疑态度；如今，我们走在历史的长河里，又一次展望更加美好的明天。未来的道路还很漫长，但就在今晚，在这决定性的时刻，因为你们参与选举，美国已经迎来了变革。

我从来就不是最被看好的竞选人。我们不靠金钱和许诺开路……这是你们的胜利。我知道你们投我一票不仅仅是为了赢得选举，也不是为了我个人。你们之所以这么做，是因为你们深知我们任重而道远。就在今晚欢庆胜利之时，我们也深知我们明天面临的将是此生从未有过的巨大挑战——两次战争、濒临危险的地球和百年一遇的金融危机。今晚我们站在这里，而我们勇敢的美国士兵们正在伊拉克的沙漠里和阿富汗的丛山中为我们冒着生命危险。还有那些孩子早已入睡、自己却辗转难眠的为人父母者，在想着如何还清房贷，如何付清医疗费，如何给孩子攒足上大学的费用。我们要开发新能源、创造新的就业机会、新建学校，要应对存在的威胁，修复与盟国的关系。路漫漫其修远兮，我们的登攀将举足维艰。也许我们不能在一年之内，甚至在我的任期内实现我们的目标——但是今晚，我比以往任何时候都更有信心。我承诺——美国一定能够实现它的目标……因为这是美国的天性之所在——美国能够做出改变。我们众志成城。我们业已取得的成就让我们对明天充满了希望。

……这是属于我们的时刻。这是属于我们的时代——让人们重新就业，给孩子们开启机遇之门；让国家重新繁荣，推动和平事业；我们要重申美国梦，再次强调一个不可动摇的事实——我们是一个整体；只要我们一息尚存，希望之光就不会熄灭。我们将用久经考验的美国精神回答质疑：是的，我们能做到！谢谢大家，上帝保佑你们，保佑美利坚合众国！

G

O

P

R

S

图书在版编目（CIP）数据

别让自己看上去像白活一世 / [英] 特里 • 布雷弗顿编著；杨荣鑫译 . – 合肥：黄山书社，2016.1
ISBN 978-7-5461-5249-3

Ⅰ . ①别… Ⅱ . ①特… ②杨… Ⅲ . ①演讲 – 世界 – 选集 Ⅳ . ① I16

中国版本图书馆 CIP 数据核字 (2015) 第 209527 号

版权合同登记号 图字：12131324

BIE RANG ZIJI KANSHANGQU XIANG BAIHUO YISHI
别让自己看上去像白活一世 [英] 特里 • 布雷弗顿 编著 杨荣鑫 译

出 品 人 任耕耘
总 策 划 任耕耘 杨 雯
责任编辑 江 汇
特约编辑 金 浩
装帧设计 齐 娜
封面绘图 齐 娜
出版发行 时代出版传媒股份有限公司（http：//www.press-mart.com）
黄山书社（http：//www.hspress.cn）
地址邮编 安徽省合肥市蜀山区翡翠路 1118 号出版传媒广场 7 层 230071
印 刷 安徽国文彩印有限公司
版 次 2016 年 1 月第 1 版
印 次 2016 年 1 月第 1 次印刷
开 本 710mm×1000mm 1/16
字 数 300 千
印 张 23
书 号 ISBN 978-7-5461-5249-3
定 价 39.00 元

服务热线 0551-63533706
销售热线 0551-63533761
官方直营书店（http://hsssbook.taobao.com）